HANSJÖRG
SCHERTENLEIB

JAWAKA

aufbau

HANSJÖRG SCHERTENLEIB

JAWAKA

ROMAN

aufbau

FSC
www.fsc.org
MIX
Papier aus verantwortungsvollen Quellen
FSC® C083411

ISBN 978-3-351-03605-8

Aufbau ist eine Marke der Aufbau Verlag GmbH & Co. KG

1. Auflage 2015

Einbandgestaltung ZERO Werbeagentur, München
Gesetzt aus der Quadraat bei Greiner & Reichel, Köln
Druck und Binden CPI books GmbH, Leck, Germany
Printed in Germany

www.aufbau-verlag.de

TO BRIGITTE

life
love
wife

S. 355 → Geschichte in Geschichte
– Autor lässt sich selbst sterben
– arbeitet sich als Erzähler ....

S. 357 → Selim Halbeaut findet seinen Vater (mit Lena) in einer Höhle

Who is the third who walks always beside you?
When I count, there are only you and I together
But when I look ahead up the white road
There is always another one walking beside you.

T. S. Eliot

• Musik + Literatur liefern immer wieder – in allen 3 Geschichten Verweise an eine best. Zeit.
– Bsp. Pink Floyd, Kafka etc..

• S. 368 Immer wieder aktuelle Zeitbezüge – IS, Terror, Al Schabab, Flüchtlingskrise, „Mare Nostrum" etc.

→ Q: 2009 – März '15 am Roman geschrieben – warum so lange?
– deshalb viele aktuelle Bezüge

373 → Welche Figur ist ihm näher
– Jean Berger oder Halbeaut?

• Es geht am Ende um die (zentrale?) Frage, woran glaubt Ich
– der Koran spielt eine Rolle und die Frage, für wen oder was er geschrieben hat. = Verstörendes Ende, durch das was deutlich werden soll?

@ Was hat es mit dem Rat
und den Schriften der Ältesten
auf sich? (sehr archaische Regeln)

@ Seine Vision der Zukunft, Rück-
besinnung auf das Wesentliche? –

@ 2x Geschichten, 2 Extreme – in
welcher Welt lieber leben?

@ Welche Frage beim Schreiben be-
sonders beschäftigt? (Beziehungen)

@ Wie verändern sich die menschlichen

@ Rolle der Literatur 2057?!

@ 3 Geschichten, jeweils 1 Mensch
↳ wer/was war zuerst da?

@ Die Geschichte 2057 ist bereits
geschrieben, sie will es in Süd Afrika
mit Kometen lesen, die andere
geschrieben mit Sean Berger in Irland
entwickelt sich und quasi parallel / Roman an.

@ S. 343 – Frage nach Gott /
die fundamentalen Fragen des Lebens
bleiben gleich?

@ Inwiefern haben sich unsere Zwischen-
menschlichen Beziehung 2057 verändert?
↳ Technik 2021 vs. nix → "

I.

›Es ist der Hund,
der die Schafe hütet.
Bis der Wolf kommt.‹

Aus den Schriften der Ältesten

@ Wie viel von Ihnen steckt in diesen ganz unterschiedlichen Männer-Figuren „Herr Berger", „Halblaut" + X ?

@ Es gibt immer wieder kl. Parallelen / Gegenstände, die sich in den Geschichten wieder-holen-auftauchen → z. B. i-watch 3 + (17?) Uhr im Wald, das Aufwachen am Morgen etc. Haare stinken nach Rauch

DIE

Rauchsäulen
aus dem Dorf
standen über den Wipfeln,
bereits weit entfernt,
gedrechselte Zopfsäulen,
die sich in der Höhe
zu nebelartigen Schwaden
sammelten und
verweht wurden.

@ Orwell '1984' und zuletzt der franz. Autor XY mach(t)en es vor; das Spiel mit der Zukunft, die in vielem real / vorstellbar erscheint + sich kaum / keineswegs zum guten wendet ...

@ Jede der 3 Geschichten entwickelt einen eigenen Sog

@ roter ~~Faden~~ / Parallelen Thema Vater-Sohn! → A) hat Stiefsohn mit dem er nicht kann; = Angst + Konkurrenz, (B) wurde vom Vater verlassen sucht ihn (C) wollte keine Kinder, erfährt am Tel. von einer Fremden, dass er einen Sohn hat

EINS

Am vierten Tag des Novembers, an dem ich dem Liebhaber meiner Mutter das Messer in die Brust stieß, fing es am späten Nachmittag an zu schneien, das erste Mal seit drei Jahren.

Der Schnee hatte sich gegen Mittag mit diesem safrangelben Licht angekündigt, das bei uns an der Südseite des Kalten Sees aufziehende Unwetter verrät, Hagelschlag, Blitz und Donner anzeigt, ein Licht, das auf den Flanken der Berge aufscheint, als lodere ein Feuer auf ihrer Hinterseite, ein Licht, das einhergeht mit einer Stille, die selbst uns, die wir Stille gewöhnt sind, erstaunt, nein, erschreckt. Eine Stille, in der man dem eigenen Herzschlag genauso nachlauscht wie dem eigenen Atem, bis man begreift: Es hagelt, es hagelt!, es regnet, es regnet! oder, wie am vierten Tag des Novembers: Es schneit, es schneit! In den gelben Momenten, bevor das Wetter umschlägt, ist unser Dorf Mudra von geheimnisvoller, erschreckender Schönheit. ›Einzig in der Stille hören wir das Geräusch, das es gibt, wenn sich die Welt auf ihrem Lager auf die andere Seite dreht, um in aller Ruhe weiterzuschlafen, weil sie sich nicht darum kümmert, wie uns geschieht!‹ Dies Bild, mit dem Bittibätti, unsere Älteste, ihre Reden schließt, steht mir unweigerlich vor Augen, wann immer das gelbe Licht am Himmel aufscheint, und nicht nur mir: auch andere von uns heben den Blick.

Schon nach kurzer Zeit lag der Schnee so hoch, dass der Wald um unser Dorf wie verzaubert aussah, ein weißes, ein lichtes Gewölbe, das leise zitternd schwebte und doch von den Ästen gestützt werden musste. Die offene Hand auf unserer Fahne sah aus, als habe sie sich zur Faust geschlossen, denn das Tuch hing schlaff im Rauch, der aus den Kaminen stieg und den der Schneefall zwischen die Hütten drückte.

Ich hatte den ganzen Tag damit verbracht, das Faltpult als Buchstütze für unser Zimzum, das Haus der Ältesten, so weit fertigzustellen, dass ich es später zu Powidl tragen konnte, der es mit den Schnitzereien nach Bittibättis Anweisungen verzieren würde. Ich war dabei, das Pult in Stoff einzuschlagen, um es vor dem Schnee zu schützen, als Krähenmann die Tür aufstieß und mit einem Schwall frischer Luft den verheißungsvollen Geruch des Winters in meine Werkstatt trug.

»Immer fleißig«, sagte er, »sogar wenn es endlich wieder einmal schneit, ist er fleißig, unser Halblaut!«

Krähenmann, größer als ich und schwerer, blieb dicht vor mir stehen und legte mir die Hand auf die Schulter, nah am Hals, als wolle er mich an sich ziehen und umarmen; das Gewicht seiner Hand war mir unangenehm. Bevor er anfing, mit meiner Mutter zu schlafen, hatte mir sein Lächeln genauso gefallen wie sein Blick, der die meisten nervös macht, als wisse er um ein Geheimnis, das anderen verborgen bleibt.

»Das Pult muss Ende der Woche fertig sein.«

»Man sagt, der Fleiß wohnt Tür an Tür mit der Langeweile.«

»Man sagt viel«, sagte ich leise, »wenn der Tag lang ist«, sah zu Boden und trat aus der Reichweite seiner Hand.

Die Ledergamaschen über seinen Stiefeln waren mit

Schnee bestäubt, seine Wangen rot, er hatte sich vor kurzem rasiert. Warum ärgerte mich der Ekel, den ich vor ihm empfand?

»Fleißig und pflichtbewusst, genau wie sein Vater.«

»Du hast ihn doch gar nicht gekannt.«

»Jeder hat Kuschwarda gekannt.«

»Du nicht.«

»Deine Mutter kenn ich besser, stimmt. Er war ein Träumer. Ein Träumer und Nichtsnutz.«

Ich machte Krähenmann nicht die Freude, mich für meinen verschwundenen Vater zu wehren, und tat, als suche ich etwas auf meiner Werkbank.

»Kuschwarda war ein Versager. Ein Versager, der seine Frau hockenließ.«

Er schlug das Tuch zurück und strich mit dem Zeigefinger über das Holz des Pultes.

»Und dich hat er auch hockenlassen, dein Vater. Weißt du, wie man solche Typen nennt, Halblaut? Typen, die Frau und Kind sitzenlassen?«

Ich schwieg. Ich kannte die Beteuerungen, die er meiner Mutter ins Ohr flüsterte, wenn er bei ihr lag, ich hatte gehört, wie er keuchte und grochste.

»Drückeberger«, sagte er.

»Mein Vater ist kein Drückeberger.«

Krähenmann brachte es immer wieder fertig, dass ich meinen Vater sogar dafür verteidigte, was ich ihm selbst vorwarf.

»Und ob er das ist! Ich hab dich übrigens gehört, Halblaut.«

»Wo gehört?«

Um in die Wurstkammer zu gelangen, in der ich die beiden belauschte, weil sie an Mutters Schlafzimmer grenzt, musste ich durch die Vorratskammer, ein kühles, dunkles Kabuff, das die Gerüche festhielt wie ein Einweckglas: Äpfel, Nüsse, Zwiebeln, Knoblauch und Kartoffeln. Nie hatte ich den gestampften Lehmboden der Wurstkammer mit Schuhen betreten, nie hatte ich geniest oder gehustet, und ich hatte nur mit angehaltenem Atem zugehört, wenn sie beisammenlagen.

»Stell dich nicht blöd, Sauhund. Der eigenen Mutter zuhören.«

»Mach ich doch gar nicht.«

Er ließ das Tuch über das Pult fallen und strich es glatt. Der Futterbeutel, der ihm an der Schulter hing, war prall gefüllt.

»Meine Mutter macht's mit jedem«, sagte ich und verschluckte mich an der Lüge.

»Umso schlimmer, kann sie dich nicht ausstehen!«

Er lachte, lachte mich aus.

»Wie heißt deine Freundin noch mal, Halblaut? Ich vergess es immer wieder, tut mir leid.«

Ich bückte mich hinter die Werkbank. Würde ich mich je an seinen höhnischen Tonfall gewöhnen, daran, dass er mich triezte und sich über mich lustig machte?

»Kann ja auf deiner Facebook-Seite nachsehen«, sagte er, »steht doch bestimmt drin, nicht? Oder hast du gar kein Mädchen?«

»Face was?«

»Ein Scherz, Halblaut, vergiss es. Von früher.«

»Früher?«

»Vor deiner Zeit. Ein Scherz! Willst du wissen, wie dich deine Mutter nennt, wenn du sie nicht hören kannst?«

Jetzt lachte er nicht mehr. Der Unterton in seiner Stimme gefiel mir nicht, ich kannte ihn von anderen Männern seines Alters, die nicht in den Rat der Ältesten gewählt worden sind und mit Bitterkeit kämpfen.

»Zufallstreffer«, sagte er, »so nennt sie dich. Was immer sie damit sagen will. Oder weißt du's? Ein Zufallstreffer von einem Feigling, der sich vor Verantwortung drückt! Eigentlich kannst du froh sein, ist der Mistkerl abgehauen.«

In seiner Stimme lag kein Spott mehr, sondern Gift. Eifersucht ist eine beschämende Empfindung, genau wie Hass, sie lässt sich nicht beherrschen, sie beherrscht, macht ungerecht und blind.

»Oder bist du etwa gar nicht von ihm?«

Ich wandte Krähenmann den Rücken zu, zog die Schublade der Werkbank auf, nahm, ohne nachzudenken, ein Messer heraus, drehte mich um und stieß es ihm in die Brust. Krähenmann sah mich an, als erlebe er eine Überraschung, keine Katastrophe, kein Ende, seinen Anfang, den unerhörten Schritt in die Einsamkeit, den Tritt ins Leere. Sein Mund öffnete sich, und ich sah seine verwahrlosten Zähne, die mich immer fasziniert und zugleich abgestoßen haben. Ich packte ihn an den Achseln, überwältigt von Reue und Schuld, ließ ihn aber sofort wieder los. Er griff hinter sich, um sich abzustützen, ging stöhnend in die Knie, mein Messer in der Brust, und ließ sich vorsichtig, als halte das den Schmerz in Schach, auf den Rücken sinken. Sein Blick verlor sich in der Ferne, und doch erkannte er mich, der Liebhaber meiner Mutter. Die Hilflosigkeit in seinen Augen entzog mir den Boden.

»Sie liebt ihn«, sagte ich, ohne zu wissen, ob es die Wahrheit war, »ihn, nicht dich.«

Krähenmann hatte mich gehört, das verriet sein Blick, aber glaubte er mir? Die Haare seines Schnurrbartes waren eisgrau, er roch nach Seife, ich hatte mitbekommen, wie sich Mutter beklagte, dass er nach seinem Pferd roch. Ein Geruch, der mir immer gefallen hatte. Beim Tod, lehren uns die Ältesten, steigt die Seele aus dem Körper, geht auf die Reise und fällt, gelenkt durch ihr Gewicht, an den Ort, der ihr in der Welt der Gegangenen zusteht. Uns, die wir am Leben sind, geht dieser Ort nichts an. Krähenmann gab ein Gurgeln von sich, zwischen seinen Lippen platzten blutrote Speichelblasen. Ich musste Hilfe holen, denn ich brachte es nicht fertig, ihm mein Messer aus der Brust zu ziehen, und stand so abrupt auf, dass mir schwarz wurde vor Augen. Wie schnell er auf einmal atmete! Und wie schwer sich die Ahle mit dem Horngriff anfühlte, nach der ich griff, um wenigstens die Hände zu beruhigen! Aber sie zitterten zu stark, und ich warf die Ahle auf die Hobelbank zurück. Seine Augen zuckten, er wollte mir etwas mitteilen, wohl für meine Mutter, die keine zehn Meter von uns entfernt wartete. Seine Lider flatterten, seine Füße tapperten über die Bretter, schnell und ungeduldig, er ahnte, die Zeit wurde ihm knapp, er verlor den Boden, auf dem er lag. Schon tanzten seine Füße langsamer und langsamer, endlich kippten sie zur Seite, nach links und rechts, geöffnet wie die Blätter einer Schere. Im Profil seiner Schuhsohlen klebte Dreck. Wo war er gewesen?

Ich stand auf und blies die Fettfunzel aus. Es blieb mir nicht viel Zeit. Mutter würde bald nach ihm rufen, Krähenmann lässt sie nie warten; sie würde sich den Militärmantel meines verschwundenen Vaters überwerfen und vor die Hütte treten, um zu sehen, wo er bleibt. Was mich erwartete, wusste ich, ich musste mich beeilen. Trotzdem trat ich ans Fenster, um in das Schneetreiben hinauszustarren.

Der Kalte See, das wusste ich, ohne ihn aus meiner Werkstatt sehen zu können, war im Winter um diese Tageszeit ein blinder Spiegel, daran änderte auch der Schneefall nichts. Das andere Ufer war sicherlich kaum auszumachen, nicht die Lichter des einzigen Dorfes Murg, das es dort noch gibt, nicht das Band der früheren Autobahn, das den Abhang zerschneidet, noch ihre zugewucherten Fahrbahnen und gesprengten Brücken, nicht die zerfallene Raststätte, nicht die blau bewaldeten Höhenzüge, die sich als Sägeblatt vor dem Himmel abzeichnen. Ich sah den Uferbereich des Sees vor mir, den Streifen, der im strengen Frost der vergangenen Nächte zugefroren war, sah die gelbe Bruchkante des Eises in der offen gebliebenen Strömungsrinne des Flusses Rha, auf dessen warmer Kiesbank ich oft mit Vater an der Sonne gelegen und ihm die Formen der Wolken beschrieben hatte, die über uns vorbeizogen, neben uns die Angel und das heruntergebrannte Feuer, auf dem wir die Fische gebraten hatten.

An der Wäscheleine der Mutter hingen Bettlaken und Kissenbezüge neben zwei meiner Hosen, eine Abordnung ruhiger Geister, die durch den Schnee schwebte und Bittibättis Hund zum Narren hielt, der wie irr an der Wäscheleine entlangsprang, um sie zu verbellen. Nichts ist schlimmer als das, was wir uns vorstellen können. Vezir musste mir helfen. Er musste Hilfe für Krähenmann holen, sobald ich das Dorf verlassen hatte.

Ich blieb stehen, um zu schauen, gefährlich lange. Die Zeit vergeht, und doch endet sie nicht, sie gleitet rückwärts, weiter und weiter rückwärts, uns hat sie bis ins Mittelalter zurückgetragen. Ich hatte eine Wand aus dem Haus geschlagen, das ich bewohnte, nun konnte ich gehen. Der Gedanke erschreckte mich, doch er machte mir auch Mut: Ich konnte gehen, nein, ich musste gehen! ›Wer unser Recht bricht, wird bestraft. Wer einem von uns Gewalt antut, wird für eine Zeit, deren Länge der Rat der Ältesten bestimmt, aus der Gemeinschaft verbannt‹, so steht es geschrieben. ›Das Böse, das wir in uns tragen, darf sich einzig gegen uns selbst richten‹, heißt es weiter, ›gegen niemand anders, sonst sind wir Verbannte.‹ So weit ließ ich es nicht kommen, ich verbannte mich selbst. War die Macht meiner Vernunft groß genug, um wenigstens mir selbst erklären zu können, warum ich es getan hatte? Blieb mir nur die Flucht, die Flucht in mich selbst, damit mich von nun an nichts, das sich außerhalb von mir befand, mehr treffen konnte? Aber verlor damit nicht alles seinen Sinn? ›Die Schuhspitzen zeigen nach vorn, die Nase auch. Es sei denn, wir blicken nach hinten‹, auch das steht geschrieben. Ich ging neben Krähenmann in die Knie, zog ihm den Futterbeutel von der Schulter, hängte ihn mir um und verließ meine Werkstatt.

Ich, Anatol Glaub, gerufen Halblaut, einziges Kind der Mariella Glaub, gerufen Minami, und des seit vier Jahren verschollenen Adalbert Anatol Glaub, gerufen Kuschwarda, verließ mein Dorf Mudra aus freien Stücken. Es gibt immer einen Anfang.

So geschah es, denn es hatte zu geschehen.
Weil ich es so wollte.

ZWEI

Ich zog die Tür meiner Werkstatt hinter mir zu und trat auf die Treppe; Nordwind schnitt mir ins Gesicht, seine klingenscharfe Kälte nahm mir den Atem. Krähenmann hatte seinen Rappen Mai, einen Kabardiner aus dem Kaukasus, im geschützten Winkel angeleint, der von der Werkstatt und der fensterlosen Rückwand von Vezirs Destille gebildet wird. Das Pferd scharrte mit dem Vorderhuf, als ich die Stufen hinuntersprang. Bestimmt erwartete es, dass ich es in unseren warmen Stall führte, mit Stroh trockenrieb, striegelte und tränkte, wie es sein Meister tat, bevor er sich zu meiner Mutter legte.

Am Fuß der Treppe war der Schnee zu einer Wächte mit scharfer Kante zusammengeweht, über die ich hinweghüpfte. Das Pferd kaute auf der Trense herum, seine Fesseln waren einbandagiert. Ich tätschelte ihm den Hals und lief in den Durchgang zur Destille, in dem die Maische zu riechen war, die Brenner Vezir in der Gärung hatte. Vor seiner Holztür war der Schnee von Dutzenden Schuhen zertrampelt; es gibt nicht viele Männer in Mudra, die dem Duft des Geistes widerstehen können, den er in seinem Gewölbe mit rauchgeschwärzter Decke brennt. Vezir stand vor dem Brennofen, das Licht der Funzeln warf seinen Schatten als Spinnenwesen an die rote Ziegelwand; das Ohr am polierten Kupferkessel, horchte er mit geschlossenen Augen auf eine Unregelmäßigkeit, die nur er hörte. Als er mich bemerkte, schob er geschwind mit gestrecktem Zeigefinger die Brille mit den runden Gläsern nach oben, die ihm auf die Nasenwurzel gerutscht war. Eine Geste, die ihm längst zur Gewohnheit geworden ist.

»Schnee ist heilig und kommt aus Afrika«, sagte er kichernd und ohne mich eines Blickes zu würdigen.

»Heilig ist gar nichts, Vezir«, gab ich zurück, »schon lange nicht mehr.«

»O doch, Halblaut, o doch, das hier zum Beispiel.«

Er klopfte mit flacher Hand auf den Kessel und deutete auf das Regal, auf dem leere Flaschen mit aufgeklebten Etiketten standen:

MONOPOLGEIST MUDRA
Im Jahre 0034 nach der Großen Transformation

»Aus Afrika kommt der Schnee sowieso nicht«, sagte ich, »weil es Afrika nicht mehr gibt.«

»Uns gibt's doch auch noch. Und? Was riechst du heraus aus meinem Brand, Halblaut?«

Vezir strich mit beiden Händen über das vernarbte Leder seines Schurzes, in den er nie hineinwachsen würde.

»Wacholder«, antwortete ich.

»Und sonst?«

Ich schüttelte den Kopf und machte die Augen zu. Ich würde die Spielchen mit ihm vermissen. Wir lieben es, dem anderen jeden Handgriff zu erklären, den wir machen, und ihn aufzufordern, die Namen unserer Werkzeuge zu nennen, nur um ihn korrigieren zu können.

»Wacholder, Wermut und Salbei«, sagte er, »meine Destille mag klein sein, doch sie ...«

»Erzeugt einen großen Geist«, fiel ich ihm ins Wort, »ich weiß, Vezir, ich weiß. Du musst mir helfen.«

Jetzt sah er mich endlich an. Er zeigte mit dem Kinn auf den Futterbeutel.

»Gehört der nicht Krähenmann?«

Der Hochmut in seinem Blick erstaunt mich immer noch, dabei weiß ich aus eigener Erfahrung, dass der Ausdruck nichts mit seinem Charakter zu tun hat. Klein, wie er ist, dünn wie ein Strick, blitzt eine Überheblichkeit aus seinen Augen, die die meisten Menschen rasend macht. Als Kind ist er deswegen regelmäßig verprügelt worden, scheinbar grundlos, er hat es besser gewusst. Vezir ist ein halbes Jahr jünger als ich, wir haben im Schlafsaal des Hauses der Kinder nebeneinandergelegen und später im Haus der Beschriebenen vier Jahre ein Zimmer geteilt. Abgesehen von Mutter gibt es niemand, dem ich näher bin. Seit dem Tod des Brenners führt Vezir die Destille, wobei er sich gewissenhaft an dessen überlieferte Rezepturen hält.

Die alkoholgeschwängerte Wärme machte mich schläfrig, ich hätte mich gern auf den Hocker neben dem Brennofen sinken lassen.

»Was hast du angestellt?«

»Ich hab zugestochen.«

»Krähenmann?«

»Mit dem Messer.«

Er begann, den Kessel zu polieren, emsig und konzentriert, obwohl er doch glänzte wie ein Kupferspiegel.

»Hat er dich wieder provoziert?«

»Kümmere dich bitte um ihn, in einer Viertelstunde bin ich weg. Dann kannst du Hilfe holen.«

»Wohin?«

»Weg halt«, sagte ich.

»Der Weg entsteht, indem man ihn geht.«

»Ich weiß, Klugscheißer.«

»Kafka!«

»Ich hab im Literaturunterricht neben dir in der Bank gehockt, vergessen?«

»Kommst du wieder?«, fragte er.

»Hilfst du mir?«

Er nickte und schob die Brille nach oben. Einen Moment lang blieben wir stehen, ohne uns zu rühren, dann umarmten wir uns. Bevor er mir weitere Fragen stellen konnte, machte ich mich von ihm los und trat aus der Destille in die Kälte hinaus. Die Schneedecke dämpfte die Geräusche gründlicher ab als in meiner Erinnerung; das Schwirren der Windräder war nichts als ein Wispern, das Fräsen der Band- und Stichsägen im Sägewerk ein Singen, das ich mir auch nur einbilden mochte, so wie das federnde Klopfen von Lefeus Hammerschlägen, das aus weiter Ferne herüberklang, obwohl seine Schmiede in der Nähe stand. Wie jeden Winter war er damit beschäftigt, Mähbalken zu schärfen und gesprungene Pflüge zu schweißen. Es hatte aufgehört zu schneien. Das Windrad auf dem Dach der Destille, das Vezir die Energie liefert, surrte. Das Pferd wieherte, als ich ihm den Futtersack umband und über das Maul strich, es musste zu Kräften kommen.

Wie ein Dieb schlich ich durch unsere Vorrats- in die Wurstkammer, um Mutter ein letztes Mal zu belauschen. Im Schwundspalt eines Balkens hingen Haare von mir. Sie sang, das Warten auf ihren Liebhaber löste ihre Zunge, es machte ihre Stimme hell und jung, ich sah in Gedanken vor mir, wie sie auf dem Bett saß, die Hände in der Höhe, als dirigiere sie ihren Lockgesang. Mutter kann nicht still liegen, nur wenn sie schläft, rührt sie sich nicht, sie hat den Schlaf der Scheintoten, liegt auf dem Rücken, mit flachem Atem, der kaum zu hören ist, das unerlöste Mädchen aus dem Märchen, Dornröschen. Ich habe ihren Schlaf lange genug bewacht, weil sie das Verschwinden ihres Mannes, meines Vaters, nicht verwand und sich einsam fühlte, sobald sie sich schlafen legte. Siehst du, Mutter, dein Sohn ist ein Geist, er kauert mit angehaltenem Atem auf dem Lehmboden wie ein Wurstdieb und stellt sich vor, wie du deinen Liebhaber herbeisehnst, dein einziges Kind hat nicht den Mut, dir in die Augen zu schauen, nicht nach dem, was es getan hat. Dein Sohn ist nicht nur eifersüchtig, sondern auch feige.

Ich gab mir einen Ruck, kroch in die Vorratskammer zurück und stahl mich in mein Zimmer über dem Stall, um den Haartornister zu packen, den mein Vater zurückgelassen hat. Im Finstern auf den Knien herumrutschend, suchte ich zusammen, was ich für die Flucht benötigte, und sah dabei das Dorf vor mir, in dem ich vor einundzwanzig Jahren geboren worden war: Bestimmt waren Männer damit beschäftigt, das Eis des gefrorenen Löschwasserteiches mit Eisenstangen zu zerschlagen, die Eberesche, unser Glücksbaum in der Mitte Mudras, trug immer noch Blätter, der Boden unter ihren Ästen war schneelos, auf den Dächern der Hütten und Schuppen, auf den Kieswegen, den Kraut- und Kartoffeläckern, Treibhäusern, Maisfeldern und Gemüsetunnels dagegen lagen Hauben aus Schnee. Auch der Schandanger mit dem Pranger und dem Schiff, das stranden wollte, die Zinnen der vier Wach- und der zwei Wassertürme mit den eisernen Wetterfahnen sowie das Dach des Turmes der Träume waren schneebedeckt. Ich sah mich im Haus der Kinder neben dem Lehrer vor der Klasse stehen, aufgeregt, aber glücklich, weil ich wusste, es würde mir gelingen, das Gedicht »Mondnacht« von Joseph von Eichendorff auf die Wandtafel zu schreiben: »Es war, als hätt der Himmel / die Erde still geküsst ...« Nun gab es ein weiteres Bild, das ich nie wieder loswerden sollte: Krähenmann, auf dem Rücken in meiner Werkstatt liegend, mein Messer in der Brust, gegen den Tod kämpfend.

Damit die dicken Gemäuer nicht auskühlen, ist in den kalten Monaten ein Feuermann damit beschäftigt, in den Kaminen auf den fünf Stockwerken des Turmes der Träume Feuer in Gang zu halten. Dennoch war es eiskalt, als ich auf der Treppe in den dritten Stock hastete. Ich war allein im Turm, der Feuermann war wohl damit beschäftigt, Holz zu holen. Meine Hefte fand ich sofort, unsere Träume sind alphabetisch nach unseren Namen eingeordnet und jedem zugänglich. Wir beginnen im Haus der Beschriebenen damit, unsere Träume jeden Morgen in Hefte zu schreiben, die dreihundertfünfundsechzig Seiten umfassen und die wir selber binden. Ich schnürte meine neun Hefte zusammen und verstaute sie im Haartornister. Die Zeit, ins Obergeschoss des Turmes zu steigen, in dem das Archiv der Bilder eingelagert ist, fehlte mir. Nach Stichworten in Karteischachteln eingereihte Ansichts-, Fotografie- und Kunstpostkarten zeigen uns, wie sich die Welt und die Menschen vor der Großen Transformation darstellten. In Gedanken nahm ich die Schachteln der Themen »Berufe«, »Kunst«, »Bräuche«, »Stadt«, »Krieg«, »Politik«, »Maschinen« und »Völker« aus den Regalen, trug sie zu einem Studiertisch und suchte mir meine Lieblingskarten heraus, um sie mir einzuprägen: die Fotografie eines Goldschmiedes in einem arabischen Land aus dem Jahr 1862, der mit seinem Blasrohr vor einem kleinen Tonofen höckelt; das Gemälde »Das Haus der Träume« des Malers Albert Welti, datiert auf das Jahr 1897; eine Schwarz-Weiß-Postkarte mit dem Titel »Der letzte Bär – Misox 1893«, auf dem sich einundzwanzig bärtige Jäger mit Stöcken und Flinten um einen erlegten Bären gruppieren und stolz in die Kamera blicken; eine Aufnahme von 1963, auf der Berlins Regierender Bürgermeister Willy Brandt zwischen Bundeskanzler Konrad Adenauer und dem amerikanischen Präsidenten J. F. Kennedy in einer offenen Limousine durch Berlin chauffiert wird, begleitet von einer Motorradeskorte und Personenschützern in dunklen Anzügen. ›Jede Fotografie ist eine Katastrophe, denn sie zeigt den Schrecken einer in der Vergangenheit liegenden Zukunft‹, so steht es geschrieben, ›eine Wirklichkeit, die im Augenblick der Aufnahme existierte, nun jedoch unerreichbar weit entfernt ist.‹ Ich liebte die Fotos trotzdem, aber ich musste sie zurücklassen. Auch die Bibliothek, das größte Gebäude von Mudra, konnte ich nicht aufsuchen: um diese Tageszeit war der Lesesaal gut besucht. Mir blieb nur das eine Buch, das ich vor Tagen ausgeliehen hatte und das jetzt in Vaters Tornister lag, T. S. Eliots Gedicht »The Waste Land«.

Die Schatten waren gewachsen, glasgrüne Dämmerung machte sich breit, gegen Osten war bereits die Nacht zu erahnen. Nur die Felswände der Schroffen Wächter hoch über dem Dorf trugen noch einen rötlichen Abschein, das letzte Feuer des Tages. Ich roch den Torf, den wir im Moorgebiet in der Mittelzone stechen und nur im Haus der Ältesten verfeuern, und begriff, dass ich die Abendglocken hörte, die ankündigen, dass demnächst der Strom, erzeugt von unseren Wind- und Wassergeneratoren, für zwei Stunden eingeschaltet würde.

Allen Proviant hatte ich in die beiden Satteltaschen gepackt, der Haartornister, den ich am Rücken trug, war aber immer noch erschreckend schwer. Am hinteren Zwiesel des Sattels hatte ich Schaffelle und Vaters Rosshaardecke mit dem lang verblichenen Kreuz der Schweiz festgezurrt. Seine Pelzmütze rutschte mir in die Stirn, sein Gewehr, es steckte im Futteral aus Rindsleder, das er sich selbst genäht hat, schlug mir im Takt des Pferdetritts gegen das rechte Bein. Vater hatte mir gezeigt, wie man einen Hirsch ausblutet und ausweidet, Hasen das Fell über die Ohren zieht, Fische fängt und ausnimmt, Vögel mit der Steinschleuder aus dem Himmel holt, wie der Keil zu setzen und in welche Richtung ein Baum zu fällen ist, wie man Feuer macht, das nicht nur qualmt, sondern wärmt, aus Tannenzweigen und Ästen eine Wetterhütte baut und dass man frische Kuhmilch in die Farbe mischt statt Wasser, um die Innenmauern einer Hütte zu streichen. Er hatte mir auf seinem Pferd reiten beigebracht, hatte mich Gedichte von Georg Heym und Friedrich Hölderlin gelehrt, Verse von Ovid, Liedtexte von Bob Dylan, Leonard Cohen, Georges Moustaki, Wolf Biermann und Patti Smith, er hatte mir Bücher gegeben, Lexiken und Atlanten, hatte mich mit Bleilettern einen Text absetzen und auf der Knebelpresse drucken lassen, hatte mir gezeigt, wie man Papier schöpft und Druckfarben mischt. Und am Tag nach meinem siebzehnten Geburtstag war er, zusammen mit Rachel Schaub, gerufen Watfa, der mittleren Tochter Bittibättis, verschwunden, ohne eine Spur zu hinterlassen.

An Munition hatte ich nur zwei Schachteln Patronen eingesteckt, ich hatte nicht vor zu schießen, es sei denn, ich musste mich verteidigen. Natürlich wusste ich, ich machte mir damit etwas vor: eine Flucht dauert so lange, wie der Proviant reicht. Und da ich nicht mit fünf oder sechs vollbepackten Eseln durch das Tor reiten konnte, würde ich jagen müssen, sofern mich nicht eine andere Gemeinschaft bei sich aufnahm.

Es fiel mir schwer, den hundert Meter breiten Streifen Brachland direkt vor dem Haupttor zu durchqueren, den wir gerodet und von allen Sträuchern, Büschen, Bäumen und Steinen gesäubert haben, um niemandem Deckung zu bieten, der sich unserem Dorf nähert. Hier reite ich, ich kann nicht anders! Ich sah Krähenmann vor mir, mein Messer in der Brust. Ich spürte die fragenden Blicke der Wachen in meinem Rücken, sie wussten, ich hatte nicht die Erlaubnis des Rates der Ältesten, das Dorf zu verlassen, um einen Auftrag auszuführen. Trotzdem hielten sie mich nicht zurück. Wir behandeln uns nicht wie Gefangene, wir sind frei. Das meint natürlich auch, frei, zu gehen, so wir bereit sind, die Konsequenz auszuhalten. ›Welcher Vogel hat das Herz, in einem Käfig zu singen?‹, heißt es in den Schriften der Ältesten, und weiter: ›Welcher Vogel hat das Herz, im Dornenbusch zu singen, der sein Federkleid verletzt?‹

Während ich das gerodete Brachland durchritt, stellte ich mir vor, einen Mantel zu tragen, schwer und lang, einen Schutzmantel aus Hirschleder, der mich unsichtbar machte, nicht zu verletzen durch Blicke noch durch Pfeile. Das Abendlicht war milchig, als betrachtete ich die Welt durch ein Tuch. Die Wetterfahnen auf den Türmen quietschten im Nordwind. ›Wer in den Wind tritt, der steht im Wind‹, so steht es geschrieben. In meinen Ohren war ein Schrillen, leise, aber schmerzhaft, das auf einen Schlag aufhörte, als ich den Todesstreifen durchquert hatte und in den tannenfinsteren Wald, in dem nichts ist, einritt und zwischen den Stämmen verschwand.

Ich kam gut voran, das Pferd schnaubte, dampfte. Siehst du mich, Mutter, hinter dem im eigenen Tritt nickenden Pferdeschädel, denkst du an mich? Mach die Augen zu, dann bin ich in deinem Kopf, im Sattel deines Liebhabers, mitten im Wald, im Schnee, dein Sohn. Aber deine Gedanken sind bei ihm, nicht bei mir und auch nicht bei deinem verschwundenen Mann. Du stehst in der Tür unserer Hütte, Vaters Militärmantel übergeworfen, ich sehe dich, gleich wirst du wütend, keiner lässt eine Frau wie dich warten, du wirst ihm den Marsch blasen, das nimmst du dir auf jeden Fall vor, und er wird lachen über deine Vorwürfe, das weißt du, lachen über dein Geschrei, küssen wird er dich, Krähenmann, küssen und hochheben, bevor er dir den Mantel von den Schultern streift, wenn du wüsstest! Wunderst du dich über das dunkle Fenster meiner Werkstatt, darüber, dass kein Rauch aus dem Ofenrohr steigt, ich müsste doch an der Arbeit sein? Ich sehe dich, Mutter, du wirst weinen, wenn du begreifst, was ich getan habe, verachten wirst du mich, verfluchen, da reite ich, siehst du? Wirst du mich hassen?

Kniff ich die Augen zu, sahen die von Windböen aufgewehten Schneefahnen aus wie Männer in weißen Mänteln. Mein Vater hätte gewusst, wohin ich ritt. Der Bretterverschlag, zu dem ich unterwegs war, ist der äußerste Posten, wenn wir auf die Jagd gehen. Die Hütte steht auf einer Anhöhe am Rand des Waldes, in dem nichts ist. ›Sind alle Zelte abgebrochen, ist der Horizont erneut endlos weit und offen.‹ Ich war zu jung gewesen, als Vater mir die Erkenntnis der Ältesten beibringen wollte. Was denn für Zelte, hatte ich ihn gefragt, und er hatte sanft lächelnd den Kopf geschüttelt.

Die Rauchsäulen aus dem Dorf standen über den Wipfeln, bereits weit entfernt, gedrechselte Zopfsäulen, die sich in der Höhe zu nebelartigen Schwaden sammelten und verweht wurden. Ich ritt an der zerfallenen Eisenbahnremise und dem Verschubgeleise vorbei, auf dem ich nie einen Zug hatte fahren sehen, der verschneite Prellbock hätte auch ein Felsbrocken sein können. Das kahle Gezweig mächtiger Laubbäume wölbte sich in der zügig wachsenden Dämmerung zu einem Tunnel, den ich im Galopp durchritt. Bergbach Rutha führte nach dem Regen des Herbstes Hochwasser und schäumte bis zur Krone seines Bettes, ein unbändiges Schuppentier, dessen Tosen auf dem Weg talab Richtung See jedes Geräusch übertönte. Ich ritt über den schwingenden Steg, den wir im Frühjahr angelegt hatten, meine Schultern streiften Zweige, die, von der Schneelast befreit, sirrend in die Höhe schnellten. Eine Wolke erhob sich, ein Krähenschwarm, von mir aufgescheucht; er stieg hoch, drehte wie auf Kommando ab und stieß nieder, um einen Scheinangriff auf mich zu fliegen, verlor sich dann aber, jäh nach oben wegziehend, im Glimmern des Abendhimmels. Ich hatte mich unwillkürlich geduckt, während ich dem brausenden Schwarm nachsah, und an den Leib des Rappens gedrückt, der unter der ungewohnten Berührung erschauderte.

KEEROM

Er hat das möblierte Appartement an der Keerom Street im Netz gefunden und für zwei Monate gemietet. Es liegt im achten Stockwerk, der Blick geht über das Dach des High Court und die Wipfel des Company's Garden Richtung Tafelberg, der hinter den ansteigenden Ausläufern der Stadt als Amboss in den Grund gerammt ist. In den neun Tagen, die er jetzt in Kapstadt ist, hat er den abgeplatteten Gipfel ein einziges Mal zu sehen bekommen, weil er sich sonst unter den Wolken verbirgt, die der Volksmund Tischtuch nennt, wie er gelesen hat. Im Reiseführer fand er auch den Namen des Windes, Cape Doctor, der die Luft flirren und Fenster- und Türflügel tanzen lässt. In seiner ersten Nacht in Südafrika hat er auf dem Rücken gelegen, von Minute zu Minute wacher und verkrampfter, weil er versuchte, das Klappern, das von einer losen Dachrinne stammte, wie er annahm, zu ignorieren oder in seiner Phantasie in ein Geräusch zu verwandeln, das ihn beruhigte oder sogar einschläferte. Als er um drei Uhr morgens doch aufgestanden ist, frustriert und wütend, hat er festgestellt, dass die Scheibe des Fensters im Wohnzimmer im Cape Doctor ratterte. Er hat die Schränke des Appartements durchsucht und unter dem Spülbecken die Kartonverpackung des Toasters gefunden und in Streifen zerrissen, um sie zwischen die untere Hälfte des Fensterrahmens, die sich nach oben schieben lässt, und die Wand zu zwängen und die Scheibe so festzuklemmen.

Dass im Wohnzimmer mit der Küchenecke kein Tisch stehen könnte, abgesehen von einem Couchtischchen, das ihm bis zu den Knien reicht, hat er nicht erwartet. Ein Schriftsteller braucht einen Tisch, so viel steht fest! Es hat ihn Überwindung gekostet, sich mit Notebook, Lesebrille, Bleistift und Notizbuch an der Theke einzurichten, an der er frühstückt. Jetzt hockt er also auf einem Barstuhl ohne Lehne, während er sich auf die Suche nach Fehlern in seinen geschriebenen Sätzen macht. Aber er hat sich mit dem ungewohnten Arbeitsplatz ebenso arrangiert wie mit der Tatsache, dass der staatliche Stromversorger Eskom den Bedarf nicht decken kann und den Strom täglich zwischen 13 und 15 Uhr abschaltet. Das Appartement ist klein, aber zu viel Platz hat ihm bei der Schreibarbeit noch nie geholfen. Das Bett ist breit und nicht zu weich, das Schlafzimmer behaglich. Die gerahmten Kunstdrucke, die an den Wänden hingen, hat er unters Bett geschoben. Das Fenster des Badezimmers geht auf einen Lüftungsschacht, und wenn er in der Wanne liegt oder auf der Toilette sitzt, hört er Stimmengewirr aus dem Restaurant *Seven Cats* im Erdgeschoss und lauscht den Gesprächen in Afrikaans und in einem spitzen Englisch, das nach verkniffenen Lippen klingt. Auf der Toilette hockend, erinnert er sich daran, wie er in diesen Momenten früher geraucht hat und heute wohl genau deshalb darauf achten muss, dass ihm nicht die Beine einschlafen, wenn er zu lange sitzen bleibt, weil er eben geraucht hat, früher, viel zu viel geraucht hat.

Er hat noch nicht gekocht, seit er in Kapstadt ist, obwohl er eingekauft hat in einem Supermarkt an der Wale Street, in dem er der einzige Weiße war, Pasta, Pelati, Reibkäse, Hackfleisch und Rotwein, wie an jedem Ort, an dem er bisher geschrieben hat. Sobald es dunkel wird, hält ihn nichts im Appartement. Um in die Long Street mit den schmiedeisernen Balkonen und hoch über dem Asphalt schwebenden verglasten Veranden zu gelangen, in denen Kerzen brennen, diese Amüsiermeile, in der sich Restaurant an Restaurant, Bar an Bar und Club an Club reiht, muss er nur die Dorp Street hochgehen, eine Strecke, die nun tatsächlich zu kurz ist, um ein Taxi zu benützen. Sonst muss er in jedem Fall ein Taxi nehmen, sobald es dunkel ist, so kurz die Strecke auch sein mag, das hat ihm der Vermieter bei der Schlüsselübergabe mit erhobenem Zeigefinger eingeschärft, und er hat es dem Männchen mit poliertem kahlem Nusskopf versprochen; bisher hat er sich daran gehalten, auch wenn er es beschämend und lächerlich findet, für fünfhundert Meter in ein Taxi zu steigen und damit den Fahrer gegen sich aufzubringen.

Das Appartement ist ein Adlerhorst und somit exakt das Versteck, das er für ungestörtes Arbeiten benötigt; in einem Versteck mit einer solchen Sicht hat er allerdings noch nie geschrieben. Er fühlt sich der Welt auf angenehme Weise entrückt und in der Rolle bestätigt, die er seit drei Jahrzehnten innehat, wie er gerne glaubt: der Rolle des Beobachters, der am Rand steht. Unbestechlich, kalt. Im Gebäude gegenüber, in dem mehrere Versicherungen, eine Filiale der Ned Bank und diverse Firmen untergebracht sind, hat er eines Nachts beobachtet, wie sich eine Frau und ein Mann küssten, ohne sich daran zu stören, dass die Tür des Büros offen stand, blind für den Mann zwei Stockwerke über ihnen auf der anderen Straßenseite, den Schriftsteller aus Europa, der sie beobachtete und nur darauf wartete, dass sie ihn bemerkten.

Er weiß das Notebook in seinem Rücken und hat doch kein schlechtes Gewissen, weil er hier am Fenster steht, statt seine vor Monaten geschriebenen Sätze zu lesen und eventuell zu verbessern. Noch vor kurzem hat er ganze Vormittage und Nachmittage am Schreibtisch über Fassungen seiner Texte gesessen, Stunden, ohne einmal länger Pause zu machen, ein Sklave seines Pflichtbewusstseins, seines Ehrgeizes. Das ist vorbei. Heute kann er sich nicht länger als ein paar Minuten konzentrieren, schon schweifen seine Gedanken ab. Er kann sich, diese Gelassenheit besitzt er mittlerweile, Zeit nehmen. Ein guter Satz, weiß er, lässt sich genauso wenig erzwingen wie das Glück. Weiß er denn, was ein guter Satz ist? Und das Glück? Was ist das Glück? Um wieder an den Ort zurückkehren zu können, an dem er sich nicht länger als nötig aufhalten will, weil er ihn zur Genüge kennt, den Ort der Erfindung, der Fiktion, den Ort der Lüge, wie er ihn insgeheim nennt, um also wieder in die Welt der Sprache zurückkehren zu können, bleibt ihm jeweils nichts anderes übrig, als aufzustehen und sich für eine Weile mit anderen Dingen zu beschäftigen oder sich mit sich selber zu befassen, ohne freilich zuzulassen, damit zum Thema zu werden, über das er schreibt.

Wenn er die Einfahrt der Tiefgarage gegenüber sehen will, muss er auf die Zehenspitzen gehen und so nah an die Scheibe treten, dass seine Nase das kühle Glas berührt. Der Stadtstreicher, dem er den Namen Paperman gegeben hat, ist dabei, seinen Platz zu räumen. Offensichtlich wird geduldet, dass er die Nächte in der Einfahrt verbringt, ziemlich sicher lautet die Vereinbarung, dass er zu verschwinden hat, bevor die ersten Angestellten mit ihren Autos in die Tiefgarage einfahren. Der Schwarze ist groß, hager und wahrscheinlich alt, auch wenn er sich aufrecht hält und seinen bepackten, bemalten Holzkarren scheinbar mühelos die steile Dorp Street hochstößt, in Richtung Bo-Kaap, wo er hoffentlich einen Ort hat, an dem er der brutalen Hitze tagsüber entgeht. Der Obdachlose strahlt eine Würde aus, die etwas Höhnisches an sich hat: Mir geht es beschissen, und doch besitze ich mehr Stolz als du! Er beobachtet, wie der Schwarze sorgsam Decken, Stoffe, Plastikbahnen und Plachen zusammenfaltet, Zeitschriften, Zeitungen und Kartonstücke zu Bündeln schnürt und alles nach einem ausgeklügelten System in den Karren schichtet. Keine Fläche, keine Lücke bleibt ungenützt. Zuletzt zieht der Mann eine Mütze mit steifem Schild aus einer der Taschen seiner geräumigen Cargohose, das tut er jeden Morgen, setzt sie auf und hebt grüßend die Hand, bevor er sich auf seinen Weg macht, ohne den Blick zu heben, weil er weiß, er wird von einem weißen Mann im achten Stock des Appartementhauses gegenüber beobachtet, der ebenfalls die Hand zum Gruße hebt, verschwörerisch, als gäbe es irgendetwas, was sie teilten. Wieso hat er den Mann noch nie angesprochen? Weil es einfacher ist, sich das Gespräch, das sich daraus ergäbe, vorzustellen und in Worte zu fassen, die sich aufschreiben lassen!

Einmal hat Paperman in der Einfahrt Feuer gemacht, die Flammen haben ihn verunsichert, verängstigt. Was hast du hier verloren, Paperman? Er setzt sich auf den Barstuhl und berührt die Tastatur des Notebooks. Der Bildschirm wird hell, Don Li setzt ein, doch das nützt nichts. Er hat den Faden verloren, wird Fehler finden, die vielleicht gar keine sind, andere dafür überlesen. Oft genug gibt er die Schuld für seine kurzen Blockaden der Musik, die er auf dem Notebook abspielt, während er arbeitet. Er hat noch keine Zeile in seinem Leben geschrieben, ohne Musik zu hören. Es liegt, das weiß er, nie an der Musik, wenn er nicht weiterweiß, natürlich nicht.

Er stoppt »Out Of Body Experience«, schaltet das Gerät aus und klappt es zu, sorgsam, als würde ihm das später helfen, den Einstieg in seine Korrekturarbeit zu finden. Wie lautet der letzte Satz, den er gelesen hat? Bereits vergessen. Das letzte Wort? Es gibt so viele Fragen, die man stellen kann, und seit einigen Jahren stellt er sie sich tatsächlich, wenigstens am Schreibtisch, in der Welt, die er sich zurechtbiegt, wie es ihm passt. »Erschauderte!« So lautet das letzte Wort, das er gelesen hat. »Berührung« das zweitletzte. Die Hitze macht ihm zu schaffen. Er tritt an die Spüle und dreht den Wasserhahn auf, um sich die Handgelenke zu kühlen, aber die Leitung gibt nichts als ein müdes Furzen von sich. Der Geruch, der ihm in die Nase steigt, erinnert ihn an faule Eier. Es gibt zum vierten Mal kein Wasser, seit er in der Stadt ist. Er wird 5-Liter-Flaschen heranschleppen müssen, um in diesen Fällen wenigstens die Toilette spülen zu können.

Schon am ersten Tag hier in Kapstadt hat er sich vorgenommen, im *Boom-Boom Black Pepper* an der Ecke Loop Street und Pepper Street zu essen. Heute wird er dort frühstücken, Kaffee und Pancakes mit zerlassener Butter und Honig, und den Rucksacktouristen zusehen, die aus den Hostels in die Morgensonne hinaustreten und gähnend und blinzelnd für einen schutzlosen Augenblick aussehen, als wüssten sie nicht, wer sie sind. Dann wird er weiterkorrigieren. Das Smartphone steckt er ein, die iWatch3, die ihm seine Freundin zum 55. Geburtstag geschenkt hat, lässt er auf dem Nachttischchen neben dem Bett liegen. Die Uhr kann zu viel. Die mechanische Armbanduhr fällt ihm ein, die er als Junge zur Firmung geschenkt bekommen hat, Mirexal, eine günstige Kaufhausuhr, die mehr als dreißig Jahre lang funktionierte und niemals nach- oder vorging.

Das *Boom-Boom Black Pepper* ist fast leer, im Licht, das durch die Glasfront fällt, stehen Staubsäulen. Hätte er von außen gesehen, dass auch in diesem Lokal Reihen von Hologramm-Screens schweben, hätte er woanders gefrühstückt. Er geht auf den freien Zweiertisch am Fenster zu und sieht, wie ein Mann, der mit einer Frau mit hüftlangen Rastazöpfen an der Bartheke sitzt, aufsteht und mit ausgebreiteten Armen auf ihn zustrebt.

»Yo man«, sagt der Mann mit lauter selbstherrlicher Stimme und deutlichem Akzent, »that's my nigga!«

Der Mann bleibt viel zu dicht vor ihm stehen, und er tritt einen Schritt zurück, will umdrehen und das *Boom-Boom Black Pepper* verlassen, spürt aber die vage Verpflichtung, sich behaupten zu müssen. Er darf auf keinen Fall zurückweichen, sagt er sich. Aber warum nicht? Der Mann riecht nach Sonnenöl und Essig, seine Finger glänzen. Isst er Fritten zum Frühstück? Sein Shirt, auf dessen Brust in altmodischen Lettern »Bakoven Bay« steht, hat Schweißränder unter den Achseln. Die langen Haare des Mannes sind struppig und ausgebleicht, er verbringt wohl viel Zeit im Freien. Warum erstaunt es ihn, dass der Mann nicht tätowiert ist? Jetzt ist auch die Frau aufgestanden, wie schön sie ist, sie strahlt etwas aus, das ihn verunsichert.

»Haven't got a clue, ha?«

Der Mann ist ernsthaft erstaunt, dass er ihn nicht erkennt. Mit wem wird er verwechselt, wer ist er in den Augen des Mannes? Soll er das Missverständnis aufklären und sich vorstellen? Oder soll er mitspielen und abwarten?

»Lass ihn!«

Die Frau mit den Rastazöpfen, die dem Mann beruhigend auf die Schulter tippt, ist Deutsche, aus dem Norden, wie er dem Akzent anzuhören glaubt. Hamburg? Ihre nackten Schultern und Arme sind rot, auch Nase und Stirn hat sie sich in der afrikanischen Sonne verbrannt.

»Aber das ist er! That's my nigga!«

»Ist er nicht!«, sagt sie mit ruhiger Stimme.

»Bist du nicht?«

Jetzt redet auch der Mann deutsch. Er sieht ihn abwartend an, unsicher, was jetzt zu geschehen hat. Da stehen sie, wortlos und unschlüssig, worauf warten sie? Wäre die Szene Teil des Textes, an dem ich sitze, denkt er, wäre es jetzt Zeit für eine Erinnerung an eine prägende Episode aus der Kindheit. Eine Rückblende, die Motive für das Verhalten des Mannes liefert. Jämmerlich.

»Wer bin ich nicht?«

»My nigga!«

Das zarte Zirpen, mit dem Nipper die Kollektion neuer Songs anzeigt, die das App ihm jeden Morgen um zehn Uhr in seine Cloud schickt, irritiert den Mann, er sieht sich um. Auf der Long Street wird gehupt, die Morgensonne flutet den Raum mit weichem Licht, in dem die Gäste für einen Moment schweigend dasitzen. Hat ihnen jemand befohlen, sich an etwas Schönes zu erinnern, das sie vergessen oder vielmehr verdrängt haben? Er wehrt sich erfolgreich gegen den zwanghaften Wunsch, das Smartphone aus der Hosentasche zu ziehen, sich durch die Songliste zu scrollen und nach bekannten Titeln zu suchen.

»Entschuldigen Sie, ich habe Sie mit jemandem verwechselt.«

Der Mann zuckt mit den Achseln, dreht sich um und lässt ihn stehen. Gibt er eine Nebenfigur ab, die einen Auftritt verdient? Der Mann hinkt, das gäbe natürlich Anlass für eine Episode in seiner Kindheit, einen prügelnden Vater, einen Fahrradunfall. Wann genau haben Jüngere angefangen, ihn zu siezen?

»Mit seinem Vater«, sagt die Frau und lächelt, »er hat dich mit seinem Vater verwechselt.«

»Er nennt seinen Vater ›my nigga‹?«

»Du willst gar nicht wissen, wie er mich nennt.«

Sie senkt leicht den Kopf und geht dann zur Bartheke hinüber. Zwischen ihren Schulterblättern hat sie sich eine liegende Acht tätowieren lassen, das Zeichen der Unendlichkeit. Alles hat eine Bedeutung, geht ihm durch den Kopf, nicht nur in Texten, auch in der Wirklichkeit. Gerade da! Es ist der erste Blick, der zählt! Der erste Eindruck, der erste Satz, der dir einfällt! Früher hat er tatsächlich an diesen Unsinn geglaubt. Heute kürzt und streicht er besonders gerne, schreibt jeden Satz wieder und wieder um, überzeugt davon, jeder Stein, so gut er auch liege, müsse umgedreht und an anderer Stelle hingelegt werden. Er zögert, er könnte sich zu den beiden setzen, entscheidet sich stattdessen aber für den freien Zweiertisch am Fenster. Ist es nicht lohnender, sich das Gespräch mit dem Paar nur vorzustellen? Einfacher ist es auf jeden Fall. Sie sind Geschwister, sagt er sich und öffnet die Karte, der Bruder ist in seine Schwester verliebt, sie weiß es, sie hat ihn in der Hand. Wie im Leben, denkt er und entscheidet sich nicht für Pancakes, sondern für Spiegeleier mit Speck und mexikanischen Bohnen. Die Hologramm-Screens zeigen ausschließlich Newskanäle, das ist selten, *ntt*, *gazprom-news*, *apple-africa*, *apple-usa*. Sein Blick streift über die Schirme, das Earpiece lässt er am Tisch hängen, er macht sich seit einiger Zeit ein Spiel daraus, Newsbeiträge ohne Ton verstehen zu wollen: in der

Freien Katalanischen Republik wird gewählt; die Strände an der französischen und italienischen Mittelmeerküste sind wegen Zehntausenden giftiger Feuerquallen geschlossen worden, um sie bis zum Beginn der Badesaison räumen und säubern zu können; achtzig Prozent der Eschen in Europa sind von einem Pilz befallen, der sie in kürzester Zeit absterben lässt; nach Guinea, Liberia, Sierra Leone und Nigeria hat die WHO aufgrund des neuen Ebola-Virus auch in der Demokratischen Republik Kongo Schutzstufe 4 ausgerufen und eine Ausgangssperre und Quarantäne verhängt; nach wochenlangen Regenfällen sind im Nordosten Chinas die Uferauen des Amur überflutet worden, dreieinhalb Millionen Chinesen werden evakuiert, die Schäden belaufen sich auf geschätzte 23 Millionen Yuan, was 28 Milliarden Neuro entspricht. So viel hat er ohne Ton verstanden. Für die beiden Beiträge, die auf *apple-usa* in einem Loop wiederholt werden, braucht er den Kommentar; er greift sich das Earpiece, setzt es auf und wählt den richtigen Kanal: in den US-Bundesstaaten Ohio und Illinois ist der Notstand ausgerufen worden, nachdem resistente Schadpflanzen wie Katzenschweif und Traubenkraut – die sich ausbreiteten, weil Farmer über Jahrzehnte flächendeckend Pestizide versprühten – die gesamte Mais-, Soja- und Weizensaat überwucherten. Der andere Beitrag zeigt Plantagen mit verdorrten Orangenbäumen in Florida, in der Punjab-Region in Pakistan und auf Zypern und Malta. Versuche, den Asiatischen Zitrusblattfloh, der die Gelbe Drachenkrankheit in die Orangenbäume trägt und sie damit tötet, mit einer Killerwespe zu bekämpfen, sind gescheitert. Er hat über die Seuche gelesen, sogar an den Namen der Wespe erinnert er sich, Tamarixia, während auf dem Screen die Frage »The End Of Our Orange-Juice?« eingeblendet wird. Er hängt das

Earpiece an den Tisch. Welche Kriterien muss eine Wahrnehmung erfüllen, damit sie Eingang in seine Texte findet?

Die Karosserien der Google-Mobiles, die in dichter Kolonne Touristen durch die Long Street karren, begleitet von zwei Sicherheitsbeamten auf Motorrädern, werfen Lichtsicheln über die Wände des Lokals. Die Frontansichten der Mobiles erinnern ihn an die Gesichter von Koalas. Die Scheiben sind verspiegelt, die Hybridmotoren nicht zu hören. Erst jetzt fallen ihm die Müllsäcke auf, die am Straßenrand zu wankenden Bergen aufgetürmt sind; ein Mann vertreibt mit einem Stecken streunende Hunde, die nach Futter suchen. Streikt die Müllabfuhr, wie in dem Fernsehbeitrag angekündigt wurde, den er sich gestern angesehen hat? An einer Bar gegenüber steht ein Satz, der letzte Nacht noch nicht da war, die rote Farbe ist verschmiert, die Buchstaben sind kaum zu entziffern, der Sprayer musste sich beeilen, denn an der Long Street hat es über jedem Lokal und Geschäft Überwachungskameras, zudem fliegen die Security-Drohnen hier auch nachts dichter als in anderen Teilen von Kapstadt, wie er gelesen hat. MOVE FAST AND BREAK THINGS. Wie lange es wohl dauern wird, bis die Aufforderung übermalt ist? Die Effizienz der städtischen Angestellten, die Graffiti und andere unerwünschte Spuren beseitigen, ist erstaunlich, er hat sich überlegt, sie bei der Arbeit zu filmen, dann aber aus Angst vor Scherereien mit den Behörden darauf verzichtet. Der Müll bleibt liegen, die Graffiti aber werden beseitigt! Was würde wohl Mark Zuckerberg dazu sagen, wenn er tatsächlich aufstünde und anfinge, das Lokal auseinanderzunehmen, denkt er und nimmt der Kellnerin den Teller mit seinen Spiegeleiern ab, beobachtet von der Rastafrau.

DREI

Ich erwachte, starr vor Kälte, stand aber nicht auf, um Feuer zu machen, gelähmt vor Angst, ich könnte mich in der Finsternis der Bretterhütte verlieren. Ich sah Krähenmann vor mir in meiner Werkstatt liegen. Lebte er? Die Pritsche knarrte, obwohl ich mich nicht bewegte, ich fing an zu pfeifen wie früher als Kind, allein in meinem Zimmer über dem Stall, erst leise, bald lauter, bis sich Umrisse im Verschlag zeigten: Regal, Tisch, Stuhl, Eisenofen, Vaters Haartornister, die Satteltaschen. Krähenmann bewegte sich, ein Gespenst meines schlechten Gewissens, er stand auf, unverletzt, er hob die Hand, sein Gesicht sah ich nicht, er löste sich auf, und sein Bild wurde abgelöst von dem im Kalten See festgefrorenen Schwan. Ich war fünf Jahre alt gewesen, eine glückliche Zeit, in der man alles glaubt, mein Vater hatte eine Leiter aufs Eis gelegt und war auf das festgefrorene Tier zugekrochen, das in seiner Angst mit den Flügeln schlug, mit dem Schnabel aufs Eis einhackte und ein tief aus der Kehle aufsteigendes verzweifeltes Fauchen von sich gab, das ich nie vergessen habe. Erst als sich das Eis unter dem Gewicht des Vaters dunkelblau verfärbte, war er in seinen brusthohen Wathosen ans Ufer in Sicherheit gekrochen. Das Fauchen des Schwanes war leiser geworden, das Schlagen seiner Flügel lahmer. Abends hatte Vater mich in den Arm genommen, verlegen lächelnd, wohl weil er sich die Lüge zurechtlegte. Was tatsächlich aus dem Schwan geworden ist, habe ich nie erfahren, ich glaubte Vater, der mir erzählte, er habe sich ohne Hilfe befreien können, habe sich in die Luft erhoben und sei stolz seeabwärts geflogen. Bilder trieben mir entgegen, ich spürte das Zerren meines ersten Drachens in der Hand, durch welche die Schnur lief, an der ich ihn auf dem Richtplatz am Himmel hielt, hoch über Mutter, Vater und mir, ein pfeilschnelles Dreieck in meinen Lieblingsfarben, Rot und Schwarz, spürte, viele Monate später, den Schlamm zwischen den Zehen, die Berührung der scharfen Schilfrispen, die ich mit den Händen teilte, während ich dicht hinter Mutter durch den Schlick in den See watete, vorbei an den flachen Kähnen unserer Fischer, vorbei an ihren Schleppnetzen, mit denen sie im Seichten Krebse abfischten, Netzen, die auf Holzgestellen am verschilften Ufer trockneten, spürte, wie sich der See als Samtmantel um mich legte, als ich nach ihr hineinglitt, die Hände auf der Oberfläche des Wassers, das die Sonnenwärme länger speicherte als die Luft. Wir können nichts für unsere Träume? Was für ein Irrtum. ›Wir sind unsere Träume!‹, so steht es geschrieben. Wir sind das einzige Lebewesen, dem bewusst ist, alles kann sich von einer Sekunde zur nächsten ändern. Nichts ist sicher, nur der Tod. Kein anderes Lebewesen muss mit dieser Gewissheit leben, mit diesem Schatten. Wir wissen, dass wir sterben, wie ist damit zu leben? Aber nicht nur ein Kind hat die Macht, sich mit seiner Phantasie in einen anderen zu verwandeln. Diese Macht, das lehren uns die Ältesten, besitzt auch die Phantasie von uns Erwachsenen. ›Wir sind, wer wir sein wollen. Wir sind, wer wir uns zutrauen zu sein: der Adler über dem Dorf. Der Junge, der keine Angst kennt. Der Fuchs im Bau. Ein Stein, Astloch, Blatt, ein alter Mann, der sich auf dem sonnenwarmen Kiesbett des Flusses niederlässt, den letzten Abend zu erwarten‹, so steht es geschrieben. Während ich wegdämmerte, hörte ich, wie Krähenmanns Pferd im Stall schnaubte und schnaufte, wohl im Schlaf.

mitten im Fluss stehen farbenfrohe Kabinen auf Stelzen die Frauen nehmen rituelle Bäder die Männer sitzen im Sand und rauchen Tabak den sie in Stadtpläne gerollt haben ich rauche nicht der Himmel gehört nicht zu diesem Bild ich hole ihn ein und falte ihn zusammen

Licht bestrich die Schneehänge, dahinter stand die Silhouette des Waldes. Der Dunst, der noch im Morgengrauen die Sicht verunmöglicht hatte, war aufgelöst, das Gewölbe des Himmels hoch, weit, leer. Es hatte die ganze Nacht geschneit. Die Welt, unter einen Glassturz gerückt, still und friedlich, stand wie gemalt. Kein Vogel flog. Ich blieb am Fenster, bis mir vor Kälte nichts anderes übrigblieb, als mich aus der Erstarrung zu lösen und den Tag zu beginnen. Ich aß Zwieback, Dörrfleisch und kalten Maisbrei. Den Block gepresster Teeblätter nahm ich zwar aus der Satteltasche und legte ihn auf den Tisch, aber ich machte kein Feuer, nicht jetzt, wir mussten weiter. Im Dachgebälk klebte ein Vogelnest, zu Pergament vertrocknet.

Im Stall war es wärmer als in der Hütte, es stank nach Rossseich. Der Rappe schien sich in meine Hände zu schmiegen, als wolle er sich umsinken lassen. Während ich ihn mit Stroh abrieb und ihm danach den Futtersack umband, sah ich mich unseren Schafen in Mudra Futter in die Holzschüsseln geben und geschnittene Kirschzweige dazuwerfen; das Schaben der Schafszähne und der Stallgeruch hatten mich schon als Kind beruhigt. Zaumzeug und Sattel ließ der Rappe sich problemlos anlegen, das Gewicht der Satteltaschen aber schien ihn zu stören: Er fing an zu wiehern und unbeherrscht den Schädel zu schütteln, dass mir die Mähne ins Gesicht peitschte. Träumen Pferde, fragte ich mich, trat aus dem Stall und ging im knirschenden Schnee auf und ab, die Arme schwingend, um das Tier eine Weile allein zu lassen, damit es sich beruhigte. Erste Sonne sprühte Funken von den Ästen der höchsten Tannen. Es würde ein klarer, kalter Tag werden.

DU SIEHST den Jungen, Mutter, er liegt in deinem Kopf wie auf einer Bühne. Ich gebe der Szene Abendlicht und lasse Büsche und Bäume aus dem Schnürboden der Erinnerung niederfahren. Er liegt bäuchlings im Wald, in dem nichts ist, mitten auf der Lichtung, die wir Curtimon nennen, die Beine gespreizt, die Arme ausgestreckt, als gelte es, zu zeigen, wie kräftig sie geworden sind, nach der Arbeit mit den Männern im Holz und im Sägewerk. Die Lichter ihrer Fackeln schwanken, das erkennt der Junge aus den Augenwinkeln, er hat den Kopf zur Seite gedreht, obwohl es nicht erlaubt ist, er schaut den Männern nach, die sich in Einerkolonne in den Wald zurückziehen. Bis auf die kurze weiße Hose ist der Junge nackt, sein kahlgeschorener Kopf glänzt im Dämmer. Er liegt da, ohne sich zu rühren, presst sich auf die Erde, will sich unsichtbar machen, will im Boden versinken. ›In der Dämmerung‹, heißt es, ›schläft der Wald ein, nachts aber erwacht er.‹ Weint der Junge? Mit wem redet er, er ist doch allein? Es wird dunkel. Und dann finster. Und doch vergeht keine Zeit. Die Angst ist keine Menschenkrankheit, ein Hirn genügt, sie zu empfinden und als ebenbürtigen Gegner zu erkennen. Er hat Angst. Angst vor der Nacht, die ihn umschließt, der Nacht, in der ›die Gestalten unterwegs sind‹, das hat man ihnen beigebracht, ›die keine Angst kennen, die Gestalten, die jeden riechen, der sich fürchtet‹. Der Junge ist an diesem Tag dreizehn Jahre alt geworden, damit steht er im Recht, in den Kreis aufgenommen zu werden, natürlich nur, wenn er seiner Angst standhält. Res Heim, der das Alter eine Woche vor ihm erreichte und aufgenommen werden sollte, war schwächer als die Angst; nachdem die Männer des Dorfes ihn auf der Lichtung zurückgelassen haben, muss er irgendwann aufgesprungen und in den Wald, in dem nichts ist, hineingelaufen sein. Als er nach zwei Wochen wieder im Dorf auftauchte, war er stumm; er ist es geblieben. Sein linker Daumen war gebrochen, ein Schaufelzahn fehlte. Resli zog ins Haus der Unbeschriebenen und wurde zuerst Powidl als Gehülfe zugeteilt. Danach reichte man ihn von Haus zu Haus, von Werkstatt zu Werkstatt weiter, denn so und nicht anders steht es geschrieben über jene, die kleiner sind als ihre Angst. Resli versuchte sich als Rübenkocher, Salzsieder, Holzer, Spargelstecher, Köhler und Steinbrecher, er war in der Kolonne, die das Saatgut ausbringt, war der Gießer-, der Mäher- und der Fischerbrigade zugeteilt, zu nichts war er, der Unbeschriebene, zu gebrauchen. Auch mir musste Resli zur Hand gehen, stellte sich aber so ungeschickt an, dass ich die Ältesten bat, ihn einer anderen Werkstatt zuzuteilen. Und so zog Resli Heim weiter. Er tut es bis heute, ein Unbeschriebener, einer ohne neue Namen, Resli bis ans Ende seiner Tage. Was wäre aus ihm geworden, hätte er seiner Angst standgehalten in jener Nacht auf der Lichtung Curtimon, wer wäre er geworden, hätte er seine zwei neuen Namen erhalten?

Ich blieb damals die ganze Nacht liegen, ohne mich vom Fleck zu rühren, wie es geschrieben steht, ohne einzuschlafen, um mich meiner Angst und mir selbst zu stellen. Sogar den Trost der eigenen Stimme verbat ich mir. Ich schwieg.

Die Kajüte, die ich mir zu meiner Rettung vorstellte, war eng und dunkel, mein Phantasieschiff fuhr langsam flussaufwärts, Vögel kreischten, Affen schnatterten, so brachte ich mich durch die Nacht, sah mich in meiner Kajüte liegen, hörte gedämpfte Männerstimmen an Deck, hörte das Klatschen des Flusses, der gegen das Boot schlug und an meinem Bullauge vorbeischaukelte, roch den Urwald, durch den wir unbeirrbar stromaufwärts fuhren, Meile um Meile, langsam, jedoch nicht aufzuhalten, stromaufwärts. Mein Schiff, mit dem ich mir die Angst nahm, hatte ich in einem von Vaters Bildbänden entdeckt, samt Kajüte, Kojenbett und Bullauge. Als ich im Morgengrauen endlich spürte und hörte, wie die Männer des Dorfes aus den Bäumen des Waldes, in dem nichts ist, traten und einen Kreis bildeten, der sich rasch um mich schloss, hatte ich mich dank der Macht der Phantasie in die Situation geschickt. Wie lange eine Nacht werden kann! Mein Rücken war fühllos vor Kälte, ein Panzer. Ich blieb liegen, bis ich die Hand auf meinem Hinterkopf spürte, denn so steht es geschrieben: ›Die Hand des Vaters erlöst den Sohn.‹ – ›Die Hand der Mutter erlöst die Tochter.‹ Ich drehte mich auf den Rücken, öffnete die Augen, atmete alle Luft aus mir, allen Atem, auch das steht geschrieben, stand auf, unsicher nach der Liegerei, und trat in den Kreis, fast schon ein Mann. Ich wusste, was zu tun war, wir wissen es alle. Ich suchte Holz im Wald, in dem nichts ist, um an der Stelle, an der ich die Nacht verbracht hatte, das Feuer zu machen, in dem mein Kinderhemd verbrannt wurde. Du kennst das Ritual, Mutter, ihr Mädchen verbrennt eure Kinderhemden ja auch. Vater reichte mir mein Hemd, ich legte es in die Flammen, wartete, bis es Feuer fing, und setzte mich in den Kreis der Männer. Während Vater mir den Punkt auf die Kinnspitze tätowierte, der verhindert, dass eine Lüge unsere Lippen verlässt, sangen die anderen ein Lied, das ich noch nie zuvor gehört hatte. Ihr Gesang wiegte mich, trug mich, ich fühlte keinen Schmerz. Wir blieben sitzen, bis das Holz heruntergebrannt war.

Dann erhielt ich meine neuen Namen. Wer keine Namen hat, ist unbeschrieben, es gibt ihn nicht wirklich. Den ersten Namen, den, den alle kennen, flüsterte mir Vater ins rechte Ohr – wie es auch die Mütter bei ihren Töchtern tun –, bevor er ihn mir mit der Asche des verbrannten Kinderhemdes auf den nackten Rücken schrieb: Halblaut. Meinen zweiten Namen aber, den, den nur wir beide kennen, mein Vater und ich, den Namen, den wir niemandem jemals verraten werden, flüsterte er mir ins linke Ohr, ins *Ohr, das fühlt*. Seither weiß ich, wer ich bin. Man reichte mir die Kleider der Männer, Unterzeug, Drillichhose, Kapuzenpullover, Felljacke, Wollsocken, Schuhe, und ich zog nach sieben Jahren im Haus der Kinder für vier Jahre ins Haus der Beschriebenen.

Als ich wieder in den Stall kam, konnte ich dem Pferd auch die Satteltaschen anstandslos umlegen und es hinaus zum Wald, in dem nichts ist, führen. Ich stieg noch nicht auf; im Schatten der Bäume war der Schnee verharscht, das Pferd brach immer wieder ein, kam aus dem Tritt und wurde nervös. Ich dirigierte es am Zaumzeug auf die Wiese, dort war die Schneedecke schon aufgetaut, und es war dem Pferd möglich, seinen Gang zu finden, auch wenn es gelegentlich tief einsank. Schließlich schwang ich mich in den Sattel, tätschelte dem Tier den Kopf und drückte ihm die Fersen in die Flanken. Ich lehnte mich weit nach vorn und schmiegte meine Wange an den warmen Hals des Rappen, während wir durch den eiskalten Morgen stapften.

Keine halbe Meile vom Verschlag entfernt, lagen tote Bäume auf einer Lichtung, durcheinandergeworfen vom Orkan im letzten April. Ausgebleicht von der Sonne, von Witterung und Wind geschält, sahen die Stämme aus wie die Knochen einer großen, aber gleichwohl ausgelöschten Spezies. Der Saumpfad führte über eine Böschung um die Lichtung herum auf eine Anhöhe und dort in geringer Entfernung vom Waldrand auf der Krete ostwärts. Ich spürte, wie sich das Fell des Pferdes in den Schlägen des Windes sträubte, die aus dem Talgrund herauflufteten. Unter uns lag der Kalte See, auf dessen Oberfläche das Abbild des Himmels zitterte. Ab und zu verdunkelte sich das Wasser, als streiche, behutsam und zärtlich, eine unsichtbare Hand darüber.

Ich ritt ins Offene, ich war unterwegs, war durchlässig für das Spiel des Lichts, das Knirschen der Hufe, das Knarren des Ledergeschirrs. Einzelne Wächten hatten Kanten scharf wie Klingen. Die Schneefelder waren verwandelt in den Stillen Ozean, über den ich in einem Buch aus der Bibliothek gelesen hatte, endlose Wasser, kein Wellenschlag, kein Laut, nichts, wir pflügten den Schnee.

Wie lange dauert es, wie viel Zeit muss verstrichen sein, bis ich sagen darf: Es war einmal. Es war einmal ein junger Mann, der dem Liebhaber seiner Mutter das Messer in die Brust stieß! Ich hatte schon vor dem vierten Tag im November gewusst, dass sich hinter dem Leben, das wir jeden Tag bestehen, ein anderes verbirgt, das ebenso möglich gewesen wäre, wenn wir uns da oder dort anders entschieden hätten. ›Die Gegenwart gelingt nicht besser, wenn wir verpassten Möglichkeiten nachtrauern, noch wenn wir der Vergangenheit nachhängen, um in ihr zu schwelgen‹, steht geschrieben. Wir wissen, was früher geschehen ist, aber wir blicken nicht zurück. Einem der Ältesten, er lehrte Geschichte, unterlief der Fehler, uns in einer seiner Unterrichtsstunden einen Blick in seine *Zeit davor* werfen zu lassen. Einen Blick durch eine Tür, die für einen Augenblick offen steht und sofort wieder ins Schloss geworfen wird. Eben zeichnete er noch die Frontverläufe der Panzerschlacht im Kursker Bogen im Juli 1943 an die Wandtafel, und mit einem Mal beschrieb er uns den Geruch in einer bestimmten Gasse seiner Geburtsstadt Zürich, die es nicht mehr gibt, den Duft, der vom Pflaster aufstieg, nachdem es geregnet hatte, beschrieb uns die glänzenden Katzenkopfsteine und die spiegelnden Scheiben des Trolleybusses, der am Ende der Gasse vorbeiglitt, beschrieb die Farbe des Nachthimmels, der auf den schimmernden Dächern aufzuliegen schien und an dem Quellwolken standen, ineinander verschobene, hochaufgetürmte und vor dem dunklen Grund schneeweiße Gebirge. Er beschrieb uns den Moment, der ihn immer wieder aufs Neue überraschte, den Moment, in dem die elektrischen Bogenlampen angingen und die Gasse in eine helle und eine dunkle Welt teilten, beschrieb uns das Summen der Stadt, das erst weit nach Mitternacht aufhörte, und das Donnern der Flugzeuge, die durch den Himmelsraum einschwebten und in Richtung Flughafen entschwanden. Dieser Teil seines Blicks zurück war mir der liebste, denn wir Jüngeren haben nie ein Flugzeug gesehen. Er beschrieb die Form der Maschinen, ihre Flügel und feuerspuckenden Turbinen, die metallenen Bäuche und die erleuchteten Fensterchen, hinter denen Menschen saßen. Mittlerweile stand der Älteste mit geschlossenen Augen vor der Klasse und nannte die Namen untergegangener Städte: Stockholm. Berlin. New York. Rom. London. Kapstadt. Moskau. Lima. Bangkok. Tunis. Seine Stimme klang anders, während er erzählend zurückreiste und sich in der *Zeit davor* verlief, klarer und schärfer, sonst hatte er den Hang, Wörter zu verschlucken. Plötzlich wurde ihm bewusst, was er tat. Er verstummte und wandte uns den Rücken zu. Als er sich wieder umdrehte, war seine Stirn schweißbedeckt, sein Blick hilflos. Er räusperte sich, trat einen halben Schritt vor und brachte uns bei, dass sich am 12. Juli 1943 im Frontbogen von Kursk Panzerdivisionen der Roten Armee und der Wehrmacht gegenüberstanden, achthundertfünfzig russische und mehr als sechshundert deutsche Tanks, bereit, die größte Panzerschlacht des 2. Weltkrieges zu beginnen.

Nach den verschneiten Wiesen und Anhöhen stieg das Gelände vor uns mit einem Mal steil an. Links ging es in eine Schlucht hinunter, rechts mündete eine abfallende Wiese in ein finsteres, mit Zirbelkiefern und Unterholz verwachsenes Waldstück. An einem Ast hing ein armlanger, in eine Zopfform ausrinnender Eiszapfen, der das Sonnenlicht brach, ein Schwert aus Wasser. Der Kalte See war schon lang nicht mehr zu sehen. Zweige waren mit Reif bezogen. Drehte sich der Himmel über uns? Ich schwang mich aus dem Sattel und fing an, langsam und in weiten Kehren bergan zu steigen, das Pferd am Zügel führend. Der Hang war so steil, dass der Schnee teilweise abgerutscht war; das Geräusch der Hufe auf dem freiliegenden Fels schlug als Echo aus dem Waldstück zurück, als klopfe dort einer mit einem Meißel an einem Stein herum. Das Pferd ging dicht neben mir, und ich konnte mich für ein paar Meter an ihm aufstützen.

Es dauerte ermüdend lange, bis der Hang über die Krete ins Hochtal Gocht kippte, das bereits in der Sonne lag; am Ende des Talkessels stieg der Hohe Gocht in den Himmel, seine Schulter aus ewigem Eis feuerte Lichtblitze talab. Bis hierher war ich schon einmal geritten, Vater hatte mich in einer handverlesenen Gruppe auf die Jagd mitgenommen. Wir hatten zwei Tage und zwei Nächte im Hochtal verbracht und zwei Hirsche, vier Rehe und ein Dutzend Hasen geschossen. Vater hatte mich für meine Geschicklichkeit gelobt und mir ausführlich erklärt, wie man es anstellte, mit der Natur zu verschmelzen, um für das Wild unsichtbar zu werden. Am zweiten Morgen, wir saßen allein auf einem Hochsitz, hatte er mir die vier Stadien erklärt, die ein Jäger durchläuft: Anfangs ist der Jäger aufgeregt, ist furchtsam und übermäßig vorsichtig. Dann stellt er fest, dass er sich, sofern der Wind richtig steht und er sich still verhält, einiges erlauben kann. Diese Freiheit nimmt er sich und entwickelt einen Hang zur Sorglosigkeit. Nun befindet er sich im zweiten Stadium. In diesem begreift er, dass ihn das Wild gewittert hat und er nie zum Abschuss kommen wird. Erst wenn es ihm gelingt, die Tiere einzuschätzen und sich entsprechend zu verhalten, wird er das dritte Stadium erreichen. Das vierte, letzte Stadium des Jägers kommt, wenn er alt geworden ist und irrtümlicherweise glaubt, seine Reaktionen seien noch so gut wie früher. Dann ist es an der Zeit, im Dorf zu bleiben, die Jagd Jüngeren zu überlassen und sich dem Gemüse zu widmen.

Vater hatte die eigene Stimme nicht gern gehört, das war ihm anzusehen, wenn er mir etwas erklärte. Wie alt war ich gewesen, als er aus »Wilhelm Meister« zitierte: »Und wenn ich dich lieb habe, was geht's dich an?« Ich hatte verständnislos den Kopf geschüttelt, weil ich nicht verstand, was er mir damit sagen wollte, ihn aber gleichwohl begeistert angestrahlt.

die stille Zone bringt edle Früchte hervor ich pflücke eine Handvoll die Früchte erheben sich wie Schmetterlinge in die Luft Haustiere folgen mir durch die Gassen meine Kappe ist aus gelb bemaltem Holz später werfe ich das Fleisch über Bord den Rest vergrabe ich mich auch

Eine Schneise führte ins Hochtal Gocht, geschätzte hundert Meter durch mannshohe Felsbrocken mit Schneehauben, eine Strecke, die ich so schnell wie möglich zurücklegen wollte, um endlich aus dem Schatten in die Sonne zu kommen. Hier war der Schnee steinhart und glatt, wie von einer Walze gepresst. Ich schwang mich in den Sattel, und als ich den Blick wieder nach vorn richtete, stand ein Mann vor uns, fünf Meter entfernt, ich hatte ihn nicht gehört. Der Mann war klein, beinahe ein Zwerg. Er trug eine Jacke aus Katzenfell, Filzstiefel, Thermohosen und eine Pelzmütze mit heruntergeklappten Ohrenflappen. Der Gestank, der von ihm ausging, Schweiß, Kräuterschnaps, kalter Rauch und Schlachtfleisch, stach mir in der Nase. Der Kerl hier, ging mir durch den Kopf, versteht es, gegen den Wind zu jagen, sonst hätte ich ihn gerochen. Seine Hände, sie steckten in Wollhandschuhen, hielten eine Armbrust mit eingespanntem Eisenpfeil vor der Brust umklammert, bereit, sie jederzeit anzulegen.

»Was hast du hier oben verloren?«, fragte ich forsch.

»Falsch Frag.«

Seine Stimme klang tiefer als erwartet, ich erkannte den Dialekt, der Mann stammte aus einer der Siedlungen in den Wäldern höher gelegener Regionen, von denen wir uns fernhalten; wir nannten ihre Bewohner Katzenfresser. Ich stieg aus dem Sattel und brachte das Pferd, es hatte die Ohren angelegt, zwischen mich und den Fremden.

»Machsch da obe? Oises Gebiet.«

»Man hat mich verbannt.«

»Murg?«

»Mudra.«

Er nickte, ich sah mich vorsichtig nach anderen Katzenfressern um. War er alleine unterwegs? Er kicherte, ließ die Armbrust fahren, gab ihr einen Stoß mit der rechten Hand und beförderte sie damit auf den Rücken; jetzt bemerkte ich den Lederbändel, an dem er sie um den Hals trug. Wenn ich die Augen schließen könnte, dachte ich, ohne Angst, ohne Misstrauen, es wäre der Frieden.

»Allei?«

Er kam einen Schritt auf mich zu, hielt aber beide Hände in die Höhe und schnalzte mit der Zunge, als sei ich eine Ziege, die er damit beruhigte. Seine Schneidezähne waren spitz zugefeilt, wir hatten im Dorf über die Zähne der Katzenfresser geredet und darüber, ob sie auch Hunde aßen, ohne uns einig zu werden.

»Allei?«, wiederholte er.

Ich nickte. Das Pferd scharrte mit den Vorderhufen im Schnee, es fror und war wachsam, genau wie ich. Schräg hinter dem Mann kauerte ein zweiter Katzenfresser, halb verborgen hinter einem Fels, wie hatte ich ihn übersehen können? Er war bis auf einen schmalen Schlitz für die Augen vollständig mit Pelzen verhüllt. Ein Kind!

»Deins?«, fragte ich.

»Dis ischs nöd.«

Ich legte die Hand auf den Schaft des Gewehres, das trieb den Katzenfresser zwei Schritt zurück. Er starrte mich prüfend an, den faltigen Hals gespannt, dass der Adamsapfel nussgroß vortrat. Er spuckte in den Schnee, braunen Beitel, drehte sich um, ging zu dem Kind hinüber, zog es an der Hand hoch und verschwand mit ihm zwischen den Felsen. Ich zögerte, saß auf und strich dem Pferd über den Hals, um es anzutreiben, weg vom Katzenfresser und seinem Kind. War es ein Mädchen, ein Junge? Der Rappe fiel nach wenigen Metern ohne mein Kommando in Trab und darauf gar in Galopp, ich musste mich an der Mähne festhalten, um im Sattel zu bleiben. Wir preschten ins Hochtal Gocht hinein, in die Sonne, die den Landstrich mit ihrem Licht verbrannte. Ich flog, ich wehrte mich nicht gegen den Schrei der Begeisterung, der aus mir drängte, wir flogen, ich schrie, schrie.

DU SIEHST den Jungen, Mutter, er sitzt allein in einer Ecke im Haus der Kinder, den Kopf zwischen den spitz aufragenden Knien, die sich auf und zu bewegen. Summt er ein Lied, hörst du ihn, oder redet er schon wieder mit sich selbst? Die anderen Kinder kommen ihm nicht zu nahe, sogar seinen Blick meiden sie, denn seine Angst, so wird behauptet, ist ansteckend.

Dabei fürchtet er sich nur nachts, in der Dunkelheit, die nach Seife und Jungenschweiß riecht. Nachts ist ihm der Schlafsaal zu verwinkelt, zu hoch, die Fenster sind zu groß, *da stehen sie und sehen uns beim Träumen zu* ist ein Satz, den er nicht aus dem Kopf kriegt, wenn er auf dem Rücken liegt, beide Fäuste vor der Brust verkrampft, die Augen zugedrückt, als helfe das, in den Schlaf zu entkommen, *sie wachen nicht über uns, wie die Ältesten sagen, sie warten auf die richtige Nacht, um uns zu holen, mich zuallererst.* Er liegt im mittleren Bett, unter ihm schläft ein Junge, der im Schlaf redet, davon aber nichts wissen will, als er ihn darauf anspricht. Im Bett über ihm liegt Barbara Weber, die mit dreizehn den Namen Hetzi erhalten wird, nicht weil sie vorzu in Eile ist, sondern weil sie die anderen mit ihren Lügen, Gerüchten und Verdächtigungen gegeneinander aufhetzt. In Hetzis Blick erkennt er etwas, das ihn fasziniert, einen Abgrund, der ihn anzieht. Hetzi hat etwas gesehen, das er nicht kennt, sie hat *hinter den Vorhang gesehen*, so würde er es beschreiben, ohne erklären zu können, was er damit meint. Er ist jedenfalls nicht erstaunt, als sie, sie hat eben ihre beiden neuen Namen erhalten, im Kalten See ertrinkt. Hatte sie wirklich Steine in den Taschen ihres Mädchenkleides, als sie ins Wasser stieg, wie gemunkelt wird? Oder ist es nur ein Gerücht, die Strafe für die Gerüchte, mit denen sie Unruhe verbreitet hat? Am Tag, an dem sie ins Wasser geht, um nicht mehr wiederzukehren, zieht von Süden eine Regenfront heran, eine Walze, die Äste peitscht, Korn kämmt, Gras niederdrückt, dann aber plötzlich in die Höhe jagt, über die Schroffen Wächter abzieht und eine Stille zurücklässt, die zu vollkommen ist, ein Loch im Lauf der Dinge. Die Stille hinter der Stille! Das Schlimmste kommt erst noch, geht ihm durch den Kopf, als im Dorf die Meldung die Runde macht, Hetzis toter Körper sei gefunden worden, angeschwemmt auf der Kiesbank des Flusses Rha, von Gasen aufgetrieben, ein kleiner Wal, Hetzi.

Der Junge muss wie jedes andere Kind sieben Jahre im Haus der Kinder bleiben. Zu Hause fühlt er sich dort nie, das habe ich dir erzählt, Mutter, das Haus mit seinen Zimmern, Fenstern, Sälen und Gängen blieb mir die ganze Zeit über fremd, seine Gerüche ebenso, und die Angst, die sich nachts im Schlafsaal auf mich legte, wurde ich nie los, auch wenn du mir wieder und wieder von deiner eigenen Angst während deiner Zeit im Haus der Kinder erzählt hast, um mich zu trösten und mir Mut zu machen. Mut, dass sich meine Angst bestimmt genauso legen wird, wie sich deine Angst gelegt hat. Der Junge mit dem Hochmut im Blick, der nach einem halben Jahr ins Bett neben meinem verlegt wird, weil ihn niemand in der Nähe haben will, ist meine Rettung. Wir begreifen sofort, wir gehören zusammen. Wir können uns helfen, wir werden unzertrennlich, hocken nebeneinander in der Ecke, damit keiner uns belauschen kann, flüstern und tuscheln, die Köpfe zwischen den Knien. Unser Lachen klingt den anderen wie Hohn, und wir lachen oft. Die anderen nennen uns »Zwillinge« und machen anzügliche Bemerkungen über unsere Freundschaft, hinterhältige Witze. Aber der Hochmut in Vezirs kalten Augen bringt sie zum Schweigen, und man lässt uns bald in Frieden. Nachts weint Vezir, verschämt und leise, hörst du?, dann setze ich mich zu ihm auf den Rand des Bettes, ohne ein Wort zu sagen, ohne etwas zu tun, außer zu zeigen, *ich bin für dich da, du bist nicht allein, Vezir!*, da sitze ich, siehst du mich? Wenn meine Gegenwart Vezir beruhigt hat, schläft er ein, er atmet stoßweise durch die Nase, arbeitet sich schmatzend durch Träume, die er am nächsten Morgen gewissenhaft in sein Heft schreibt, die Zungenspitze zwischen den Lippen, weil ihm die Buchstaben nicht alle gleich gut gelingen. Da sitzt er und schreibt sich eine Welt unter die Füße, die ihn trägt, die Welt seiner Träume, die ihn die Angst vor der Nacht vergessen macht. Eine Welt, die er mit mir teilte, Mutter. Damals habe ich gelernt, welche Macht die Freundschaft besitzt. Die anderen haben uns gehänselt, haben über uns gelacht, doch sie haben uns gleichzeitig beneidet und sogar gefürchtet, denn wir hielten zusammen.

KEEROM

Kaum betritt er die Long Street, schon hat er den Bettler am Hals. Zehn, elf Schritt, und er hat ihn im Schlepptau. Fällt der Junge aus dem Himmel, sobald er die Straße betritt? Er wird nicht älter sein als elf oder zwölf, das Männerjackett über dem nackten Oberkörper ist ihm zu groß, die Jeans sind über den Knien abgetrennt, er trägt weder Schuhe noch Strümpfe. Sein Afro ist groß wie ein Medizinball, er hat sich die Brust mit rötlicher Erde beschmiert, bestimmt, um Mitleid bei den Touristen zu erregen. Die Stimme des Jungen ist laut und rau. Woher kommt er, wo verbringt er die Nächte? Welche Sprache spricht er überhaupt? Xhosa? Zulu? Tswana? Ndebele? Was spricht man in Kapstadt, abgesehen von Englisch und Afrikaans? Er hat, wie von vielem, keine Ahnung und geht mit ungerührter Miene vor dem quasselnden Bettlerjungen her.

Der Junge stört, er spürt Hass in sich aufsteigen. Er möchte ihn anschreien und sogar schlagen, aber er weiß, dass er das nicht darf, er muss seine aufdringliche Nähe und das Geschnatter ertragen, am besten mit stoischer Ruhe. Es war ein Fehler, dem Jungen gleich am ersten Tag Geld zu geben, zwanzig Rand, mehr nicht, und doch war es zu viel. Das Mitleid war falsch gewesen, das hat er bereits in dem Moment begriffen, in dem er das Geld auf den schmalen Handteller legte; jetzt, beschimpft und verfolgt, findet er sein Mitgefühl erbärmlich. Die zwanzig Rand haben ihn nicht freigekauft, natürlich nicht. Eine Schande?

Die Berge aus Müllsäcken sind im Begriff zu zerfallen. Zerfetzte Säcke, von Hunden und Vögeln aufgerissen, liegen auf Fahrbahn und Gehsteig, der Unrat verteilt sich, als gelte es, die Stadt zu bedecken. Der Gestank, der an gewissen Stellen in der Luft hängt, nimmt ihm den Atem.

Das Abendessen, das er sich als Belohnung für die fünfzehn Seiten, die er heute überarbeitet hat und auf die seine Lektorin wartet, in einem Lokal am Greenmarket geleistet hat, ist bestenfalls mittelmäßig gewesen. Das Bobotie, ein Curry aus Hackfleisch, Eiern und Reis, war fade, der Wein, ein Cabernet vom Cape, zu warm. Die Frage, was der Junge, der ihm mittlerweile noch näher gerückt ist, wohl gegessen hat, wenn überhaupt, hilft auch nicht gegen seine Enttäuschung. Sie gehen am *Long Street Cafe* vorbei, das wie jeden Abend brechend voll ist, da fängt der Junge an, in die Hände zu klatschen und ihn an der Schulter zu berühren, einmal, zweimal, noch einmal. Er darf den Jungen auf keinen Fall anfassen, das ist ihm bewusst, aber soll er ihn nicht wenigstens zurechtweisen? Das kann er doch, Menschen zurechtweisen, entschieden seinen Standpunkt vertreten. Darf er, ein weißer Europäer in Südafrika, einen schwarzen Jungen anschreien, der bettelt? Was für eine Frage! Der Junge hüpft um ihn herum, laut fluchend, mit beiden Armen rudernd. Längst ist man auf das seltsame Paar aufmerksam geworden, das sie abgeben. Ein Mann in seinem Alter, er sitzt mit zwei Frauen an einem Tisch vor dem *Malawi*, ruft ihm »shoot the kid-bastard!« nach. Andere Gäste pfeifen, johlen, lachen, winken mit Bierflaschen. Er will gar nicht verstehen, was sie rufen, er hört Musik aus einem Liveclub im ersten Stock eines Gebäudes mit Zinnen. Der Junge folgt ihm als Schatten, er kann jetzt nicht mehr aufgeben, er muss diesen weißhaarigen alten Sack bis aufs Blut reizen, der Europäer soll sich freikaufen, soll für seine Ruhe und seinen Frieden zahlen.

Kurz bevor sie die Kreuzung erreichen, an der er in die Dorp Street einbiegen muss, bleibt er stehen, der Junge läuft in ihn hinein, zuckt zusammen und tritt einen halben Schritt zurück. Ist der Hass in seinen Augen gespielt? Er will nicht, dass der Junge erfährt, in welchem Haus er wohnt. Aber weiß er es nicht längst? Er setzt sich auf die Bordsteinkante, es wird sich zeigen, was geschieht. Der Junge zögert, dann setzt er sich, viel zu dicht, neben ihn. Jetzt schweigt er. Bereits wird es kühl. Seite an Seite hocken sie in den Abgasschwaden in der Nacht, einigermaßen einträchtig. Fast fühlt es sich gut an, hier zu sitzen. Nun zahlt sich die Geduld aus, die er sich am Schreibtisch angeeignet hat. Dich sitz ich mit links aus, Bürschchen, denkt er, aber garantiert! Lauscht der Junge wie er den Stimmen der Touristen, die laut und zänkisch werden, weil sie spüren, sie begegnen auch hier, am südlichsten Ende Afrikas, nur sich selbst, immer nur sich selbst? Und wem begegnet er? Einer seiner Figuren? Oder auch bloß sich selbst? Sie schweigen bestimmt eine Minute lang, dann räuspert sich der Junge.

»Masta«, sagt der Junge, »you are rich.«

»Yes«, antwortet er, »no. No.«

Entspricht ein Wort der Wahrheit, wenn man es wiederholt? Er hat nachmittags mehrmals erfolglos versucht, über Freespeak mit seiner Freundin in Basel zu reden. Sie fehlt ihm nicht, aber er würde gern wissen, wo sie ist und was sie tut. Mit wem sie sich trifft. Abgesehen von den Sätzen, die er vor dem Frühstück mit dem Mann ausgetauscht hat, der ihn verwechselte, und vom Wortwechsel mit der Kellnerin des Restaurants, in dem er gegessen hat, sind das »yes« und das »no« die einzigen Worte, die er heute laut ausgesprochen hat. Zählen diese zwei Worte als Gespräch? Was soll er den Jungen fragen? Wo schläfst du? Will er das wirklich wissen? Wo sind deine Eltern? Geht es ihn etwas an? Was willst du von mir? Das weiß er doch. Der Junge will sein Geld, auf sein Mitgefühl kann er sicherlich verzichten. Ja. Nein. Rich. Masta. Hunde, die sich anknurren. Insekten, die sich mit den Fühlern berühren und abtasten. Die Füße des Jungen sind dreckig, der rechte große Zeh ist blutverschmiert.

»Have you killed«, fragt der Junge und sieht ihn an.

Er schüttelt den Kopf, bleibt aber sitzen. Was für eine Frage! Will er ihn provozieren, will er ihm Angst machen? Nein, er hat noch nie getötet, keinen Menschen und auch kein Tier, was nicht stimmt, denn er isst Fleisch, überlässt die Drecksarbeit also anderen. Wie alt ist der Junge? Will er ihm mitteilen, dass er getötet hat? Oder will er ihm sagen, dass er ihn umbringen könnte, wenn er es wollte?

»No«, sagt er.

Schon wieder. Ein einziges Wort. In einer Bar auf der anderen Straßenseite schreit eine Frau, mehrere Männer lachen dreckig. Müllwagen fahren an ihnen vorbei, die Arbeiter tragen Schutzmasken und Handschuhe; ist der Streik beendet? Der Junge kichert, klopft sich begeistert mit den Händen auf die nackten Knie. Sie wissen beide, dass er ihm Geld geben wird, bleibt einzig die Frage, wann. Und wie viel. Zwanzig Rand werden nicht reichen, nicht nach dem langen Marsch, all den Beschwörungen, Beschimpfungen, all dem Gehopse, nicht nach ihrem Gespräch von Mann zu Mann. So sitzen sie stumm nebeneinander und warten ab.

Aber er hat keine Geduld heute, er ist müde, es ist Zeit,

die Sache mit Würde und Anstand zu beenden. Er steht auf und geht weiter, vorbei an Gewürz- und Lebensmittelläden. Der Junge folgt ihm. Braucht er Schutz? Ist er das Gespött der Straße? Der Idiot aus Europa, der gezahlt hat und brav zahlen wird, mehr zahlen wird. Erstaunt begreift er, dass er die fremden Geruchswolken, durch die sie gehen, vermissen wird, zurück in der Schweiz. Auch die Geräusche, die ihren Weg begleiten. Verblüffenderweise geben ihm die Geräusche das Gefühl, angekommen zu sein. Ich bin, wo ich hingehöre, denkt er verwundert und will sich nach dem Jungen umdrehen, um die ungewohnte Empfindung mit ihm zu teilen, er wird die richtigen Worte finden, da tritt ihm die Frau mit den Rastazöpfen in den Weg. Sie ist außer sich, das sieht er gleich, dass sie Angst hat, begreift er erst, als er sich in die Richtung wendet, in die sie abwehrend beide Hände ausstreckt: Der Kerl, der ihn verwechselt hat, steht ausgerechnet in der Glastür des Lebensmittelladens, vor dem ihn der Vermieter gewarnt hat: »Don't buy there, bad people from Botswana, drugs and other very bad things, you know!« Der Mann hat das T-Shirt ausgezogen und als Stirnband umgebunden. Sein Blick ist irr, er erkennt ihn nicht. Die vier, fünf Schwarzen, die sich im Laden hinter ihm zusammendrängen, feixen und machen obszöne Handzeichen. Der Junge steht hinter ihm, stößt Zischlaute aus und bewegt seine Finger, als übe er für eine komplizierte Handlung.

»Ich bring dich nämlich um«, sagt der Kerl und geht mit winzigen Schritten über den Gehsteig auf die Frau zu.

Seine rechte Brustwarze ist rot und geschwollen, das Piercing, das er sich bestimmt erst vor kurzem hat setzen lassen, glänzt im Licht der Lampe über dem Ladeneingang. Will sich der Kerl bloß aufplustern, oder will er sein Geweih kreuzen? Mit wem? Mit seiner Freundin oder Schwester? Oder mit ihm? Die Linsen der drei Kameras über ihnen an der Hausmauer sind mit schwarzer Farbe zugesprayt, es ist Minuten her, seit er das Sirren einer Security-Drohne gehört hat. Er tritt auf den Kerl zu, die rechte Hand zur Beschwichtigung in die Höhe haltend, eine Geste der Friedfertigkeit, ein Angebot.

»Er spinnt«, sagt die Frau leise, »Achtung, er spinnt, geh weg!«

Er sieht die Faust des Kerls kommen, schafft es aber trotzdem nicht, ihr auszuweichen. Sie trifft ihn am Kinn, und er geht zu Boden. Ist er schon einmal mit der Faust geschlagen worden? Womit hat er diese Wut verdient? Er spannt die Beinmuskeln an und springt auf die Füße, das wird den Affen beeindrucken. Der Blick des Kerls verrät, es ist nicht vorbei, er will sich prügeln. Ich mach ihn zu Kleinholz, ist die Wendung, die ihm durch den Kopf geht, während er die geballten Fäuste vors Gesicht hebt, wie es ihm der Trainer des Boxclubs beibrachte, in dem er vor einem halben Jahr einen Anfängerkurs belegt hat. Irgendwann wird er darüber schreiben und einer seiner Figuren in die Schuhe schieben, dass sie, statt zu kämpfen, sich am Boden zusammengekrümmt und darum gebettelt hat, verschont zu werden. Er spürt eine Wut gegen den Kerl, die er gern loswerden würde, aber dazu kommt es nicht: Die Pistole, die der Junge, der kein Wort zu sagen braucht, aus dem Bund seiner Jeans zieht und auf den Kerl richtet, ist verblüffend groß.

»I'm your nigga!«

Die Stimme des Jungen ist voller Hohn und Abscheu. Er ist der Nigger, stimmt. Woher kennt er den Satz? Er richtet die Pistole auf die nackte Brust des Kerls, dessen Augen auf einen Schlag leer werden. Ein Astronaut vor dem Antritt des langen Fluges an sein eigenes Ende. Ist er bereit für die Reise? Der Kerl schnappt nach Luft. Die Schwarzen sind in der Tiefe des Ladens verschwunden, die Rastafrau stellt sich schützend vor ihren Freund oder Bruder. Es riecht nach faulen Bananen. Ein Hund zwängt sich an ihnen vorbei, ohne sich um sie zu kümmern. Das ist das Tableau, das er, die Fäuste weiterhin vor dem Gesicht, einfriert, um es zu bewahren. Es darf kein Schuss fallen, nicht in seiner Szene, die Welt muss stillstehen, damit er sich jedes Detail einprägen kann. Er *wird* darüber schreiben, selbstverständlich wird er darüber schreiben, was sonst soll er tun, er ist Schriftsteller!

Als er seine Freundin endlich über Freespeak erreicht und ihre Anreise in drei Tagen bespricht, erwähnt er zwar die Hitze, nicht aber den Faustschlag. Auch den Bettler und seine Pistole verschweigt er. Drei Tage, dann ist es für zwei Wochen vorbei mit seiner Ruhe, seiner Arbeit. Dann wird er zwangsläufig zum Touristen, so haben sie es vereinbart. Er darf nicht daran denken, wie sie ihm mit ihrem Tablet gegenübersitzen wird, um vorzulesen, was einen Ausflug unbedingt wert ist und was nicht, wo man essen, abhängen und übernachten soll und wo nicht. Wenigstens lässt sie ihren Sohn in der Schweiz, denkt er erleichtert, erschrocken über seine Kälte und Ablehnung, der Zehnjährige wird bei seinem Vater in Biel wohnen. Seit wann wird ihm unwohl, sobald er hört, in welchem Tonfall sie mit ihrem Sohn redet? Als müsse sie sich ihm unterwerfen, damit er sie mit der Gunst seiner Zuneigung belohnt. Der Junge, ein despotisches Monster wie jedes Kind in gewissen Momenten, führt sie am Gängelband. In den ersten Monaten ihrer Beziehung fand er es faszinierend, diesem Schauspiel beizuwohnen, in der Zwischenzeit ödet es ihn an, durchschaubar, wie es abläuft. Wieso erkennt sie nicht, dass ihr Sohn sie manipuliert? Oder erkennt sie es und nimmt es in Kauf? Auch das selige Glück des Jungen, weil er von seiner Mutter frag- und bedingungslos geliebt wird, scheint ihm oft gespielt und als besonders subtiles Druckmittel eingesetzt. Noch immer befällt ihn angespannte Unruhe, wenn er sich allein um den Zehnjährigen kümmern muss; der Junge beobachtet ihn, wartet nur darauf, dass er Fehler macht, die er gegen ihn einsetzen kann. Freespeak lässt die Stimme seiner Freundin quäkiger klingen, als sie ohnehin ist, sie redet und redet, er muss sich bemühen, ihr zu folgen, hütet sich aber, ihren Redefluss zu unterbrechen. Wieso besucht sie ihn in Kapstadt, wo er doch seinen Roman beenden will, beenden muss, weil der Abgabetermin droht? Stört er sie etwa bei ihrer Arbeit? Geht er mit ihr auf Tournee durch Kleintheater und Musikclubs, wenn sie es endlich wieder einmal geschafft hat, engagiert zu werden? Am Anfang ihrer Liebe haben ihn Selbstverleugnung und Verzweiflung in ihrer Stimme, wenn sie sich um eine Audition bemühte, angerührt; heute widert es ihn an, dass sie vor jedem Clubboss oder Bandleader einen Kniefall macht. Er hat sich geschworen, nie zu betteln, wenn es um seine Arbeit geht. Und sonst? Bettelt er um ihre Liebe, ihre Zuneigung? Er hält es für Schwäche, weil er es nicht längst geschafft hat, sich von ihr zu trennen, sie zu verlassen, nein, er weiß, es ist Schwäche. Ist es ein Zeichen, dass er sich seiner Freundin seit einiger Zeit am nächsten fühlt, wenn er ihre Wäsche zusammenfaltet und in die Kommode legt, behutsam wie jemand, der auf Zehenspitzen geht? Wessen Schlaf will er nicht stören mit seiner Sorgfalt, welche Geister nicht wecken? Er kümmert sich um ihre Wäsche, während sie sich einmal mehr irgendwo bewirbt, um wenigstens als Background-Sängerin zu ein paar schlecht bezahlten Gigs zu kommen. Der ausgeleierte Bund eines ihrer Höschen, der lose Saum eines ihrer Hemdchen rühren ihn zu Tränen und wecken einen Beschützerinstinkt, den er sonst nicht kennt. Wie schäbig ihre Spitzenunterwäsche nach zwei, drei Waschgängen aussieht, wie kümmerlich und traurig! Seine Freundin braucht Schutz und Hilfe. Von ihm?

Sie beklagt sich über die Familie, die in die Wohnung über ihnen eingezogen ist. Der Lärm der vier Kinder ist tatsächlich nicht auszuhalten, die Räder des Dreirades auf dem Parkett verursachen ein Geräusch, das ihnen beiden durch und durch geht, trotzdem schafft er es nicht, ihr zuzuhören. Ist seine Meinung überhaupt gefragt? Und was bedeutet es, dass es ihm kein schlechtes Gewissen mehr bereitet, an seine Arbeit zu denken, während sie ihm ihr Leid klagt? Es ist kühl im Schlafzimmer, er hört Partylärm von der Long Street, ein stetes Summen, ähnlich dem Rauschen einer Autobahn, das ihm erstaunlicherweise hilft einzuschlafen. Ihr Lamento zieht sich hin, er gähnt, macht das Licht aus und sehnt den Augenblick herbei, an dem sie die Verbindung unterbrechen. Trotzdem sagt er ihr, dass sie ihm fehlt, dass er sich auf ihren Besuch und die gemeinsame Reise freut, bevor sie sich verabschieden. Hat er gelogen? Kann er jemanden vermissen, der vorzu im Mittelpunkt stehen will und dessen Gier nach Anerkennung und Applaus ihn anwidert?

Er schlüpft unter die Decke, legt sich das Notebook auf den Bauch. Wie warm das Gerät ist! Soll er es wagen, die Seiten, die er heute überarbeitet hat, noch einmal zu lesen, den Korrekturstift der Lektorin im Kopf? Das Risiko ist ihm zu groß, wie schnell ist ein Absatz gelöscht, an dem er Wochen zuvor lange geschrieben hat. Er klickt ein Newsportal an, die Regenstürme in Kalifornien halten seit zwanzig Tagen an; er überfliegt den Lauftext, der wie üblich voller Satzfehler ist – Wind vom Pazifik peitscht mit zweihundert Stundenkilometern über die US-Westküste, die Flüsse Sacramento und San Joaquin sind über die Ufer getreten, das Central Valley in Kaliforniens Hinterland steht metertief unter Wasser. Er öffnet die nächste Seite: In Griechenland ist erneut der Ausnahmezustand ausgerufen worden, in Deutschland, Italien, Portugal und Spanien sind Hunderttausende auf der Straße, um gegen Sparmaßnahmen der Regierungen und gegen Arbeitslosigkeit zu protestieren. Er scrollt, ohne sich festzulesen, klickt sich durch Bildserien, auf der Suche nach etwas, das ihn betrifft, betrachtet Gesichter, die Wut und Angst zeigen, sieht Frauen, die mit Fäusten drohen, Männer in seinem Alter, die vor Empörung schreien, Müdigkeit und Enttäuschung in den Augen. Er denkt daran, das Notebook auszuschalten, in die Küche zu tragen und auf der Theke für morgen bereitzustellen, kann es dann aber nicht lassen, das File des Textes zu öffnen, den er vor einigen Wochen angefangen hat, absichtslos, ohne Plan, ohne Notizen oder Vorarbeiten. Die ersten Abschnitte haben sich von selbst geschrieben, Wort für Wort ist auf dem Bildschirm erschienen, Satz für Satz, viele Jahre ist es her, seit ihm dies zum letzten Mal gelungen ist: Schreiben ohne Absicht? Schreiben ohne Ziel! Dass er natürlich doch auf ein Ziel zuschreibt, wenigstens auf ein Ende, ist ihm bewusst, jetzt, da er das File öffnet, doch während des Schreibens ist es ihm gelungen, das zu ignorieren und die Naivität des Anfängers zu simulieren. Er hat keinen richtigen Titel über den Text gesetzt, als würde ihm das helfen, sich selbst vorzugaukeln, gar nicht wirklich daran zu arbeiten.

Der Name des Schauplatzes der Geschichte soll vorerst als Überschrift genügen, er hat lange gesucht, bis er den Ortsnamen Ballykillowen auf der Landkarte 1:50 000 mit der Nummer 11 aus den »Discovery series« gefunden hat, die den Ausschnitt des County Donegal abdeckt, in dem er vor einigen Jahren zwei verregnete Sommerwochen im Haus eines befreundeten Komponisten verbrachte.

BALLYKILLOWEN

Woran liegt es, dass der Morgen anders riecht als der Abend? Die Frage, die ihn seit Wochen stört wie ein Pfeifton, dessen Ursprung er nicht lokalisieren kann, beschäftigt ihn, während er aus dem Wohnzimmer in den Flur geht, weil das Telefon klingelt. Er hebt ab und sieht den Staubgirlanden zu, die, von seinen Schritten aufgewirbelt, strudelförmig vor ihm in die Höhe schweben.

– Are you the artist from Switzerland?

Kennt er den Mann? Die Stimme ist tief, leise, aber bestimmt. Hört der Fremde, dass ihn der kurze Weg vom Wohnzimmer in den Flur außer Atem gebracht hat? Die Dielenbretter, er hat sie vor Jahren abgezogen und mit klarem Lack gestrichen, sind kalt; er hat vergessen, die Hausschuhe anzuziehen, wie er erstaunt feststellt.

– And who are you?

– Are you the artist from Switzerland?, wiederholt der Mann.

Er bestätigt, Bildhauer und aus der Schweiz eingewandert zu sein, danach nennt er seinen Namen, als sei er danach gefragt worden: Sean Berger. Er lässt sich auf den Stuhl neben der Kommode sinken, auf der das Telefon steht, und macht die Augen zu. Die Neuigkeit, die ihm der Fremde überbringt, überfordert ihn, aber er stellt sie nicht in Frage, so ungeheuerlich sie doch ist. Er glaubt dem Mann.

Er ist 71 Jahre alt und erfährt, dass er Vater eines 21-jährigen Sohnes ist, von dem er nichts gewusst hat. Er braucht nicht zu rechnen, um zu wissen, es könnte möglich sein.

Er hebt die Füße an, die Berührung der kalten Bodenbretter ist ihm unangenehm. Der Fremde schweigt, schöpft seufzend Atem. Im Wohnzimmerkamin, er hat das Feuer gleich nach dem Aufstehen angezündet, singt ein Holzscheit, der Ton, schrill und durchsichtig zugleich, erinnert ihn an etwas, das er aber nicht fassen kann, ein Bild aus der Vergangenheit, das sich rasch auflöst, wie so vieles in letzter Zeit.

– And who are you?, fragt er noch einmal.

Der Fremde sagt ihm, wer er ist: Liam McNulty, der Ehemann von Una, der Frau, mit der er, Sean Berger, vor etwas mehr als zweiundzwanzig Jahren ein Verhältnis hatte, der gehörnte Ehemann, der sich um das Kind kümmerte, den Sohn, obwohl es nicht seiner ist, Liam McNulty, der Beschützer und Ernährer eines Kuckuckskindes. Der Ehemann, der todkrank ist und sterben wird.

– I'm dying, sagt der Fremde.

Seiner Stimme fehlt jede Sentimentalität. Der Fremde heischt nicht nach Mitleid, nicht einmal nach Mitgefühl; offenbar hat er sich mit dem Unausweichlichen abgefunden. Ist er dabei, sein Leben aufzuräumen?

Er stellt die Füße auf den Boden, schweigt und versucht sich den Mann vorzustellen, sieht aber nur das Haus mit den zwei Kaminen vor sich, das blaue Haus aus dem Märchenbuch, am Ende der unbefestigten Stichstraße zwischen Illancreeve und Ardara, am Saum des Wäldchens aus Kiefern, die der Küstenwind in eine Richtung gezwungen hat, das Haus mit dem Bett unter dem Dach, das für Gäste gedacht ist, mit Blick über die Bucht und die begraste Sand Island, das Haus mit der knarzenden steilen Treppe, Unas Haus.

Er hat das blaue Haus nur zweimal betreten, es hat offenbar genügt, ihn zum Vater zu machen.

Verbietet sich die Frage, woher der Fremde weiß, dass er der Vater des Sohnes ist? Hat einer, der stirbt, die Zeit, zu lügen? Darf er ihn fragen, woran er stirbt?

– Cancer, sagt der Mann.

Hat er die Frage etwa ausgesprochen? Seit einiger Zeit spricht er Dinge aus, die er eigentlich nur denken und für sich behalten will. An Una hat er in den letzten Jahren kaum gedacht, an die gemeinsamen Stunden im Haus über der Bucht schon. Der Fremde räuspert sich, vielleicht strengt ihn das Sprechen an. Ist er wirklich Vater eines 21-jährigen Sohnes? Endlich fällt ihm ein, nach dem Namen des Kindes zu fragen, von dem er nichts gewusst hat.

– Michael, antwortet der Mann.

Er kann sich nicht dagegen wehren, sich den Menschen zu dem Namen vorzustellen, ein Gesicht. Der junge Mann, den er sieht, ist schlaksig und großgewachsen, er hat schulterlange dünne Haare und wirkt schüchtern, aber er erinnert sich nur an sich selbst, wird ihm bewusst, an sich selbst als jungen Mann, seine Züge, seine Statur, und das Bild des Sohnes verblasst. Wäre es falsch oder sogar unverschämt, dem Fremden anzuvertrauen, dass ihm der Name Michael gefällt? Wäre es nicht richtig, sich nach der Adresse des jungen Mannes zu erkundigen? Der Adresse des Sohnes. Auch der Fremde schweigt.

– Does Michael know?

– No, sagt der Fremde nach kurzem Zögern, you tell him. If you want to.

Hätte er sich für ein Kind entscheiden *müssen*, gezwungen von einer Instanz, die derlei verlangen darf, er hätte sich nicht für einen Sohn entschieden, niemals, er hätte sich für eine Tochter entschieden.

Der Hörer fühlt sich kleiner an, als er ihn in Erinnerung hat. Wann hat er das Telefon das letzte Mal benutzt? Den Plan, das Festnetz zu kündigen, schiebt er seit langem vor sich her. Das Schweigen wird ihm unangenehm, aber ein Satz, der sie erlöst, will ihm nicht einfallen. Auf der Kommode, warum sieht er das jetzt, liegt der Kugelschreiber, den er gestern, oder war es vorgestern, vergeblich im ganzen Haus gesucht hat.

– Room 411, General Hospital in Letterkenny, sagt der Fremde mit ruhiger Stimme und legt auf.

Ihm ist schwindlig und kalt. Er bleibt sitzen, dann steht er doch auf und stellt das Telefon in die Station zurück. Er weiß, er ist Vater eines Sohnes, aber dieser Sohn weiß nicht, dass er sein Vater ist. Wieso hat es der Sterbende dem Kind nicht gesagt? Der Impuls, der ihn zögern lässt, bevor er sich in Bewegung setzt, um ins Wohnzimmer zurückzugehen, irritiert ihn. Seit wann muss er sich für alles, was er tun will, einen Ruck geben? Ist er zum Gaul geworden, der sich erst rührt, wenn man ihm die flache Hand auf die Flanke klatscht? Er legt Torfsoden auf die Asche der heruntergebrannten Holzscheiter, tritt ans Fenster und sieht ins Freie, gedankenverloren an den Fingern riechend, was verlässlich Fernweh auslöst. Der Torfgeruch hat ihm schon bei seiner ersten Irlandreise die Illusion vermittelt, am richtigen Ort angekommen zu sein. Was für ein Irrtum, weiß er heute, davon auszugehen, ein Ort könne der richtige sein für ihn. Michael! Er hat einen Sohn gezeugt! Er kann sich nicht erinnern, wo er die Beutel für den Staubsauger verstaut hat. Wie spielerisch sich die Staubbatzen vor ihm in die Höhe schraubten, über seinen Kopf hinaus, als drehten sie sich um ein Energiezentrum, das ihm verborgen blieb! Hoover. Seit einiger Zeit scheinen ihm viele englische Worte und Begriffe seltsam zu klingen, falsch. Saint Michael, der Erzengel, der den Teufel aus dem Paradies vertrieben hat, nicht? In welchem Regal steht die Bibel, er hat sie Jahre nicht in der Hand gehabt! Hat er das Radio in der Küche heute morgen eingeschaltet, oder hat er es letzte Nacht nicht ausgeschaltet? Selbst nach all den Jahren in Irland fällt es ihm schwer, dem Nachrichtensprecher zu folgen, ein Wort, das er nicht versteht, genügt, und er verliert den Zusammenhang eines Beitrages. Ein Pharmakonzern in seiner früheren Heimat sucht Freiwillige, um einen Impfstoff gegen Ebola zu testen; in Virginia ist ein NASA-Raumfrachter Sekunden nach dem Start explodiert; 704 Freiwillige sind ausgewählt worden, aus denen später die ersten Siedler des Wüstenplaneten Mars bestimmt werden. Will er hören, was in der Welt vor sich geht? Soll er das Radio ausschalten? Würde er das blaue Haus über der Bucht wiederfinden? Wie hoch das Gras schon wieder steht! Er versucht sich daran zu erinnern, was für ein Wochentag heute ist, und nimmt sich vor, später auf seinem Handy nachzusehen. Es liegt, vermutet er, im Atelier. Sind ihm vorhin, als er auf dem Telefonstuhl saß, die geschnürten Zeitungsbündel im Flur aufgefallen, oder bildet er sich das nur ein? Das würde bedeuten, heute wäre Mittwoch, der Tag, an dem der Mann aus Ballyshannon vorbeikommt, der das Altpapier einsammelt. Der Mann, den er Crapman nennt, seit der Krise 2008 ohne Arbeit, wird mit dieser Geschäftsidee kaum viel Geld machen, aber zumindest hat er Würde und Stolz zurückgewonnen. Er ist zweimal im General Hospital in Letterkenny gewesen, das erste Mal, als er Niamh besuchte, die Nachbarin und Freundin, die er in den Tod begleitet hat, das zweite Mal, als er einen Freund hinbrachte, der eine Darmspiegelung machen lassen musste. Er hat den Freund aus den Augen verloren wie die meisten Menschen. Er legt es darauf an, Freundschaften versanden zu lassen, noch bevor sie zur Gewohnheit werden. Er hat gelernt, Abstand zu halten und auf Distanz zu gehen. Sein Verhalten macht ihn einsam, das nimmt er in Kauf. Wie man ihn hinter seinem Rücken nennt, selbst nach dreiunddreißig Jahren, weiß er: Blow In. Der Fremde, den der Wind auf die irische Insel geblasen hat! Am verwachsenen Stamm des Birnbaumes, den er gepflanzt hat, blitzt eine knopfgroße Stelle auf, wohl eine ausgeschwitzte Harzknolle, getroffen von der Mittagssonne, die den Frühnebel verbrannt hat. Der Nordwind, der ihn vor Tagesanbruch aus dem Schlaf holte, sich im Lauf des Morgens aber legte, hat breite Schneisen in die Halme gedrückt. Die Zeitungsbündel im Flur, so sie denn dort liegen, beweisen nicht unbedingt, dass heute Mittwoch ist. Wie oft hat er das Altpapier am falschen Tag vors Haus getragen, wo die Stapel im Regen zu einem formlosen Klumpen wurden, die Crapman schimpfend in den Laderaum seines Lieferwagens wuchtete. Die Wochenzeitung aus Hamburg, die er seit vielen Jahren abonniert hat, liest er schon lange nicht mehr; er blättert sie aus schlechtem Gewissen durch, betrachtet die Fotos, überfliegt die eine oder andere Titelzeile. Er benutzt sie, um Feuer im Kamin zu entfachen. Der Anblick der Druckseiten, die sich krümmen und in Flammen aufgehen, belustigt ihn. Wie schnell die Sätze der Journalisten in Rauch aufgehen! Gestern saß ein Hasenpaar im Garten, stattliche Tiere, die flüchteten, als er mit den Knöcheln gegen die Scheibe pochte. Er versucht, sich an den Namen des Mannes zu erinnern, der ihm seit einiger Zeit die Wiese mäht und die Hecken schneidet, die er, bevor *sie* vor sechsundzwanzig Jahren zu dem anderen in die Westschweiz geflüchtet ist, gepflanzt hat. Wie heißt der Gärtner? Verfaulte Birnen liegen im Gras, die Krähen haben den Baum geplündert. Er hat schon lange aufgehört, sie zu pflücken, die Früchte fallen ins Gras – er liebt das Klopfen –, dort faulen und gären sie, von Vogelschnäbeln malträtiert, von Wespen umschwirrt. Der süße Moderduft, den der Wind in sein Atelier trägt, erinnert ihn an das Scheitern von Träumen. Und doch kann er sich nicht aufraffen, die verrotteten Birnen aufzuklauben. Paudric? Der Gärtner heißt ziemlich sicher Paudric. Ist dies nicht die gälische Version von Patrick? Der Mann, der wohl drei, vier Jahre jünger ist als er, hat sich daran gewöhnt, dass er ihm Kaffee vorsetzt, keinen Tee, wenn er seine Arbeit erledigt hat und an die Haustür klopft, um seinen Lohn in Empfang zu nehmen. Manchmal trinken sie Whiskey, dann bleibt Paudric in seiner Küche sitzen. Sie haben aufgehört, Fragen zu stellen, weil sie es vorziehen, zu schweigen, anstatt nach Antworten zu suchen. Paudric ist seit Jahrzehnten Witwer, das ist er in gewissem Sinne ja ebenfalls.

Er steht am Fenster und spürt, wie sich etwas in ihm ausbreitet, groß, machtvoll, nicht aufzuhalten. Es ist sinnlos, die Schwingen der Traurigkeit in die Flügel eines Singvogels verwandeln zu wollen. Die Traurigkeit, das weiß er aus Erfahrung, ist stärker als er, und sie wird ihn nicht nur vom Boden, sondern aus sich herausheben, sie wird ihn aus dem Haus tragen, zurück, immer nur zurück.

Er hat sich nie Kinder gewünscht und diesen Entscheid auch niemals bereut. Ein Sohn! Das Ziehen in der Brust, als werde etwas in Streifen gerissen, nein *zerrissen* – ist es Wut, Empörung oder Enttäuschung darüber, dass Una ihm den gemeinsamen Sohn verschwiegen hat?

Kaum haben sie sich angesehen, bleibt ihnen keine Wahl. Una steht hinter der gläsernen Eingangstür des An Grianán Theaters in Letterkenny, sie blockiert jedem den Weg, der aus dem Regen ins Foyer und an die Bar drängt, trotzdem ist er der Einzige, der es nicht schafft, an ihr vorbeizugehen. Ein Blickkontakt hat alles entschieden, den Beginn, die Lügen, die nicht zu vermeiden sind, die Hoffnungen und Ängste, die lächerlichen Auseinandersetzungen, selbst das Ende. Es ist Zufall, ist er überhaupt hier, er hat Glen Hansard mehrmals solo live gesehen, fast wäre er zu Hause geblieben, um in der Biographie über Mark Rothko zu lesen. Was hat ihn dazu gebracht, das Haus zu verlassen und nach Letterkenny zu fahren? Er glaubt weder an Vorsehung noch an Schicksal, erinnert sich aber an die unerklärliche Unruhe, die ihn aus dem Haus trieb, eine Unruhe, die ihn drängte, das Jackett anzuziehen, sich ins Auto zu setzen und den Motor zu starten.

Der erste Blickkontakt war Zufall, jetzt sehen sie sich an, weil sie wollen, weil sie müssen. Sie trägt ein nachtblaues Samtkleid und Lederstiefel, ihre roten Haare, gefärbt, wie er vermutet, sind zum dicken Zopf geflochten. Er muss sich beherrschen, diesen Zopf nicht anzufassen, nicht in der Hand zu wägen. Sie lächelt belustigt, sie hat ihn durchschaut, und es ist ihm gleichgültig. Ihr linkes Auge ist unmerklich kleiner als das rechte, er schätzt sie auf Mitte dreißig. Sein eigenes Alter ist ihm bewusst, als sei es ein Vorteil. Er hat ein längeres Wegstück hinter sich, eine Geschichte haben sie beide. Wer ihn wirklich ansieht, wer ihn *sieht*, erkennt in seinem Gesicht die innere Zerstörung, erkennt den Absturz, den er hinter sich hat, das weiß er, erkennt die lange Zeit im finsteren Loch. Sich selbst ist er zuzumuten. Aber anderen? Einer Frau? Auch sie hat sich im Spiegel *erkannt*, das sieht er ihr an. Sie lächelt, doch das ist keine Antwort auf seine Unsicherheit, ob sie ihn wirklich sieht. Ihre Fingernägel sind rot lackiert, sie trägt eine schwere silberne Halskette, zusammengefügt aus groben Gliedern in Ellipsenform. Ihre Zähne sind ungepflegt, die Lippen schmaler, als ihm gefällt. Er ist bereit, sich kopfüber in den Abgrund einer neuen Leidenschaft zu stürzen. Sie ist es ebenfalls, auch das hat er in ihrem Blick erkannt. Verschlägt ihm die Unverfrorenheit den Atem, mit der sie sich ansehen, oder ist es die Verwegenheit der Möglichkeiten, die sich vor ihnen auftut? Hier stehen sie. Sie sind sich begegnet, sie haben sich erkannt. Sind sie verloren? Denn sie ist verheiratet, sogar das sieht er.

***

Er braucht nur den Blick zu heben, und er ist zurück in seinem Appartement auf Zeit, im achten Stockwerk über der Keerom Street in Kapstadt, Südafrika. Wie einfach es ist, sich in einen anderen zu verwandeln, ein anderer zu werden! Sean Berger, einundsiebzig Jahre alt, Bildhauer, vor dreiunddreißig Jahren aus der Schweiz nach Irland ausgewandert. Soll er einen Maler aus dem Bildhauer machen? Schriftsteller darf er nicht sein, das verbietet sich, ebenso Komponist: er weiß, wie der Freund, bei dem er damals in Irland Ferien machte, reagieren würde. Hilft ihm die Verwandlung in einen anderen, in einen älteren Mann? Helfen wobei? Sirenen mehrerer Polizeiautos scheinen näher zu kommen und entfernen sich dann doch. Er legt, plötzlich todmüde, das Notebook neben sich aufs Bett und klappt es zu.

Q?

VIER

Bei dieser Schneelage war es unmöglich, höher ins Gebirge zu gelangen. Etliche Jahre vor der Großen Transformation war im Hochtal Gocht ein Dorf überflutet worden, als der Staudamm barst. Alle Bewohner waren ertrunken. Ich wollte nicht über die untergegangene Siedlung und ihre Toten wegreiten und hielt auf den Wald, in dem etwas ist, zu, der gemächlich ansteigt und in Geröllhalden ausläuft, die an steinerne Zungen erinnern. Zwischen den Bäumen war ein zerfallenes Steinhaus zu entdecken, unser Lager für die Nacht. Es kostete mich Überwindung, den Wald, in dem etwas ist, zu betreten. Die Gerüchte über das unwegsame Gehölz, die in unserem Dorf die Runde machen, hielten mich zurück. Wir wissen, es gibt Wesen, die jenseits unserer Vorstellungskraft liegen. Krähenmanns Pferd spürte meine Unsicherheit, es warf den Kopf zurück. Mit dem Wald, in dem nichts ist, haben wir Mudraner im Lauf der Zeit ein Auskommen gefunden, er gibt uns Holz, Harz, Pilze und Wildbret, dafür halten wir uns von anderen, höher gelegenen Wäldern fern. Der Vogel, den ich aufscheuchte, als ich durch den Tiefschnee auf die Ruine zustapfte, das Pferd am Zügel, ließ mir das Herz stocken. Der Fasan, ein schweres, ausgewachsenes Männchen, strich, panisch mit den Flügeln schlagend, durch die Stämme ab und verschwand im Unterholz. Ich brachte es nicht übers

Herz, nach dem Gewehr zu greifen, stand eine Weile bis zu den Oberschenkeln im Schnee und spähte, angestrengt lauschend, in die blauen Schatten des Waldes, ohne mich zu rühren. Nichts. Es war, als halte der Wald den Atem an. Ich hörte mein Blut in den Ohren rauschen und, weit entfernt, den langgezogenen Pfiff eines Murmeltieres. Die Kälte, die ich spürte, kam aus meinem Inneren.

Eine Wand des Steinhauses war in sich zusammengesunken, die meisten Dachziegel fehlten. Jemand hatte Dachsparren und Dielenbalken herausgehoben und weggeschafft, auch Bretterböden, Fenster- sowie Türrahmen fehlten. Ein Gerippe ohne Fleisch, Wind und Wetter schutzlos preisgegeben. Durch ein Fensterloch wuchsen Baumschösslinge und Kletten, vom Kamin waren zwei hüfthohe Mauern übriggeblieben, vor der früheren Feuerstelle war der Boden mit spröden, braun verfärbten Blättern bedeckt, ein perfektes Lager, einigermaßen windgeschützt und trocken. Ich führte Krähenmanns Pferd in die Ruine, band es an einem Ast fest, der aus einem der vier Fenster wuchs, rieb es trocken und striegelte es. Danach füllte ich den Futtersack mit Gerste, band ihn dem Pferd um und wagte mich ein Stück in den Wald hinein, um Holz für ein Feuer zu finden, das wenigstens für einen Kessel Tee reichte. Der Wind fauchte durch die dicht stehenden Stämme, ließ Äste gegeneinanderkrachen wie die Geweihe kämpfender Hirsche, fegte über den Erdboden, fuhr mir um Knie und Knöchel. Der Wald war leergeräumt, jemand hatte vor mir alles Brennholz zusammengesucht. Eine Ulme, an die zwanzig Meter hoch, war etwa auf halber Höhe gebrochen, wohl im Aprilorkan; die Spitze der Ulme zeigte schräg nach unten und hing als Schwebebrücke in der Höhe, ihr Sturz war von den Ästen einer Tanne aufgefangen worden. Der nächste

Sturm würde den Windbruch lösen und die abgebrochene Spitze in den Waldboden rammen.

sie kommen mit der Dämmerung was soll ich mich wehren sie sind nicht viele aber sie sind klein und schnell und kennen weder Gnade noch Angst der Boden über den sie mich führen ist aus Glas ich trage ein Brett unter dem Arm auf das ich mich später legen will ich kann nicht fliegen ich habe diesen Tag herbeigesehnt

Ich ging vorsichtig unter der Ulme hindurch, da sah ich fünf Männer, die mit vier Packeseln auf mich zukamen. Mich zu verbergen hatte keinen Sinn, sie hatten mich entdeckt und kämpften sich durch den Tiefschnee in meine Richtung. Es dauerte nicht lange, dann hörte ich ihr Keuchen. Angeführt wurde der kurze Zug vom Katzenfresser, dem ich in der Schneise eingangs Gocht begegnet war. Er hatte jetzt eine Pfeife im Mund und starrte mich an, ohne durch irgendeine Regung zu verraten, ob er mich wiedererkannte. Er blieb stehen, hob die Hand, und die anderen hielten ebenfalls an. Ein dicklicher mongoloider Mann, dessen Zunge alle Augenblick aus dem Mund schoss, sich zu einem Tütchen rollte und wieder verschwand, suchte sich hinter dem Zwerg zu verbergen, wobei er kicherte und sich ängstlich umsah. Er hatte eine Seilrolle um die Schulter geschlungen und eine Bundaxt in der Hand. Die Männer trugen Fäustlinge und Pelzmützen mit Ohrenflappen, der Mongoloide hatte eine Sturmhaube aus hellem Leder auf, seine bloßen Finger, aufgeschwemmte Teigwürstchen, bewegten sich, als knete er unablässig die Luft. Der Katzenfresser nahm die Pfeife aus dem Mund und stieß mit dem zernagten Mundstück nach mir.

»Sottig wie dich känned mir scho!«

Ich schwieg und hielt seinem Blick stand. Der Mann, der die Esel führte, lachte und spuckte geräuschvoll in den Schnee. Die beiden anderen blieben im Hintergrund; der eine hatte eine Bundsäge bei sich, der andere eine Handsäge und einen Fuchsschwanz.

»Chasch öppis?«

»Holz«, sagte ich.

»Was Holz?«

Der Katzenfresser spähte kritisch in den Kopf seiner Pfeife und klopfte sie an seinem Hüftknochen aus. Die Glut, die in den Schnee rieselte, zischelte, als sie erlosch, und bildete ein Muster, das den Mongoloiden so sehr faszinierte, dass er in die Knie ging und sorgsam in die schwarzen Flocken blies.

»Putt«, sagte er weinerlich.

»Chumm.«

Die Stimme des Mannes war zart, er griff dem Mongoloiden vorsichtig unter die Achseln und zog ihn auf die Beine.

»Tische. Stühle. Kommoden«, sagte ich, »ich bin Tischler.«

»Bisch guet?«

Ich nickte, der Mongoloide lachte und klatschte in die Hände. Der Mann sah mich an, steckte die Pfeife in die Tasche seiner Katzenfelljacke und hielt mir seine rechte Hand entgegen. Ich zögerte nur kurz, bevor ich sie ergriff.

»Drum sind mer da. Füürholz.«

Er zeigte mit geblähten Nasenflügeln auf die gebrochene Ulme, zog dem Mongoloiden die Seilrolle über den Kopf, hängte sie sich um den Hals und stapfte auf den Windbruch zu, ohne sich weiter um mich oder die anderen zu kümmern. Nie zuvor hatte ich einen Menschen so geschickt, so schnell klettern sehen. Es war, als kenne er den Stamm der

Tanne, die neben der Ulme stand, blind. Seine Hände und Füße fanden Tritt- und Griffstellen, ohne dass er innehielt, während er nach oben stieg. Auf der Höhe der Bruchstelle angekommen, warf er das Seil, nachdem er einen Knoten in sein Ende gemacht hatte, um es schwerer zu machen, über den abgeknickten Stamm der Ulme und ließ es nach unten gleiten. Der Mongoloide packte das Seil und machte eine Schlinge daran, und der Mann warf auch das andere Seilende hinunter, damit der Mongoloide es durch die Schlinge ziehen konnte. Ich dachte für einen Moment daran, wegzulaufen, hinein in den Wald, in dem etwas ist, dann fielen mir mein Gepäck und Krähenmanns Pferd ein. Ich half den Männern, ihre Werkzeuge aus den Taschen der Packesel zu nehmen und zu den Sägen auf das Kalbsfell zu legen, das sie im Schnee ausgebreitet hatten. Werkzeuge, die ich von Vater kannte: Zugmesser, Breitbeil, Rindenschäler, Stemmeisen, drei weitere Äxte. Das Licht war grau geworden, in der Entfernung verschwammen die Stämme im Dämmer, schwebten im Schnee, lösten sich auf. Die Kälte ging mir auf die Knochen, ich atmete schnell und flach.

»Wie 'nen Aff, hä!«

Der Mann stand neben mir und klopfte mir auf die Schulter. Wie war er von der Tanne heruntergeklettert, wann? Ich nickte und half ihm, das Seil am Bauchgurt des größten Esels festzubinden. Aus der Nähe betrachtet, war der Mann älter, als ich gedacht hatte, sein Gesicht wetterhart, wie aus Leder. Der Geruch, den er ausdünstete, herb und durchdringend, war mir angenehmer als noch in der Schneise. Er führte den Esel, der den Kopf widerspenstig in den Nacken warf und dann doch anzog, vom Windbruch weg. Als sich das Seil straffte und ein Ruck durch den Körper des Esels ging, redete er beruhigend auf ihn ein, während er ihn weiterführte. Das Knirschen, als sich die gebrochene Spitze der Ulme vom Stamm löste, ließ die Männer jubeln. Das scharfe Knallen, mit dem die Spannung im Holz brach, und das folgende Krachen, als die Baumspitze niederfuhr und sich in den Tiefschnee bohrte, rollte durch den Wald, in dem etwas ist, und schlug als fernes Echo mehrfach von den Felswänden zurück.

»Jetzt chasch zeige, was'd'chasch«, sagte der Mann, ging zum Kalbsfell, ergriff eine Axt und drückte sie mir in die Hand.

Es war dunkel, als wir damit fertig waren, die Äste vom Stamm zu schlagen, ihn etwa bis zur Hälfte zu zersägen und das Feuerholz in die Satteltaschen und die mitgebrachten Holzkiepen zu stapeln. Ein Wind war aufgekommen, der mir Tränen in die Augen trieb. Die Männer hatten einander ohne Worte in die Hände gearbeitet, nur der Mongoloide, der eifrig und geschickt mithalf, hatte pausenlos vor sich hin geredet, offenbar ohne Antworten zu erwarten. Den Rest des Stammes, den sie morgen zersägen und in ihr Dorf schaffen würden, schützten wir mit einer Plache. Ich erfuhr, dass die Katzenfresser genau wie wir keine gesunden Bäume fällen, um zu Brennholz zu kommen. Der Mann sagte, sie würden sich niemals an einem gesunden Baum oder Busch vergreifen, nur um nicht frieren zu müssen. Seine zugefeilten Zähne erinnerten mich an ein feines Sägeblatt, ich konnte es nicht lassen, sie in unbeobachteten Augenblicken verstohlen zu betrachten. Meine Finger spürte ich nicht mehr, so kalt waren sie, genau wie mein Gesicht, das, zur Maske erstarrt, unfähig war, irgendeine Regung zu zeigen.

Nachdem alle Werkzeuge gesäubert und verstaut waren und die Esel vollbepackt auf den Abmarsch warteten, kam es unter den Männern zu einer Auseinandersetzung. Laute Sätze gingen hin und her, der Mann mit der Bundsäge zeigte mit seinem ausgestreckten Arm wie mit einem Gewehr auf mich, worauf der Mongoloide aufjaulte und sich hinter einem Esel hinkauerte und summend die Ohren zuhielt. Schließlich machte der Zwerg dem Streit ein Ende.

»Er chunnt mit. Punkt!«, bestimmte er und gab mir einen Wink.

Ich stapfte ohne Widerspruch zur Hausruine zurück, um Krähenmanns Pferd zu holen. Damit auch ich eine der Kiepen transportieren konnte, band ich den Haartornister am Sattel fest.

Als wir uns auf den Weg machten, hörte auf einen Schlag der Wind auf, als sei irgendwo ein Tor ins Schloss geworfen worden. Schnee stiebte von den Bäumen und brachte die Nachtluft zum Flirren. Ohne Wind war es erstaunlicherweise noch kälter, ein großes Eistuch legte sich auf uns und die Welt. Es dauerte nicht lange, und die Flanken der Tiere waren mit einer zarten Eisschicht bedeckt, die wir immer wieder mit den Händen abklopften.

Irgendwann hoben sich meine Füße ohne Anstrengung, Schritt um Schritt, ohne mein Zutun. Weiß stand der Atem vor mir in der Nacht, der Punkt war erreicht, an dem ich ewig hätte gehen können, Schritt um Schritt durch den Schnee, im Windschatten meines Pferdes, vor dessen Nüstern Schaumflocken standen, die in die Nacht davonsegelten, vor mir der Zwerg, hinter mir der Mongoloide, der murmelte, wohl um sich Mut zu machen. Die Tiere dampften in der Kälte. Wir gingen dicht hintereinander durch den Wald, in dem etwas ist, der im Lichte ihrer Pechfackeln geisterhaft aufflackerte, ich geplagt von der Vorstellung, dass schärfere Augen denn die meinen uns aus der Finsternis heraus betrachteten.

II.

›Was man sagen muss, darf man auch elfmal sagen.‹

Aus den Schriften der Ältesten

DAS
Bild der
vielen Katzen,
die mich mit ihren
gelben und grünen Augen
gelassen ansahen,
viele von ihnen
gelangweilt gähnend,
hatte etwas
Beruhigendes,
Friedvolles.

FÜNF

Das Dorf der Katzenfresser lag in einer großen Senke im Wald, in dem etwas ist. Wir stapelten das Feuerholz in ein Lagergebäude, danach führten die Männer Krähenmanns Pferd und die vier Packesel in die Wärme, um sie zu füttern und zu tränken. Ich blieb mit dem Zwerg und dem Mongoloiden in der Nacht zurück. Es fing zögerlich an zu schneien, und wir hoben gleichzeitig die Köpfe und sahen den Flocken zu, die aus dem Himmel sanken und um uns herumschwebten, glitzernd, ohne Gewicht, der Mongoloide mit offenem Mund, während der Mann und ich uns fortwährend sinnlos im Kreis drehten, als gelänge es uns so, der Kälte den Rücken zuzuwenden.

Die Behausungen der Katzenfresser, kaum eine höher als zwei Meter, fügten sich zwischen die Bäume, als seien sie Teil des Waldes, wurzel-, pilz- und knollenartige Verwachsungen oder Ausstülpungen, das Winterlager eines Stammes, der hier nur Zwischenstation macht und weiterzieht, sobald der Frühling da ist, hätte man glauben können. Doch der Mann hatte mir beim Stapeln des Feuerholzes erzählt, eine Gruppe von Männern, Frauen und Kindern habe sich nach langer Zeit ziellosen Herumziehens, die alle auslaugte und deprimierte, vor vierundzwanzig Jahren in dieser Waldsenke angesiedelt. Kinder wurden geboren, sie nahmen Familienclans und herumziehende Einzelgänger und Gruppen auf, so wuchs das Dorf Jahr um Jahr, wuchs tiefer und tiefer in den Wald hinein, zwischen die Bäume.

Dass die einzelnen Hütten wie Waben miteinander verbunden waren und ineinanderübergingen, begriff ich, als der Mann eine Tür öffnete und wir einen röhrenartigen Gang betraten, der für mich zu niedrig war, um aufrecht stehen zu können. Von diesem Verbindungsgang, der sich in zahllosen Biegungen und Kurven voranwand, zweigten die Zimmer der einzelnen Hütten ab, Wabe um Wabe, ein Bau mit gerundeten Wänden, kuppel- und gewölbeartig, der mich bald an einen Irrgarten erinnerte, was auch daran lag, dass der Gang bis auf das Flackern der Kerzen und Fettfunzeln, das aus den Räumen fiel, deren Türen offen standen, ohne Lichtquelle war. Der Mongoloide hatte aufgehört, mit sich selbst zu reden. Er nahm mich immer wieder behutsam am Arm und lenkte mich an besonders dunklen Stellen um eine neue Kehre, eine weitere Biegung. Die Gesichter der Menschen, an denen wir vorbeigingen, verwischten, bald sah ich nur noch Augen vor mir, die mich neugierig musterten. Es war warm in ihrem Bau, es roch nach Harz, Rauch, Menschenschweiß.

Gingen wir im Kreis? Hatte der Boden anfangs nicht einfach aus festgestampfter Erde bestanden? Oder war er schon hinter dem Eingang mit gehobelten Brettern ausgelegt gewesen? Und führte der Gang abwärts, hinein in den Berg? Der Mann, er ging zwei Schritt vor uns her, ließ sich von keinem der Bewohner aufhalten, die ihm Fragen zuriefen, mich aber weder ansprachen noch grüßten. Der Ton, der in der Luft lag, ein leises Summen, fiel mir erst nach einer Weile auf, aber als ich ihn wahrnahm, war mir unverständlich, wie ich ihn so lange hatte überhören können. Ich hielt den Mann am Arm zurück.

»Was ist das für ein Geräusch?«

»De Wald«, antwortete er und lächelte, »er schlaft.«

»Der Wald schläft?«

Er nickte, klopfte mir auf die Schulter und ging weiter. Der Ton war besänftigend, ein vielköpfiger, tiefgestimmter Chor, der sich gefunden hat, kam mir in den Sinn.

Der Raum, in den der Mann mich schließlich führte, war stark überheizt, so dass mir der Schweiß ausbrach, obwohl ich eben noch gefroren hatte. Die tiefe gewölbte Decke war mit einem Bewurf aus Sand, Dreck und Lehm verputzt. In der Mitte des fensterlosen Tonnengewölbes standen ein Tisch und vier Stühle, an der Wand hingen, an Lederbändeln aufgefädelt, getrocknete Pilze und Pflanzen, auf einem Holzpodest hockten zwei schwarz-weiße Vögel, die uns, die Köpfe schräggelegt, listige Blicke zuwarfen und leise knarzten. Der Tisch war mit Löffeln aus Blech und Holztellern für drei Personen eingedeckt. Hinter der Tür waren Wasserfässchen aufeinandergestapelt, daneben lehnten eine Heuharfe und ein Spazierstock, dessen Knauf in eine geschnitzte menschliche Hand auslief.

»Mir händ en Gascht!«, rief der Mann und setzte sich auf den Stuhl, dessen Rückenlehne mit Katzenfell bespannt war.

»Guet«, rief eine Frauenstimme durch den offenen Durchgang des angrenzenden Raumes.

Der Mongoloide trat zu den Vögeln, die ihn freudig geckernd begrüßten und ihre Köpfe an seinem Gesicht rieben, das er ihnen mit verzücktem Ausdruck entgegenstreckte.

»Krähen?«, fragte ich.

»Näbelchrähe«, sagte der Mann.

»Corvus cornix«, sagte der Mongoloide stolz, ohne sich nach mir umzusehen, »Hugin und Munin.«

Die Nebelkrähen gurrten ähnlich wie Tauben, regten die Flügel und verlagerten gleichzeitig ihr Gewicht vom einen aufs andere Bein. Der Ausdruck des größeren Vogels wirkte verschmitzt, der des kleineren tieftraurig. Es sah aus, als trügen sie über dem blauschwarzen Gefieder weiße Westen mit steifen Krägen, die die Flügel aussparten.

»Nach em Ässe«, sagte der Mann zum Mongoloiden.

Der Mongoloide zögerte, als wolle er sich der Anordnung widersetzen, dann strich er den Nebelkrähen mit dem Zeigefinger über die Schnäbel und setzte sich an den Tisch.

»Wie heissisch eigentli?«, fragte mich der Mann und bedeutete mir, mich ebenfalls hinzusetzen.

Ich kämpfte mich aus den Tragegurten des Haartornisters, ließ ihn zu Boden gleiten und lehnte ihn an die Wand.

»Halblaut«, sagte ich und setzte mich, »und du?«

»Gliich!«, rief der Mongoloide, patschte die Hände zusammen.

»Er heißt Gliich«, sagte der Mann, legte ihm besänftigend die Hand auf den Arm und streichelte ihn kurz.

»Und du?«

»GisliChrigel.«

»Hugin hätt Gedanke«, sagte Gliich, »Munin es Gedächtnis.«

»Und euer Dorf, wie heißt es?«

»Muess alles en Name ha?«

»Bei uns hat alles einen Namen. Es ist wichtig, zu wissen, wie man etwas nennt.«

»So, so, glaubed ihr also, in Mudra.«

»Es ist wichtig, zu wissen, wie etwas heißt«, beharrte ich.

»Ghatt«, sagte der Mongoloide.

GisliChrigel sah ihn an, nickte und strich ihm über die Wange. Der Mongoloide drückte die Augen zu und schmiegte sein Gesicht in die Hand. »Wir umarmen, um umarmt zu werden!« Du hast damals nicht verstanden, warum mich dein ungeheurer Satz verletzte und beleidigte, Mutter.

»Warum häsch müesse gah?«, fragte GisliChrigel.

»Das ist meine Sache«, sagte ich.

»Bisch en Dieb? Mörder?«

»Ich bin aus freien Stücken weggegangen.«

»Hunger?«, fragte mich GisliChrigel.

Ich nickte. Die Frau, die gleich darauf den Raum betrat, senkte den Blick in der Sekunde, in der ich sie ansah. Sie war bestimmt zwei Kopf größer als er; sie trug einen blauen Overall und eine Weste aus Katzenfell, ihre Füße steckten in Lederschlarpen.

»Mini Frau. Gabriella.«

GisliChrigel nickte zufrieden, als ich der Frau Teller und Löffel abnahm und ihr meinen Namen nannte. Sie legte die linke Hand aufs Herz und neigte den Kopf nach vorn. Sie hatte eine Narbe in Form eines Triangels auf der Stirn, unter der kalkhellen Haut ihrer Schläfe pochte Blut in einer Ader, hastig wie bei den Eidechsen, die ich als Junge am Fluss Rha gefangen und im Feuer geröstet hatte. Die Frau blieb stehen, als erwarte sie eine Erklärung für meine Anwesenheit. Als sie begriff, dass weder ihr Mann noch ich etwas sagen würden, verließ sie den Raum.

»Stimmt es, dass ihr Katzen esst?«

Meine Frage fiel in die Stille wie ein Stein in einen unberührten See. GisliChrigel starrte mich an. Das Nicken, mit dem er meine Frage beantwortete, verpflichtete ihn zu nichts. Er wartete ab. Der Mongoloide kicherte, den Löffel in der Faust.

Ich schob den Teller von mir. GisliChrigel lächelte versonnen, bevor er den Teller zurückschob.

»Hüt git's kei Fleisch. Au kei Chatzefleisch.«

Neben dem Schlaflager stand ein Kohlebecken, in dem Glut aufgloste, als der Mongoloide sich darüberbeugte und hineinblies. Nach einer Weile legte sich Wärme auf mein Gesicht, und ich schloss die Augen. Das Zimmerchen, in dem Gliich und ich schliefen, lag hinter der Küche, ich konnte mich nur gebückt darin bewegen; seine Form erinnerte mich an einen Brotlaib, in dessen Innerem wir lagen, behütet, an der Wärme. Gliich hatte die Nebelkrähen auf der Schulter in den Raum gebracht, eine auf der linken, eine auf der rechten. Jetzt hockten sie auf einem Holzpodest am Fenster, durch das kaum Licht drang. Ich hörte das Ächzen der Äste, in die Wind fuhr. Zweige scharrten über Fensterscheibe und Dach.

»Häsch au Angscht«, flüsterte Gliich, »i de Nacht?«

»Heute nicht mehr«, sagte ich leise, »die Welt ist auch in der Nacht die gleiche wie am Tag.«

»Mir au?«

»Wir sind nachts auch die gleichen, ja«, sagte ich.

»Schad.«

Ich trieb auf den Schlaf zu, schwer wie ein Amboss, um leicht zu werden wie ein Blatt, das warme, tiefe Summen des Waldes im Ohr. Natürlich dachte ich an Krähenmann. An das, was ich verbrochen hatte. Ob er noch lebte? War es wirklich Eifersucht, die Krankeit, die nur versteht, wer unter ihr leidet, die mich dazu getrieben hatte? Oder hatte ich seine Kränkungen nicht mehr ertragen? Krähenmanns Gesicht verwischte, seine Stimme war leise geworden, ein Flüstern und Wispern. Was wollte er sagen? Warum musste ich es erklären können? Der Gedanke drohte im Mahlstrom unterzugehen, der mich in die Tiefe zog, ich hatte es getan, war das nicht Erklärung genug?

Gliich räusperte sich, ich hörte, wie er sich von seinen Decken befreite, drehte den Kopf und sah, bevor ich endgültig in die Dunkelheit abtauchte, er kniete mit gefalteten Händen auf dem Lager. Das Kinn auf der Brust. Beteten die Katzenfresser? Und zu wem?

es zischt als der Ledergurt aus den Schlaufen fährt meine Hände sind giftig darum fasse ich dich nicht an nie nur mich deine Worte kreisen mich ein ein Seil liegt im Acker aber ich ziehe nicht daran es verschwindet in einem Auto mit Flugzeugflügeln in meinem Ohr steckt ein Zweig der Zweig blüht

Die Hand, die meinen Unterarm umfasste und ihn vorsichtig auf und nieder bewegte, als winke ich jemandem im Schlaf zu, war kalt. Gliich hatte sich in eine Decke gewickelt und hockte im Schneidersitz neben mir; er gluckste amüsiert, als ich ihm den Arm entzog.

»Träumt«, sagte er.

»Du hast geträumt?«

»Du! Nöd ich!«

»Wir träumen jede Nacht.«

»Luut.«

»Was laut! Hab ich geredet?«

»Luut!«

Die Glut des Kohlebeckens warf roten Schimmer auf die Wand, doch die Luft war schneidend kalt. Gliich kroch auf sein Lager hinüber und verschwand unter einem Berg Decken und Fellen.

»Hugin und Munin sind miini Bote.«

»Deine Boten?«

»Hin und her. Vom Dunkle ins Helle!«

Das Geräusch der Krähen, die ihre Flügel umfalteten, klang, als blättere drüben beim Fenster jemand Buchseiten um. Gliich murmelte, als müsse er sich in den Schlaf reden, so wie mich meine Mutter an den Wochenenden, die wir Kinder bei unseren Eltern und nicht im Haus der Kinder verbrachten, in den Schlaf geredet hatte.

IHR SEHT den Jungen, er steht auf dem Richtplatz, die Schnur des Drachens, den sein Vater für ihn gebaut hat, läuft durch seine Hand. Auf den steilen Hängen über dem Dorf schneiden die Mäherbrigaden das erste Futtergras, über ihnen zieht ein Falke Kreise, er reitet auf einer Windsäule in einer thermischen Aufwärtsspirale, das wird der Junge nie vergessen, genauso wenig wie den Duft nach Gras, der in der Luft schwebt, als lasse er sich greifen. Ihr sitzt auf einem Moospolster hinter dem Jungen, dem die Schnur den Handballen zerschneiden wird, wenn er den Papierdrachen nicht endlich loslässt und dem Wind gibt. Aber der Junge lässt den Drachen nicht frei. Er kümmert sich nicht um seinen Schmerz, sondern um das schwarz-rote Dreieck, das über ihren Köpfen die Luft durchkreuzt, als Raubvogel auf sie niederstößt und im letzten Augenblick in die Höhe schießt, da er die Hand bewegt.

Die Wochenenden, die der Junge nicht im Haus der Kinder, sondern bei den Eltern verbringt, bleiben ihm am deutlichsten in Erinnerung. Er liebt die Zeit bei seinen Eltern. Liebt es, bei der Mutter zu liegen, wenn sie strickt, den Kopf auf ihrem Schoß, und kämpft darum, wach zu bleiben, weil ihn das Klickern der Nadeln einschläfert, liebt es, dem Vater zur Hand zu gehen, wenn er die Tiere füttert oder die

Erde ihres kleinen Gemüsegartens umgräbt. Wie rasch er den Schlafsaal des Hauses der Kinder mit den Kajütenbetten, die hohen Fenster, eiskalten Steinböden und das Badezimmer, in dem sie nebeinander die Zähne putzen und in dem jedes noch so leise Aufschluchzen zu hören ist, weil die Fliesen jeden Laut zurückwerfen, wie schnell er das doch alles vergisst, für immer vergisst, wie er glaubt! Wenn er die Wochenenden bei seinen Eltern verbringt, ist es, als gäbe es das Haus der Kinder gar nicht. Sogar den besten Freund vergisst er, Vezir, mit dem er alles teilt, alles, außer der Zeit bei seinen Eltern. Aber in Mudra gehören die Kinder nicht ihren Eltern, sie gehören der Gemeinschaft und sich selbst. Und so musste ich, wie die anderen Kinder auch, jedes dritte Wochenende im Haus der Kinder verbringen, um Fußböden zu schrubben, Fenster und Spiegel, Waschbecken und Toiletten zu putzen und die Bänke in den Schulzimmern gerade auszurichten. Waren die Arbeiten erledigt, lag ich auf dem Bett und sah zu, wie Sonnenkringel auf den Wänden erschienen, wie Lichtstreifen über den Boden wanderten und die Schatten nach und nach den Schlafsaal in Besitz nahmen. Auch die Geräusche veränderten sich an diesen langen Wochenenden. Das Haus der Kinder hatte ohne uns Kinder ein eigenes Leben. An diesen Wochenenden habe ich gelernt, allein zu sein, mich selbst auszuhalten. Und ich habe erfahren, welch starke Empfindung die Sehnsucht ist! Näher als in diesen Stunden der Einsamkeit seid ihr mir nie gewesen. In den langen Stunden, in denen die Zeit stillstand, habe ich mich nach euch gesehnt, Mutter und Vater.

KEEROM

Erst sind es zwei Tauben, drei, dann sechs, acht, zehn, die im Saal zwei des Kinos *Labia* auftauchen und mit ruckenden Köpfen zwischen den Sitzreihen verschwinden. Die Tauben, die auf dem Platz vor dem Kinoeingang saßen, als er von der Orange Street her auf das Gebäude zugegangen ist, sind nicht etwa im Schwarm aufgestiegen, um vor ihm zu flüchten, eine nach der anderen ist in die Höhe gestiegen, da eine, da, in einer Choreographie, die festgelegt, ja einstudiert wirkte. Noch bevor er das Kino betreten hat, saßen die Vögel dicht an dicht auf den Simsen des Nachbargebäudes, dessen Fassade von ihrem Kot gesprenkelt ist, als sei es von einer Krankheit befallen.

Das *Labia* sieht aus wie die längst verschwundenen Kinos seiner Jugend, die sie wegen der Western und Spaghettiwestern, die die Programme bestimmten, *Revolverküchen* nannten. Wie viele Jahre ist es her, seit er sich einen Film in einem Kino angesehen hat? Der Putz platzt von den Wänden, die Hälfte der Saallichter brennt nicht, aus den zerfetzten Sitzpolstern quillt die Füllung, das Linoleum ist voller Risse und Löcher, in denen man mit den Schuhen hängenbleibt. Abgesehen von ihm besucht nur ein älteres Paar die Nachmittagsvorstellung, die um 15:30 Uhr beginnt, wenn die tägliche Stromsperre vorbei ist. Das Paar, das sich in Afrikaans unterhält, sitzt drei Reihen vor ihm auf den Randplätzen, ohne sich um ihn zu kümmern. Streiten Sie? Macht der Mann, er trägt einen Hut, seiner Frau, die deutlich jünger ist, Vorwürfe? Oder klingt jedes Wort, das in dieser groben Sprache laut ausgesprochen wird, wie eine Anschuldigung?

Der Flyer »Retro-Wochen mit deutschem Kino im Labia« hat im *Long Street Cafe* ausgelegen. Wie sich herausstellt, dauern die Retro-Wochen sieben Tage, also *eine* Woche. Soll er die schwarze Angestellte an der Kasse, die ihn keines Blickes würdigte, auf den Fehler aufmerksam machen? Aber müsste er ihr dann nicht auch erklären, dass Samir, der Regisseur von »Iraqi Odyssey«, Schweizer ist und Michael Haneke, von ihm werden zwei Filme gezeigt, Österreicher? Er bleibt sitzen, die Fehler anderer sind ihm herzlich egal, immerhin hat er genug mit seinen eigenen zu tun. Er versucht, einzelne Worte in der Tirade des alten Mannes zu verstehen. Wie liebevoll und gütig die Frau den Schimpfenden ansieht!

Das Saallicht geht aus, der Vorhang rauscht auf, in die Tauben, die er vergessen hat, kommt Bewegung. Das Kratzen ihrer Krallen und ihr Gurren verraten, dass sie im Dunkeln durch den Saal laufen. »Der Baader Meinhof Komplex« ist der einzige Film der Retro-Wochen, den er noch nicht gesehen hat, darum sitzt er hier, statt seine Sätze zu überarbeiten. Es dauert nicht lange, und der Mann drei Reihen vor ihm hat genug. Beim Satz »ein Schah darf allen Menschen, die er nicht mag, den Kopf abhacken«, steht er schimpfend auf, geht aber nicht hinaus, sondern bleibt im Gang stehen. Die Frau soll sich genauso entrüsten wie er, doch da sie seelenruhig sitzenbleibt, sie nimmt sogar ihre Mütze ab, humpelt er schließlich aus dem Saal, alleingelassen mit seiner Empörung. Eine Weile ist sein Schattenriss in der verglasten Doppeltür zu sehen, die ins Foyer führt, er wartet auf sie, dann verschwindet der Schatten, und die Eingangstür des Kinos fällt ins Schloss. Ungerührt bleibt die Frau sitzen. Lacht sie? Auch heute ist ihm der Bettler die ganze Long Street nachgegangen, in respektvollem Abstand, ein treuer Begleiter, sein Retter, gezähmt, besänftigt vom Geld, das er ihm letzte Nacht in die Hand gedrückt hat, zweihundert Rand, was für ein Blödsinn, sein Wegzoll, Blutzoll, den es von jetzt an jeden Tag zu entrichten gilt, es sei denn, er meidet die Long Street. Doch das wird er nicht. Er wird zahlen und sich begleiten lassen, verfolgen, beschimpfen, wenn es sein muss, demütigen. Der Junge hatte das Geld entgegengenommen, ohne ihn eines Blickes zu würdigen, er hatte die Pistole eingesteckt und war ohne ein Wort in der Nacht verschwunden. Haben sie jetzt eine Geschäftsbeziehung, aus der sich eine Art Freundschaft entwickeln könnte? Wird der Junge ihn bedrohen, damit er den Lohn für Begleitung und Schutz erhöht? Der grauhaarige Weiße aus Europa und der schwarze Bettler, wohl aus Südafrika, elf, zwölf Jahre alt, was für ein Gespann!

Als Gudrun Ensslins Eltern nach der Gerichtsverhandlung gegen ihre Tochter von einem Journalisten befragt werden, setzt die Frau vor ihm die Mütze wieder auf, nun schimpft auch sie. Während Ensslins Mutter dem Journalisten erklärt »ich spüre, dass sie mit ihrer Tat etwas Freies bewirkt hat, sogar in der Familie«, steht die Frau auf, dreht sich nach ihm um, winkt zum Abschied und geht schnell aus dem Kino. Nun ist er also allein im Saal, allein mit den Tauben, die weiter durch die Dunkelheit kratzen. Wartet der Mann vor dem *Labia* auf die Frau, wie ein verliebter Jüngling auf dem Mäuerchen sitzend? Der Film manipuliert ihn, das ist ihm unangenehm deutlich, aber tun das seine Bücher mit den Lesern nicht auch? Er lässt sich jedenfalls dankbar in die Geschichte ziehen. Er vergisst, wo er ist, für Momente wohl gar, *wer* er ist, und erinnert sich dafür an seine nebulöse Sympathie als Teenager für die RAF, ein Gefühl, das er schon damals nicht in Worte zu fassen vermochte, weshalb er seinen Vater anbrüllte, sobald sie am Mittagstisch in der hysterischen Stimmung des Herbstes 1977 auf die RAF zu sprechen kamen. »Du bist ein verknöcherter alter Trottel«, hat er seinem Vater mit dem unerbittlichen Furor des jugendlichen Besserwissers mehr als einmal vorgeworfen. Heute ist er selber alt, älter als sein Vater damals gewesen ist. Und trotzdem verspürt er noch immer diese vage Sympathie für den Kampf der RAF, der so viele Jahre zurückliegt. Ist er verknöchert? Hat er selber jemals für eine bessere Gesellschaft gekämpft? Wer bestimmt, was eine *bessere* Gesellschaft denn überhaupt ist? Derjenige mit der Waffe? Hat er sein Schreiben in den ersten Jahren nicht als Waffe gesehen? Was gibt ihm das Recht, anderen seine Sicht der Dinge aufzwingen zu wollen? Er kann seine Sicht der Dinge äußern, kann darauf hinweisen, wie er denkt, was er empfindet, das soll genügen. Hat er demnach aufgegeben? Was ändert die Gewalt von IS, was hat die Gewalt der RAF geändert? Wäre er jemals bereit gewesen, Gewalt auszuüben, um seinen Idealen Nachdruck zu verleihen? Sein Schreiben stellt Fragen, gibt aber kaum Antworten, das ist ihm schon seit Jahren bewusst. Früher hat ihn das geschmerzt, heute findet er es richtig. Oder hat er sich bloß damit abgefunden und arrangiert? Lebt er im Elfenbeinturm? Rührt seine dumme Sympathie für die Baader-Meinhof-Mitglieder daher, dass sie ebenfalls in einem Elfenbeinturm lebten, in den sie nicht etwa verstoßen wurden, sondern den sie aus freien Stücken bezogen.

Kaum ist der Film zu Ende, steht er auf, es ist höchste Zeit, sich an die Arbeit zu machen. Was treibt ihn nach all den Jahren an den Schreibtisch? Verzweiflung, Empörung, Gewohnheit, Geltungssucht? Ist es Bewunderung oder Verachtung für die Welt und die Menschen, Achtung oder Ächtung der eigenen Existenz? Hat ihn das Schreiben klüger oder dümmer gemacht? Einsamer auf jeden Fall, so pathetisch dies klingt, er ist allein unterwegs von einem dunklen Ufer zum andern. Doch wer ist das nicht? Schnell verlässt er den Saal, ohne den Abspann abzuwarten, er sehnt sich nach Ruhe und Einsamkeit, sehnt sich nach seinen Sätzen wie ein Arbeiter nach einem Werkstück, das zu verbessern ist, sehnt sich nach der sinnlosen und gleichwohl befriedigenden Tätigkeit, da ein Wort zu streichen und dort ein anderes hinzuzufügen. Ein Kind, das mit Bauklötzen spielt, gleichgültig ob der Bau jemandem gefällt, abgesehen von ihm selbst.

Als er auf die Orange Street hinaustritt, ist der Himmel weit und leer. Die Wolken haben sich verzogen, der Tafelberg zeigt sich für einmal in seiner imponierenden Wucht, er scheint aus Glas, scheint trotz der machtvollen Größe über dem Grund aus roter Erde zu schweben. Der Fels gäbe einen Ton von sich, davon ist er überzeugt, wenn man ihn nur vorsichtig mit einem Hammer anschlüge, einen tiefen, vollen Ton, den einzig hörte, wer stehenbliebe, den Atem anhielte und Witterung aufnähme. Er spürt den Wunsch, sich *hinter* dem Felstisch zu befinden, im Schutz seines Schattens, statt hier vor dem *Labia*. Seine Freundin und er werden die Route hinter dem Tafelberg mit dem Mietwagen abfahren, so hat er es versprechen müssen, Bantry Bay, Clifton Bay, Camps Bay, Sandy Bay, Hout Bay, Bucht um Bucht auf dem Weg ans Kap der Guten Hoffnung.

Die Berge aus Müllsäcken sind beseitigt worden, dafür

sind Straßen und Gehsteige mit Dreck und Unrat übersät, von Wind, Rädern und Sohlen verteilt, plattgemacht, zermanscht, zerfetzt. Diesmal sieht er, woher der Junge kommt, keiner fällt aus dem Himmel, auch kein Bettler. Er tritt am obersten Ende der Long Street aus dem Eingang des *Kudu*, in dem er vorgestern zum ersten Mal in seinem Leben Springbok gegessen hat, aber vor allem damit beschäftigt gewesen ist, das ältere Paar am Nebentisch zu ignorieren, das gegrillte Schlange bestellte. Zwei Schwarze überstreichen gerade die mit roter Farbe auf die Restaurantfassade gepinselte Botschaft CODE IS LAW; sie haben vielleicht schon einen zweiten Anstrich aufgetragen, aber die Buchstaben sind immer noch zu erkennen. Der Bettler kommt tänzelnd und feixend auf ihn zu, die rechte Hand ausgestreckt, als gelte es, einen Deal zu besiegeln. Als der Junge die Security-Drohne bemerkt, die mit großer Geschwindigkeit auf sie zuschwebt und zirpend in geringer Flughöhe über ihnen verharrt, wechselt er sofort die Straßenseite und verschwindet in einer Seitengasse. Soll er sich die Szene notieren, bestimmt lässt sie sich irgendwann verwenden? Früher hat er Notizbücher benutzt, die er in Papeterien kaufte und in die er ausschließlich mit Bleistift schrieb. Heute zieht er es vor, mit den Zeigefingern die Tastatur seines Smartphones zu berühren, um seine Notizen schleppend und voller Tippfehler einzugeben, immun für die spöttischen Blicke anderer, meist Jüngerer, die ihre Textmessages rasend schnell tippen. Es amüsiert ihn, dass die Wörter, die er falsch getippt hat, weil er die richtigen Tasten regelmäßig verfehlt, rot unterstrichen sind. Sein Smartphone will nicht, dass er fehlerhaft schreibt! Er greift nach dem Gerät in seiner Hosentasche, lässt es dann aber stecken. Wie schäbig, alles, was er sieht und erfährt, sofort darauf zu prüfen, ob er es in einem Text brauchen kann! Hat ihm das Schreiben geholfen, herauszufinden, wer er ist? Will er überhaupt wissen, wer er ist? Würde er die Wahrheit denn ertragen? Verschafft ihm das Schreiben wenigstens die Möglichkeit, sich zu maskieren? An die Tränke der Unschuld zurückgeführt hat es ihn nicht, so viel steht fest! Was gehört ihm selbst, und was verdankt oder schuldet er anderen, der Zeit, die ihn prägte, dem Milieu, dem er entstammte? Was verdankt er all den Büchern, die er gelesen, was denen, die er verfasst hat? Welche Wege ist er gegangen, nur um anderen zu imponieren oder zu gefallen? Ist er seiner Freundin ähnlicher, als ihm lieb sein kann? Wie man die Hitze hier in Kapstadt auf Dauer aushalten kann, ist ihm ein Rätsel. Er sehnt sich nach einer kühlen Brise, nach erfrischendem Regen. Die Drohne folgt ihm; als er stehenbleibt und sich nach ihr umsieht, zieht sie mit hellem Schwirren hoch und schwebt über die Dachterrasse des *Grand Daddy* an der Long Street, auf der er am ersten Abend einen Mojito getrunken hat, um seine Ankunft in Südafrika zu begießen.

Er legt sich aufs Bett, das Notebook auf zwei Kissen neben sich, um im Manuskript weiterzulesen, das es gar nicht gibt, nicht im Moment, in seiner Situation. Soll er nicht doch einen Arbeitstitel über die Datei setzen? Aber er will jetzt nicht an mögliche Buchtitel und damit an die Verkäuflichkeit seiner Arbeit denken. Das schlechte Gewissen, das er empfindet, weil er die Datei anklickt und öffnet, statt seinen Roman zu überarbeiten, der in einer Zukunft spielt, die sich wie die Vergangenheit präsentiert, bringt ihn zum Schmunzeln, es erinnert ihn an die drei, vier Gelegenheiten seiner Kindheit, in denen er im Beichtstuhl saß. Wie einfach es doch gewesen war, dem Pfarrer, der summend hinter dem Holzgitterchen saß, erfundene Sünden aufzutischen, während er das, was er tatsächlich angestellt hatte, verschwieg.

BALLYKILLOWEN

Zwei Scheiben Zwieback, bestrichen mit Butter, zwei Rädchen Chorizo, ein Glas Weißwein. Viel gegessen hat er mittags nie, aber weil er seit einiger Zeit auf das Frühstück verzichtet und nach dem Aufstehen nur zwei Tassen Kaffee trinkt, zwingt er sich am frühen Nachmittag zu einem Imbiss, während er Radio hört: In Jerusalem ist ein rechter jüdischer Tempelberg-Aktivist niedergeschossen und lebensgefährlich verletzt worden, der Attentäter, ein Palästinenser, ist beim Schusswechsel mit der israelischen Polizei ums Leben gekommen; Taoiseach Enda Kenny hat sich bereit erklärt, sich mit den Ermittlern aus den Reihen der IRA zu treffen, die, falls er sich nicht verhört hat, eine Vergewaltigung untersuchen; in Waterford hat eine Kundgebung gegen Roma stattgefunden, und im indischen Bundesstaat Madhya Pradesh haben die Behörden hundert Lkw-Ladungen Sand konfisziert, der gestohlen wurde, weil der Baustoff knapp wird und die Branche fast jeden Preis dafür zahlt. Er steht auf und dreht das Radio aus. Er setzt sich zum Essen jeden Tag auf einen anderen Stuhl; der Stuhl heute ist unbequem, seine senkrechte Lehne zwingt einen zu einer Büßerhaltung. Er hat den Stuhl von einem Mann gekauft, der sich während der Boomjahre als Antiquitätenhändler versuchte, obschon er nicht die geringste Ahnung von Möbeln hatte. Mr Pop sitzt auf dem Fenstersims und blickt ihn argwöhnisch an; die Spitze seines Schwanzes berührt den Radiator. Er mauzt und sieht gebannt nach draußen. Wolkenschiffe gleiten vorüber, vor den Blue Stack Mountains steht die Wand einer Regenfront, die sich Richtung Norden verschiebt. Als er jung gewesen ist, hat er seinen Vater als Autorität empfunden, die ihm ständig seine Grenzen aufzeigte und ihn in seiner Entwicklung bremste. Vater und Sohn, was für ein Gespann! Wirklich nahe sind sie sich nie gekommen. Braucht ein Sohn einen Vater? Braucht er eine Mutter? Er gießt sich ein zweites Glas Weißwein ein und bleibt sitzen. Er wird das Atelier heute gar nicht erst betreten. Hat er nicht genug gearbeitet für ein Menschenleben? Keiner wartet auf neue Skulpturen von ihm, höchstens sein Galerist Koch in Berlin. Koch soll warten! Mr Pop springt vom Sims und verschwindet mit hocherhobenem Schwanz aus der Küche, ohne ihn zu beachten.

Bis heute hat er keinen Sohn gebraucht, braucht er jetzt einen?

Er fühlt sich unwohl in der Gegenwart von Kindern, überfordert. Was erwarten sie von ihm? Eltern, die ihm ihre Kleinkinder aufnötigen und in den Arm drücken, damit er sie hält und bewundert, sind ihm ein Graus. Was sollte er Kindern beibringen können? Hat er die Zeitungsbündel aus dem Haus geschafft? Er muss auf dem Handy nachsehen, was heute für ein Wochentag ist! Später, wenn er das Handy gefunden hat. Als er neulich in den Eurospar nach Laghey fuhr, ist ihm erst vor der Fleischtheke aufgefallen, dass er den schwarz-gelb gestreiften Pyjama anhatte. Nur in die Schuhe war er geschlüpft. Weder der Metzger noch die Kunden ließen sich etwas anmerken, und doch ist es ihm nicht gelungen, den Pyjama mit Würde zu tragen und statt als Sträfling der Vergesslichkeit als König der Faulheit aufzutreten. Während er Hundefutter, Obst, Gemüse und eine Packung Waschmittel in den Kofferraum seines Autos räumte, fiel ihm ein, was er eigentlich hatte einkaufen wollen: Eier, Milch, Toastbrot, eine Flasche Jameson und Katzenfutter. Das Leben geht weiter, das zumindest hat er gelernt. Nun ist er eben Vater eines Sohnes. Oder hat ihn der Fremde belogen? Wieso soll einer, der stirbt, nicht auch lügen? Sein Leben wird also weitergehen. Aber wird es weitergehen, als ob nichts geschehen wäre? Ist Glück auf Unglück angewiesen wie ein Zwilling auf den anderen? Und wofür, denkt er, steht dann Veränderung? Glück, Unglück? Regen klopft übers Flachdach der Küche, Windschläge werfen Tropfen gegen die Scheiben. Früher hat er deswegen den Kopf eingezogen, als traue er dem Dach und den doppelverglasten Fenstern nicht, auch das ist vorbei. Heute schließt er die Augen, damit er das Geräusch in aller Ruhe genießen kann.

Seine Ex fing an einem Dienstagnachmittag im November an zu graben, es dämmerte bereits. Sie hatten den ganzen Tag im Atelier gearbeitet, er im hinteren und dunkleren Teil des Anbaus, sie im vorderen an der Fensterfront, die den Blick über die Hügelschultern freigibt, hinter denen die Blue Stack Mountains den Horizont begrenzen. Er wollte eben aufstehen, um die Neonröhren anzumachen, als er das trockene Knacken hörte, das er seit einiger Zeit zu gut kannte: Sie hatte wieder ihren Pinsel zerbrochen. Er hörte schnelle Schritte und gleich darauf die Vordertür, die ins Schloss geworfen wurde. Er ließ einige Minuten verstreichen, bevor er in ihren Teil des Ateliers hinüberging. Das

Bild, das ihr Angst machte, da es sich nicht fügte, wie sie ihm erzählt hatte, war größtenteils schwarz übermalt. Soweit war sie noch nie gegangen. Sie hatte eine Grenze übertreten, sie war auf dem Weg in ein neues Gebiet, ins dunkle Reich des Zweifels.

Für ihn war dieser Moment der Anfang des Endes, wie er sich Jahre später eingestand, für sie aber hatte der Niedergang lange vorher begonnen, wie sie ihm bald erzählen sollte. Doch da war es bereits zu spät und ihre Entscheidung gefallen. Sie zog weiter, der andere bot ihr die Chance des Neuanfangs in der Westschweiz. Aber an jenem Dienstagabend im November wusste er noch nichts davon, dass sie ihn unwiderruflich verlassen würde. Er machte das Licht an und ging zurück an seinen Stein, er hatte gelernt, sie in Frieden zu lassen, wenn sie mit sich selbst, ihrer Ungeduld und ihrer Arbeit haderte.

Eine halbe Stunde lang widerstand er dem Drang, aufzustehen und vor den Atelieranbau zu treten, um zu sehen, was die Geräusche bedeuteten, die ihn in seinen Gedanken störten. Doch dann hielt er es nicht länger aus. Er öffnete leise die Schiebetür an der Rückseite des Anbaus und trat einen Schritt in die Dämmerung hinaus. Da sah er sie. Sie grub. Sie trug einen Overall, den er nicht kannte, und grub. Mechanisch, schnell, unermüdlich, ein Schatten, seine Frau. Erde flog durch die Luft, Schaufel um Schaufel. Er wollte auf sie zugehen, da erkannte er schlagartig, warum sie grub, und blieb stehen. Sie grub aus purer Verzweiflung. Das Graben machte ihr keine Freude. Sie *musste* es tun, um etwas zu verbergen, etwas Großes, Schreckliches, von dem er keine Ahnung hatte, was es war. Wusste sie es?

⋆⋆⋆

Sein linkes Bein und sein linker Arm sind eingeschlafen, das passiert ihm in letzter Zeit häufig, wenn er liest und vergisst, alle paar Minuten seine Sitz- oder Liegeposition zu verändern. Es bleibt ihm nichts anderes übrig, als vorerst liegenzubleiben. Er verzichtet darauf, seine Mails zu checken, weil er Anfragen befürchtet, die er beantworten muss, Mails von Freunden oder Bekannten, die Bericht aus Südafrika erwarten. Er hat nichts zu Kapstadt zu sagen, noch nicht, er ist gerade erst angekommen. Und er sieht ohnehin nur, was er für seine Texte verwenden kann. Er denkt daran, seine Freundin anzurufen, klickt sich stattdessen aber durch ein Newsportal: Im Cajititlan-See im mexikanischen Bundesstaat Jalisco sind wie bereits 2014 und 2019 mehr als fünfzig Tonnen des Popoche-Barsches verendet, die Umweltschutzbehörde Semadet steht auch diesmal vor einem Rätsel; der Gouverneur von Jefferson State droht mit Konsequenzen, sollte die amerikanische Präsidentin Hillary Clinton nicht wie zugesichert Bundestruppen und Marines entsenden, die dem 2018 gegründeten 51. Bundesstaat im Kampf gegen die Überschwemmung beistehen. Mit welchen Konsequenzen kann ein Gouverneur der amerikanischen Präsidentin denn drohen?, denkt er, klickt das Newsportal weg und klappt das Notebook zu. Muss er nach Irland reisen, falls er die Geschichte des Bildhauers weiterschreibt? Noch weiß er nicht, was er die Exfrau des Bildhauers in ihrem Garten graben lassen soll. Wann wird er den Bildhauer mit seinem Sohn zusammenführen? Und wo? Sucht Sean Berger den Kontakt zu Una? Wird er zuerst den Sterbenden im Krankenhaus in Letterkenny besuchen? Er hat erst ein Mal in seinem Leben einen Stein mit Hammer und Meißel bearbeitet, vor über dreißig Jahren im Garten von Daniel, einem befreundeten Künstler, der ihn aufforderte, es zu versuchen. Nach einer Weile war es ihm gelungen, den Griff der Meißelhand unmittelbar vor dem Aufschlag des Hammers zu lockern, um zwar zu spüren, wie der Schlag durch den Arm lief, ihn aber nicht länger als Schmerz in den Rücken fahrenzulassen. Er hat das Geräusch des Hammers geliebt, der den Meißel trifft, der seinerseits den Stein trifft, ein helles trockenes Klirren. Wird Daniel, so er seine Bücher denn überhaupt liest, nicht davon ausgehen, er habe ihm als Vorlage für seinen Sean Berger gedient? Oder ist Sean Berger Musiker? Aber zu seinem Bekanntenkreis gehören auch Musiker! Wie oft haben Menschen geglaubt, sich in Figuren seiner Bücher zu erkennen! Schließlich steht er auf. Es ist Zeit, in die Zukunft zurückzukehren.

Q

→ Passiert das öfter?

- wie Reax
- wie diesmal?
- zurück in die Z. - Reiz?
- welche Vorstellung / Vision von unser Z.?

(lebenswert?

↳ schön, erstrebenswert

- siehe / vgl. Orwell, (fast) alles hat sich tatsächlich erfüllt ...?!

-

SECHS

Die Spindel des Spannstocks war zersplittert, die Vorderzange der Hobelbank mit Kerben übersät, als habe jemand mit dem Hammer darauf eingeschlagen. Hobelspäne waren zu einem Haufen zusammengekehrt, dann jedoch achtlos in die Ecke geschoben worden. Die Nase des Schrupphobels war gebrochen, und in den Zähnen der Stichsäge klebten Holzsplitter. Feilen, Beitel, Tischlerwinkel, Schraubzwingen und Raspeln dagegen hingen, sorgfältig nach Größe geordnet, an der Wand über der Werkbank und waren in tadellosem Zustand. Dem Vierkanthammer war die Zahl 4 eingebrannt, in der Gehrungslade lagen ein Bleistift und ein Fuchsschwanz. Es roch nach Tischlerleim.

Die Werkstatt befand sich am äußersten Rand von Ghatt und war nur zu erreichen, indem man das Waben- und Gangsystem verließ und eine gerodete Lichtung überquerte, über die ein Pfad führte, der aus dem Tiefschnee freigeschaufelt worden war und sich etwa zehn Meter vor der Werkstatt gabelte. Der abgehende Pfad endete vor einem Drahtverhau aus ineinander verschachtelten, teilweise gedeckten Gehegen und Käfigen, zu dem GisliChrigel auf meine Frage nichts hatte sagen wollen. Die Werkstatt schob sich wie der Bug eines gestrandeten Schiffes in eine Kiefernschonung hinein, Äste klopften im Wind gegen die Scheibe. GisliChrigel machte Feuer im Eisenofen und erzählte mir, der zweite Tischler weigere sich, das Bett zu verlassen. Er sei achtzig Jahre alt, sehe schlecht und habe eine unruhige Hand. Leider sei sein Sohn, den er in sein Handwerk eingeweiht habe, vor kurzem gestorben. Der erste Tischler und seine Gehilfen schafften es nicht, die sieben Stühle für die Tagung des Rates von Ghatt rechtzeitig fertigzustellen, die in drei Wochen stattfinde. Sieben Stühle, für die die Hölzer ausgewählt seien, sieben Stühle, für die es exakte Pläne gebe. Beim Wort »exakt« hörte er auf, in seinem Dialekt zu reden, und seine Stimme klang höher und schriller als vorher, sein Mund wirkte spitzer.

»Kannst du das?«

»Was?«

»Drei Stühle in drei Wochen.«

»Und die vier anderen?«

»Macht der erste Tischler mit seinem Gehilfen. Schaffst du das?«

»Mit einem Gehilfen schaff ich das.«

»Ich hab zwei linke Hände, ich kann dir nicht helfen.«

»Gliich kann mir helfen«, sagte ich und fing an, die Zähne der Stichsäge von den Holzspänen zu säubern.

»Ist das die Werkstatt des Tischlers, der gestorben ist?«

GisliChrigel schüttelte den Kopf, kniete sich vor den Ofen und schob die Luftklappe zu. Beide Sohlen seiner Schuhe hatten Löcher, eines groß wie eine Münze, das andere klein wie von der Kugel einer Pistole.

»Aber erst machst du einen Musterstuhl aus schlechtem Holz, wir kaufen keine Katze im Sack.«

»Wieso sieben Stühle?«

»Wie viele Leben hat die Katze?«, gab er zurück, ohne sich nach mir umzusehen.

»Neun, hab ich gehört. Bei euch hier nur ein einziges.«

»Habt ihr nicht auch einen Rat bei euch in Mudra?«

»Den Rat der Ältesten.«

»Wie viele Mitglieder?«

»Zwölf«, sagte ich.

»Seid ihr nicht die, die Gott verleugnen?«

»Gott gibt es so wenig wie Allah oder andere Götter.«

»Zwölf«, sagte er, stand auf und trat ans Fenster.

»Zwölf! Und?«

»Zwölf Apostel!«

»Ach die! Das hat einen anderen Grund.«

»Welchen?«

»Zwölf ist unsere Hauptzahl.«

Er zog die Schublade der Hobelbank auf, nahm eine Papierrolle heraus und breitete den Plan auf der Bankplatte aus. Die sieben Stühle, mit schwarzer Tinte gezeichnet, waren mit Maßangaben versehen und mit Wasserfarben koloriert worden; für jedes Stuhldetail gab es eine eigene Zeichnung.

»Ghatt hat es auf keiner Landkarte je gegeben.«

»Mudra auch nicht«, gab ich zurück.

»Mudra auch nicht«, bestätigte er.

»In Fahrplänen gab es uns auch nicht.«

»In keinem, nein. Jetzt gibt es nicht einmal mehr Fahrpläne.«

»Nicht einen«, sagte ich.

Jeder der sieben Stühle hatte eine andere Form und Größe, für jeden waren andere Hölzer und unterschiedliche Lasuren und Beizen vorgesehen. Der in die Sitzflächen geschnittene stilisierte Katzenkopf war die einzige Gemeinsamkeit, die ich erkennen konnte.

»Was ist mit den Stühlen der letzten Versammlung passiert?«

»Werden im Wald vergraben, wenn der Rat getagt hat.«

»Schnitzen kann ich aber nicht«, sagte ich.

»Ich schon.«

»Hast du nicht zwei linke Hände?«

»Um Katzenköpfe zu schnitzen, sind linke Hände perfekt.«

»Schnitzereien auf der Sitzfläche, ist das nicht unbequem?«

»Wer sagt, sitzen soll bequem sein? Du machst den, den und den hier«, sagte er und deutete auf die Zeichnungen.

Er rollte den Plan zusammen und überreichte ihn mir, wobei er eine Verbeugung andeutete, die ich erwiderte. Die Scheiter im Ofenloch sangen, es wurde warm. In einer Pfütze zwischen den Baumstämmen blinkte Eis. Auf dem Ast einer Kiefer hockten zwei Krähen, die Köpfe schiefgelegt, als dächten sie darüber nach, wer ihnen hinter dem Fenster gegenüberstand. Die eine Krähe hatte einen Wurm im Schnabel, der sich hin und her wand.

»Sind das Gliichs Krähen?«

Er schüttelte den Kopf. Der Wind hatte den Rauch aus den Kaminen der Hütten zwischen die Bäume gedrückt, er kroch über den Boden, als werde er von einer unsichtbaren Quelle angesaugt. Ein Pfad, durch Dickicht und Unterholz geschlagen und mit Holzspänen belegt, verlor sich im Wald.

»Wohin führt der? Ist das Dorf hier nicht zu Ende?«

»Er führt zum Ort, den wir zu Ehren unserer Macan Bumi angelegt haben.«

»Macan was?«

»Macan Bumi. Unsere Dorfkatze. Wir stellen Fleisch und Milch für sie hin. Das sind wir den Katzen schuldig.«

»Weil ihr sie esst?«

»Wir haben lange genug Steckrüben gefressen«, sagte er,

»Steckrüben, Erdäpfel, Kohl, Wirsig. Aber davon wisst ihr unten am See nichts, ihr mit euren Fischen. Wir ziehen Gemüse, von dem ihr im Tal nichts wisst. Drachenzunge. Die rote Chioggia. Drachenkarotte. Oder die Oxheart. Sieht aus wie ein Kürbis, ist aber eine Rübe. Von der Nebraska Wedding habt ihr in Mudra bestimmt auch noch nie gehört. Dabei redet ihr Englisch!«

»Nebraska Wedding?«

»Eine Tomate. Orangefarben. Süß wie Honig und extrem lange haltbar. Gedeiht prächtig hier bei uns.«

»Wo pflanzt ihr an?«

»Das geht dich nichts an.«

»Warum jagt ihr kein Wild?«

»Muss ich einem aus Mudra wirklich erklären, wie schwierig das geworden ist?«

»Und was ist mit Kühen?«, fragte ich.

»Dafür fehlt uns der Platz.«

»Ziegen?«

»Liefern uns ihre Milch, nicht ihr Fleisch.«

»Ich fresse keine Katzen.«

»Abwarten«, sagte GisliChrigel, drehte sich um und ging auf die Tür der Werkstatt zu.

Man betrat das Holzlager, das sich einen guten Meter unter der Erde befand, über eine flache Rampe. Weshalb keine Treppe in das Lager hinabführte, verstand ich, als ein Mann im Rollstuhl auf uns zugefahren kam. Er trug eine Mütze, die aus einem Katzenfell genäht worden war, deren Schwanz ich erst für seine zu einem Zopf gebundenen Haare hielt. Seiner rechten Hand fehlten Zeige- und Ringfinger; sie lag in seinem Schoß, als sei sie gelähmt, die linke flatterte durch die Luft, ein Schmetterling, der sich auf Gisli-

Chrigels Arm setzte und gleich wieder davontanzte. Mich würdigte der Mann nicht eines Blickes, auch nicht, als GisliChrigel ihm erklärte, ich sei der Tischler, der die Stühle drei, vier und fünf für den Rat zimmere.

Bretter und Balken waren bis unter die Decke gestapelt. Der Geruch nach Holz und Harz löste Erinnerungen in mir aus, die ich gern verdrängt hätte. Ich wollte ihm den Plan reichen, seine linke Hand, die in die Höhe schoss, hielt mich davon ab.

»JausliRöfe weiß, was du brauchst«, sagte GisliChrigel.

»Vo wo isch er?«, fragte der Mann im Rollstuhl.

»Mudra«, antwortete GisliChrigel.

»En Gottlose.«

»Er channs mit Holz.«

»Wer's glaubt!«

»Er isch Schriiner.«

»Ich kann selber reden«, sagte ich.

»Nöd mit mir«, sagte der Mann.

Er griff mit der linken Hand in die Speichen des linken Rades, drehte damit blitzschnell den Rollstuhl um und rollte ohne ein weiteres Wort in den hinteren Teil des Holzlagers, leise pfeifend, die Hand in der Luft tanzend, als begleite sie ihn, ohne zu ihm zu gehören.

»Ein Bach, der übers Ufer tritt, sucht sich immer den Weg des geringsten Widerstands, er fließt an Hindernissen vorbei, umspült Felsen und trägt mit sich fort, was leicht genug ist.«

»Und?«, fragte ich, weil GisliChrigel nicht weiterredete.

»Wir waren auf dem Weg in den Süden, über die Alpen durch die verminte Zone, in den Süden, wo angeblich alles besser ist. Und wo sind wir gelandet?«

»Im Wald!«

»Im Wald, genau. Damit können nicht alle von uns gleich gut umgehen, glaub mir.«

»Den Süden gibt es gar nicht.«

»Natürlich gibt es den Süden. Bleibt die Frage, ob es dort besser ist als hier, oder?«

»Besser? Was heißt besser?«

»Eben. Was heißt besser!«

Er klopfte mir auf den Rücken, trat vor eines der schön gemaserten Bretter an der Wand und sah mich spöttisch an. Eine helle Verwachsung im Holz hatte die Form einer sitzenden Katze.

unser Feuer ist klein doch es wärmt uns dein Gesicht strahlt niemand weiß wo wir sind am Grund des Flusses knirschen die Kiesel du hast den Fisch gefangen und getötet ich habe ihn ausgenommen der Wald ist eine Kathedrale ich will dich nicht küssen ich will dich schlagen in der Kathedrale wird mehrstimmig gesungen

Krähenmanns Rappe stand mit drei langmähnigen Kaltblütern in einer Box. Der Pferdestall war der größte Raum, den ich in Ghatt bis jetzt zu sehen bekommen hatte; der Boden war mit einer dünnen Schütte Stroh ausgelegt, der Raum zwischen den Dachsparren mit Lumpen und Papier gestopft und gegen die Winterkälte isoliert. Offenbar wurden hier auch die Hufe beschlagen; es roch jedenfalls nicht nur nach Ammoniak, sondern auch nach verbranntem Horn, in der Esse gloste Feuer. Meine Satteltaschen standen an die Wand gelehnt, offenbar hatte niemand sie geöffnet und durchsucht. Ich schöpfte Wasser aus einem Bottich in einen Blecheimer und stellte ihn vor den Rappen. Er schüttelte erst den Kopf und tänzelte nervös auf der Stelle, beugte sich dann aber doch über den Eimer, zögerte noch einmal und soff. Ich sah, wie sich die Muskeln in seinem kräftigen Hals bewegten, während er schluckte, und dachte an Vaters Rat, ein Pferd nicht mit zu viel Wasser zu tränken, weil das seinen Bauch aufschwemme, was zu Blähungen führe. Ich zog den Eimer, er war zur Hälfte leer, unter dem Pferd weg und stellte ihn beiseite.

Obwohl es draußen dämmerte, machte ich die Funzel, die in der Box an einem Draht von einem Balken baumelte, nicht an; ich nahm die Kardätsche aus dem Regal und fing an, das Pferd im schwindenden Licht mit regelmäßigen, kräftigen Strichen zu bürsten. Auf und ab, auf und ab. Bis zum vierten Tag des Novembers hatte ich nichts getan, was es länger als einige Tage zu bereuen gab. Jetzt bedrängten, mich Reue und Schuld. An der Wand hingen Ledersättel, darunter waren Satteldecken gestapelt. Das Abendlicht, das durch Gaden unter dem Dach in den Ziegelbau fiel, warf blauen Schimmer über die Pferderücken. Auf und ab, auf und ab. Bald taten mir Finger und Handgelenk weh, ich striegelte trotzdem weiter. Vater hatte mir beigebracht, wie man ein Pferd striegelt, wie man es ins Geschirr legt, sattelt und führt, wie man mit ihm redet und es beruhigt; der Tonfall seiner Stimme und die entschlossene Zärtlichkeit seiner Handbewegungen hatten ihn mir noch nähergebracht. Ich wechselte die Kardätsche in die andere Hand, auch das hatte er mir gezeigt, und striegelte kräftig und regelmäßig weiter, die Wange an den warmen Pferdekörper geschmiegt.

IHR SEHT den Jungen, er sitzt an seinem Pult im Haus der Beschriebenen, rechts außen am Fenster in der zweiten Reihe, aufrecht und konzentriert, damit ihm die Buchstaben gelingen, die er aufs unlinierte Papier setzt. Er mag nicht alle Fächer, aber »Schönschreiben« zieht er sogar

»Deutsch« und »Geschichte« vor. In anderen Fächern lässt er sich gerne vom Blick durch das Fenster des zweistöckigen Gebäudes ablenken, das am Rand ihrer Siedlung steht, einen Steinwurf vom mächtigsten der vier Wachtürme entfernt. Von seinem Stuhl aus sieht er die Stelle, an der der Rha in den See fließt, seinen Lieblingsort, er wühlt gern mit nackten Zehen im grobkörnigen Sand, liegt oft rücklings auf den sonnenwarmen Steinen der Kiesbank und auf der Uferlehne, umsurrt von Libellen, während er Vögel beim Fischfang beobachte, weil er hofft, etwas von ihnen zu lernen. Im Fach »Schönschreiben« jedoch bin ich blind für die Aussicht, taub für die Geräusche aus dem Dorf, auf die sich meine Phantasie sonst gerne einlässt. Das Haus der Beschriebenen ist mir, anders als das Haus der Kinder, Heimat geworden. Die Angst vor der Nacht und ihren Wesen, die mich dort hinter den hohen Fenstern geplagt hat, ist verschwunden, genau wie du vorausgesagt hast, Mutter. Nichts ist im Haus der Beschriebenen so groß, dass wir uns eingeschüchtert oder klein fühlen, nicht die Schlaf- und Essräume, nicht die Schulzimmer noch die Bäder. »Groß ist in diesem Haus nur das Wissen!« Mit diesem Satz hat uns ein Ältester am ersten Tag begrüßt, dazu beide Arme gehoben und ausgebreitet, um nach kurzer Kunstpause hinzuzufügen: »Groß mögen auch die Gedanken sein, die ihr hier in diesem Haus in aller Bescheidenheit denkt!« An den Elternbesuchstagen habe ich euch angesehen, wie stolz ihr auf mich gewesen seid, Mutter und Vater.

Ich hörte, wie das Stalltor geöffnet wurde, Kälte strich mir um die Beine, kroch bis zu den Oberschenkeln, die Funzel schaukelte im Zug. Gliich lachte, eine Mädchenstimme sagte etwas, das ich nicht verstand. Ein Hund lief mit kraftvollen Sprüngen an mir vorbei durch den Gang, kläffte, drehte mit kratzenden Pfoten um und blieb vor der Box stehen. Krähenmanns Pferd scheute, die Nüstern geweitet, Panik in den aufgerissenen Augen, die Kaltblüter blieben ruhig. Ich trat dem Hund in den Weg, der vorsichtig Abstand hielt, leise winselnd, demütig zu Boden gedrückt. Entweder er hatte seine Erfahrungen mit Menschen gemacht oder mit Pferden.

Gliich stand, in eine Decke gewickelt, zwischen zwei Mädchen, eine Nebelkrähe auf der rechten, die andere auf der linken Schulter. Er hatte die Arme um die Mädchen gelegt und drückte sie begeistert an sich. Sie waren bestimmt keine zwanzig und unmöglich auseinanderzuhalten. Groß und schlank, mit rotblonden Haaren, die kaum Platz fanden unter ihren Mützen.

»Das isch er!«, sagte Gliich mit der Inbrunst des Kindes.

Ich drängte das Pferd an die Rückwand der Box und warf die Kardätsche auf meine Satteltaschen. Als ich Gliich bat, auf den Hund zu achten, weil er meinem Pferd Angst einjage, lachte eines der Mädchen selbstbewusst auf. Sie hießen Lena und Lina, waren natürlich Zwillinge und, wie Gliich sagte, »die schönsten, besten und klügsten Mädchen der ganzen Welt«. Dass das andere Mädchen ihr linkes Bein mit einer Schiene stützte, sah ich erst, als sie mit der freien Hand in die Kniekehle griff und den Bolzen löste, der das Gelenkscharnier der Stützschiene blockierte. Sie trat einen Schritt auf mich zu, der Hund schnupperte vorsichtig an mir.

»Angst?«, fragte das andere Mädchen.

»Ich nicht. Das Pferd.«

»Er mag Pferde«, sagte das Mädchen mit der Stützschiene.

Sollte ich fragen, welche Lena hieß, welche Lina? Ich strich dem Hund durchs Fell, zog die Hand aber zurück, weil er nicht nur feucht war, sondern unglaublich stank.

»Stinkt ganz schön, was?«

Das Mädchen mit der Stützschiene sah mich herausfordernd an; ihre Nase hatte einen Höcker, auf ihren Wangen waren zwei Handvoll Sommersprossen verteilt, ihre Augen waren grün.

»Schtinkt gar nöd!«

Gliich klatschte jauchzend in die Hände, seine Krähen flohen flügelschlagend von seinen Schultern, flatterten schimpfend um unsere Köpfe und ließen sich schließlich nebeneinander auf der Trennwand zwischen zwei Boxen nieder. Gliich zwinkerte ihnen zu, dann ging er vor dem Hund in die Hocke und fing an, ihn zu streicheln, allerdings so ungestüm, dass ich mich fragte, ob es dem Tier gefiel. Doch der Hund blieb ruhig sitzen. Krähenmanns Pferd ließ Bollen fallen.

»Wie heißt er?«

Ich richtete meine Frage an das Mädchen mit Stützschiene, obwohl sie mich verlegen machte; ich sah ihr an, dass sie es spürte. Sie senkte den Kopf und versteckte sich hinter ihren geschlossenen Lidern. Als sie das Kinn wieder hob, waren ihre Wangen rot.

»Hund«, sagte sie.

»Der Hund heißt Hund?«

»Der Hund heißt Hund«, sagte das Mädchen ohne Schiene und legte mir die Hand auf den Unterarm, »was dagegen?«

Ich schüttelte den Kopf, sie zog ihre Hand zurück.

Gliich hielt die Schnauze des Hundes mit beiden Händen zu und rieb die Wange an seinem Schädel, auch das ließ er sich ohne Murren gefallen. Er wusste, Gliich war ein Bewunderer und Freund.

»Er heißt Thar«, sagte das Mädchen mit Schiene, »so wie die Wüste.«

»Die Wüste in Indien«, ergänzte ihre Zwillingsschwester.

»Ndiendiendiendie!«, rief Gliich, stand auf und drückte sich an das Mädchen ohne Schiene.

Die Krähen warfen ihm missbilligende Blicke zu, stießen einen durchdringenden Pfiff aus, erhoben sich in die Luft und setzten sich auf einen Dachbalken, diesmal ein Stück auseinander.

»Wieso redet ihr eigentlich nicht Dialekt mit mir?«, fragte ich.

»Weil du uns dann nicht verstehst.«

»Wer's glaubt«, sagte ich.

Der Wind rüttelte an den Blechbahnen, mit denen das Stalldach gedeckt war. Krähenmanns Pferd scharrte mit dem Vorderhuf im Stroh, unruhig und verängstigt. Ich tätschelte ihm so lange die Flanke, bis es sich beruhigt hatte. Dann trat ich aus der Box auf den Stallgang hinaus. Ich war müde, ich hatte Hunger.

»Hast du gewusst, dass der Königsalbatros im Fliegen schläft?«

Das Mädchen bewegte sich trotz der Stützschiene so schnell und geschickt, dass es problemlos neben mir hergehen konnte. Ich schüttelte den Kopf und sah mich um: Das andere Mädchen und Gliich folgten uns engumschlungen, der Hund trottete nebenher. Die Nebelkrähen flogen nahezu lautlos durch den Raum, ich meinte die Berührung eines Flügels zu spüren, so dicht wischten sie über uns vorbei. Kurz vor dem Tor zogen sie steil nach oben und verschwanden durch eine offen stehende Gaube ins Freie.

»Und dass ein Königsalbatros in seinem Leben, das fünfzig und mehr Jahre dauert, das Festland nur zur Zeit der Brut aufsucht, hast du auch nicht gewusst.«

»Und wo ist er sonst, dein Königsalbatros?«

»Draußen auf dem Meer. Auf den Wellen. In der Luft.«

»Und wenn er schläft?«

»Er schläft und träumt im Fliegen.«

»Wie anstrengend«, sagte ich, bereute die dumme Bemerkung aber sofort.

»Der Albatros ist einer, der das Festland nicht braucht.«

»Doch«, sagte ich und schob das Tor auf, »um sich fortzupflanzen braucht er es.«

Kaum hatten wir den Schutz des Stallvordaches verlassen und standen auf dem freigeschaufelten Platz am Dorfeingang, fing es an zu schneien, Flocken, die selbst vom Luftzug einer Handbewegung in die Höhe getragen und an einem anderen Ort abgesetzt wurden. Die Krähen drehten zwei Runden über der gerodeten Lichtung, bevor sie sich auf Gliichs Schultern niederließen, die eine links, die andere rechts, Hugin und Munin, eine für die Gedanken, eine für das Gedächtnis, so hatte er es mir doch erklärt? Schneefähnchen stiebten von den Ästen der hohen kahlen Bäume.

»Albatroseltern fliegen Hunderte Meilen, um ihren Nachwuchs zu füttern, wenn es sein muss«, sagte sie leise, als teile sie ein Geheimnis mit mir, »das hast du auch nicht gewusst.«

»Hunderte Meilen?«

Sie nickte. Der Schneefall war zum Eisregen geworden. Nacht und Winterstille machten Geräusche größer, als sie waren: Die Eiskörner klangen, als klirrten Nägel auf eine Erde aus Glas, das Stalldach wurde zur Trommel, genau wie meine Brust zur Trommel wurde, als sich das Mädchen mit der Schiene schutzsuchend an mich drängte. Sie roch nach Leder. Die Berührung ihrer Hand auf meiner Brust sorgte für einen fein ziehenden Schmerz. Ich hielt den Atem an und versuchte mir vorzustellen, wie ein Königsalbatros aussieht.

SIEBEN

Als Käfer erkannte ich ihn, gerade erwacht, nicht sofort, zu imposant und furchteinflößend füllte er mein Blickfeld. Ich lag an der Wand, die Felldecke über die Ohren gezogen; das Kissen mit den Kirschsteinen, das ich wie Gliich auf der Ofenbank aufgeheizt und als Wärmekissen ins Bett genommen hatte, war kalt, die Scheibe des Fensters wie jeden Morgen mit Eisblumen überzogen. Der Käfer saß genau vor meinem linken Auge. Er klappte die grün irisierenden Deckflügel hoch, unter denen sich die schimmernden hauchdünnen Flügel verbargen, die ihn in die Luft hoben. Der Käfer schwebte einen Moment über mir, ein Fluggerät, das auf die Bestätigung zum Abflug und ein zugewiesenes Flugziel wartet, bis er so knapp an mir vorbeischwirrte, dass er tatsächlich meine Wange streifte; ich hörte das Surren der Flügel, die von einem Motörchen betrieben wurden, das ohne Benzin auskam. Richtige Flugzeuge hatte ich, wie jeder andere in meinem Alter, nur auf Fotos und anderen unbewegten Bildern oder auf Plänen und Zeichnungen gesehen. Ich hatte nie in einem Auto gesessen, das fuhr, nur in ausgeschlachteten Wracks ohne Räder, ohne Motor, nie in einem Zug, der sich bewegte, nur in verrosteten, von Brombeerranken überwucherten Waggons und Lokomotiven. Ich hatte nie einen Film im Kino oder im Fernsehen gesehen, kein Drama in einem Theater, nie eine

Leuchtreklame, nie einen Computer, der funktionierte, nie ein Smartphone, das zu etwas anderem taugte, als es weiter in den Wald hineinzuwerfen als einen Tannzapfen. Ich hatte nie im Luftschild einer heranrasenden U-Bahn gestanden, hatte nie in einer Tram gesessen, nie in einer Schwebebahn, war nie Rolltreppe gefahren, hatte mich nie vor dem Donner eines Düsenjägers gefürchtet. Wann immer einer von uns Schülern in Mudra sich darüber beklagte, erst nach der Großen Transformation geboren worden zu sein und darum die Annehmlichkeiten und Vorteile einer Welt mit fossilen Brennstoffen verpasst zu haben, antworteten unsere Lehrer mit den Versen Hekubas aus den »Troerinnen« von Euripides: »Nie war ich im Innern der Schiffe. Ich weiß von ihnen durch Gemälde, die ich sah, und Worte, die ich hörte.« Ein Zitat, das uns natürlich nicht half, aber zum Schweigen brachte. ›Wir wissen, wie es früher war, aber wir blicken nicht zurück‹, so steht es geschrieben. Wir Jüngeren, die eben nicht wussten, wie es früher gewesen war, litten darunter, uns mit Erzählungen, Beschreibungen, Bildern und Fotos bescheiden zu müssen, und begnügten uns nur mit dem Bücherwissen, weil uns nichts anderes übrigblieb.

unser Schiff ist vom Eis zermalmt meine Hunde laufen schneller als deine mein Segel ist aus Birkenblättern vier Meter bin ich groß du auch am Horizont drehe ich mich um das Eis ist leer es brennt die Hand die mich packt brennt auch klein wie sie ist und blutwarm ich brenne nicht auch meine Hand nicht nur mein Fuß

Gliich verschluckte sich, und das Schnarchen verstummte. Sein Gemurmel klang gedämpft, er hatte den Kopf wie üblich unter dem Kissen verborgen. Seine Nebelkrähen hockten dicht an dicht auf dem Podest am Fenster und sahen aufmerksam, aber reglos und ohne einen Laut von sich zu geben, zu, wie ich mich anzog. Seit gestern erlaubte mir Gliich, Hugin und Munin mit Würmern, Käfern, Insekten und Fleischstückchen zu füttern, wobei er mich immer wieder korrigierte und mir zeigte, wie man es *richtig* machte. Dabei war mir der große Käfer wohl entwischt.

Vier Tage waren vergangen. Um rechtzeitig mit dem Musterstuhl für den Rat fertig zu werden, war ich gestern schon bei Tagesanbruch leise aufgestanden, damit Gliich nicht erwachte, hatte allein gefrühstückt und mich danach um Krähenmanns Pferd gekümmert, bevor ich in die Werkstatt hinüberging. Da Gliich es liebte, Feuer zu machen, heizte ich den Eisenofen der Werkstatt nicht ein und arbeitete in der Kälte, bis der Morgenmuffel eine Stunde nach mir auftauchte und sich sofort am Ofentürchen zu schaffen machte. Übervorsichtig beigte er Holz und Späne in den Feuerraum, als könnte beides in seinen Händen explodieren, kniete vor dem Ofenloch, bis das Flackern als Widerschein auf seinem Gesicht erschien und er selig lächelnd spürte, dass sein Feuer an Kraft gewann.

Ich winkte Hugin und Munin zum Abschied, schob die erkaltete Asche in den Ledereimer und trug sie in den Essraum hinüber. Ich würde sie auf dem Weg in die Werkstatt in den Blechkübel kippen, in dem die Dorfbewohner die kalte Asche sammelten. Mein Frühstück stand wie gestern bereit: eine Kanne Zichorienkaffee, drei Scheiben Nussbrot, Konfitüre aus Waldbeeren, gewärmte Ziegenmilch, ein hartes Ei, ein Töpfchen Honig. Aus der Aschenlade des Herdes sprangen Funken, GisliChrigel hatte großzügig eingeheizt. Er und seine Frau Gabriella zeigten sich auch heute nicht; ich bekam sie erst abends zu Gesicht, wenn ich die Werkstatt nach Einbruch der Dämmerung verließ und mich auf dem Lager von Gliichs Zimmer hinlegte, bis man uns zum Nachtessen rief. Auch die Männer, mit denen ich Holz geschlagen hatte, oder JausliRöfe, der das Holzlager leitete, waren mir in den vier Tagen nicht begegnet. Das Fleisch, das es fast jeden Abend gab, schob ich an den Tellerrand, was GisliChrigel zwar amüsierte, aber zu keiner Bemerkung verleitete. Ich hatte nicht gefragt, wie sie zu dem Fisch kamen, den Gabriella am zweiten Abend servierte. Geld ist abgeschafft, aber der Tauschhandel blühte, vor allem im Tiefland. Sie trieben bestimmt Handel mit einer der Gemeinschaften, die wie wir den Kalten See befischten. Oder gab es in höheren Regionen Seen, von denen wir in Mudra nichts wussten? Das Gewölbe, in dem ich frühstückte, warf die Geräusche, die ich verursachte, mit kaum wahrnehmbarer, irritierender Verzögerung als Echo zurück. Es war bestimmt kein Zufall, dass mein Stuhl exakt an der Stelle stand, an der dieser akustische Effekt zustande kam. Ich hatte schon am ersten Morgen damit begonnen, absichtlich Geräusche zu machen, weil es mir gefiel, was der Raum damit anstellte. Ich dengelte mit dem Messer gegen die Tasse, rollte das gekochte Ei auf der Tischplatte hin und her und brachte das Honigtöpfchen mit dem Löffel zum Klingeln.

GisliChrigel stand im Schutz des Blechschildes, das als Windbrecher neben dem Eingang zur Werkstatt aufgebaut war, trotzdem fuhr ihm ein Windschlag in die hohle Hand und löschte das Streichholz aus, mit dem er den Tabak in seiner Pfeife anstecken wollte. Schimpfend zerbrach er das Hölzchen und schnippte es in den Schnee. Die Pfeife ließ er in die Tasche seiner Felljacke gleiten.

»The early bird catches the worm«, sagte er.

»Only if he eats worms.«

»Es stimmt also.«

»Was stimmt?«

»Dass ihr in Mudra viele Sprachen kennt.«

»Streichhölzer habt ihr in Ghatt offenbar genug.«

»Ihr nicht?«

»Woher habt ihr sie?«

»Auf unserem langen Weg in den Wald sind wir an einer Zündholzfabrik vorbeigekommen. Und ihr?«

»Wir sind sparsam. Auch mit Streichhölzern.«

»Der Ost ist nicht stärker als der West«, sagte er, »aber der Nord ist kälter als der Süd. Wie nennt ihr den Nordwind bei euch unten am See?«

»Nordwind.«

»Bei uns heißt er ›Hundezunge‹.«

»Kann er bellen?«

»Weil er alles abraspelt und blankscheuert, an dem er sich reibt.«

»Am Rauchen hindert sie dich auch, die Hundezunge.«

»Mich hat heut Nacht ein Elfenpfeil getroffen.«

Ich sah ihn so erstaunt an, dass er laut auflachte und sich dabei mit beiden Händen ins Kreuz griff.

»Rückenschmerzen! Das wirst du im Alter auch kennenlernen. Schön geworden, dein Musterstuhl.«

GisliChrigel schmunzelte.

»Ist fast fertig«, sagte ich.

»Die Lehne braucht einen zweiten Anstrich mit Beize, dann *bist* du fertig damit.«

Über Nacht hatten Böen Schnee gegen den Windbrecher geweht, er war zwar nicht haftengeblieben, aber jetzt glänzte das Blech dunkel und erinnerte mich an den Panzer der Schildkröte, die wir im Haus der Kinder gehalten hatten, ohne Gehege, frei im Haus herumkriechend, immer unterwegs, sehr langsam, sehr beharrlich.

»Ich hol den Stuhl um vier ab.«

Ich nickte noch einmal und sah ihm nach; er ging schnell und mit erhobenen Schultern. Ein Zwerg, der sich größer machte, als er war, wie wir alle. Mittlerweile war das Licht hellgrau, das Dorf würde bald zum Leben erwachen. Schon stieg Rauch aus Kaminen. Wind führte Wolken heran, schwerbeladene Kähne, die wohl weiteren Schnee brachten. Tannenkronen rauschten, Äste knarzten. Mir war kalt. Vom Drahtverhau hatte ich mich bis jetzt ferngehalten. Du darfst nicht zu den Gehegen, hatte ich mir wieder und wieder gesagt, du willst es gar nicht wissen, es betrifft dich nicht! Natürlich betraf es mich. Rasch ging ich bis zur Weggabelung, bog auf den linken, ebenfalls freigeschaufelten Pfad ein und marschierte entschlossen auf den Verhau zu. Ich hörte das Rascheln eines Federkleides, ein Wintervogel, der sich flugbereit machte, um vor mir zu fliehen.

Die meisten Katzen lagen im Schutz der wärmenden Bretterwände und des Daches aus Wellblech in einem der zahlreichen gedeckten Gehege, die entweder aneinandergebaut oder durch vergitterte Gänge miteinander verbunden waren. Aber auch im Freigehege, das mit Maschendraht abgedeckt und tief in den Wald hineingebaut war, saßen Katzen, zu viele, um sie zählen zu können. Insgesamt waren es bestimmt zweihundert, trotzdem roch ich sie nicht. Über den Gehegen schwebte ein reiner, sauberer Duft. Die Katzen verfolgten ohne sichtbares Interesse, wie ich durch den Tiefschnee das Gehege entlangstapfte und mit dem Gleichgewicht kämpfte. Zum Glück waren die Maschen des Gitters so weit, dass ich mich trotz der Fingerhandschuhe daran festhalten konnte. Katzen hatten Äste und Baumstämme in den Gehegen mit ihren Krallen geschält, überall lagen entrindete Stecken verstreut. Wie gelassen sie auf mich reagierten! Ich war doch ein Mensch und damit ihr Feind, der sie tötete, kochte und aß! Die meisten schliefen, viele putzten sich, ausgiebig und geduldig, einige kämpften spielerisch miteinander. Täuschte ich mich oder hatten sie Gruppen gebildet, aufgeteilt in jüngere und ältere Tiere? Das Bild der Katzen, die mit ihren gelben und grünen Augen gelassen zusahen, wie ich mich den Verhau entlang durch den Tiefschnee kämpfte, viele von ihnen gelangweilt gähnend, hatte etwas Beruhigendes und Friedvolles. Die Rückwand des größten gedeckten Geheges war aus Bahnschwellen gefügt, die Ritzen zwischen den Bohlen hatte man mit Pech verfugt. Es fing an zu schneien, sachte und vorsichtig, als sei sich die Natur nicht sicher, ob es wirklich nötig sei. Die Flocken, die durch die Gehege schwebten, waren kaum zu sehen, Fetzen aus einer anderen Welt. Als ich stehenblieb, um Atem zu schöpfen, löste sich eine kleine Katze aus einer Gruppe, die vor einem Baum beisammenlag, der bis Hüfthöhe von Rinde befreit war, und stakste durch den Schnee auf mich zu, ohne mich aus den Augen zu lassen. Die Katze hatte krumme Vorderbeine, einen grimmigen Gesichtsausdruck und einen kurzen Schwanz, der gerade in die Höhe ragte. Ihre Rückenzeichnung, schwarz und in der Farbe von nassem Sand, erinnerte mich an die Haut einer Python, die Brust war hell, fast löwengelb, der Bauch wie bei einem Schneeleoparden gepunktet. Die Katze blieb dicht vor dem Gitter stehen und mauzte mich mehrmals an, heiser und auf erschreckende Weise vorwurfsvoll.

»Herzzerreißend, nicht?«

Wie sehr ich ihre Stimme vermisst hatte, wurde mir bewusst, als ich sie hörte. Ich musste mich am Gitter festhalten, sonst hätte ich mich sofort umgedreht, aber das wollte ich nicht. Ich wollte, dass sie weiterredete.

»Weißt du, was Flughunde fressen?«

Ich schüttelte den Kopf. Die Katze hatte aufgehört zu mauzen, gab meinen Blick aber nicht frei; sie hatte die grünen Augen zu Schlitzen zusammengekniffen, ihre Barthaare zitterten. Leichter Schwindel ergriff mich, die Empfindung, ich würde durch mich hindurchfallen, war erschreckend und gleichzeitig beglückend.

»Wie heißt du eigentlich? Lena oder Lina?«

»Du hast einen schönen Namen. Halblaut!«

»Und du?«

»Früchte und Blüten«, sagte sie endlich, »sie essen Früchte und Blüten. Lina. Und sie trinken Nektar.»

Ich spürte, wie mir übel wurde, schloss die Augen und gab mir Mühe, tief und langsam zu atmen. Der Drahtverhau bereitete mir mit einem Mal Unbehagen. Der Wald hatte angefangen sich zu drehen. Die Welt, begriff ich, war tatsächlich eine Kugel.

»Das sind aber keine Flughunde, Lina«, sagte ich und wandte mich um, »die hier fressen Fleisch.«

»Und Löwen werden fressen Stroh wie Rinder, liebe Kinder«, sagte sie und lachte.

Das Bild einer Tür blitzte vor mir auf, die Tür stand einen Spalt offen, zu schmal, um etwas in dem Raum dahinter zu erkennen. Die Wendung »Manege des Schlafes« trieb mir durch den Kopf, ich versuchte krampfhaft, sie festzuhalten, um mich später an sie erinnern zu können, »Manege des ...«, dachte ich und wusste in der gleichen Sekunde, hinter der Tür wurde ich von anderen Lebewesen erwartet. Freunden, Feinden? Ich verspürte heftigen Würgereiz und musste die kalte Waldluft mit weit geöffnetem Mund einatmen, um nicht umzukippen, da löste sich das Bild der Tür auf, Schwindel und Übelkeit verflogen.

»Es ist egal, welche Farbe die Katze hat, solange sie Mäuse jagt«, sagte sie und trat vom Gehege zurück.

Wohin war die Tigerkatze verschwunden? Raben knarzten irgendwo in den Bäumen über unseren Köpfen. Die geschälten Stecken lagen im Schnee, als bildeten sie ein Wort, allerdings in einer Sprache, die ich nicht verstand. G. H. A. T. T. Ich blinzelte und sah noch einmal hin. Die Stecken lagen wild verstreut im Schnee.

»Klingt schön«, sagte sie.

»Was klingt schön?«

»Manege des Schlafs.«

Das Notebook als scheinbar wichtigster Begleiter = Fenster in Welt!?

KEEROM

Er weiß nicht, was ihn geweckt hat. Er sitzt jedenfalls aufrecht im Bett, reglos. Das Appartement müsste ihm fremd sein, mitten in der Nacht, ohne Licht, ist ihm jedoch wohltuend vertraut. Wie still die Räume sind, ohne seine Aktivitäten, die sinnlos sind und ihn doch erfüllen! Er glaubt, etwas gehört zu haben, leise wie das Knistern eines Flügels, der sich entfaltet. Wie der Meißel eines Mannes, der weit, weit entfernt an seinem Stein arbeitet. Eine Maschinerie, sanft und beharrlich schütternd, angeworfen in einer anderen Welt. Leiber, die sich aneinander reiben, in der Falle sitzend. Er wartet, lauscht. Dann steht er doch auf und geht vorsichtig in die Wohnküche hinüber. Die Uhr auf dem Display des Kochherdes zeigt 3:11. Er hat gelesen, dass dies die Zeit ist, in der Menschen erwachen, weil sie sich Sorgen machen, Sorgen wegen Ehe, Arbeit, Krankheit und Geld. Sorgen wegen der eigenen Sterblichkeit. Noch dauert es fast drei Stunden, bis der Morgen dämmert; in zwölf Stunden holt er seine Freundin am Flughafen ab. Sein geschlossenes Notebook schimmert im Licht, das durch die Fenster dringt. Ihm ist, als hebe ihn die Stille auf ein Bühnchen, das gerade groß genug ist, damit die Füße Platz finden. Nichts ist länger sicher als eine Minute, eine Sekunde! Ist es nur dunkel, damit etwas zum Vorschein gebracht wird, das sich bislang verborgen hat? Etwas Fieberndes, unvorstellbar Kleines? Etwas Totes? Was nur hat ihn geweckt? Er stellt sich die stillen Rasenflächen im Company's Garden vor, die Umrisse der Bäume, die verlassenen Gehwege, den leuchtenden Kies und die dunklen Volièren, in denen reglos Vögel sitzen. Er spürt einen beunruhigenden Gedanken, den er nicht greifen, aber auch nicht verdrängen kann, weil er ihn ja bereits bemerkt hat. Im Gebäude gegenüber brennt kein Licht, es erinnert ihn an eine gesunkene Barke. Sein Herz schlägt. Er hat schon länger nicht mehr den Ehrgeiz, erfolgreich zu sein, wie befreiend, seine Arbeit soll ihn tragen und erfüllen, nicht der Erfolg, den er als gesellschaftliche und nicht als künstlerische Kategorie versteht. Sein Scheitern hat einen romantischen Aspekt, darum ist es einfach zu akzeptieren. Er steht gern abseits, das bereitet seiner Freundin Sorge und macht ihr Angst, denn sie muss im Mittelpunkt stehen, sonst verliert sie den Boden unter ihren Füßen. Plötzlich weiß er, sie werden sich trennen. Ihre Stimme klingt sicherer, wenn sie nicht nur ihn als Zuhörer hat. Sind sie allein, ist ihr Mund dünner als in Gesellschaft, ihr Hals faltiger. Manchmal verachtet er sie. Ja, sie müssen sich trennen. Seit wann erkennt er Kälte, gelegentlich gar Abscheu in ihren Augen, wenn sie ihn ansieht? Er gibt nicht mehr vor, jünger zu sein, auch das liegt hinter ihm. Sie dagegen verwendet einen beträchtlichen Teil ihrer Zeit und Energie darauf, jünger auszusehen, da sie, dies ihre folgerichtige Erklärung, auf der Bühne steht. Er ist zu müde, um sich nach der Liebe einer jungen Frau zu sehnen. Dank der Defekte und Defizite seiner Freundin darf er sich entspannen; es ist nicht nötig, auch nur annähernd perfekt zu sein, sie ist es auch nicht. Natürlich sieht man ihm an, dass er Dinge erlebt und erfahren hat, die ihn furchtsam machen, kleinlich, manchmal spießig und bitter! Ein weiterer Preis

Auseinandersetzung mit dem Alter(n)

des Alters! Er denkt an das Fischbecken eines Seerestaurants, die Glasscheiben von der Sonne poliert, vor dem er stehenbleiben musste, weil ihn die mächtigen gesprenkelten Forellen, lang wie ein Unterarm, faszinierten, die sich im grünen Wasser drängten und deren Mäuler langsam arbeiteten, als kauten sie Steine klein. Wieso denkt er jetzt an diese Fische, und wieso sieht er einen Fluss vor sich, der im Sonnenlicht an ihm vorbeiströmt, lautlos, majestätisch? Es klingt, als würde Regen fallen. Weshalb ist er erwacht? Er tritt ans Fenster und blickt auf die Straße hinab. Die Scheibe ist kalt, in der Einfahrt der Garage brennt ein Feuer. Er erkennt den Umriss des Stadtstreichers neben seinem Karren. 3:13 Uhr. Erwacht Paperman morgens, weil die Sonne auf ihn fällt? Oder wird er von dem Mann wachgerüttelt, der den ganzen Tag in seinem Wärterhäuschen in der Einfahrt sitzt? Das Geräusch, das er für Regen gehalten hat, wird von Blättern verursacht, die vom Wind durch die Dorp Street getrieben werden, Hunderten weißen Papierseiten, wohl aus geplatzten Müllsäcken. Er denkt an New York, natürlich, an den 11. September, wer würde dies nicht beim Anblick der bedruckten Seiten, die in der Häuserschlucht schweben und jeden Sinn verloren haben? Der dünne Wasserstrahl, der aus der Leitung in der Küchenspüle rinnt, riecht faulig und ist auch nach einer Minute noch viel zu warm, um ihn zu erfrischen. Die Luft scheint im Appartement zu stehen wie eine Masse, die sich schneiden lässt.

Es erstaunt ihn nicht, dass an seine Tür geklopft wird, dreimal, entschieden und energisch. Darum ist er also erwacht! Er tritt an die Eisentür mit den vier Sicherheitsschlössern und linst durch den Spion. Der Boden ist kalt, er zieht die Zehen ein. Der Junge ist kaum groß genug, dass man ihn im Korridor mit den eigelben Wänden sehen kann.

Wie ist er ins Haus gekommen? Kennt er den Code für das Türschloss? Sind ihm die vielen Kameras egal? Der Junge muss den Hausmeister kennen! Die Erkenntnis bereitet ihm Unbehagen, bis jetzt hat er sich in dem Gebäude sicher gefühlt. Warum klopft der Junge, statt auf den Klingelknopf zu drücken? Der Junge weiß, dass er betrachtet wird, er geht auf die Zehenspitzen, macht sich größer, als er ist. Seine Miene ist reglos, sein Blick undurchdringlich; ein Raubvogel, der Beute wittert. Heute trägt er ein T-Shirt unter dem Jackett, auf dem groß »Your Boss« steht. Will er ihn verhöhnen? Ist es übertrieben, den Hausmeister anzurufen? Um diese Uhrzeit? Oder soll er die Nummer des Vermieters wählen? Er ist schlaftrunken, gleichzeitig ist er hellwach. Weiß er, was er tut? Er dreht Schlüssel um Schlüssel, schließt Schloss um Schloss auf, drückt die Klinke und macht die Tür weit auf. Der Junge hat ihm immerhin geholfen, hat ihn vor einer Prügelei mit ungewissem Ausgang bewahrt. Der Junge geht wortlos an ihm vorbei, lehnt die Plastiktüten, die er dabeihat, an die Küchenzeile und lässt sich seufzend aufs Sofa fallen. Er bleibt stehen, zögert einen Moment und schließt die Tür dann doch. Soll er sie abschließen? Ist der Junge allein ins Haus gekommen?

»Germany?«, fragt der Junge.

»What Germany?«

Soll er den Jungen wegschicken und den Vermieter alarmieren, egal, wie spät es ist? Wo hat der Junge die Pistole?

»You not know? Germany is fucked! You Germany? Look in News, you see!«

Er schüttelt den Kopf. Er wird dem Jungen nicht sagen, woher er kommt, noch nicht. Was geht es ihn an?

»You rich, see!«

Der Junge macht eine ausladende Handbewegung und

streckt sich auf dem Sofa aus, genüsslich aufstöhnend. Riecht er nach Alkohol? Hat er getrunken? Geraucht hat er mit Sicherheit; als ehemaliger Kettenraucher erkennt er diesen Geruch immer und überall.

»Tea«, fragt er, »coffee?«

»Beer«, befiehlt der Junge und verschränkt die Arme hinter dem Kopf.

Seine Fußsohlen sind schwarz, seine Füße riechen. Soll er dem Jungen ein Bier geben? Und er selbst? Um diese Zeit? Er öffnet den Kühlschrank, auf den Dielen erscheint ein Rechteck aus Licht, er spürt kalte Luft über seine nackten Beine streichen und holt zwei *Castle Lager* heraus. Der Junge nimmt das Bier, ohne ihn anzusehen, öffnet den Kronkorken mit den Zähnen, setzt an und trinkt die Flasche in einem Zug leer.

»One more«, sagt er und rülpst leise.

Er schüttelt den Kopf, nimmt dem Jungen die leere Flasche ab und legt sie ins Spülbecken; die zweite stellt er zurück in den Kühlschrank. Der Junge will aufstehen, bleibt aber sitzen. Eine der Plastiktüten fällt um, und ein Teil ihres Inhalts rutscht auf den Boden: Pornohefte.

»Porn! Good business. For the old man like you! Want some? Extra price for you, my wanker-friend.«

Als er dem Mann mit dem irren Blick gegenüberstand, hat er sich nicht gefragt, ob die Waffe des Jungen echt ist, das tat er erst später, als er sich die Szene noch einmal vor Augen führte. Der Irre ließ sich widerstandslos von seiner Freundin oder Schwester am Arm nehmen und wie ein Kind wegführen, das man bei einem Streich erwischt hat und das nun seiner gerechten Strafe entgegensieht. Wie schnell der Junge die Pistole verschwinden ließ! Hatte er sie je in der Hand gehabt?

»You rich«, sagt der Junge und steht nun doch auf, »me poor!«

Der Junge strahlt eine bedrohliche Wut aus, er will nicht, dass er ihm zu nahe kommt, und tritt hinter die Theke, auf der sein Notebook liegt. Notizbuch und Bleistift hat er wie üblich neben seiner iWatch auf dem Nachttischchen deponiert, obwohl er nachts fast nie etwas notiert.

»You go now!«

Er bemüht sich um einen scharfen Tonfall, der keinen Widerspruch duldet. Er bittet nicht, er befiehlt. Trotzdem bleibt er hinter der Frühstücks- und Schreibtheke stehen und bringt es nicht fertig, dem Blick des Jungen standzuhalten.

»I help you, now you help me.«

Um seiner Aufforderung Nachdruck zu verleihen, haut der Junge mit flacher Hand gegen die Schranktür der Küchenzeile. Er bereut, den Jungen hereingelassen zu haben. Wie wird er ihn los? Soll er die Wohnungstür nicht doch verschließen? Was tut er, wenn ein Komplize hereinkommt? Er tritt hinter der Theke vor, bückt sich und schiebt die Pornomagazine zurück in die Tüte. Die Vorstellung, dass ihm Gewalt angetan wird, wenn auch nur von diesem halben Kind, lässt ihn den Kopf einziehen. Hilft es, sich auszumalen, wie ihn der Junge sieht? Wer bin ich für ihn? Was für eine dumme Frage! Er ist der Mann mit Geld, den er ausnehmen kann. Trägt der Junge die Pistole auch heute im Bund der Jeans? Er hat noch nie in seinem Leben eine Schusswaffe in der Hand gehalten. Er setzt sich auf den Barhocker, auf dem er an seinem Roman arbeitet und am Text, den es gar nicht gibt, und fragt den Jungen, wie er heißt.

»Not your fucking business!«

»Strange name.«

Der lahme Scherz löst ein angewidertes Zischen des Jungen aus. Er nennt dem Jungen seinen Namen trotzdem und deutet dabei gar eine ironische Verbeugung an, bevor er ihn noch einmal fragt, wie er heißt.

»Nobody.«

»Strange name«, wiederholt er.

»My father gave me. I like it! You nobody too!«

Der Junge sieht ihn kalt und herausfordernd an, öffnet den Kühlschrank, nimmt eine Bierflasche heraus, öffnet sie erneut mit den Zähnen und trinkt gierig mit geschlossenen Augen. Er wünscht sich, er wäre nicht erwacht. Es ist Zeit, dem Spuk ein Ende zu setzen. Ist er nicht ein Mann der Worte? Er wird den Jungen mit Sätzen dazu bringen zu gehen. Er wird ihn überzeugen, vertreiben. Bevor er anfängt zu reden, steht er auf, er braucht Bewegung, um dem, was er zu sagen hat, die nötige Überzeugungskraft zu geben. Er sagt dem Jungen, dass er Schriftsteller ist und Bücher schreibt, Romane, die sich nicht sonderlich gut verkaufen, leider, obwohl er, im Vergleich mit anderen Autoren seines Alters, die wie er aus der Schweiz stammen, durchaus zufrieden sein kann – er kann es nicht lassen, sich anzupreisen, wie lächerlich! –, seine Bücher, sagt er und geht auf und ab, werden übersetzt, was ebenfalls viel zu wenig einbringt, leider. Er beschreibt die Wohnung, die seine Freundin, ihr Sohn aus erster Ehe und er sich teilen und die ihnen nicht gehört, wie er mehr als einmal betont, die nur gemietet ist, für viel Geld gemietet ist, in einer der teuersten Städte der Welt, in einem der teuersten Länder der Welt, und das ausgerechnet mit seinem Beruf. Der Höhepunkt seines Vortrages ist zweifellos die Wendung »es ist nicht alles Gold, was glänzt«, die er sage und schreibe dreimal unterbringt. Sein Ziel erreicht er nicht, das sieht er dem Jungen an, im Gegenteil. Er bringt den Jungen noch mehr gegen sich auf, schürt mit seinem Gejammer Hass auf ihn, den weißen Europäer. Versteht ihn der Junge überhaupt? Er hat doch nicht etwa deutsch auf ihn eingeredet?

»Shut up«, schreit der Junge schließlich.

Er hält tatsächlich den Mund und setzt sich wieder auf den Hocker. Der Junge sieht ihn an, als sei er nicht ganz bei Trost. Er spürt den Drang, den Jungen ins Gesicht zu schlagen, aus der Küche zu prügeln, immerhin ist das hier sein Arbeitszimmer. Was redet er! Er muss ihn mit Gewalt aus dem Appartement werfen. Er muss ihm zeigen, dass er nicht mit sich umspringen lässt! Kann er das? Er will ihn noch einmal auffordern zu gehen, lässt es aber bleiben, als der Junge ins Schlafzimmer geht und ohne Umschweife den Einbauschrank öffnet. Dass kaum Kleider in den Regalen liegen, nur ein Sakko und eine billige Regenjacke an der Stange hängen und der Koffer aus zerkratztem Kunststoff ist, lässt den Jungen explodieren; er knallt den Schrank zu, spuckt auf den Boden. Die Bierflasche, wann hat er sie leergetrunken, lässt er achtlos aufs Bett fallen. Dann verschwindet er im Bad. Die Tür des Spiegelschrankes über dem Waschbecken klemmt, er ärgert sich jeden Morgen darüber, den Jungen treibt es zur Weißglut. Er fegt seine Sachen ins Becken, etwas Gläsernes knallt auf den Fliesenboden und zerbricht. Das Aftershave, das er vor dem Abflug in Zürich im Duty-Free-Bereich gekauft hat? Er bleibt mit geballten Fäusten vor dem Bett stehen und denkt daran, die Polizei anzurufen, da stürmt der Junge aus dem Bad und bleibt dicht vor ihm stehen. Der Junge hat seinen elektrischen Rasierapparat in der Hand.

»Look, old man, look!«

Der Junge wirft den Rasierer aufs Bett, schiebt den Ärmel

des Jacketts zurück und zeigt ihm den Unterarm, der mit Schnitten, wohl von einer Rasierklinge, übersät ist.

»You«, sagt der Junge.

»You? What you?«

»You did this! I tell the police!«

Er fragt sich, ob er eine solche Szene erfinden und aufschreiben würde und was sein Protagonist in einer solchen Situation unternähme, während er überlegt, was er als Nächstes tun soll. Geld! Der Junge will mehr Geld, natürlich will er mehr Geld. Geld wird ihn beruhigen und vertreiben!

»I give you money«, sagt er und will den Ärmel des Jacketts nach unten zerren, er braucht die Verletzungen nicht länger zu sehen, »more money.«

Der Junge schlägt ihm auf die Hand, und er lässt das Jackett los. Soll er ihm endlich die Faust ins Gesicht schlagen? Wem wird die Polizei, die er alarmieren muss, glauben?

»More money and computer«, sagt der Junge.

Er hat sich immer wieder vorzustellen versucht, was er machen würde, falls ihm jemand das Notebook mit den Manuskripten und Files abnehmen wollte. Ich würde darum kämpfen, hat er sich geschworen. Jetzt ist es also so weit. Wird er sich mit dem Jungen prügeln? Was für ein Unsinn! Wegen eines Notebooks? Er hat seine Arbeit auf diversen Memorysticks und in seiner Cloud gespeichert. Nein, er wird sich weder für das Notebook noch für seine Arbeit prügeln! Und für sein Leben? Wie viel ist es ihm wert?

»No!«, sagt er bestimmt. »Here, take this.«

Er nimmt die iWatch3 vom Nachttischchen und legt sie dem Jungen auf den Handteller. Er behauptet, die Uhr sei doppelt so viel wert wie der Computer, der alte, sehr alte Computer, der eigentlich in den Abfall gehöre. Seine neuen

Spannende Konfrontation, die ihm alles abverlangt

Arbeiten, die auf dem Notebook abgespeichert sind, erwähnt er nicht. Ist er ein Rassist, weil er sich fragt, ob der Junge lesen kann?

»No computer, ja,«, sagt der Junge und geht in die Wohnküche, »but you must pay for the computer. And I want cellphone.«

Er wird sich also nicht prügeln müssen, er wird nur zahlen müssen! Wie viel wäre ihm seine Schreiberei denn wert? Wie viel Vorschuss hat er von seinem Verlag erhalten? Vor den Fenstern ist es noch immer finster, der Himmel aber hat einen pflaumenfarbenen Ton angenommen. Der Junge reicht ihm die Uhr und streckt ihm den linken Arm entgegen: Er soll sie ihm umlegen. Er tut es mit niedergeschlagenem Blick, der Arm des Jungen ist kaum dünner als sein eigener, danach zieht er sein Portemonnaie aus den Jeans, die er nachts zusammengefaltet auf den Sitzwürfel aus braunem Kunstleder legt, auf den er sich noch nie gesetzt hat. Der Junge entreißt ihm das Portemonnaie, schüttet sich das Kleingeld in die hohle Hand und lässt es in die Tasche seines Jacketts gleiten. Dann zieht er die Noten heraus und schleudert das Portemonnaie von sich. Es klatscht gegen die Wand und fällt aufs Bett. Er hat das Nachtessen bar bezahlt. Der Vermieter hat ihm ans Herz gelegt, nur wenig Geld auf sich zu tragen, wenn er das Appartement verlässt. Sein restliches Bargeld liegt auf dem Nachttisch im Buch, das er zurzeit liest, »The Childhood of Jesus«. Soll er dem Jungen sein Smartphone freiwillig geben? Nicht, wenn er nicht danach fragt!

»That all?«

Der Junge hält die 1500 Rand, etwa 10 Neuro, in die Höhe, als seien die Noten beschmutzt, Dreck.

»Where is rest?!«

Er erklärt dem Jungen, dass er nie mehr Bargeld bei sich hat, auch nicht in seiner sicheren Heimat Schweiz. Er verabscheut sich dafür, dass seine Stimme zittert und bei gewissen Wörtern sogar kippt, wie immer, wenn er lügt. Wie soll er dem Jungen Angst einjagen, er kann ihn ja noch nicht einmal überzeugen.

»I call the police. No kak! Give me phone! It's mine anyway. I tell them you hurt me. You wanted kiss me. Fuck me! You very, very bad old man. You want fuck me in the arse. You faggot!«

Der Junge faltet die Geldscheine zusammen und steckt sie sich in die Gesäßtasche seiner Jeans. Wie ruhig seine Stimme ist, wie selbstsicher! Was für eine lächerliche Anschuldigung! Der Junge, der ihn ausraubt, will die Polizei anrufen, auf seinem Smartphone, um ihn anzuzeigen. Er geht zum Schrank hinüber, ohne sich um das Protestgeheul des Jungen zu kümmern, holt sein Sakko aus dem Schrank und nimmt die Kreditkarte aus dem Lederetui, das er vor Jahren in Italien gekauft hat. Er wird Bargeld von seinem Konto abheben, erklärt er dem Jungen, so viel Geld, wie er verlangt, er wird Notebook und Smartphone auslösen, Ecke Keerom und Wale Street hat es eine Filiale der Nedbank mit einer ATM-Maschine. Der Junge sieht ihn misstrauisch an, bis ihm dämmert, einfacher kommt er so schnell nicht wieder zu Geld. Schließlich gibt er sich einen Ruck und nickt.

»Get dressed«, sagt der Junge, »we go bank!«

Er nimmt die Jeans vom Sitzwürfel, zieht sie an, schlüpft in das Sakko und zwängt seine nackten Füße in die Turnschuhe, die er für seinen Aufenthalt hier in Kapstadt gekauft hat. Dann gehen sie schweigend hintereinander in die Wohnküche hinüber. Der Junge bückt sich, packt seine Plastiktüten und drückt sie sich gegen die Brust. Wie erbärmlich, denkt er und öffnet die Wohnungstür, wobei er darauf achtet, hinter dem Jungen zu stehen. Kaum ist die Tür offen, schlägt er dem Jungen voller Hass die Faust auf den Hinterkopf, stößt ihn mit beiden Händen auf den Korridor hinaus und knallt die Tür so schnell wie möglich wieder zu. Es gelingt ihm, den ersten Schlüssel im Schloss umzudrehen, bevor sich der Junge aufgerappelt hat.

»Open the door, you fuck!«

Er dreht hastig Schlüssel um Schlüssel, schließt Schloss um Schloss, einen halben Schritt von der Tür entfernt, als müsse er Abstand zwischen sich und den Jungen bringen. In seiner Brust hämmert das Herz, ihm ist schwindlig.

»I kill you!«

Der Junge brüllt, hämmert mit den Fäusten auf die Tür ein, tritt dagegen. Hat er die Kameras übersprüht? Oder steckt er mit dem Hausmeister unter einer Decke? Er verzichtet darauf, ihn durch den Spion zu beobachten; er will ihn nie mehr sehen.

»I call the police«, sagt er schließlich durch die Tür, laut und mit sicherer Stimme, »go, I call the police. Hau ab!«

Wie machtvoll das Schweizerdeutsch doch klingt, wie rau! Was für eine Sprache! Ein Löwe, der brüllt! Seine Hände zittern, er fühlt weder Triumph noch Erleichterung, sondern Scham und Erschöpfung. Er hat sich von einem Kind terrorisieren lassen! Er hat sich einem Jugendlichen unterworfen. Bestimmt hätte er um sein Leben gebettelt, wenn es nötig geworden wäre. Er hat über Gewalt geschrieben, am eigenen Leib erlebt hat er sie nie. Ein Verschonter, auch in dieser Hinsicht!

»Verzieh di, du huereverdammte Schiissneger!«

Der Satz kommt aus dem Nichts. Wie befreiend er ist! Jetzt blickt er doch durch den Türspion. Das Gesicht des

Jungen ist eine Fratze des Hasses. Er braucht die Androhung, die Polizei zu rufen, nicht einmal zu wiederholen, der Junge hört auf zu hämmern. Das Letzte, was er zu sehen bekommt, ist der gereckte schwarze Mittelfinger und das Handgelenk, um das seine iWatch gebunden ist, das Geschenk seiner Freundin. Dann wird das Klatschen nackter Füße auf dem graugestrichenen Betonboden leiser und leiser.

ACHT

Kein Möbel stand in dem fensterlosen runden Raum mit tiefer Decke, nur mein Stuhl. Der Boden, festgestampfte Erde, ausgelegt mit ungehobelten Brettern, war uneben, die Schwelle der Tür so hoch, dass man einen großen Schritt darüber machen musste. Ich hatte im Schutz des Windbrechers der Werkstatt gewartet und zugesehen, wie die drei Frauen und vier Männer des Rates aus der runden Hütte getreten und in Einerkolonne im Wabenbau verschwunden waren. Danach hatte GisliChrigel mich vor der Werkstatt abgeholt und in den Raum geführt, in dem sich der Dorfrat versammelte.

»Der Rat hat deinen Stuhl kritisiert, aber akzeptiert.«

»Kritisiert?«

Wir standen im schwachen Licht dreier rußender Stalllaternen vor meinem Stuhl, GisliChrigel gebeugt, weil er eine Hand auf die Sitzfläche gelegt hatte, als brauche mein Möbel seinen Schutz. Der Eisenofen in der Ecke war kalt, der Atem stand uns weiß vor den Mündern.

»Sie haben immer etwas zu kritisieren«, sagte GisliChrigel und machte eine wegwerfende Handbewegung, »tief ist der Himmel der Pflicht, und doch, es ist ein Himmel.«

Er zog einen Flachmann aus seiner Jackentasche, entkorkte ihn und drückte ihn mir in die Hand.

»Darauf trinken wir. Vogelbeerschnaps.«

Ich nahm einen Schluck, schaffte es, nicht zu husten, obwohl mir der Schnaps wie flüssiges Feuer durch den Hals rann, und gab ihm den Flachmann zurück.

»Auf deinen Stuhl«, sagte er, nahm einen großen Schluck aus dem Flachmann, drückte den Korken in den Hals und verstaute den Schnaps wieder in seiner Jackentasche.

»Was hast du angestellt, dass du gehen musstest?«

»Ich habe verletzt.«

»Körperlich oder seelisch?«

»Körperlich.«

»Einen Menschen?«

Ich nickte. Die Ältesten haben uns beigebracht, die Wahrheit zu sagen, immer, also auch in unangenehmen Situationen. ›Lügen‹, so steht geschrieben, ›ist der Ausweg der Feiglinge.‹ Lügen ist uns bei Körperstrafe untersagt. Und doch tun wir es.

»Einen Fremden?«

»Einen von uns.«

»Wen?«

»Den Liebhaber meiner Mutter.«

»Und dein Vater?«

»Ist seit vier Jahren verschollen. Ist Gliich dein Sohn?«

Er setzte sich auf meinen Stuhl und nickte. Wände und Dach des Rundbaus knackten, ich hatte gesehen, wie der Nordwind, die Hundezunge, in jähen Böen durch den Wald fuhr und die kahlen Äste der Bäume gegeneinanderwarf, dass es krachte.

»Hast du den Mumm, die Tür zur Kammer aufzuschließen, in der deine Geschichte liegt?«, fragte er.

»Ich bin einundzwanzig!«

»Die Frage wird sich dir früher oder später stellen. Man

kann sich darauf vorbereiten, die Tür eines Tages zu öffnen, oder man kann sich nicht darauf vorbereiten. Vergessen zu können ist die größte Freiheit, die es gibt, glaub mir.«

Ich schwieg. Die Katze fiel mir ein, die durch den Tiefschnee auf mich zugekommen war, um mit ihrem grünen Blick durch mich hindurchzuschauen. Was hatte sie gesehen, wen? Es war gewesen, als nähme mich ihr Blick auseinander, wie ich als Junge im Haus der Kinder die mechanischen Wecker und Uhren, die noch liefen, auseinander- und wieder zusammengebaut hatte, um zu sehen, was sich in ihrem Inneren befand. Was sich dort bewegte. Hatte die Katze mich gesehen?

»Bist du stark genug für deine Erinnerungen?«, fragte er.

»Woher soll ich das wissen!«

»Ist es wahr, dass ihr eure Toten verbrennt?«

Seit gestern stellte er mir Fragen, als wolle er überprüfen, welche Gerüchte und Vermutungen, die sie sich über uns und unser Dorf Mudra erzählten, stimmten und welche nicht. Ich beschrieb ihm, wie wir unsere Toten auf ihrem Weg in die Welt der Gegangenen begleiten, beschrieb ihm, wie wir unsere Toten auf ein Gerüst legen, das die erwachsenen Männer des Dorfes aus frischgeschlagenen Ästen errichtet haben, die Älteste den Toten aber erst mit glühenden Kohlen bedeckt und der Gnade des Feuers überlässt, nachdem sich der erste Rabe oder die erste Krähe an der Leiche gütlich getan hat. Ich beschrieb ihm die Trillerlaute, die unsere erwachsenen Frauen dazu ausstoßen, die flachen Hände unter ihren Nasen vor den Mündern, damit die Seele des Toten sich nicht dort verbergen könne, beschrieb die Laute, schrill und hoch, Laute, die mit der Zeit zu einem einzigen Ton werden, einem Trillern, das über der Feuerstelle in die Höhe steigt und über dem Dorf steht, weithin zu hören, eine Tonglocke, die dem Tod zeigt, dass wir uns nicht vor ihm fürchten, dass wir ihn begrüßen, wenn er sich zu einem Besuch bei uns entschlossen hat. GisliChrigel hörte zu, ohne eine Miene zu verziehen, und ich beschrieb ihm, wie die Feuerhüter Gras und junge Blätter in die Flammen werfen, um den Schrecken des Zerfalls zu verhüllen, weil der Qualm den verbrennenden Toten verbirgt, ich erklärte ihm, dass unsere Älteste dem aufsteigenden Rauch ablesen kann, wie die Reise der Seele des Verstorbenen in die Welt der Gegangenen verlaufen wird.

GisliChrigel stand auf und ging im Rundbau hin und her; da er kein Wort zu meiner Erzählung sagte, schwieg ich ebenfalls.

»Was macht ihr mit der Asche?«, fragte er schließlich.

»Ein Kind übergibt sie dem Wind ...«

»Was für ein Kind?«, unterbrach er mich.

»Das Kind, das vom Rat der Ältesten bestimmt worden ist. Es geht an Bord des Schiffes, das stranden wollte, und übergibt die Asche dem Wind, begleitet von unserem Gesang. Dann feiern wir ein Fest, an dem wir, als Abschluss und Krönung, einen Gegenstand des Verstorbenen als Symbol aller irdischen Güter verbrennen, ›denn wir vererben keinerlei Hab und Gut, wir vererben Wissen und Gedanken‹, so steht es geschrieben. Auch diese Asche wird verstreut, am Ufer des Kalten Sees, von uns allen gemeinsam, dazu singen wir im Chor.«

GisliChrigel hatte zustimmend genickt und mit der linken Faust sachte gegen sein Kinn geklopft. Er setzte sich erneut auf meinen Stuhl und wollte wissen, wie das Schiff auf unserem Richtplatz zu seinem Namen gekommen ist, und ich erklärte ihm, das Schiff sei ein Symbol, ein Sinnbild.

»Sinnbild wofür?«

»Dass es falsch und dumm ist, weiter und weiter zu streben. ›Was muss der Fischer ans andere Ende des Sees fahren, wenn es auf unserer Seite des Sees genügend Fische für das Dorf zu fangen gibt?‹«, zitierte ich aus den Schriften der Ältesten. »›Will er seine Kühlräume mit den Fischen füllen, die das Dorf nicht essen kann? Will er Handel treiben mit ihnen? Will er den See leerfischen?‹«

»So denkt ihr?«

»›Lerne, dich zu begnügen‹, so steht es geschrieben.«

»Schon wieder: So steht es geschrieben. Wo?«

»In den Schriften der Ältesten.«

»Auch wir haben gelernt, uns zu begnügen. Haben uns abgefunden. Wir bleiben. Wir wiederholen uns, das Neue interessiert uns nicht«, sagte er.

»Die Vögel bauen auch immer das gleiche Nest.«

Ich sagte ihm nicht, dass auch diese Weisheit aus den Schriften der Ältesten stammte.

»Und euer Gesang?«

»Hilft uns und den Gestorbenen.«

Ich erzählte ihm von den Gesängen, die wir bereits als Kinder lernten und täglich übten, Gesängen ohne Text, denn in der Musik lenke das Wort von der wahren Empfindung ab, es manipuliere, was aber keineswegs bedeute, das Wort, die Sprache gelte nichts bei uns, es sei im Gegenteil so, dass das Wort und die Sprache in Mudra von großer Wichtigkeit seien. Ich trug ihm die erste Strophe des Gedichts »Herbst« vor, das bei uns jeder kennt: »Die Blätter fallen, fallen wie von weit, / als welkten in den Himmeln ferne Gärten; / sie fallen mit verneinender Gebärde.«

»Das hilft au nüüt, wännt nüüt z' frässe häsch!«

»Wir kennen für jede Jahreszeit ein Gedicht auswendig«, sagte ich unbeirrt, »und nicht nur zu jeder Jahreszeit. Wir kennen Gedichte zum Wald, zum See, zu jedem Tier, zum Nebel, zum Tag, zur Nacht, zum Tod, zur Liebe. Wir wissen, mit welchem Wort wir etwas benennen. Für uns, das lehren uns die Ältesten, gibt es nichts Schlimmeres, als etwas nicht mit einem Wort belegen und bezeichnen zu können. Wir geben jedem Lebewesen einen Namen, jedem Ding eine Bezeichnung. Natürlich auch den Lebewesen, die man nicht sehen kann.«

Er stand auf, packte mit jeder Hand den Griff einer Laterne und schwenkte sie hin und her. Im Schaukellicht schien der Raum wegzukippen, der Boden, plötzlich eine schiefe Fläche, kam mir entgegen, ich musste mich an meinem Stuhl festhalten. In den Lehmputz der Wände waren Katzen geritzt, wie mir jetzt auffiel, unbeholfen, wie von Kindern gemacht, naiv, Katze nach Katze, die Nase an Schwanz, rundum marschierten, eine stumme Parade auf Pfoten.

»Stirbt einer von uns«, redete ich weiter, »legen wir dem Toten beide Arme dicht an den Körper, greifen unter die Kniekehlen, heben beide Beine an und stellen die Füße so auf dem Boden ab, dass sich ihre Spitzen berühren. Dann schließen wir dem Toten die Augen und legen die zwei Kupferscheibchen darauf, die in Mudra jeder immer auf sich trägt. Obolus für den Begleiter auf der gefahrvollen Reise in die Welt der Gegangenen, Fährgeld.«

»Begleiter? Was denn für ein Begleiter?«

»›Schlau ist der Tod‹, steht geschrieben«, sagte ich, »›doch wir sind es auch, wir sind auf ihn vorbereitet, wir gehen nicht allein auf die Reise, wir werden begleitet.‹«

»Von wem?«, wiederholte er.

»Was macht ihr mit euren Toten?«, gab ich zurück.

»Wir vergraben sie. Wie es sich gehört.«

»Wo?«

»Im Friedwald.«

»Friedwald?«

»Unser Friedhof im Wald. Bei uns bekommt jeder Tote seinen eigenen Baum. Jeder. Den Baum, der zu ihm passt.«

»Ich hab keinen Friedhof gesehen.«

»Das glaub ich dir«, sagte er und stieß die Tür auf.

der Wind ist blau ich bin zwei Federn und falle in den See bin der Fisch der am Grund wohnt im warmen Licht bei den Steinen und den abgelegten Schwüren

Ich nahm die dritte Stalllaterne und trat hinter ihm aus dem Rundbau. Der Tag war düster und klirrend kalt, der Nordwind schneidend. Schnee lag in der Luft, noch mehr Schnee. In der abwartenden Stille klang jedes noch so leise Geräusch aufringlich laut, als werde es verstärkt. Irgendwo in Ghatt wurde gehämmert, Eisen auf Eisen, die Schläge hallten durch Siedlung und Wald und schienen als kaum wahrnehmbares Schüttern im Erdboden spürbar. GisliChrigel stellte die Laternen in den Schnee, zog die Pfeife aus der Jackentasche und steckte sie in den Mund, zündete den Tabak aber nicht an. Er hatte mir erzählt, dass er seine Hütte nur mit der gestopften Pfeife, die er sich selbst aus Zwetschgenholz geschnitzt habe, in der Tasche verlasse. Ich hatte mich so sehr an den Geruch seines Tabaks gewöhnt, schwere, nasse Erde, Wald, in den niemals Sonne fällt, Baumrinde, Pfeffer und Orange, dass ich ihn vermisste, wenn GisliChrigel nicht in der Nähe war. Ein Rabe erhob sich aus einem der Bäume und ließ sich auf dem Dach des Katzengeheges nieder, schimpfend, weil ihm das Drahtgeflecht keinen sicheren Stand bot und er hin und her hüpfen musste, bis er genug hatte und weiterflog.

»Der Nord ist kein Wind zum Sterben«, sagte er und zog den Kopf zwischen die Schultern.

»Warum nicht?«

»Er ist zu kalt. Macht, dass wir kämpfen, uns auflehnen. Wir in Ghatt sterben lieber in der Erleichterung des Süd, wenn uns das warme Wetter aufatmen lässt.«

»Wir Menschen in Mudra sterben bei jedem Wetter!«

Erst als der Satz ausgesprochen war, merkte ich, wie altklug er klang. Ich hustete, als nehme das ein Wort zurück.

»Der Süd lässt uns aufatmen, und wir werden unaufmerksam. So sind wir schwach und angreifbar, und er kann uns leichter zu sich holen. Stimmt es, dass ihr die Fische nachts fangt?«

»Unsere Fischer fahren auch nachts auf den See, stimmt.«

»Und wie machen sie es?«

»Sie halten brennende Fackeln übers Wasser und schlagen auf Trommeln, das treibt sie ins Netz. Wieso esst ihr keine Hunde?«

»Weil sie die Freundschaft von uns Menschen suchen. Und weil sie sich nicht so leicht vermehren wie die Katzen.«

Die Pfeife wippte auf und nieder, während GisliChrigel redete. Wie ich zuckte er bei jedem Hammerschlag unmerklich zusammen. Der Rußgeruch der blakenden Stalllaterne in meiner Hand stieg mir in die Nase, ich nieste, blies die Laterne aus und stellte sie zu den anderen in den Schnee.

»Wie tötet ihr sie?«

»Und wie schlachtet ihr eure Tiere in Mudra? Ihr esst doch Fische, Schweine und Rinder.«

»Und Vögel und Krebse und Hirsche und Rehe und Eichhörnchen. Wir essen alles.«

»Außer Katzen«, sagte er.

»Und Menschen. Ein irischer Schriftsteller hat vor über

dreihundert Jahren der englischen Herrschaft vorgeschlagen, irische Babys als Nahrungsmittel zu züchten, zu verkaufen und so Profit aus ihnen zu schlagen.«

»Wir lesen keine Bücher!«

»Und was ist mit der Bibel?«

»Wir glauben nicht an Märchen. Wir glauben an Gott! Nein, wir lesen keine Bücher.«

»Der irische Schriftsteller heißt Jonathan Swift. Hat unter dem Pseudonym Dr. Shit 1733 eine Abhandlung über menschliche Fäkalien geschrieben. ›Human Ordure‹.«

»Ordure?«, fragte GisliChrigel misstrauisch.

»Stuhlgang«, sagte ich, »menschlicher Stuhlgang.«

›Wer sich mit seinem Wissen in den Vordergrund stellt, ist eitel, denn er will gefallen. Wer gefallen will, ist schwach.‹ Die Sätze aus den Schriften der Ältesten fielen mir ein, und ich wechselte das Thema und erklärte ihm, dass ich die drei Stühle für den Rat ohne eine weitere Hilfskraft nicht auf den verlangten Tag fertigbringe. GisliChrigel nickte und zog das Lederbeutelchen aus der Jackentasche, in dem er die Streichhölzer aufbewahrte.

»Such dir einen Helfer aus.«

»Eine Helferin.«

Er nickte noch einmal, fingerte ein Streichholz aus dem Beutel und riss es an. Der Schwefelgeruch erinnerte mich an meinen Vater, der ab und an eine Zigarette geraucht hatte; den Tabak, den eine Brigade anbaute und verarbeitete, rollte er wie die anderen Raucher in Mudra in Papier, das wir aus den Seiten der vielen sinnlosen Telefonbücher und Unterhaltungsromane der Zeit vor der Großen Transformation schnitten, die wir in einem trockenen Schuppen lagerten. Die Gründer unserer Gemeinschaft hatten diese Bücher, genau wie die Abertausenden, die wir niemals zerschneiden würden, in den Tagen des Zusammenbruches und Durcheinanders, in denen sich kaum jemand mehr für Bücher interessierte, gerettet. Gelegentlich hatte es im Haus der Beschriebenen zu unseren Aufgaben gehört, Seiten aus den Telefonbüchern und Unterhaltungsschinken herauszutrennen und auf die verlangte Größe zuzuschneiden. Erstaunlicherweise waren viele auf Papier gedruckt, das zu voluminös und zu schwer war, um mit Tabak gefüllt, gerollt, angezündet und geraucht zu werden. Trotzdem hatten wir die Seiten herausgetrennt, denn man konnte auch Feuer damit entfachen.

»Ihr nehmt immer noch Leute auf bei euch?«, fragte ich.

»Wenn wir sie brauchen können, schon. So wie dich. Aber ein Baum schwächt sich, wenn er wächst. Und ihr?«

»Wir nehmen keinen mehr auf, nein, die Ältesten haben es so bestimmt. Habt ihr vor vier Jahren jemand aufgenommen? Einen Mann und eine Frau, die jünger ist als er?«

GisliChrigel warf mir einen Blick zu und verlagerte sein Gewicht von einem Bein aufs andere. Dann schüttelte er den Kopf.

»Suchst du deinen Vater?«

»Bei euch? Nein«, behauptete ich.

Er sog mit hastigen Zügen am zerkauten Mundstück seiner Pfeife. Das leise Knallen, das seine trockenen Lippen dabei machten, belustigte mich, aber der Duft des brennenden Tabaks erinnerte mich zu sehr an meinen verschollenen Vater. Ich legte die linke Hand aufs Herz, neigte den Kopf, ging weg, so schnell es auf dem rutschigen Schnee möglich war, und warf einen Blick über die Schulter: seine Tabakpfeife gloste wie ein Leuchtkäfer, der im Rhythmus seiner Schritte auf- und niederflog.

Ich hatte die Werkstatt fast erreicht, da wurde ich von hinten gepackt, von zwei kräftigen Armen wie von einem Schraubstock umfasst und bäuchlings zu Boden geworfen. Die Person, die auf mir lag, war groß und schwer, mein Gesicht wurde rücksichtslos in den Schnee gedrückt.

»Hau ab, du schtörsch!«

Der Atem des Mannes stank nach Ziegenkäse, die Hand, die meinen Nacken umschloss, steckte in Fellhandschuhen.

»Verschtande?«

Ich schüttelte den Kopf, so gut es ging, und versuchte gleichzeitig, ihn abzuwerfen, indem ich mich verzweifelt hin und her wand.

»Schwächling!«, zischte der Mann und drückte mir den Ellbogen in den Rücken.

»Verschtande?«

Ich nickte. Irgendwo in der Nähe schrie ein Vogel. Im nächsten Augenblick sprang der Mann von mir, ich wurde auf die Beine gezerrt, erneut in den Schraubstock genommen und hinter die Werkstatt geschoben, ohne dass es mir gelang, mich nach dem Angreifer umzudrehen. Sein Kinn bohrte sich zwischen meine Schulterblätter. Er hob mich hoch, als sei ich ein Kind.

»Hau ab! Verschtande?«

Ich nickte und versuchte mich erfolglos freizukämpfen. Er stieß mir das Knie in die rechte Kniekehle und gab mir einen Stoß in den Rücken. Ich taumelte und stürzte zwischen zwei Bäumen in den Tiefschnee. Und obwohl ich mich aufrappelte, so schnell ich konnte, war der Mann spurlos verschwunden, bis ich vor der Werkstatt stand.

NEUN

Ich bemerkte Lina, als ich mit Gliich auf dem Weg in die Werkstatt war, um mit dem Stuhl Nummer drei anzufangen: Sie kauerte vor dem Katzengehege, eine scharlachrote Wollmütze auf dem Kopf. Die Arme ausgebreitet, hielt sie sich mit den Händen am Gitter fest. Gliich giggelte, als ich stehenblieb und ihn bat, sich um den Ofen in der Werkstatt zu kümmern, ich sei gleich bei ihm.

»Gfallt mir au!«, sagte er, klatschte in die Hände und schob die Unter- über die Oberlippe.

»Darum geht es nicht«, sagte ich, »sie muss uns helfen.«

»Linalinalinalina!«

»Mit den Stühlen! Leg Holz nach!«

Seinem Gesicht waren die beiden Gefühle ablesbar, mit denen er kämpfte: Begeisterung, erneut für das Feuer in der Werkstatt verantwortlich zu sein, Enttäuschung, mich nicht begleiten zu dürfen. Ich ließ ihn stehen und schaute mich erst um, als ich auf den Pfad eingebogen war, der zum Verhau führte. Gliich hatte sich nicht von der Stelle gerührt. Unsere Blicke trafen sich, er senkte ertappt den Kopf und verschwand pflichtschuldig in der Werkstatt.

Meine Schuhe knirschten auf dem Schnee, aber Lina drehte sich nicht nach mir um, sondern kauerte weiterhin reglos vor dem Gitter. Sie wusste, dass sich ihr jemand näherte, das war ihrer Körperhaltung anzusehen. Das Freigehege war beinahe leer, die Katzen hockten oder lagen in den geschützten Bereichen des Verhaus. Ich stellte mich neben Lina, nicht zu nah, die Hände in den Hosentaschen. Der Zottel auf ihrer Wollmütze sah aus, als habe ihn ein großes, nasses Maul zerkaut. Sie summte, ohne mich zu beachten, dann erhob sie sich und klinkte ihre Stützschiene ein, allerdings ohne mich anzusehen. Ich schwieg. Die Katze mit den krummen Vorderbeinen kam aus einem Verschlag auf uns zugestakst, ihr sandgelbes Brustfell leuchtete, und sie blinzelte mir verschwörerisch zu. Der Nordwind hatte über Nacht eine Schneezunge in den Verhau geweht, auf der die Katze wie auf einer Brücke auf uns zulief; ihre Pfoten hinterließen schwarze Löcher im Schnee.

»Das Herz eines Walfischs ist groß wie ein Auto«, sagte Lina.

»Weißt du, wie groß ein Auto ist?«

»Groß. Wie deine Werkstatt. Ungefähr.«

»Ist nicht meine Werkstatt.«

»Grotzky mag dich.«

»Sie haben Namen?«

»Für mich schon. Grotzky ist hässlich.«

Die Katze blieb dicht vor dem Maschenzaun stehen. Katzen waren in Mudra nicht geduldet, Hunde nur den Ältesten erlaubt. Wir fütterten keine Tiere durch, die für nichts anderes da waren denn zu unserer Gesellschaft und unserem Zeitvertreib. Die Katze saß reglos im Schnee. Ich hörte, wie es leise rasselte, wenn sie atmete. War sie erkältet?

»Vier Pfoten erwarten auf vier Pfoten vier Pfoten. Was ist das?«

Ich schüttelte den Kopf, sah aber die Katze an, die mit ihrem Schwanz Formen in die Luft schrieb, nicht Lina.

»Na was wohl! Eine Katze auf einem vierbeinigen Stuhl,

die auf eine Maus wartet. Und was ist das? Vier Pfoten kommen nicht, vier Pfoten gehen, und vier Pfoten bleiben?«

»Wieso Grotzky«, gab ich zurück.

»Wer sagt, er heißt Grotzky?«

»Du! Grade eben!«

»Jede Katze hat drei verschiedene Namen, das weiß doch jeder. Einen, um sie zu unterscheiden. Einen zweiten als Kosenamen. Grotzkys zweiter Name lautet Grodek.«

»Und was ist mit dem dritten?«

»Was ist mit dem dritten, fragt er! Den unaussprechlichen unausgesprochenen, den ausgesprochenen unaussprechlichen, geheimnisvollen dritten Namen, den kennt nur die Katze. Ist übrigens nicht von mir.«

»Sondern?«

»T. S. Eliot. Wirst du nicht kennen. Ein Dichter.«

»Ich weiß, wer T. S. Eliot ist! Aber ich denke, ihr lest keine Bücher?«

»Ich lese Bücher.«

»Wieso Grodek?«

»Wieso nicht?«

»So heißt das letzte Gedicht von Georg Trakl. Grodek.«

»Kenn ich nicht.«

»Aber T. S. Eliot kennst du!«

»›Und leise tönen im Rohr die dunklen Flöten des Herbstes.‹«

Ihre Stimme genoss die Zeile, das war ihr anzuhören. Lina warf den Kopf in den Nacken und lachte.

»Das ist eine der letzten Zeilen des Gedichtes von Trakl«, sagte ich.

»Die viertletzte!«

»Heißt Grotzky darum Grodek?«

»Wieso nicht? Lügst du auch gern?«

Jetzt sah sie mich doch an. Ihre Gesichtshaut war wachsbleich, ihr Kinn gerötet.

»Kommt drauf an«, sagte ich.

»Jetzt muss ich dich fragen, worauf es ankommt. Mach ich aber nicht. Träumst du schlimmes Zeugs?«

»Selten.«

»Schad! Ich auch nicht. Fast nie. Schnee gefressen hab ich nur früher, meine Schwester machts immer noch. Findest du Kinder blöd oder saublöd?«

»Ich find Kinder nicht blöd. Und auch nicht saublöd.«

»Machst du gern Sachen kaputt?«

Ich ließ die Katze nicht aus den Augen, während ich den Kopf schüttelte. Schwindel erfasste mich, ein Flirren zwischen Übelkeit und Euphorie. Ich spürte mein Herz in der Brust klopfen, laut, deutlich und langsamer als gewöhnlich. Es war, als versinke ich bis zu den Knöcheln im Erdboden. Die Zunge lag mir breit im Mund, ein Stück Schwemmholz. Musste ich mich übergeben? Meine linke Hand war eiskalt.

»Du brauchst dich nicht dagegen zu wehren«, sagte Lina, »sie haben die Macht, dass du ein schlechtes Gewissen bekommst.«

»Hab ich gar nicht«, lallte ich.

»Dabei isst du sie doch noch gar nicht.«

Sie tippte sich mit dem Knöchel ihres Zeigefingers gegen die Stirn, als verlange sie Einlass in ihren eigenen Kopf. Der Wald, in den der Verhau hineingebaut war, fing an, sich zu drehen, Bäume fielen um. Ich musste mich am Gitter festklammern, sonst wäre ich umgekippt.

»Als sich die Schafe beklagten, dass ihnen die Wölfe nachstellten, haben sich die Wölfe mit dem Argument verteidigt, ein Fell für die kalten Wintertage zu brauchen. Kennst du das Urteil des salomonischen Elefanten?«

Wieder sah ich die Tür vor mir, den Spalt. Jetzt tuschelten die, die mich erwarteten, zischelten. Im Wald herrschte tiefe Stille. Es dauerte nicht mehr lange, dann war es dunkel.

»Er erlaubt den Wölfen, den Schafen das Fell abzuziehen, verbietet ihnen aber gleichzeitig, diesen ein Haar zu krümmen. Interessantes Urteil, nicht?«

Für einen Herzschlag lang war Linas Gesicht im Dämmer eine Maske aus Gips, die Mütze eine offene Wunde. Ich stand am äußersten Rand der Welt, noch nicht bereit für das Delirium des freien Falls.

»Manege des Schlafs«, sagte sie leise.

»Www«, gurgelte ich.

»Meine Schwester macht gern Sachen kaputt.«

Als ich die Augen öffnete und wieder ins Gehege blickte, war Grodek nicht mehr allein in unserer Nähe. Falls ich richtig zählte, saßen acht andere Katzen in gerader Reihe hinter ihm, ausgerichtet wie mit dem Lineal und im immer gleichen Abstand.

»Verblüffend, was? Vielleicht können sie rechnen.«

»Mir ist schlecht«, brachte ich über die Lippen.

»Sie wissen nicht mehr als wir. Aber auch nicht weniger.«

»Ist dir auch schlecht?«

»Sie macht etwas kaputt und repariert es dann wieder.«

»Deine Schwester?«

»Zwillingsschwester.«

»Hilfst du mir mit den Stühlen?«

»Katzentatzenstühlebühle. Klar. Holz ist gut.«

»Weißt du, wer von euch etwas gegen mich hat?«

Lina sah mich nachdenklich an, schüttelte den Kopf und berührte das Gitter mit beiden Händen.

»Mich können die anderen auch nicht ausstehen«, sagte sie.

»Welche anderen?«

»Bleibst du hier?«

Grodek kratzte jetzt mit der linken Vorderpfote im Schnee. Es sah aus, als wolle er einen Halbkreis in den Harsch zeichnen. Seine Augen waren Schlitze, hinter denen es grün hervorblitzte. Die acht anderen Katzen saßen reglos wie Statuen im Schnee. Vezir ging mir durch den Kopf, sein hochmütiger Blick, seine Brille mit den runden Gläsern, in denen ich mich manchmal gespiegelt sah, ich dachte an Krähenmann, an meinen Vater. Würde ich hierbleiben?

»Bleibst du hier?«, fragte Lina noch einmal.

»Ich weiß nicht«, sagte ich, »kommt drauf an.«

»Schon wieder!«

Sie lehnte ihren Kopf an meine Schulter und atmete theatralisch aus. Grodek hörte auf zu kratzen. Es fing an, zu schneien. In einem der Freigehege gingen Katzen aufeinander los, ihr Kreischen und Fauchen ließen Grodek und seine acht Begleiter ungerührt; er sah mich an, als erwarte er eine Reaktion von mir.

»Es nützt den Tieren natürlich, wenn wir Menschen sie nicht schön finden«, sagte sie.

»Warum?«

Lina schwieg. Ein unangenehmes Girren lag in der Luft, hoch, schrill, auch das schien Grodek und die acht Katzen nicht zu stören. Lina bewegte ihr krankes Bein vor und zurück, das Girren kam vom Gelenk ihrer Stützschiene.

»Tut's weh?«

»Sogar im Schlaf«, sagte sie.

Sie spitzte die Lippen, pfiff aber nicht. Sie lächelte siegessicher. Hatte ich etwas verpasst? Kämpften wir gegeneinander?

»Nicht erschrecken«, sagte sie, »ich bin sowieso stärker.«

»Als wer?«

»Naha!«

Sie griff nach meinem linken Handgelenk und zog sanft daran. Grodek schüttelte den Kopf und gähnte. Nach einer winzigen Verzögerung taten es ihm die anderen Katzen gleich, eine nach der anderen, eine perfekte Choreografie, die uns zu verhöhnen schien. Kopfschütteln, Gähnen.

Lina stellte ihr krankes Bein in den Schnee, abrupt und hart, als gehöre es nicht zu ihr. Mir wurde leichter, Schwindel und Übelkeit ließen nach.

»Ihre Körpertemperatur beträgt 38 bis 39 Grad«, sagte sie, »das hast du nicht gewusst, stimmt's? Sie sind immer im Fieber, die Katzen. Genau wie wir.«

»Wer wir?«

Meine Stimme klang wieder wie immer, Schwindel und Übelkeit waren verflogen, meine linke Hand war warm.

»Säugetiere haben 36 Grad. Das ist die magische Schwelle. Wir liegen über dieser Schwelle«, sagte Lina, »genau wie die da.«

Sie deutete auf die Katzen. Grodek blinzelte und senkte den Kopf. Nach einer kleinen Verzögerung blinzelte auch die Katze, die direkt hinter ihm saß, und senkte den Kopf, gleich danach die nächste. Im Dämmerlicht wirkte das Blinzeln und Senken der Köpfe als fließende Bewegung, die wie ein Zaubertrick durch die Katzenreihe nach hinten ging, ein Trick, der lächerlich einfach, aber gleichwohl verblüffend war. Dann drehten sie sich um, wiederum eine nach der anderen, diesmal aber bei der hintersten Katze beginnend, ein weiteres Kunststück, eine nach der anderen drehte sich und stakste durch den Tiefschnee, Nase an Schwanz wie auf der Wandzeichnung im Rundbau des Rates, bis sie in der Dunkelheit verschwunden waren. Grodek blieb sitzen. Grinste er?

»Wo ist Thor?«, fragte ich.

»Wo ist wer?«

»Der Hund.«

»Thar! Der Hund heißt Thar. Thor! Bei meiner Schwester.«

»Wieso heißt GisliChrigel GisliChrigel und nicht Gisli oder Chrigel?«

»Das ist so bei den Alten.«

»Bei den Alten?«

»Denen der ersten und zweiten Generation. Den Gründern.«

»Wie alt bist du eigentlich?«

»Was schätzt du?«

»Achtzehn«, sagte ich.

»Knapp daneben ist auch daneben.«

»Was ist mit deinem Bein passiert?«

Schneeflocken verfingen sich im Zottel ihrer Wollmütze und schmolzen, bevor ich sie hätte berühren können. Die Lederpartien ihrer Stützschiene waren rissig und mürbe. Wie lange trug sie die Schiene schon?

»Glaubst du das mit dem Strom und so?«, sagte sie.

»Mit dem Strom?«

»Na dass die in den Städten richtig Strom haben.«

»Haben wir auch.«

»Aber nur ein paar Stunden. Du weißt schon, immer! Auch in der Nacht.«

»Wer sagt denn, dass es die Städte gibt?«

Sie boxte mir spielerisch gegen den Oberarm, scharf zischend. Zwischen den Bäumen hatte die Nacht jetzt ihr großes Segel aufgespannt. Wie einfach, sich die Schatten der engstehenden Bäume als Versammlung dunkler Gesellen vorzustellen, die zu uns herübersahen. Der Wind fuhr mit einem Seufzer durch die Gehege, rüttelte am Gitter und brachte die Dachtraufen, die um den Wabenbau liefen, zum Klappern.

»Grotzky kommt von einem andern Planeten, aber ich sag dir nicht, von welchem. Und ich weiß, wie alt du bist, Halblaut.«

DU SIEHST den Jungen, er hält sich an deinen Drillichbeinen fest, weil er sich fürchtet, fürchtet vor der schneidenden Stimme des Ältesten Rätsch, Bittibättis Vorgänger, des kurzen breiten Mannes, der den Richtspruch verkündet. Kuma, die Frau eines Salzsieders, ist zum zweiten Mal dabei überrascht worden, wie sie Kartoffeln aus einer Vorratskammer gestohlen hat. Als man sie das erste Mal erwischte, ist sie dazu verurteilt worden, den Schandmantel zu tragen, damit auf dem Schandanger hin und her zu gehen und dabei unablässig ihren Namen und ihr Vergehen herauszuschreien. Der fassähnliche hölzerne Mantel mit Holzkragen, bemalt mit Darstellungen verschiedenster Delikte und Verbrechen, der ihr von den Fußknöcheln bis zum Hals reichte, hat sie zu winzigen Schritten gezwungen, die die Menge genau wie ihre Stimme, die schriller und schriller wurde, je länger sie ihren Namen und ihr Vergehen herausschrie, zum Lachen brachten, bis sie verstummte und nur noch ein unheimliches Zischen von sich gab. Heute ist ihm unverständlich, wie er sich darüber amüsieren konnte, heute ist ihm nicht ums Lachen. Er fürchtet, bei seinem Vergehen im Wald beobachtet und an die Ältesten verraten worden zu sein. Schon als er den Stecken das erste Mal in den Ameisenhaufen bohrte, hat er gewusst, dass es falsch ist, was er tut, und dass er es zutiefst bereuen wird. Und trotzdem hat er nicht damit aufhören können, den Stecken wieder und wieder in den Bau zu rammen und kraftvoll hin und her zu bewegen, um die Löcher größer zu machen und tiefer eindringen zu können, fasziniert von Aufregung und Chaos, die er verursachte, begeistert von den Ameisen, die aus den Löchern krochen und sich unermüdlich daranmachten, seine Schäden auszubessern, Hunderte von ihnen. Das Gefühl tiefer Befriedigung, das ihn durchströmte, weil er fähig gewesen ist, ein gesamtes Volk in Aufruhr zu versetzen, hat ihn angewidert, dennoch war es ihm nicht möglich, den Bau in Ruhe zu lassen. Er hat den Stecken im Gegenteil noch kräftiger hineingerammt, angetrieben von einer Zerstörungswut, die ihm das Gefühl gegeben hat, bei seinem wahren Ich angekommen zu sein. Erst als ein Teil des Haufens einstürzte, ist er zur Besinnung gekommen; er hat den Stecken weit in den Wald hineingeschleudert und ist weggerannt. Werden die Ältesten ihn ebenfalls bestrafen? Kuma muss ins Narrenhäuschen, so der Richtspruch, in den turmartigen, wetterfest überdachten bemalten Käfig mit Gitterstäben aus Holz, der sich drehen lässt und dessen rasendes Kreiseln nur angehalten wird, damit sie sich übergeben kann. Um sich dann sofort wieder in Bewegung zu setzen, rundherum im Kreis, herum, herum, schneller und schneller! Das Schreien und Kreischen der Frau geht mir durch und durch, Vater, deine Drillichbeine bieten mir Schutz, damit ich das Narrenhäuschen wenigstens nicht sehen muss, das sich derart schnell im Kreise dreht, dass seine aufgemalten Bilder verwischen, seltsamerweise will es mir nicht gelingen, die Augen zu verschließen vor dem, was geschieht. So stehe ich an deine Beine gedrückt, höre das Johlen der Menge, das Wehgeschrei Kumas, das zischende Rauschen des drehenden Käfigs und sehe Bilder anderer Bestrafter vor mir, sehe Java, die Frau unseres Geschichtslehrers, die, den Schandhut auf dem Kopf, stundenlang vor uns im Kreis gehen muss, sehe am Schandpfahl Rübenbauer Lud, der das Bewusstsein verliert, weil ihm seit drei Tagen verboten ist zu essen, sehe Obal, den Gehilfen des Schmiedes Lefeu, der seine Spielschuld dadurch begleicht, dass sein Gläubiger auf den Schatten einprügeln darf, den er an die geweißelte Wand einer nur für diesen Zweck aufgebauten Schandmauer wirft, und schließlich sehe ich Rotta, den Vorarbeiter der Steinschläger, beim Kesselfang, der härtesten Strafe, die wir neben der Verbannung auf Zeit oder für immer in Mudra kennen. Breitbeinig steht Rotta vor dem Kessel mit siedend heißem Wasser, gestützt von zwei Männern, sonst fiele er um vor Angst. Seine rechte Hand wird in einen Hanfsack gesteckt, den Rätsch, der Älteste, versiegelt, dann muss er mit dieser Hand einen Gegenstand aus dem Kessel greifen. Rottas Schmerzensschreie werde ich nicht vergessen können, ich will sie auch gar nicht vergessen. Drei Tage später ist der Sack geöffnet worden, und da seine Hand voller Brandwunden war, galt Rotta als schuldig.

Der Wald vor dem Werkstattfenster war ein von großen Schneeflocken durchschwebter schwarzer Raum. Gliich hatte unermüdlich Holz nachgelegt, ohne sich um meine Proteste zu kümmern, der Ofen glühte, über die Scheibe, deren untere Hälfte beschlagen war, perlte Kondenswasser. Ich konnte mir nicht vorstellen, in die Kälte der Nacht hinaustreten und das Stück bis zum Eingang in den Wabenbau durch Eis und Schnee laufen zu müssen. Gliich hatte nicht aufgehört zu klagen, dass seine Nebelkrähen litten, weil er sie allein ließ, und schließlich hatte ich ihm erlaubt, sie zu holen. Sie hockten einträchtig auf der Werkbank, beobachteten jeden unserer Handgriffe und gaben Krächzlaute von sich, mal laut, mal leise, die wie Kommentare klangen. Ihr Gefieder hatte einen blauvioletten Schimmer, ihre Schnäbel glänzten.

»Wie heißt Nebelkrähe noch mal in Latein?«, fragte ich ihn und sah ihn mit zusammengekniffenen Augen an, wie es unser Geschichtslehrer in Mudra getan hatte.

»Corvus cornix«, antwortete Gliich mit tiefer, ernster Stimme, als lege er eine Prüfung ab.

»Gliich weiß Bescheid«, sagte Lina, »warum bist du eigentlich hier bei uns, Halblaut?«

»Weil ich meinen Vater suche.«

»Kannst meinen haben. Die Mutter nicht, aber den Vater.«

Sie hielt das Brett aus dem Stamm einer Rotbuche, das für die Lehne des Ratsstuhles Nummer drei vorgesehen war, damit ich den nächsten Schnitt mit dem Bleistift anzeichnen konnte.

»ZünsliZünsliZünsli!«, rief Gliich.

Er reichte mir den Zollstab, der auf der Werkbank lag und auf den ich mit dem Kinn gedeutet hatte. Weil er sich ungeschickt anstellte und ständig kicherte, seit Lina mitarbeitete, hatte ich ihm einige rostige Hunderternägel in ein Brett geschlagen, ohne sie bis zu den Köpfen zu versenken. Hätte ich geahnt, dass mir das kreischende Geräusch, das es gab, wenn er die langen Nägel mit der Beißzange aus dem Holz zog, durch und durch ging, hätte ich mir eine andere Aufgabe einfallen lassen, um ihn zu beschäftigen.

»Wer ist Zünsli?«, fragte ich.

»Ich«, sagte Lina, »hörst du gern Menschen schreien?«

Lina kauerte auf dem Boden vor mir, und ich erkannte an der Bewegung ihrer Nackenmuskulatur, dass sie leer schluckte.

»Gibst du mir die Stichsäge«, sagte ich zu ihr.

»Und weinen? Ist mir lieber. Wenn sie schreien, mein ich.«

Sie sah mich herausfordernd an, während sie mit einer Hand auf der Werkbank blind nach der Stichsäge tastete. Auf ihrer Wange waren die Abdrücke ihrer Finger zu sehen, mit denen sie ihren Kopf aufgestützt hatte, helle Striemen, die innert Sekunden verschwanden. Die Nebelkrähen schimpften, die eine hell und durchdringend, die andere dunkel und metallen, durch etwas aufgeschreckt, das mir verborgen blieb. Ich fragte Gliich, was die Vögel störte, aber er schüttelte bloß den Kopf, trat vor die Werkbank, auf der sie hockten, und ging vor ihnen in die Knie. Nun war sein Gesicht auf gleicher Höhe wie ihre Köpfe und Schnäbel, die sich im Takt ihres Geschimpfes öffneten und schlossen. Gliich redete leise auf Hugin und Munin ein, und es dauerte nicht lange, und sie verstummten, flatterten noch zwei-, dreimal mit den Flügeln, als wollten sie auffliegen, saßen dann aber ruhig vor ihm, die schwarzen Knopfaugen langsam auf- und wieder zuklappend, als gäben sie ihm Geheimzeichen. Gliich lachte auf und wandte sich ab, um sich wieder mit dem Brett und den Nägeln zu beschäftigen. Er hatte, das wurde mir erst jetzt bewusst, da er nichts mehr sagte, in einer Phantasie- oder Kindersprache geredet.

»Sie ziehen sich zurück, wenn sie krank sind, damit sie allein sterben können«, sagte Lina, »allein und in Ruhe.«

Ich bat sie, das Brett still zu halten, damit ich den Bogen, mit dem die Lehne des Stuhles abschließen sollte, richtig anzeichnen konnte. Gliich zog mit verkniffenem Mund am nächsten Nagel, seine Zunge bildete wieder das Röllchen, das in blitzschnellem Wechsel auftauchte und verschwand.

»Wer sagt, dass alle überleben müssen?«, fragte Lina. »Haben alle das Recht zu überleben? Oder muss ein Teil der Population sterben, um die Existenz des anderen Teiles zu ermöglichen?«

Der Hunderternagel löst sich kreischend aus dem Holz. Gliich hielt ihn sich vor die Nase, das Köpfchen mit der Beißzange umklammernd, um ihn zu betrachten wie ein Vogel den Wurm, den er aus dem Boden gezogen hat. Dann warf er ihn in die Ecke. Die Krähen verfolgten die Flugbahn des Nagels, indem sie ihre Köpfe gleichzeitig von links nach rechts bewegten.

»Mitleid ist blöd«, sagte Lina, »menschenblöd.«

Sie zog die Wollmütze vom Kopf und warf sie auf die Werkbank; ihre rotblonde Mähne roch nach Feuer und Rauch, ich hätte gern mein Gesicht darin vergraben.

»Mitleid isch blööd«, wiederholte Gliich.

»Familie, Clan oder Rudel interessiert sie kein bisschen. Für sie zählt nur die Gesamtpopulation. Sobald eine stirbt, verändert sich der Platz aller anderen im großen Gefüge, und jede nimmt automatisch eine neue Position ein, damit die frei gewordene Stelle nicht mehr zu erkennen ist. Wie die Lücke im Fischschwarm, die sich schließt, wenn ein Fisch aus dem Schwarm gefressen worden ist. Zack! Schon sieht der Schwarm aus wie vorher. Keine Veränderung. Alles beim Alten! Keiner fehlt.«

Gliich hebelte das Ofentürchen auf, die Hand in einen Lappen gewickelt, um sich nicht am glühenden Riegel zu verbrennen, aber ich verbot ihm, noch mehr Holz nachzulegen. Er musste sich überwinden, seine Wut herunterzuschlucken, bewegte dabei aber die Backen der Beißzange auf und zu, was ihn sofort vom Feuer ablenkte. Die Krähen sahen erst sich an, dann mich. Ihre Schwänze wippten auf und nieder, aber sie gaben keinen Laut von sich. Wind rüttelte am Dach der Werkstatt.

»Sie helfen sich nicht«, fuhr Lina fort, »sind ja schließlich keine Menschen mit Mitleid, sie fügen sich einfach nur an einer etwas anderen Stelle ein und schließen die Lücke. Weil nämlich jeder zu ersetzen ist.«

»Blödsinn«, sagte ich, zog ihr das Brett der Rotbuche aus der Hand und legte es auf die Werkbank, »Feierabend.«

»Ich nöd!«, sagte Gliich bestimmt und lehnte das Brett mit den Nägeln an die Wand.

»Außer uns natürlich. Wir sind ja schließlich Menschenwesen und haben Mitleid. Gibst du mir meine Mütze?«

unsere Stimmen sind laut ich stehe am Rand der Glocke ein Mann baut ein Zelt aus Holz mit Türmen und Zinnen er singt nicht ich winke ihm zu er baut mein Haus er ist nicht mein Vater Vezir lässt meine Hand nicht los er singt falsch aber in mein Ohr

Neben dem Eingang in den Wabenbau hockte ein alter Mann auf einem Spaltstock in der Kälte und rauchte eine Zigarre, die erbärmlich stank. Seine Knochenhände lagen reglos im Schoß, aber als er mich sah, schoss sein linker Arm in die Höhe. Er zeigte mit dem Finger auf mich und krähte:

»De Gottlos us Mudra! De Tod gseht jede, dich au!«

Er trug eine Armbanduhr am Handgelenk, deren braunes Lederband sehr eng saß. Ich legte die Linke aufs Herz, senkte den Kopf und trat wortlos in den Wabenbau. Die Schimpfwörter, die mir der paffende Alte hinterherschickte, hallten durch den Gang.

»Seine Frau ist unsere Zeitfrau«, sagte Lina.

»Und warum hat er die Uhr um?«

»Weil sie krank ist.«

»Habt ihr nur die eine Uhr?«

»Vier. Gehören alle ihm. Habt ihr keine Zeit, unten am See?«

»Doch. Wie heißt er, der Mann der Zeitfrau?«

»BaerniUrs.«

»Und wenn die Uhren kaputtgehen?«

»Sind mechanische. Gehen nicht kaputt. Wie messt ihr die Zeit?«

»Mit mechanischen Uhren, wie ihr.«

Erst als BaerniUrs' Gekrähe nicht mehr zu hören war, blieb ich stehen und fragte Lina, was mir der Alte zugerufen hatte.

»Der Gottlose aus Mudra.«

»Das hab ich verstanden. Und der Rest?«

»Der Tod sieht jeden.«

»Mich auch, ja, ja«, unterbrach ich sie.

KEEROM

Er muss sich eingestehen, unmöglich wieder einschlafen zu können. Das Licht vor dem Fenster ist grau und friedvoll; noch hat die Welt keine scharfen Konturen, und doch rauscht bereits Verkehr auf den Einfallstraßen in der Nähe. Es dauert verblüffend lange, bis er begreift, dass es keinen Sinn hat, wieder und wieder auf dem Nachttisch nach seiner Uhr zu tasten. Er steht auf und geht in die Wohnküche, um die Zeit auf dem Display des Kochherdes abzulesen. 5:57. In neun Stunden holt er seine Freundin am Flughafen ab. Er tritt ans Fenster; hat er erwartet, der Junge stehe auf der Straße und starre zu ihm hinauf? Die Hauptfigur aus dem bösen Traum, die es geschafft hat, sich in die Realität hinüberzuretten? In mehreren Büros des Gebäudes gegenüber brennt bereits Licht, die Ameisen sind fleißig, denkt er, das Feuer in der Einfahrt der Tiefgarage ist hinuntergebrannt, Qualm streicht die Fassade lang, steigt bis zu den Fenstern in der ersten Etage. Der Stadtstreicher sitzt in Decken gewickelt an seinen Karren gelehnt in der Morgendämmerung. Er wirft sein Portemonnaie in den Abfalleimer. Auch die zwei leeren Bierflaschen schmeißt er weg; im Parterre steht in einem Raum neben dem Liftschacht ein Glascontainer, aber er hat nicht das Bedürfnis, mit den Flaschen des Jungen durch die Gänge des Hauses zu wandern. Der Kühlschrank summt, im Korridor lacht eine Frau. Arbeiten der Junge und der Hausmeister zusammen? Soll er vom Vermieter verlangen, dass er ihm die Daten der Überwachungskameras aushändigt? Und dann? Macht er sich lächerlich, wenn er sich an die Polizei wendet, um Anzeige zu erstatten? Das Beste, denkt er, wäre es, umzuziehen. Weshalb hat der Junge ihn gefragt, ob er aus Deutschland kommt? Er fährt das Notebook hoch und öffnet ein Newsportal: Der Transportroboter Mars-Rover ist mit elfmonatiger Verspätung gestartet; Neapel wird evakuiert, weil der Vesuv ausgebrochen ist; in Deutschland sind gestern Nacht drei Kirchen durch Bomben in die Luft gesprengt worden: die Heilig-Kreuz-Kirche, Münchens letzte vollständig erhaltene neugotische Kirche, die Sankt-Thomas-Kirche in Berlin-Kreuzberg und Frankfurts größtes evangelisches Gotteshaus, die Katharinenkirche, in der, so liest er, Goethe getauft worden ist. Die Anschläge, zu denen sich die europäische IS-Splittergruppe »Der wahre Weg« bekannte, haben bisher zwanzig Todesopfer und über hundert Verletzte gefordert. Nach ein paar Minuten wird ihm bewusst, dass er so nahe vor dem Bildschirm sitzt, dass er ihn beinahe berührt. Das Bild des Videos vor ihm wackelt. Sirenen jaulen, Menschen schreien und weinen in die Kamera, Autos stehen in Flammen. Auf einer Straße, übersät mit Trümmerteilen, liegt ein kopfloser Hund neben einem Toten ohne Arme und Beine. Die Haare auf seinen Armen haben sich, statisch aufgeladen, knisternd aufgerichtet. Der Screen zieht seine Stirn an, als wäre er magnetisch, er steht schnell auf. Draußen ist es endlich hell geworden, scharf konturiert ragt der Tafelberg in den blanken Himmel, kalt und majestätisch, eine Gottheit der Natur.

Wie wehrt man sich gegen ein System, dessen Komplize man sein muss, um zu überleben? Ein Zyniker wollte er nie werden, in vielen Belangen ist er dennoch einer geworden. Vor wie vielen Jahren hat er der törichten und überheblichen Annahme abgeschworen, seine Sätze, seine Romane könnten etwas verändern? Warum hat er dann weitergeschrieben? Nur weil er seine Ruhe will und um sich zu verstecken? Die Tatsache, dass Tugenden wie »Wahrhaftigkeit« oder »Authentizität« keine Rolle mehr spielen, macht ihn wütend, traurig und aggressiv. Wie oft ist ihm geraten worden, ebenfalls einen Kurs bei einem Coach zu besuchen, um zu lernen, sich zu präsentieren und damit zu verkaufen und gleichzeitig Schwächen und Fehler zu verbergen und zu überspielen. Einen Kurs, in dem er lernt, jemand zu sein, der er nicht ist. Er ist, was für ein Narr, noch immer bestrebt, zu zeigen, wer er ist! Kein Wunder, verbringt er seine Zeit lieber mit den Figuren, die er erfunden hat, statt mit Menschen. Sie stören sich nicht daran, dass sein Glas halbleer ist, nicht halbvoll.

BALLYKILLOWEN

Die Landschaft nimmt ihm noch immer den Atem. Der Himmel, zementgrau, scheint sich von Minute zu Minute tiefer abzusenken, bald liegt er auf den Schultern der Hügel auf. Über dem Atlantik, weit draußen, kochen Wolken, dort ist der Horizont verwischt. Er fährt langsam, als müsse er sich der Küste auf leisen Sohlen nähern, ein Geist. Ist ihm bewusst, was er hier tut? Nicht einmal Musik erträgt er auf seiner Fahrt, die keine Fahrt in die Vergangenheit werden soll. Aber ist es eine Fahrt in die Zukunft? Windstöße zerren an der Karosserie, bringen sie zum Singen. Bald hebt er ab! Er weiß, dass das nicht möglich ist, vorstellen darf er es sich trotzdem. Ein Raser ist er nie gewesen, aber seit einiger Zeit fährt er wie ein alter Mann. Auf der Brücke, die vor Killybegs über den Sund führt, wird ihm bewusst, dass er tatsächlich die Abzweigung nach Ardara verpasst hat. Er ist in die falsche Richtung unterwegs. Also biegt er auf das Hafengelände ein und wendet zwischen Lastzügen, die darauf warten, mit Fisch beladen zu werden. Auf der Pier sind Fangnetze ausgebreitet, ein Mann in Gummistiefeln spült mit einem Schlauch blutige Innereien ins Hafenbecken. Der Gestank, der in der Luft hängt, ist so penetrant, dass er durch den Mund atmet, bis die Abluftrohre der Fischfabrik im Rückspiegel verschwunden sind. In seinem Alter ist fast jeder Ort Anlass für Erinnerungen, oft genug Erinnerungen, auf die er liebend gern verzichten würde: In Killybegs hat ihm seine Ex in einem Hafenpub mit der Faust ein blaues Auge geschlagen, weil sie seine Eifersucht nicht länger aushielt. Der spanische Seemann, mit dem sie geflirtet hatte, ergriff sofort für ihn Partei und fing an, sie zu beschimpfen, worauf er wiederum Partei für sie ergriff. »Ich ziehe Sex mit Fremden vor! Und du bist kein Fremder mehr!« Ihr Bekenntnis, das sie ihm auf der Rückfahrt im Auto ins Gesicht schrie, fällt ihn heute noch an, dann muss er sich hinlegen, um sich zu beruhigen.

Alles geschieht nur ein Mal und danach nie wieder, außer in der Erinnerung.

Er fährt schneller, als gelte es, die Zeit aufzuholen, weil er falsch gefahren ist. Viele Ortsnamen kann er noch immer nicht korrekt aussprechen, er hat es aufgegeben, klingen zu wollen wie ein Einheimischer. Er ist ein Blow In, bleibt ein Zugereister, Fremder. Aghayeevoge. Croaghlin. Wenn er hört, wie Touristen Ortsnamen in Pubs heraustrompeten, laut, aber falsch, kann er sich ein Lachen nicht verkneifen, obwohl er es nicht besser kann. Wenigstens hält er den Mund! Aughavogue. Meenahooghan. Gälische Zungenbrecher, die er in Gedanken mit Ortsnamen seiner alten Heimat pariert, wann immer sich die Gelegenheit dazu ergibt: Büelisacher. Heiligeschwändi. Challere. Ruttishuuse. Lueg. Die Illusion, in Irland eine Heimat zu finden, hat er nie gehabt, nicht einmal am Anfang. Er will nicht dazugehören, er will seine Ruhe. Wurzeln schlagen, wie seine Ex es wollte, wollte er nie. Sein spöttisches »Wurzeln? Ich bin doch kein Baum!« fand sie zynisch und einfältig. Zu ihren verzweifelten und vergeblichen Anstrengungen, unbedingt dazuzugehören und an- und aufgenommen zu werden, schwieg er. Wie er in den letzten Jahren ihrer Ehe eh das meiste verschwieg, weil er nicht kommentieren mochte, was er von der Frau hielt, zu der sie geworden war. Bitterkeit steht keinem gut, selbst einer jungen Frau nicht. Er geht vom Gas. Er hat Una über zweiundzwanzig Jahre nicht gesehen, nun darf es nicht eilen, er hat Zeit. Hat er das wirklich? Auf den Gedanken, sie könnte weggezogen sein, kommt er gar nicht. Auch an den Sohn denkt er nicht. Aber er sieht den Fremden in seinem Krankenhausbett vor sich, den Mann, der es bald hinter sich hat.

Er findet das Haus auf Anhieb. Nach dem Tweed-Shop zweigt er nach rechts von der Hauptstraße ab, fährt Richtung Strand und bremst hinter dem Holzschuppen auf Schritttempo, um die Zufahrt in ihre Stichstraße nicht zu verpassen. Etwa hundert Meter vor dem Haus geht ein Kiesweg in eine Schafweide ab. Dort kann er den Wagen abstellen, geschützt von dichtem Buschwerk. Um auf ihren Hausplatz zu fahren, fehlt ihm, nach der langen Zeit, das Selbstvertrauen. Hätte er es früher besessen? Er macht den Motor aus, bleibt aber vorerst sitzen. Kann er das Meer hören, es liegt schließlich gleich hinter dem kleinen Hang? Er kurbelt die Scheibe nach unten und lauscht. Nichts. Da fällt ihm ein, dass die Brandung die Bucht bei Illancreeve gar nicht erreicht. Das Salzwasser steht als unbewegtes Gewässer zwischen den Sanddünen und begrasten Landzungen und heizt sich in den seltenen Hitzeperioden auf wie das Mittelmeer. Er steigt aus und kämpft sich durch das Gebüsch den Hang hinauf, um den Blick über die begraste Sand Island hinweg auf den offenen Atlantik zu genießen. Eine Handvoll Schafe flüchtet vor ihm hangabwärts, die verfilzten Felle mit signalroten Kreuzen gekennzeichnet. Das Haus liegt direkt unter ihm. Das Senfgelb, in dem es jetzt gestrichen ist, gefällt ihm, doch er mag es trotzdem nicht, weil es seine Erinnerung stört. Das blaue Haus am Meer! Der neue Wintergarten gibt dem Farmhouse einen protzigen Anstrich, der durch die angebaute Veranda noch verstärkt wird. Einen Hund hat sie damals nicht gehabt; warum wittert ihn der sandbraune Labrador nicht? Er liegt angekettet vor seiner Hundehütte. Una ist nicht zu Hause, jedenfalls steht weder auf dem Vorplatz noch in der Garage ein Auto, wie er durch das offene Tor sieht. Der Wind, ein harter Pinsel, der über ihn wegwischt, greift in die Kronen der Laubbäume, die die Weide an einer Seite begrenzen. Ich bin nur zufällig ich, geht ihm durch den Kopf. Der Hund hebt den Kopf, bemerkt ihn jedoch nicht. Er erinnert sich an den Duft von Unas Haut im Zimmer unter dem Dach, an ihr Gesicht erinnert er sich nicht, nur an ihren Körper. Sie rauchte, der Geschmack ihrer Zunge stieß ihn sogar beim ersten Mal ab, ihre Haare stanken nach Rauch, und er war aufgestanden, um das Fensterchen zu öffnen, weil sie sich eine Zigarette ansteckte, sobald sie erschöpft nebeneinanderlagen. Die Brandungslinie ist ein weißer Strich am Horizont, in jeder der zahlreichen Buchten hat der Sand eine andere Farbe. Er kann das Meer riechen, der Geruch öffnet ihm jede Pore. Der Himmel ist, wie oft am Ende des Sommers, ein kalter leerer Spiegel. Auf der Küstenstraße fährt ein Traktor in Richtung Maghera, neben dem großen Hinterreifen läuft ein Sheepdog mit, dessen Gekläff vom Wind, der einen kalten Schneid hat, landeinwärts getragen wird. Nicht einmal das erregt die Aufmerksamkeit des Labradors. Ist er taub oder bloß uralt? Die Kälte geht bis auf die Knochen. Es ist, als fiele sein Körper durch die Zeit, er bemüht sich, ruhig zu atmen. Früher hat er jeden Tag einen ausgedehnten Spaziergang gemacht. Diese Spaziergänge hatten kein Ziel, nur eine Richtung. Er durfte, an diese Regel hat er sich gehalten, nie stehenbleiben, musste gehen, bis er wieder vor dem eigenen Haus stand. Heute genügt es, einen Abhang hinaufzustapfen, und ihm ist schwindlig vor Erschöpfung. Wenn er die Augen schließt, scheinen sich seine übrigen Sinne zu schärfen, wenigstens das hat sich im Alter nicht verändert. Er denkt an Unas Lachen, für das er damals nicht das passende Wort fand: überbordend! Wie lang kann er warten, fragt er sich, ist es an der Zeit, sich ins Auto zu setzen und zurückzufahren? Die Schafe haben erkannt, dass er keine Gefahr bedeutet, sie wagen sich in seine Nähe. Er hört, wie sie kauen. Der Hund schläft, den Kopf auf beide Vorderpfoten gebettet. »Zeigt ein Finger aufs Meer hinaus, schaut nur der Schwachkopf auf den Finger!« In welchem Buch hat er das gelesen? Es ist noch nicht lange her, da wusste er von jedem Zitat, das ihm durch den Kopf ging, woher es stammte, konnte er Namen von Künstlern und ihren Werken problemlos nennen. Er hat schon einmal auf dieser Anhöhe gestanden, in der Nacht, in der Una ihm mitteilte, sie wolle ihn nicht mehr sehen, nie mehr, ihre Beziehung sei nicht möglich. Ihren Ehemann hat er damals nicht gesehen, in den langen Stunden, in denen er als 50-jähriger Mann wie ein verschmähter Schuljunge im Regen stand und die Fenster beobachtete, bis ein Licht nach dem anderen ausging und das Haus dunkel vor ihm lag. Hat ihn diese Trennung, die er auch als Niederlage versteht, weitergebracht? Er schüttelt den Kopf. Er würde sich gern auf die Weide setzen, aber es wird ihm schwerfallen, wieder aufzustehen. Erwartet der Liebende, der ein Geschenk macht, ein Gegengeschenk? Eine Lichtbahn legt sich auf den Hügelzug vor ihm, Abendsonne, die die Sandsicheln zu gleißenden Klingen macht. In den Hügeln hinter ihm ist es bereits dunkel. Er will nicht daran denken, dass er wahrscheinlich Vater eines Sohnes ist, und tut es doch. Er geht auf der Anhöhe auf das Haus zu, in der regenschweren Weide schmatzt jeder Schritt, als bliebe er stecken. Bevor er das Auto sieht, hört er es, genau wie der Labrador, der sich auf die Beine kämpft und sich schüttelt, als bringe ihn das zu Bewusstsein. Warum bellt oder winselt er nicht? Er selbst geht in die Knie und lässt sich nach vorn sinken, bis die Stirn beinahe das Gras berührt. So kann man ihn von der Straße aus nicht sehen, hofft er. Kies prasselt gegen das Bodenblech des Autos, das unter ihm vorbeifährt, das Geräusch löst weitere Erinnerungen aus, die er aber verdrängen kann, weil er angespannt lauscht: Das Auto hält an, der Motor wird ausgeschaltet, jetzt jault der Hund, freudig erregt, eine Tür wird geöffnet, eine zweite, zugeworfen werden sie fast gleichzeitig, dann hört er Stimmen, die einer älteren Frau, die eines jungen Mannes. Ihre Stimme hat ihn sofort angezogen damals, dunkel, rauchig, verwegen. Die Stimme einer Frau, die Bescheid weiß. Die weiß, warum sie ist, wer sie ist. Er hebt den Kopf und sieht Una neben einem jungen Mann, seinem Sohn?, auf das Haus zugehen, das früher blau gewesen ist. Ihre rechte Hand ruht auf dem Schädel des Hundes, der jaulend und schwanzwedelnd neben ihr herhinkt, so viel Auslauf gewährt die Kette. Die Tatsache, dass Una auch älter geworden ist, verschafft ihm keine Genugtuung. Alt ist sie nicht, nur älter. Sie ist heute sechsundfünfzig, sechs Jahre älter als er damals. Könnte er ihr erneut verfallen? Ist er ihr denn damals verfallen? Er hat sie begehrt, genügt das nicht? Sie bewegt sich so geschmeidig wie früher. Hat sie zugenommen? Ihr Haar ist noch immer lang und voll. Müsste er nicht den jungen Mann ansehen, der vielleicht sein Sohn ist? Michael. Wie hätte er selbst ihn genannt? Hätte er ihn taufen lassen? Für einen irritierend glückseligen Moment fühlt er sich, als läge alles noch vor ihm. Sein Leben, die Welt, das Leben seines Sohnes, das er begleiten darf. Daniel. Stefan. Die Zuversicht der Jugend fehlt ihm, ist das ein Verlust? Hat er noch Wünsche, die über das hinausreichen, was er bereits besitzt, was er bereits erfahren hat? Una betritt das Haus vor dem jungen Mann, bedeutet sein Zögern, ihr zu folgen, dass er nicht hier lebt? Ist er etwa ihr Liebhaber? Die Vorstellung bringt ihn zum Lachen, dann fährt ihm die Eifersucht als Hitzeschwall durch den Leib. Nach Taubheit und Gleichgültigkeit vieler Monate, oder sind es etwa Jahre?, ist diese Gefühlsregung eine Erleichterung. Er hat sie nicht geliebt, sie hat ihn nicht geliebt, sie hatten keine Liebesgeschichte, sondern eine Affäre. Er stützt sich mit den Händen ab und steht vorsichtig auf. Das linke Knie schmerzt. Der Schatten eines Vogels streift über die Hausfassade, den Vogel sieht er nicht, obwohl er, genau wie der Hund, den Blick in den Himmel hebt. Im Zimmer rechts vom Eingang geht Licht an, demnach sind sie in der Küche, die er nie betreten hat. Seit kurzem braucht es wenig, schon stehen ihm Tränen in den Augen: ein Schaf, das sich mit den Hörnern im Zaun verfangen hat und sich, panisch den Schädel schüttelnd, befreien will; der mit Goldlicht überflutete Wiesenhang hinter dem Atelieranbau; ein alter Hund, der sich mühsam vor seiner Hütte zu Boden gleiten lässt; ein Junge, der, den Blick auf den Boden geheftet, allein hinter einer Gruppe Jungs hertrottet, für die er offenbar Ziel von Häme und Spott, ansonsten aber Luft ist. Im Haus geht ein zweites Licht an, im oberen Stock über dem Wohnzimmer, in dem sie sich auf dem Sofa geliebt haben. Er tritt zwischen die Bäume, wo ein Brombeergürtel steht, der ihm schon damals Schutz geboten hat. Der Hund verkriecht sich in seiner Hütte. Ihm ist kalt, und er hat Hunger. Er ist nicht alt, nicht richtig, noch nicht.

⋆⋆⋆

Als er auf die Keerom Street tritt, achtlos, da mit den Gedanken in Irland, gerät er beinah einer Radfahrerin unter die Räder. Sie weicht ihm geistesgegenwärtig aus, unbeschwert lachend, er springt auf den Gehsteig zurück, ruft ihr eine Entschuldigung nach und wartet, dass der Touristenschwarm auf E-Bikes mit den Schildern des Tourveranstalters, vierzig, vielleicht eher fünfzig jüngere Frauen und Männer, an ihm vorbeirauscht. Sitzt er auch so gebeugt, gestaucht und vom Leben gebeutelt im Sattel wie die Männer der Gruppe? Der Anblick der Frauen, die mit durchgedrücktem Rücken und erhobenem Kopf auf den Bikes thronen, aller Männerblicke gewiss, rührt ihn an. Auch seine Freundin sitzt wie eine Königin im Sattel, stolz und unabhängig, dabei mit den Füßen knapp die Pedale erreichend und sehr verletztlich, denn sie fährt niemals mit Helm. Eine Frau auf einem Männerrad mit Rennlenker, ohne Schutzbleche, Licht, Gepäckträger. Eine Frau mit einem Ziel. Wieso hat er sie nie gefragt, wohin sie unterwegs ist?

Er hat sich vorgenommen, sich nicht nach dem Jungen umzusehen, kann aber unmöglich darauf verzichten. Lauert er ihm auf? Wird er ihn weiterhin verfolgen? Wie lange hat er sich mit seiner iWatch freigekauft? Ein Hund beschnüffelt die Fassade des District Court, als sei die Welt über Nacht eine andere geworden. Die Spraybotschaft auf der Tür des *Seven Cats* ist neu: »Meat is murder. ALF«. Sie ist bestimmt frühmorgens angebracht worden, wenn die Security-Drohnen leicht am Schwirren ihrer Motoren auszumachen sind, weil die Verkehrsgeräusche fehlen. Sein Smartphone zeigt ihm an, was das Kürzel ALF bedeutet: »Animal Liberation Front«. Er scrollt durch den Text, ohne ihn wirklich zu lesen: »Nachdem die Grenzen zwischen den Rassen und den Geschlechtern gefallen sind, soll es auch die Grenze zwischen den Spezies, ALF hat sich dem Freiheitskampf des Antispeziesismus verschrieben.« Bis das Restaurant öffnet, wird die Botschaft entfernt sein. Ist es zynisch, so zu denken? Was würde er für Parolen an Wände und Schaufenster sprayen, wenn er den Mut dazu hätte? Hat sein Schreiben etwas mit diesen Sätzen gemein, die über Nacht auftauchen und in der Regel schnell wieder beseitigt werden? Er geht an einem Kompressor mit aufgeklapptem Gehäuse vorbei, ein Arbeiter ist im Begriff, den Straßenbelag mit einem Presslufthammer aufzureißen; die Dieselschwade, die ihm ins Gesicht steigt und den Atem nimmt, trägt ihn viele Jahre zurück: Er kauert auf dem Gehsteig und zeichnet ein Kreidehaus auf den Asphalt, während sich am Ende der Straße Arbeiter um einen Kompressor kümmern, dessen Motor unruhig pluckert und Abgasschwaden in die Sommerluft stottert.

Das Taxi, das er bestellt hat, um seine Freundin am Flughafen abzuholen, ist zu spät. Als es endlich von der Leeuwen Street in die Keerom Street einbiegt, dürfen sie auf keinen Fall in einen Stau geraten. Er beugt sich ins Innere des Autos, um den Fahrer zu fragen, woher er kommt, bevor er einsteigt. Selbstverständlich hat er sich an den ersten Tagen in Südafrika nicht an diesen Rat seines Vermieters gehalten und ist prompt an Fahrer aus Botswana und Zimbabwe geraten, die sich in Kapstadt nicht auskannten, aber mit bewundernswürdiger Gelassenheit durch die Straßen gondelten, als wüssten sie, wohin sie fuhren. Der Fahrer versichert ihm, Südafrikaner zu sein, »from the Kaap«, wie er beteuert, also öffnet er die hintere Tür. Auf dem Rücksitz liegen ein tabakbrauner Lederhandschuh und ein Baseball, der in den Kurven hin- und herrollt, um die Frontscheibe läuft eine blinkende Lichterkette, am Rückspiegel baumelt ein Fetisch, Knöchelchen, an denen Fellfetzen kleben, gelbe Fangzähne, eine blutige Vogelfeder.

»Like it?«

Sein Blick trifft den Blick des Fahrers im Rückspiegel. Meint er Kapstadt, Südafrika, das Wetter oder den Fetisch? Eine Narbe zieht sich über die rechte Wange des Fahrers, seine Augen sind blutunterlaufen, seine Zähne schneeweiß.

»Like it?«, wiederholt der Mann.

Er nickt beflissen, aber mit schlechtem Gewissen, weil er keine Lust hat auf ein Gespräch, da er befürchtet, sich eine weitere Lebensgeschichte anhören zu müssen, die sich um »Armut«, »Township« und »Hilfe« dreht. Soll er telefonieren? Lesen? Ist es unhöflich, zu schweigen?

»I like it«, sagt er schließlich.

»What is it you like, ha? Me? The way I drive?«

Die Stimme des Mannes ist nicht aggressiv, er nimmt ihn auf den Arm. Das Lachen, das aus dem Mann bricht, als explodiere etwas in seinem mächtigen Brustkorb, ist ansteckend, und so sitzen sie lachend in einem Taxi, das auf der Autobahn zum Flughafen Lughawe unterwegs ist. Der Sprecher der Radionachrichten verkündet, dass der Fluss Mara, Kenias Lebensader, endgültig ausgetrocknet und das Gnu damit dem Untergang geweiht ist; dass nach Äthiopien nun auch Jemen den Notstand ausgerufen hat, weil es über kein Grundwasser mehr verfügt. Der Mann drischt mit beiden Händen aufs Lenkrad ein und bricht sein Lachen von einer Sekunde auf die andere ab. Er hat ein Tattoo im Nacken, ein kleines Schwert.

»You like music?«

»I love music«, sagt er und beugt sich nach vorn.

Der Mann riecht nach Apfelshampoo, sein Hemd hat einen Riss auf der Schulter. Auf dem Armaturenbrett ist eine abgestreifte Schlangenhaut befestigt.

»African music or white shit?«

Was weiß er von afrikanischer Musik? Er liebt white shit, fühlt sich wie ein Prüfling. Die Autobahn führt, so scheint es zumindest, mitten durch den Slum einer Township. Es stinkt nach verbranntem Gummi, Benzin und Grillfleisch. Sie überholen Radfahrer, Frauen mit Kindern, Männer mit Ziegen, entlang der Fahrbahnen sind Menschenströme unterwegs, Kolonnen der Elenden. Die Insel Tarawa der Inselrepublik Kiribati in der Südsee ist untergegangen, da der

Meeresspiegel angestiegen ist, erklärt der Nachrichtensprecher und kündigt Rekordtemperaturen am Kap an und warnt vor den viel zu hohen Ozonwerten. Am Blechdach eines Marktstandes hängen tote Hühner, an den Beinen zusammengebunden, darunter stehen offene Säcke mit Gewürzen und Gemüsen, die er nicht kennt, verwachsene Knollen, groß wie Nasen von Riesen. Den Satz, der auf einen Bretterzaun gepinselt ist, kennt er aus der Werbung, allerdings erinnert er sich nicht, aus welcher: »The lifestyle you ordered is currently out of stock, sorry.« Darf er den Mann fragen, ob Graffiti nur in der Innenstadt übermalt werden?

»Are you deaf, man?«

»I love african music«, sagt er pflichtbewusst.

Der Mann grinst und reckt den rechten Daumen in die Höhe. Freut er sich auf seine Freundin? Auf ihren unbändigen Drang, fortwährend etwas zu unternehmen, etwas zu erleben, freut er sich bestimmt nicht. Er wird, obwohl es anders vereinbart ist, sein Notebook auf ihre Reise mitnehmen. Der Fahrer wechselt den Sender, die Musik erinnert ihn an den Reggae, den er als junger Mann gehört hat.

»Ist this african music?«

»Jamaica is africa, man! Jamaica is africa, better get used to it!«

Eine Frau hat einen Grillstand am Rand der Autobahn aufgebaut, der Duft, der durch den Wagenschlag zieht, ist betörend.

»Dogmeat«, sagt der Mann und betrachtet ihn im Rückspiegel, »very good. You like dog?«

Er schüttelt den Kopf, ergreift den Baseball und fängt an, ihn im Takt der Musik von einer Hand in die andere zu werfen.

»First time here?«

»South Africa or Cape Town?«

»First time?«, wiederholt der Fahrer.

»Yes«, lügt er.

Er hat nicht das Bedürfnis, dem Mann zu erzählen, dass er vor Jahren in Johannesburg und Durban am Indischen Ozean aus seinen Büchern gelesen hat und bei dieser Gelegenheit durch Südafrika gereist ist. Er fühlt sich so fremd in diesem Land, als wäre er tatsächlich das erste Mal hier. Gleich darauf geraten sie in eine Polizeikontrolle; sie bewegen sich im Schritttempo vorwärts, die Hitze ist jetzt, da der Fahrtwind fehlt, kaum auszuhalten. Die Beamten, sie tragen Tarnanzüge, Helme und schusssichere Westen, dirigieren den Autostrom mit kleinsten Bewegungen ihrer glänzenden Maschinenpistolen. Die Gesichter der jungen Männer sind unbewegt, ihre Augen hinter Sonnenbrillen verborgen. Jetzt kommt er bestimmt zu spät. Über den Wellblechdächern flirrt die Luft, am Himmel kreuzen sich Kondensstreifen mehrerer Flugzeuge.

»Hope they like you«, sagt sein Fahrer ohne den Anflug eines Lächelns.

ZEHN

Ein Schleifen hob mich aus dem Schlaf, ein Schleifen, das, kaum lag ich mit offenen Augen auf meinem Lager, zum Brausen und Stampfen wurde, allerdings so leise war, als wolle es sich nicht verraten. Hatte ich geträumt? War es der Nachtwind, der um den Wabenbau strich? Mondlicht lag als scharf abgegrenzter knochenweißer Block vor dem Fenster auf dem Fußboden. Ich stand auf und kauerte mich vor die Scheibe. Zwischen den Bäumen herrschte ein milchiges Licht, das sich um sich selbst zu drehen schien. Die Krähen saßen reglos auf ihrem Podest, ihre Augen blitzten, auch sie waren wach. Hatten sie das Brausen ebenfalls gehört? Gliich erwachte mit einem Luftschnappen und setzte sich auf.

»Angscht?«

Mein Kopfschütteln war das Signal für ihn, sich aus Fellen und Decken zu schälen. Er kroch vom Lager, beugte sich über das Kohlebecken und blies vorsichtig in die Glut, schaffte es aber nicht, das Feuer wieder zum Leben zu erwecken. Es war eiskalt. Gliich zog ein Fell von seinem Lager, hockte sich neben mich und breitete es über uns.

»Macan Bumi«, sagte er.

Der Katzenaltar, die Stelle im Wald, von der mir Gisli-Chrigel erzählt hatte. Das Brausen, Stampfen und Sausen hatte ich mir offenbar nur vorgestellt, vielleicht hatte es in meinem Traum eine Rolle gespielt, es war jedenfalls nicht mehr zu hören. Die Nacht war still, kalt und klar. Sogar der Wind hatte sich gelegt. Das Licht, das die Stämme aus der Finsternis hob, stammte bestimmt vom Mond, den ich allerdings nicht sehen konnte. Es war, als werde der Wald lichter und größer, je länger ich in ihn hineinstarrte, ein Raum, der vielem Platz bot, eine Einladung zu Spekulation und Phantasie, aber das wusste ich schon seit der Nacht auf der Lichtung Curtimon, da ich zum Mann geworden war. Die Krähen regten die Flügel und gaben leise Schnalzer von sich, worauf Gliich sich umdrehte und sie mit zärtlichem Gurren begrüßte.

»Wo ist dieses Macan Bumi?«

»Wald«, sagte er.

»Und wer bringt das Futter für die Katze hin?«

»Wer wott!«

Wer will? Die gefrorene Pfütze vor dem Fenster war ein blinder Spiegel. Schneefähnchen stiebten von den Ästen, es war also doch nicht vollständig windstill. Gliich zitterte vor Kälte, blieb aber neben mir kauern. War Krähenmann auf dem Weg in die Welt der Gegangenen? Oder lag er im Krankenzimmer im Zimzum? Hatten die Ältesten einen Suchtrupp nach mir ausgeschickt, um mich zurückzubringen, damit sie ihr Urteil sprechen und mich bestrafen konnten? Die Gemeinschaft von Mudra hat die Größe, Vergebung zu gewähren. Vergibt ein Opfer dem Täter, mildert das die gesprochene Strafe. Ein Toter konnte nicht vergeben. Die Vorstellung, dass ich nach Mudra zurückreiten sollte, um mich Urteilsspruch und Strafe zu stellen, ließ sich nicht aus meinem Kopf verjagen. Kehr zurück! Was wäre schlimmer, verflucht zu sein oder vergessen? Ohne den Messerstich, das war mir klar, hätte ich mich nie auf die Suche nach meinem Vater begeben. Ohne einen Grund hätte ich es nicht geschafft, mein Dorf zu verlassen. Wenn du zurückkehrst, willst du ihn gar nicht wirklich finden! Wenn du nicht zurückkehrst, bleibt der Fluch auf dir.

»Chalt.«

Wie spät war es? Lina hatte meine Frage, wo sie im Wabenbau wohne, mit einer vagen Handbewegung beantwortet oder eben *nicht* beantwortet. Hatte sie tiefer in den Bau gezeigt? Ich hatte mich nur einmal weiter in den Bau hineingewagt, getrieben von der Vorstellung, meinen Vater in einer der Waben zu finden, grau geworden, müd und beinah schon ein alter Mann. War er noch mit Watfa zusammen? Es war dunkler geworden und wärmer, je weiter ich mich auf dem Gang, der alle paar Schritt schmaler wurde, vorgewagt hatte. Wie in der Nacht meiner Ankunft hatte ich vermutet, im Kreis zu gehen und tiefer und tiefer in die Felsen des Hohen Gocht hinein wie einer der englischen Grubenarbeiter, von denen Vater mir Fotografien gezeigt hatte. Die Bewohner Ghatts hatten mir aus ihren Waben zugenickt, sie wussten, wer ich war, ich hatte eine Aufgabe, die ich gut erfüllte, das hatte GisliChrigel ihnen bestimmt berichtet. Als der Gang, mittlerweile zu eng, dass zwei Menschen nebeneinander hätten gehen können, steil abfiel und sich tatsächlich in die Erde hineinzubohren schien, war ein Mann aus einer der Waben getreten und hatte sich mir in den Weg gestellt.

»Ändschtation!«, hatte er gesagt. »Umchehre.«

Ich hatte wortlos genickt und war zurückgegangen, ohne mich noch einmal umzusehen.

»Müed!«

Gliich klang quengelig wie ein Kind, das gleich anfängt zu heulen. Der Wald lag still und verlassen. Ich zog mir das

Fell von der Schulter und kroch zurück auf mein Lager. Gliich blieb keine zehn Sekunden kauern, schon war er unter seinem Berg aus Fellen und Decken verschwunden.

DU SIEHST den Jungen, er ist aufgeregt, ja aufgewühlt wie jedes Jahr am Tag des Neuanfangs nach der Großen Transformation. Einerseits wünscht er sich, dass das Papier mit seinem Namen aus dem Korb gezogen wird, andererseits will er auf keinen Fall der ausgewählte Junge sein, der mit dem ausgewählten Mädchen eine Woche lang das Paar am Anbeginn darstellt, das Kinderpaar, das nicht existiert, denn es wird nicht gesehen von den anderen, eine Woche lang nicht gesehen, es ist unsichtbar, deshalb werden sie ignoriert, das Mädchen und der Junge, sie müssen, auf sich allein gestellt, überleben, niemand redet mit ihnen, niemand sieht sie an, wie auch, sie sind unsichtbar, keiner hört, was sie sagen, es gibt sie nicht! Niemand darf sie bei sich zu Hause aufnehmen oder verköstigen, es ist ihnen verboten, das Dorf zu verlassen, sie müssen sich hier, unter den Mitgliedern ihrer Gemeinschaft, Nahrung und Unterkunft besorgen, wie sie dies tun, steht ihnen frei, sie dürfen stehlen, aber sie dürfen sich nicht dabei erwischen lassen, da ihre Unsichtbarkeit dann erlischt. Das Paar am Anbeginn soll an die Zeit nach dem Zusammenbruch erinnern, eine Woche steht als Sinnbild für all die Tage, Wochen, Monate und Jahre des Mangels, des Verzichts, der Regel- und Rechtlosigkeit, die auf den Zusammenbruch folgten. Für die auserwählten Kinder stellt die Wahl keine Bestrafung dar, das weiß der Junge, und doch ist er sich jedes Jahr unsicher, ob er wirklich will, dass es sein Name ist, der gezogen wird, er ist unsicher, ob er die Kraft besitzt, eine Woche mit einem Mädchen, das er vielleicht kaum kennt, durchzustehen, trotz der feierlichen

Zeremonie, die den Abschluss darstellt, der Zeremonie, in der das Paar am Anbeginn wieder in die Gemeinschaft aufgenommen und mit Geschenken und Gaben reich entlohnt wird. Jahr für Jahr sitze ich aufgewühlt auf der Ehrentribüne der Jungen, die der Ehrentribüne der Mädchen gegenübersteht, wenn der Hauptlehrer das Papier aus dem Korb zieht und entfaltet, um den Namen in die Runde zu rufen.

die Wespenmütze drückt ich habe sie noch nie getragen die Frauen gehen mitten durch die Wiesen wir folgen dem Waldrand es ist Abend meine Mutter sehe ich nicht aber ich weiß sie ist dabei Krähenmann ist kleiner als ich seine Mütze ist schön nicht alle Wiesen stehen unter Wasser jemand läuft in den Wald wir gehen weiter später laufe ich auch in den Wald der Ast in meiner rechten Hand glüht er hält meine Wespen in Schach

Vor dem Eingang in den Wabenbau war eine schwarz-rot gestreifte Fahne an einer mannshohen Holzstange in den Schnee gepflanzt. Die Flagge des Dorfes? Was bedeutete es, dass man sie zum ersten Mal, seit ich hier war, aufgezogen hatte? Ich war noch früher aufgestanden als sonst, das Morgenlicht war diffus, Nebel trübte die Sicht, zudem trieb mir der Wind Tränen in die Augen. Was waren das für Farbkleckse, die aus dem Pferdestall, vielleicht dreißig Meter von mir entfernt, auf den freigeschaufelten Pfad drängten, rot, blau, gelb, grün, einer nach dem andern, vier, fünf, acht, elf, zu viele, um sie zu zählen? Schließlich erkannte ich, es waren Männer, die bunte Kostüme und farbige Kappen oder spitze Hüte trugen. Im gleichen Moment, in dem ich begriff, dass sie Instrumente dabeihatten, fingen sie auch schon an zu spielen. Die wilden unbändigen Töne fanden rasch zur Melodie zusammen, und die Männer, zur Zweierkolonne formiert, marschierten trompetend und trommelnd an mir vorbei, ohne mich zu beachten. Der Kontrast zwischen der überbordenden Musik und den starren Mienen ließ mich frösteln. War es das Ziel der ausgelassenen Musik, Angst zu verbreiten? Die Blaskapelle der Harlekine und Gaukler trat in geordneter Kolonne über das Schneebord des freigeschaufelten Weges hinweg und stapfte über die verschneite Wiese auf den Wald zu, ohne falschen Ton und ohne aus dem Tritt zu geraten. Aber da der Schnee nach wenigen Metern zu Tiefschnee wurde und immer wieder Männer einsanken und sich freikämpfen mussten, gingen bald die ersten Töne daneben. Dass sich die Zweierkolonne auflöste und zum ungeordneten Haufen wurde, stachelte die Männer nur noch mehr an: Sie spielten, als stünden ihre Instrumente in Flammen: ein Hornissenschwarm, der sich bedroht fühlt. Sobald der letzte Musiker den Waldrand erreicht hatte, zwischen die Baumstämme getreten und von Nebel und Dämmerlicht verschluckt worden war, verstummte die Musik auf einen Schlag. Nun war das Sausen des Windes zu hören, das Knirschen meiner Sohlen auf dem verharschten Schnee des Pfades. Es war keine Spur heller geworden. Hatte ich mir die Blaskapelle nur eingebildet? Selbstverständlich haben wir auch in Mudra Instrumente, Trompeten, Posaunen, Flügelhörner, Klarinetten, Saxofone, Flöten, Gitarren, Geigen und alle möglichen Trommeln und Schellen, aber wir spielen nicht zusammen. Wir haben einen Chor, kein Orchester. Wenn wir das Bedürfnis verspüren, Gefühle gemeinsam auszudrücken, dann singen wir.

Lina kauerte vor der Tür der Werkstatt im Nebel, ich sah sie erst, als ich vor ihr stand. Sie trug die Wollmütze, hatte beide Arme um ihren Oberkörper geschlungen und umarmte sich selbst. Die Schatten unter ihren Augen sahen aus, als hätte sie sich mit Asche betupft.

»Eindrücklich oder erschreckend?«, fragte sie und stand auf, ohne den Bolzen des Scharnieres ihrer Schiene einzuklinken.

Ich steckte den Schlüssel ins Schloss, drehte ihn zweimal um, stieß die Tür auf und schob Lina in die Werkstatt. Es roch nach Tischlerleim, Lina hatte den Kleister nach meinen Anweisungen angerührt, mit dem ich gestern die Quersprossen unter der Sitzfläche verleimt hatte.

»Du hast sie auch gehört?«, fragte ich und machte mich daran, für sie den Ofen einzuheizen, Gliich hin oder her.

»Die spielen immer am Morgen nach Macan Bumi. Findest du sie eindrücklich oder erschreckend?«

»Erschreckend.«

»Die spielen sogar in meiner Birne, wenn sie nicht spielen. Mein Vater ist die zweite Trompete.«

»Warum sind sie verkleidet?«

»Frag einen der Alten!«

Ich würde Gliich zu JausliRöfe schicken müssen, unsere Körbe mit dem Feuerholz waren fast leer. Da der Ofen gut zog, füllte ich den Feuerraum trotzdem bis obenhin.

»Bist du freiwillig weg aus deinem Dorf?«

»Nicht ganz«, antwortete ich und drückte das Türchen zu, erste Wärme auf dem Gesicht.

»Dein Vater ist nicht hier.«

Ich nickte und entrollte die Zeichnung. Die Nähe von Mädchen und Frauen bereitet mir Unbehagen. Ich habe noch mit keiner Frau geschlafen, habe nur Küsse und harmlose Berührungen ausgetauscht.

»Warum suchst du nicht weiter?«

»Wer sagt, dass ich's nicht mache?«

Ich nahm das Brett der Rotbuche, auf dem ich die Form für die Lehne angezeichnet hatte, von der Werkbank und lehnte es gegen die Wand.

»Warum suchst du nicht weiter?«, fragte sie noch einmal.

»Wegen dir!«

Sie lachte verächtlich. Im Zottel ihrer Mütze hing ein weißes Vogelfederchen. Der Luftzug, den ich verursachte, als ich neben sie trat, trug es in die Höhe. Nicht die Dunkelheit ist gefährlich, sondern das Licht, ging mir durch den Kopf. Ich hörte, wie sie atmete, und spürte ihren Blick auf mir wie eine Kraft, die mir die Luft aus der Brust presste.

»Was schaust du so?«, fragte ich.

»Du traust dich ja eh nicht!«

Ihre Finger streiften meinen Arm, dann packte sie meinen Kopf mit beiden Händen und küsste mich auf den Mund. Erst als sie mir die Lippen mit der Zunge öffnete, fiel mir ein, die Augen zu schließen. Im gleichen Augenblick wurde die Werkstatttür aufgerissen.

»De ErnetHeinz isch gschtorbe!«, rief Gliich.

In der Wabe, in der der Tote aufgebahrt lag, war es finster. Das Fenster und die Wände waren mit Tüchern verhängt, das Licht der Kerzen, die neben seiner Bettstatt aufgebaut waren, beschien sein gepudertes Gesicht und die Hände, die gekreuzt auf seiner Brust lagen und einen Rosenkranz hielten. Von den Menschen, die rund um den Toten saßen und sich flüsternd unterhielten, sah ich nur Schemen. Die getrockneten Lavendelsträuße, deren starker Duft wohl andere Gerüche überdeckte, hingen so tief in der Tür, dass ich mich darunter wegducken musste, um den Raum zu betreten. ErnetHeinz war nicht alt, sein Gesicht spitz und eingefallen. Der verkniffene Mund und seine kinnlangen glatten

Haare gaben ihm das Aussehen eines strengen, vielleicht bösen Mannes. Die Gläser seiner Brille waren voller Fingerabdrücke.

»Ein Heuchler«, flüsterte mir Lina ins Ohr.

Gliich ging vor dem Toten in die Knie, schlug mehrmals hintereinander das Kreuz, stand plötzlich auf und verließ den Raum. Erst wollte ich ihm nachlaufen, dann folgte ich Lina, die von Stuhl zu Stuhl ging, um den Angehörigen die Hand zu drücken und zu kondolieren. Die Gesichter der Trauernden konnte ich nicht sehen, ihre Hände waren rau. Niemand erwiderte ein Wort auf unsere gemurmelten Beileidsbekundungen, niemand weinte. Ich hörte den Wind im Gebälk der Wabe, das Licht der Kerzen flackerte auf der Stirn des Aufgebahrten. Ich war eben beim vorletzten Stuhl angelangt und hatte die vorletzte Hand ergriffen, knochendünn und eiskalt, als zwei Frauen eintraten, die sich schneeweiße Tücher wie Schärpen um die Schulter gelegt hatten. Meine Hand wurde fallen gelassen, denn nun erhoben sich die Trauernden, legten die linke Hand aufs Herz, deuteten eine Verbeugung an und gingen hintereinander ohne ein Wort aus dem Raum.

»Die Einnäherinnen«, flüsterte Lina, »wir müssen sie mit dem Toten allein lassen.«

Der Alte hockte wie gestern auf seinem Spaltstock neben dem Eingang und paffte eine Zigarre. Die Fahne war verschwunden, ihre hölzerne Stange ebenfalls. Zog die Blaskapelle weiter durch den Wald? Von ihrer Musik war kein Ton zu hören. Der Wind hatte sich gelegt, die Sonne drückte durch die Nebelbänke, brachte aber noch keine Wärme. Wieder zeigte der Alte mit dem Finger auf mich, der Gestank seiner Zigarre erinnerte mich an Kuhdung.

»Uiuiuiuiui«, rief er und wedelte mir mit dem Finger vor dem Gesicht herum.

»Wie spät ist es?«, fragte ich und zeigte auf die Uhr an seinem Handgelenk.

»Zfrüe, zschpaht, zfrüe, zschpaht!«, krähte er.

»Schtill, BaerniUrs!«

Lina packte das Ärmchen des Alten, und er hörte sofort auf zu krakeelen und senkte beschämt den Blick, ein Feigling.

»De ErnetHeinz isch tod«, sagte sie und ließ seinen Arm los.

»Mir doch gliich«, sagte der Alte störrisch.

Er warf mir einen verschlagenen Blick zu und paffte mir Rauch ins Gesicht; ich machte einen Schritt auf ihn zu, aber Lina schob mich auf den Weg.

Grotzky saß am äußersten Rand eines Brettes, das als trockene Insel im Schnee mitten im Freigehege lag. Den Schwanz unter den Körper gezogen, saß er aufrecht da und sah zu, wie wir auf den Verhau zugingen und auf der anderen Seite des Gitters vor ihm stehenblieben. So groß hatte ich seine achatgrünen Augen noch nie gesehen. Ich legte die Hand ans Gitter, er mauzte, ich zog die Hand zurück und spürte einen leichten Druck hinter der Nasenwurzel. Musste ich weinen? Oder kämpfte ich dagegen an, herauszulachen?

»Was machen die Einnäherinnen?«

»Was wohl! Nähen ErnetHeinz ins Totentuch ein. Segnen ihn.«

»Habt ihr keinen Pfarrer?«

»Das fragt einer aus Mudra?«

Sie erzählte mir, die Eingenähten sähen aus wie die Mehlwürmer, die ihr Vater mit dem Holzschuh totschlage, und dass keiner dabei sein dürfe bei der Beerdigung im Wald, abgesehen von der Familie des Eingenähten, die ihn ohne Hilfe zum ausgesuchten Baum tragen und dort vergraben müsse. Es gebe welche, die sich einen Baum aussuchten, der möglichst in der Nähe des Dorfes stehe, um den Angehörigen die Sache nicht zu schwer zu machen. Auch sie, behauptete sie, habe ihren Baum gewählt, eine Birke in einem kleinen Hain unweit einer namenlosen Quelle, sieben Birken, die einen Kreis bildeten, einen Kreis mit einer Delle, weil eine Birke den perfekten Kreis mit ihrem verschobenen Standort zum Glück störe.

Mir wurde schlecht, wie jedes Mal, wenn ich vor dem Katzengehege stand. Mein Vater hatte Katzen nicht gemocht, »ich trau ihnen nicht über den Weg«, hatte er gesagt, wann immer er eine sah. Genau das gefällt mir an ihnen, dachte ich, Grotzky betrachtend, der mich betrachtete.

Der kahle Wald mit den Baumgerippen schien im Takt meines Herzschlages zu pulsen, schien größer, kleiner, größer und wieder kleiner zu werden. Eine Landschaft, die nicht bloß im Verborgenen, sondern ganz offensichtlich und darum selbst für Menschen erkennbar lebte! Die Erde, verblüffenderweise spürte ich auch das, drehte sich tatsächlich.

»Bis zu meiner Birke ist es ein Stück«, sagte Lina, »da haben sie was zu schleppen.«

Ich griff nach ihrem Arm und trat gleichzeitig vom Verhau zurück, um mich damit aus der Übelkeit hinauszuwinden. Grotzky mauzte, einmal, zweimal, sprang in einem eleganten Satz vom Brett in den Schnee und rannte, wie von der Tarantel gestochen, quer durchs Freigehege in den Wald hinein.

Lina hielt mich zurück, als ich die Tür des Pferdestalles aufschieben wollte; sie legte den Zeigefinger auf meine Lippen und drückte die Tür langsam und vorsichtig auf. Sobald wir so leise wie möglich in den Ziegelbau getreten waren, wusste ich, wen sie überraschen oder überrumpeln wollte: Gliichs Gegiggel wand sich um Lenas Stimme wie Efeu um den Baum. Sie waren in einer der Boxen am anderen Ende des Stalles, schätzte ich, vielleicht bei Krähenmanns Pferd. Lina nahm mich bei der Hand, so schlichen wir von Box zu Box, von Tür zu Tür, von Trennwand zu Trennwand. Die Packesel spürten unsere Gegenwart, sie warfen den Kopf zurück, wenn wir hinter ihnen vorbeiwischten, die Augen aufgerissen, peitschten sie die Trennwände mit ihrem Schwanz und gaben schnodderne Laute von sich. Lena und Gliich blödelten unbeirrt weiter. Wir hatten die zweithinterste Box, in der Krähenmanns Rappe mit den beiden Kaltblütern stand, fast erreicht, als sie uns hörten und verstummten. Wir blieben stehen, mir fiel ihr Hund ein, Thar, da kam er auch schon aus ihrer Box geschossen und blieb knurrend und mit gefletschten Zähnen vor uns stehen, die gestreckten Vorderläufe auf den Boden gestemmt, um anzuzeigen, er weiche nicht einen Millimeter zurück. Seinen Augen war anzusehen, dass er Lina erkannt hatte, trotzdem brauchte er einen Augenblick, um die Kampfpose aufzugeben, mit wedelndem Schwanz auf uns zuzulaufen und sich begeistert bellend und jaulend vor uns zu Boden und auf den Rücken zu werfen.

»Linalinalina!«

Gliich streckte den Kopf aus der Box, in seinen Haaren klebten Strohhalme. Lena trat auf den Gang hinaus, sie trug Fäustlinge und eine absurd hohe Pelzmütze, auf die vorn ein Silberstern genäht war. Sie schnalzte mit der Zunge, und ihr Hund hörte auf der Stelle auf, sich hin und her zu wälzen. Er sprang auf die Beine, lief mit kratzenden Pfoten zu ihr und duckte sich neben ihr zu Boden, den Blick schuldbewusst niedergeschlagen.

»ErnetHeinz ist tot«, sagte Lina.

»Weiß ich auch. Schleimscheißer.«

Krähenmanns Pferd hatte den Futtersack umgebunden, es war gestriegelt und getränkt.

»Liebs Ross, liebs!«

Gliich patschte in die Hände, trat neben Mai und lehnte den Kopf an seine Flanke. Der Schauer, der über das Pferdefell zog, erinnerte mich an die Schauer, die der Wind über den Kalten See jagte, und ich spürte den Stich der Sehnsucht. Die Decken, die am Boden ausgebreitet lagen, hätte ich fast übersehen. Lena ging auf ihr Lager zu, da ertönte das Läuten einer einzelnen Glocke, hell und schnell, ein Klang, der zu fröhlich war, um Alarm zu sein. Die Schwestern warfen sich einen Blick zu, den ich nicht deuten konnte, Gliich fing an, auf und ab zu hüpfen, sah dabei aber von Lena zu Lina, als warte er auf ihr Zeichen zum Aufbruch. Sein Kiefer knackte, so begeistert riss er den Mund auf, um zu krähen:

»Walkerwalkerwalker!«

»Schon wieder?«, fragte Lina.

»Na wegen wem kommt der wohl ofter als früher«, gab Lena zurück und griff dem Hund ins Fell.

ELF

Den Mann, der mit drei Packeseln vor dem Eingang in den Bau stand, kannte ich aus Mudra. Er hatte unser Dorf besucht, um Tauschhandel zu treiben, bis ihm die Ältesten den Zutritt verboten. Sie störten sich nicht an seinen Waren, sondern an den Nachrichten und Gerüchten, die er von Dorf zu Dorf trug und die Unruhe stifteten.

Die Befürchtung, der Händler würde mich erkennen, war unbegründet: Die Menge, die sich um ihn gebildet hatte, stand so dicht, dass er mich unmöglich sehen konnte. Den Cowboyhut hatte er früher nicht aufgehabt, den Schaffellmantel, die Stiefel mit Pelzschaft und die Lederhosen kannte ich. Auch den Kabardiner hatte er schon damals geritten, neu waren nur die Stammeszeichen auf den Flanken, Schultern und Ganaschen und die Bändel, die er ihm in Mähne und Schweif geflochten hatte. Während er zwei der Packesel von den Ledersacochen befreite und daranging, seine Tauschwaren auszubreiten, Wolle, Häute, Leder- und Filzwaren, Tee, Zucker, brachte er Neuigkeiten unter die Leute. Obwohl ich gern gehört hätte, was er zu berichten wusste, und mich auch interessierte, was er im Sortiment führte, hielt ich mich zurück. Als Kind hatten mich die Gerüche seiner Gewürze ebenso magisch angezogen wie die Formen der Südfrüchte und des fremden Gemüses aus dem Tiefland oder die Farben seiner Tücher und Stoffe.

Lena und Gliich drängten sich durch die Menge zum Händler vor, der mit weit ausholenden Armbewegungen berichtete und immer noch mehr Beutel und Säckchen öffnete, um ihren Inhalt vor den Bewohnern präsentieren. Lina blieb mit mir im Hintergrund, zufrieden, den einen oder anderen seiner Sätze aufzuschnappen. Die Düfte, die in der Luft hingen, waren betörend, Safran, Curry, Koriander, meine Mutter hatte sie mir benannt. Die Gewürze seien zu kostbar, um sie eintauschen zu können, hatte sie mir erklärt, ich solle aber die Düfte einatmen, einsaugen, so dass ich sie nie vergessen könne, denn so habe die Welt früher eben *auch* gerochen.

Der Händler hatte ein Instrument dabei, eine Rassel, handgroß, die wir sehen konnten, weil er sie hoch über die Köpfe hielt. Die Muschelsplitter, aufgereiht auf eine Schnur und in einen bemalten Holzrahmen gespannt, stammten vielleicht aus dem Meer, die Schalen glänzten jedenfalls in Farben, die die Muscheln aus dem Kalten See nicht hatten. Früher hatte der Händler auch ab und zu Bücher angeboten, billigen Ramsch, den er bei uns in Mudra nicht losgeworden war. Das Interesse der Dorfbewohner erlahmte rasch, trotz der exotischen Tiere, die er in Holzkäfigen mitführte – eine Echse, zwei Leguane, ein Gürteltier und eine furchteinflößende Mutation mit Zottelpelz und gelben Reißzähnen, die er als Waffe anpries, die man zur Jagd nützen könne –, und die Menge fing an sich zu zerstreuen. Der Händler hatte schlechte Geschäfte gemacht, die Sacoche des Packesels, in der er die eingetauschte Ware transportierte, war so gut wie leer geblieben. Ich spürte eine Ungeduld in Lina, die größer wurde, je weniger Leute sich um den Händler scharten. Warum sie sich immer wieder wegduckte oder abwandte, begriff ich erst, als mir auffiel, wie er sich umblickte.

Offensichtlich suchte er jemanden. Den jungen Mann aus Mudra, der dem Liebhaber seiner Mutter das Messer in die Brust gestoßen hatte? Suchte der Händler mich? War Krähenmann gestorben?

»Mich«, sagte Lina, »er sucht mich, lass uns verschwinden.«

Erwacht, einen Schritt vor der angelehnten Tür, hinter der man auf mich wartet, am Rande des Vergessens, durfte ich sehen, wie sie schlief, der Zeit entronnen, gerettet: auf dem Rücken, eine Hand auf der eigenen Brust, die andere auf meiner Hüfte, mit gelöstem, leerem Gesicht und zuckenden Lidern, als ziehe ein Gewitter durch ihren Kopf, nahezu tonlos Luft ein-, Luft ausatmend. Lina lag an der Ziegelwand der leeren Box, das Stroh war weich, das Licht der Laterne hell genug, Geister fernzuhalten, aber nicht so hell, uns sofort zu verraten, falls jemand nach uns suchte. Nichts ist schlimmer als das, was wir uns vorstellen können. Zu wem hatte ich das im Traum gesagt? Wie spät war es? Nach Mitternacht bestimmt. Ich hatte mit GisliChrigel, seiner Frau Gabriella und Gliich gegessen, mich ins Bett gelegt und ungeduldig darauf gewartet, dass Gliich einschlief. Lina hatte mich im Pferdestall erwartet, es war ihre Idee gewesen, die Nacht gemeinsam zu verbringen. Die Berührung des Metalls ihrer Stützschiene war unangenehm, sie hatte sie nicht abgeschnallt, um mir den Anblick ihres kranken Beines zu ersparen. Die Haut ihrer warmen Füße war unfassbar weich, in meinen Fingerkuppen kribbelte es. Sie hatte mir gezeigt, wie sie berührt werden wollte, wo. Und sie hatte gewusst, wo sie von mir berührt werden wollte, wie. Sie wollte nicht über den Händler reden, den sie Walker nannten, sagte aber, jeder im Dorf kenne ihn. Ihre Stirnfransen waren zu lang, das fiel mir jetzt auf, da sie schutzlos und gleichzeitig beschützt neben mir lag. Sie schlief wie ein Kind, vertrauensselig, überzeugt davon, sich in sicherer Obhut zu befinden. In ihrem Magen grummelte es. Störten die Fransen sie nicht? Ihre Mütze lag neben unserem Lager, die Öffnung nach oben, ein aufgesperrtes Maul. Ich hatte meine Kleider auf einen Haufen geworfen, erregt, weil ich nicht wusste, was mich erwartete, sie hatte die ihren sorgfältig zusammengefaltet.

»Du schaust mich an, Halblaut!«

Sie drehte sich auf die Seite, zog die Beine an die Brust und sah mich an, wach, auf der Hut. Ein Strohhalm hatte sich in ihrer linken Augenbraue verfangen, ich blies ihn vorsichtig weg.

»Eines Tages sind sogar wir tot«, sagte sie fast tonlos, »aber jetzt noch nicht, nicht wahr? Ich hab dir auch beim Schlafen zugeschaut.«

»Auch? Was heißt auch! Du hast ja gar nicht geschlafen.«

»Ich schlaf nie. Oder immer. Such dir aus, was dir gefällt. Was ist das hier eigentlich?«

Sie tippte mit ihrem Zeigefinger gegen den tätowierten Punkt auf meinem Kinn und sah mich mit gerunzelter Stirn an.

»Haben wir alle, bei uns.«

»Warum?«

»Damit wir nicht lügen.«

»Der schwarze Punkt soll verhindern, dass ihr lügt?«

»Lügen ist feige.«

»Lügen braucht Phantasie!«

»›Die Lüge ist ein Feld, das man zwar fleißig bestellt, besät und bewässert, und doch wächst und gedeiht nie etwas auf ihm.‹ So steht es geschrieben.«

»So steht es geschrieben!«, äffte sie mich nach. »Oder habt ihr keine Phantasie da unten am See?«

»Und ob ich Phantasie habe!«

»Lügst du nie?«

»Was ist das mit Gliich und deiner Schwester?«

»Meine Schwester ist jung!«

»Ihr seid Zwillinge, Lina.«

»Das spielt keine Rolle. Ich bin alt. Sie ist jung. Möchtest du dir auch einmal selber beim Schlafen zusehen?«

Ich ließ mich herabsinken, mein Gesicht so nah an ihrem, dass sich unsere Nasen berührten. Mir beim Schlafen zusehen?

»Wieso hasst du deinen Vater?«, fragte ich.

»Glaubst du, es wäre gefährlich, zu wissen, wie man selber riecht?«

Die Pferde und Esel in den anderen Boxen bewegten sich, in der Nähe klatschten Pferdeäpfel auf den Zementboden.

»Nimmst du mich mit?«, fragte sie.

KEEROM

Er hat sich unter die Menge in der äußeren Ankunftshalle gemischt, weil er nicht mehr die Zeit hatte, den Sicherheits-Check zu passieren, der den Zugang in den privilegierten inneren Warteraum erlauben würde. Die Menge wird ihn verbergen, sie soll ihn erst bemerken, nachdem er sie bemerkt hat. Bemerkt oder beobachtet? Es wäre vernünftiger, seine Eifersucht zu verdrängen, statt ihr vielleicht neue Nahrung zuzuführen. Das Smartphone hat ihm vor über zwanzig Minuten gemeldet, dass ihr Flugzeug gelandet ist; er hat sie mit einer SMS begrüßt und ihr mitgeteilt, dass er nicht im inneren Warteraum, sondern in der äußeren Ankunftshalle wartet. Um den Taxifahrer loszuwerden, der vor dem Eingang auf sie warten wollte, hat er ihn belogen: Sie werden zwar tatsächlich einen Wagen mieten, aber nicht am Flughafen, sondern an der Wale Street; demnach werden sie durchaus mit einem Taxi in die Stadt zurückfahren. Die meisten Wartenden haben Blumen oder Willkommensgeschenke dabei, was ihn daran erinnert, dass er die hölzerne Halskette aus Lesotho, die er am Green Point Market gekauft hat und die er ihr hier am Flughafen umhängen wollte, im Appartement vergessen hat. Geht er davon aus, sie besänftigen zu müssen? Er will sich bereits in einem der Souvenirshops auf die Suche nach einem Ersatzgeschenk machen, da entdeckt er sie durch die Scheibe; sie passiert eben die dritte und letzte Sicherheitsschleuse. Sie trägt die Vintage-Lederjacke, die ihr steht, enge Jeans, Stiefelchen mit Absatz und eine Wollmütze, als wäre sie in den Norden gereist, nicht nach Afrika. Der Mann, der lachend neben ihr steht, ist jünger und einen Kopf größer als sie. Ihre Angewohnheit, Menschen, mit denen sie sich unterhält, anzufassen und zu berühren, stört ihn immer noch. Und wieso tut sie es, mit wenigen Ausnahmen, nur bei Männern? Er findet es aufdringlich, Menschen, selbst wenn man sie kennt, derart auf die Pelle zu rücken. Kennt sie den Mann? Kurz bevor sie die Glastür zur äußeren Ankunftshalle erreichen, umarmt sie ihn, gibt ihm einen Kuss auf die Wange, nimmt ihm ihre Tasche ab und lässt ihn stehen. Frauen weinen, Kinder kreischen, Männer nehmen andere Männer in den Arm. Er bleibt in der schützenden Menge und wartet ab. Der Kerl, der ihr die Tasche getragen hat, geht an ihr vorbei, den Blick, den sie sich zuwerfen, ist es ein Abschiedsblick?, könnte man glatt übersehen. Als sie sich das erste Mal begegnet sind, hat er, noch bevor sie ein Wort gewechselt haben, seltsamerweise gedacht: Ich könnte dich retten! Retten, er? Wovor? Das hätte er schon damals nicht benennen können; dass sie Rettung brauchte dagegen, war offensichtlich. Was sie für ihn tun könnte, hat er sich erst viel später gefragt. Sie wird nicht mein Schicksal sein, auch das ist ihm bei ihrer ersten Begegnung durch den Kopf gegangen, wir werden uns verletzen, das bleibt nicht aus, aber nicht so schlimm, dass es wirklich schmerzt, dafür sind wir zu alt, zu erfahren. Er geht mit ausgebreiteten Armen auf sie zu, getrieben von der plötzlichen Sehnsucht, in ihrer Nähe und mit ihr zusammen zu sein. Wie verloren sie wirkt! Die Tränen der Rührung, die ihm den Blick trüben, wischt er weg, bevor sie ihn bemerkt, er will nicht, dass sie ihn so sieht: bedürftig, weil angewiesen auf ihre Gesellschaft, traurig, weil einsam ohne sie.

Die Fliege, die sie umkreist, seit sie das Schlafzimmer betreten haben, scheint die Orientierung verloren zu haben, sie fliegt gegen die Wand, summt sekundenlang sinnlos gegen das Fensterglas, als gäbe es doch irgendwann nach, fliegt Kreise, Achten, Ellipsen, blindlings und benommen, rast gegen die Zimmerdecke, um sich gleich darauf als winzige Bombe im Sturzflug auf sie fallen zu lassen.

»Die hat Angst vor dem eigenen Summen«, sagt sie, steigt von ihm und legt sich so dicht neben ihn, dass sich ihre schweißnassen Körper berühren.

»Und endlich krochen sie überall und bestarben langsam das ganze Zimmer.«

Kaum hat er das Zitat ausgesprochen, ist es ihm unangenehm, dass er mit seinem Wissen angeben muss. Soll er herauslachen, um die Protzerei ins Lächerliche zu ziehen? Er spürt seinen Puls in den Fingerspitzen, darum kann er die Hände unmöglich ruhig halten.

»Der richtige Dichter dichtet sogar nach dem Vögeln«, sagt sie und gibt ihm einen Nasenstüber.

»Ist nicht von mir.«

»Hab ich auch nicht angenommen.«

Diesmal kann er sich zurückhalten und teilt ihr nicht mit, dass die Zeile aus Rilkes »Aufzeichnungen des Malte Laurids Brigge« stammt. Die Fliege wirkt müde, sie setzt sich in immer kürzeren Abständen in die Reichweite ihrer Hände, als fordere sie es heraus, endlich erschlagen zu werden.

»Schade um den guten Sex.«

Wie viele unserer Sätze sind nichts als Köder, fragt er sich und beschließt, vorerst nichts zu entgegnen.

»Falls wir uns trennen sollten«, ergänzt sie.

Auch nach zwei Jahren weiß er nicht immer mit Sicherheit zu sagen, wann sie scherzt und wann nicht. Der Blick, den er ihr zuwirft, ist offensichtlich nicht böse, wie von ihm gedacht, sondern erschrocken. Sie lacht jedenfalls laut heraus und sagt:

»Das war ein Sche-hrz, ein Sche-herz!«

Als sie beim dritten Date das erste Mal miteinander geschlafen haben, ist er erschrocken, denn er hat dabei in einen Spiegel geblickt: Das Alter hat sie beide unsicher gemacht, sie ist, wie er, auf Bestätigung und Schonung angewiesen. Nach neun Jahren mit einem Ehemann, »der keine Libido besitzt und nur im Dunkeln Sex haben kann oder will«, nach neun Jahren mit einem Mann, der sie nicht begehrte, ist sie nicht nur ausgehungert, sondern auch verunsichert.

»Ist es hier immer so heiß?«, fragt sie.

Er nickt, er hat sie vorgewarnt. Die Fliege setzt sich auf seine Stirn, flüchtet vor seiner Hand, lässt sich auf ihrem linken Knie nieder. Sie hat letzte Woche wieder angefangen zu rauchen, während einer Audition, die zu nichts führte, wie sie ihm schon im Taxi gestand; er steht auf und holt ihr den Aschenbecher, den er in einer der Küchenschubladen gesehen hat. Er möchte nicht, dass sie raucht, im Bett schon gar nicht, aber er will neben ihr liegen, will sie im Arm halten. Manchmal, jetzt, ist es wie am Anfang ihrer Liebe, und all das, was nicht stimmt zwischen ihnen, was nie stimmen wird, ist unwichtig. Manchmal, jetzt, gelingt es ihm, sich zu vergessen und die Tatsache, mit einer klugen und schönen Frau zusammen sein zu dürfen, einfach nur zu genießen. Sie drückt die halbgerauchte Zigarette aus, nimmt den Aschenbecher von seinem Bauch und stellt ihn auf den Boden. Kaum hat sie sich wieder hingelegt, erschlägt sie die Fliege, ihre Handbewegung kommt ohne Ansatz, aus dem Nichts, eine Frau, die nicht mit Schrot schießt, sondern nur eine Patrone benötigt, eine Frau, die den Apfel samt Stiel und Gehäuse isst. Er hat sie dafür bewundert, mittlerweile macht es ihn ratlos. Oder täuscht er sich, und ihre vermeintliche Rücksichtslosigkeit ist Zielstrebigkeit, ihr Eifer Fleiß? Sie muss die erschlagene Fliege, ein Komma, nein, ein i mit rotem Punkt, mit dem Fingernagel vom Leintuch kratzen.

»Wo hast du eigentlich die Uhr, die ich dir geschenkt habe?«

»Ich bin überfallen worden.«

»Ha, ha! Du hast sie verloren! Wo?«

Er stützt sich auf den Ellbogen, um sie anzusehen, während er erzählt, was letzte Nacht vorgefallen ist. Sie hört ihm zu, ohne ihn ein einziges Mal zu unterbrechen, die Tatsache, dass der Junge trotz Sicherheitsschlössern und Überwachungskameras ins Haus und in sein Appartement gelangt ist, macht ihr keine Angst, das muss sie ihm nicht einmal versichern, so gut kennt er sie. Ihr Mut beeindruckt ihn immer noch. Das Licht, das durchs Fensterglas flutet, legt feinen Schimmer auf ihre Körper, eine Kupferschicht, die zerspränge und sich ablöste, sobald sie sich bewegten. Und so liegen sie reglos nebeneinander, ohne zu reden, ohne Berührung oder Zärtlichkeit, und doch ein Paar.

Das niedrige runde Tischchen hat genau die Größe des Injera, des Fladenbrotes aus Sauerteig, das Teller und Besteck ersetzt. Sie sitzen in einer abgetrennten Nische des *Gursha*, das er vor zwei Tagen in einer Seitengasse der Buitengracht Street entdeckt hat, im Licht großer Kerzen, unter aufgespannten Schirmen, die umgedreht von der

Decke hängen, weshalb es ist, als säßen sie unter bunten Stoffglocken; sie trinken Honigtee und essen mit der rechten Hand, sie Alitscha, ein vegetarisches Gericht, er Lamm und Huhn. Er hat den Google-Text über Speisen und Sitten in äthiopischen Restaurants vom Smartphone vorgelesen; die Musik, die im Hintergrund läuft, ist irritierend monoton und dunkel, ein kaum variiertes Schwirren, wohl auf einem Saiteninstrument gespielt, das melancholischen Männergesang begleitet. Die Stimmung zwischen ihnen ist vertraut, aber nicht langweilig, es ist gut, sind sie zusammen; sie legt mehrmals ihre Hand auf seine oder streicht ihm über den Arm, er küsst sie auf die Wange, flüstert ihr ins Ohr, wie schön sie ist, tupft einen Klecks der scharfen grünen Sauce mit dem Zeigefinger von ihrer Oberlippe und leckt den Finger ab. Sie lachen lauter, als sie reden, die Bedienung, eine schlanke, hochgewachsene Frau, wirft ihnen lächelnd verschwörerische Blicke zu, sie sind ein verliebtes Paar. Den Stachel, der ihm im Fleisch sitzt, kann er dennoch nicht ignorieren. Sie bestellt ein weiteres Kännchen Tej, er wägt so lange zwischen einem *Castle* und einem Hirsebier ab, bis sie kurzerhand ein Hirsebier für ihn bestellt. Er kann es nicht lassen, immer wieder an seinen Fingern zu riechen, die nach Lamm und fremden Gewürzen duften, sie haben das Fladenbrot und somit Teller und Besteck aufgegessen. Die ruhige rituelle, vielleicht religiöse Musik und das Kerzenlicht haben eine einschläfernde Wirkung, er könnte sich entspannt zurücklehnen und die ungewohnte Atmosphäre genießen, wenn er es nur könnte, doch er muss loswerden, was er loswerden muss.

»Hast du jemand gekannt«, fragt er leichthin, »auf dem Flug?«

Er weiß den Blick einzuschätzen, den sie ihm zuwirft: Sie

ist auf der Hut. Nun muss sie sich für Wahrheit oder Lüge entscheiden. Für Konfrontation oder Schonung.

»Hast du in einem Flieger auch nur einmal jemand getroffen, den du kennst?«

»Schon«, sagt er und trinkt einen Schluck Bier, »ja.«

Noch könnte er eine Grenze ziehen und das Thema wechseln. Aber wie soll er dann mit den Vermutungen und Verdächtigungen fertig werden, die die ganze Nacht durch seinen Kopf spuken werden? Ein Luftzug weht durch das Restaurant, der als Schaukelbewegung durch die Schirme über ihren Köpfen geht; das Schurren der Stoffe, die sich aneinanderreiben, erinnert ihn an das Geräusch, wenn der Wind durch Gräser oder Korn streicht. Ein Rauchfaden steht neben ihrem Tischchen, soll er die Bedienung bitten, die Kerze wieder anzuzünden?

»Und wer war der Typ, der dir die Tasche getragen hat?«

Es bereitet ihr keine Probleme, ihn offen anzusehen. Lächelt sie? Er hat die Hände vorsorglich in den Schoß gelegt, er will jetzt nicht berührt werden wie ein Haustier oder ein Kind, das man beruhigen muss, er will die Wahrheit hören.

»Ach der! Keinen Schimmer, wie er heißt. Er hat mich erkannt, stell dir vor! Ein Fan von Family Chocolate. Soll ich zahlen? Ich lad dich ein!«

BALLYKILLOWEN

Er muss nicht darüber nachdenken, wie lange seine Geduld reichen würde. Der junge Mann verlässt das Haus nach wenigen Minuten, Una selbst bekommt er nicht noch einmal zu sehen. Hört er Musik aus dem Haus? Blätter rascheln, in der Nähe blökt ein Schaf. Und nun? Der junge Mann setzt sich ans Steuer, vom Hund hat er sich nicht verabschiedet. Er wird den jungen Mann verfolgen, um zu erfahren, wo er lebt! Der Plan hat etwas Verwegenes. Hat er schon einmal jemand verfolgt? Hat er nicht, nein. Als er zusieht, wie das Auto unter ihm vorbeigleitet, steigt Übermut in ihm auf. Er muss warten, bis der junge Mann die Küstenstraße erreicht hat, sonst fällt ihm gleich auf, dass ihn jemand verfolgt. Trotzdem beeilt er sich, so schnell wie möglich zu seinem Auto zurückzukehren. Erst würgt er den Motor ab, dann braucht er mehrere Versuche, bis er gewendet hat und die Verfolgung aufnehmen kann. Auf der langen Geraden, die nach Ardara hineinführt, sieht er den Wagen des jungen Mannes vor sich, er hat ihn nicht verloren. Er schaltet das Radio ein, hört, dass sich Russland und die Ukraine nach zähen Verhandlungen unter EU-Vermittlung auf eine Interimslösung geeinigt haben und die Ukraine für die kalten Wintermonate mit Gas versorgt werden wird. Mitten in der Meldung, dass der Präsident von Burkina Faso nach Erstürmung des Parlaments und blutigen Unruhen zurücktritt, startet er den CD-Player: »Bad Moon Rising« überspringt er, »Lodi« trägt ihn durch die Kurven ausgangs Ardara, etwa zweihundert Meter hinter dem jungen Mann, seinem Sohn. Er hat keine Ahnung, wo in Afrika Burkina Faso liegt. Den Namen des Präsidenten, der nach dem Putsch zurückgetreten ist, hat er eben das erste Mal in seinem Leben gehört und sofort wieder vergessen. Vor einem Cottage steht eine Frau neben einem Beet mit prächtigen Blumen, der Wasserschleier, den ihr Gartenschlauch versprüht, steht als verwehter Kegel in der Dämmerung über ihr. Sie fahren Richtung Inver und Donegal Town, er könnte sich einreden, auf der Heimfahrt zu sein. Seine Schultern sind verspannt, wieso fällt ihm das erst jetzt auf, da der Schmerz bereits den Nacken hochkriecht? In spätestens einer Stunde wird es sein, als trage er einen Eisenhelm, der den Schädel zusammenpresst. Auf einer eingezäunten Wiese stehen ausschließlich schwarze Schafe. Da er seinen Augen nicht traut, bremst er ab, zählt neun, elf, dreizehn schwarze Schafe, alle tragen einen weißen Fleck auf der Stirn. Er gibt Gas, damit der Abstand zu seinem Sohn, wenn es denn sein Sohn ist, nicht zu groß wird. Einundzwanzig Jahre! Seine Lebenszeit wird bereits abgemessen, Maß um Maß, doch, aber das gilt auch für jüngere Menschen, auch deren Zeit läuft ab, Tag für Tag. Er ist auf seiner Reise aus dem Tageslicht in die Abendämmerung in der zunehmenden Dunkelheit angelangt. Bald wird er in die Nacht hineingleiten, ob ihm das nun passt oder nicht. Plötzlich findet er es lächerlich, hinter einem jungen Mann herzufahren, mit dem er bisher noch kein Wort gewechselt hat. Er ist ein 71-jähriger Mann, der sich am Telefon von einem Fremden sagen lässt, er sei Vater, er habe einen Sohn, und diesen vermeintlichen Sohn im Auto verfolgt. Ist er nicht ganz bei Trost? Bei der nächsten Abzweigung, nimmt er sich vor, lasse ich ihn ziehen, weiß aber genau, dass er das nicht tun wird. Sein Atem geht mit einem Mal schwer, er fühlt sich benommen, als sitze er neben sich, auf einen Schlag zum Greis gealtert und erloschen. Reiß dich zusammen, sagt er laut und macht die Musik aus. Menschen, die nicht gerne mit sich allein sind und sich vor Stille fürchten, muss die Landschaft hier, karg und nahezu ohne ein Zeichen von Zivilisation, entsetzlich leer und verloren vorkommen. Ihn beruhigt die Leere, sie stachelt ihn an, ihr seine Skulpturen entgegenzustellen und ihr mit seiner Vision zu begegnen. Sie erreichen den Rand des Hochplateaus, das Gelände senkt sich in Terrassen zum Meer hin ab, der Blick weitet sich. An klaren Tagen sieht man die Felsberge Leitrims, den mächtigen Amboss von Ben Bulben und, in blau verschatteter Ferne, Connemara. Heute jedoch liegt Dunst über dem Meeresbecken, zudem dämmert es zügig. Er tippt mehrmals auf die Bremse, während sie bergab gleiten, und hält das Steuerrad mit beiden Händen umklammert.

Wie schwach ihr Männer doch seid, hat seine Ex laut gesagt und tapfer gelächelt. Ja, hat er geantwortet, zum Glück.

Kurz hinter der Abzweigung nach Frosses wird das Auto vor ihm langsamer, die Bremslichter glimmen auf, und es biegt ohne Blinkzeichen in eine Straße, die in eine dieser Überbauungen aus überstürzt hochgezogenen Häusern führt, die in den Jahren des Wirtschaftsbooms überall in Irland entstanden sind. Er muss nur ein Stück weiterfahren, dann kann er vor einer Tankstelle mit Shop anhalten. Wie es aussieht, sind drei der vierzehn Häuser der Siedlung bewohnt, die anderen stehen offenbar leer. Auf den Fassaden hat sich Mauerschwamm ausgebreitet, in mehreren Häusern fehlen die Türen, Fensterscheiben sind eingeworfen, Wände mit Graffiti beschmiert. Das Auto hält vor dem letzten Haus der Siedlung hinter einem Ford Transit mit der Aufschrift: MICHAEL MCNULTY – TYLES, KITCHEN AND BATHROOM. Die Telefonnummer ist so klein, dass er sie nicht entziffern kann. Jetzt hat er eine Möglichkeit, mit dem jungen Mann in Kontakt zu treten. Will er das Bad im Erdgeschoss nicht seit Jahren neu fliesen lassen? Die flache Böschung vor der Häuserzeile wird als Abfallhalde benutzt. Wind hat den Inhalt aufgeplatzter Müllsäcke bis in angrenzende Felder getragen, zerfetzte Plastiktüten hängen in den Zweigen von Büschen und Bäumen. Zweifellos hat sich auch der Bauherr dieser Siedlung übernommen, jetzt gehört sie einer Bank und zerfällt zur Ruine des Booms.

Er sitzt reglos am Steuer, dabei hatte er sich eben vorgenommen wegzufahren. Er hat gesehen, was es zu sehen gibt. Eine Frau steht vor einer Zapfsäule, betankt ihren Offroader und redet in ein Handy, das sie sich mit spitz in die Höhe weisender Schulter ans Ohr presst. Brennt die Zigarette, die zwischen ihren Lippen klemmt und bei jedem Wort auf und ab wippt? Ist er ein anderer Mann, jetzt, da er weiß, er ist Vater? Wenn er es denn ist! Auf dem Beifahrerplatz des Offroaders sitzt ebenfalls eine Frau, stolz, aufrecht, die sich kämmt. Es ist, als höre er das Knistern ihrer aufgeladenen Haare, und er sieht sich im Bett unterm Dach liegen: Una saß am Schminktisch, sie bürstete sich die Haare, nackt, glühend vor Hitze. Er bemerkte nicht gleich, dass auch sie ihn beobachtete, ihr Blick, der ihn im Spiegelchen traf, beschämte ihn, und er schlug die Augen nieder. Hatte er ein schlechtes Gewissen? Schämte er sich? Vor sich oder vor ihr? Er schüttelt den Kopf, um die Erinnerung loszuwerden, startet den Motor und macht sich auf den Heimweg.

Es ist dunkel, als er vor seinem Haus anhält. Er schaltet den Motor aus, die Scheinwerfer lässt er brennen, es fasziniert ihn, dass die Lichtbalken in der Nacht liegen wie Baumstämme, die er mit den Händen umfassen, hochheben und wegtragen könnte. Er geht über die Wiese in die Dunkelheit hinein, achtet darauf, nicht ins Licht zu geraten. Das Gras ist vermoost und darum teppichweich, die ausgefransten Tintenkleckse in den Ästen der Birken sind Misteln, wie er weiß. Die gemauerten Ränder der Gräben, Kanäle und

Becken seiner Ex sind ebenso von der Natur überwuchert wie ihre betonierten Brückchen, groß genug höchstens für Gartenzwerge. Das Licht der Scheinwerfer macht ihren irrsinnigen Bau zur archaischen Anlage, die sich, kaum macht er die Scheinwerfer aus, mit Phantasiewesen beleben wird, die er, der Fremde, der stört, weil er »nichts, gar nichts begriffen hat«, natürlich nicht sieht. Oder doch?

***

Es ist nach zwei Uhr nachts, als er das Notebook ausschaltet und ans Fenster tritt. Im schwachen Glosen von Papermans Feuer in der Einfahrt zur Tiefgarage wirkt der Karren des Obdachlosen wie ein Tier mit Hörnern. In der Keerom Street blinkt das Kontrolllicht einer Security-Drohne, die sich in etwa drei Metern Höhe gemächlich von ihm weg Richtung Türkische Bäder bewegt. Alle Fenster im Geschäftshaus gegenüber sind dunkel, die Wipfel der Bäume im Company's Garden zeichnen sich als weiche Konturen vor dem milchigen Nachthimmel ab. Er hört Stimmen, Betrunkene auf dem Heimweg, eine Sirene, die sich rasch entfernt. Soll er Vater und Sohn in der Geschichte, an der er eigentlich gar nicht arbeitet, zusammenführen oder nicht? Gäbe ihm dieses Zusammentreffen Material für einen Konflikt mit exemplarischem Charakter, oder würde sie zwangsläufig kitschig geraten? Welche Liebesgeschichte seines Bildhauers soll mehr Raum erhalten, die Geschichte mit Una oder die Geschichte mit seiner grabenden Ex? Was gräbt sie genau? Über den Protagonisten Sean Berger will er sich keine Gedanken machen, noch nicht. Er wird zu dem Mann werden, zu dem er ihn macht. Schließlich löst er sich vom Fenster und geht ins Schlafzimmer hinüber. Die Angewohnheit seiner Freundin, mit ausgebreiteten Armen auf dem Bauch und mit dem Kopf *unter* dem Kissen zu schlafen, löst einen Anflug zärtlicher Gefühle für sie aus, genau wie die roten Baumwollsöckchen mit rosa Entenbördchen, ohne die sie nicht schlafen kann und die sie doch tatsächlich nach Südafrika mitgenommen hat.

ZWÖLF

Als ich am anderen Morgen in die Werkstatt trat, kniete GisliChrigel vor dem Eisenofen und machte Feuer. Wegen meiner Stühle war er nicht hier, er führte etwas im Schild. Er sieht aus wie einer, der betet, ging mir durch den Kopf, ohne den Blick von den Lederflicken lösen zu können, mit denen die Löcher in seinen Schuhsohlen ausgebessert worden waren.

»Hab dir Brennholz geholt.«

Die Körbe, auf die er mit dem Kinn deutete, waren randvoll. Ich bedankte mich und legte die Stuhllehne aus Rotbuche auf die Werkbank. GisliChrigel blieb vor dem offenen Ofentürchen knien, bis der Widerschein der Flammen als roter Schimmer auf seinem Gesicht flackerte.

»Wo sind die Musiker hin?«, fragte ich.

»Musiker?«

»Die Blaskapelle in den Narrenkostümen.«

Der Blick, den er mir zuwarf, erinnerte mich an meine Mutter. Das Vorwurfsvolle in ihren Augen hat immer verraten, wenn sie von mir enttäuscht war. GisliChrigel nahm einen Stechbeitel von der Wand, drehte ihn unschlüssig hin und her und legte ihn auf die Werkbank. Er wirkte alt und müde.

»Hörst du deine eigenen Gedanken?«, fragte er.

»Hören? Wie hören?«

»Im Kopf. Als Stimme.«

»Eigenartig, dass ausgerechnet ihr Gläubigen zu Gott redet. Wo er doch der Einzige ist, dem man nichts erklären muss, weil er es ja schon weiß, euer Gott. Das glaubt ihr doch!«

Meine Stimme hatte einen spöttischen Unterton, den ich gar nicht beabsichtigt hatte. Warum hielt ich nicht den Mund und arbeitete weiter? Sein Lachen klang, als huste er.

»Weißt du, wer die wahren Fundamentalisten sind?«

War es respektlos, nicht auf seine Frage einzugehen? Ich sah ihn an und schüttelte den Kopf. Der Eisenofen strahlte bereits Wärme ab, die mich müde machte und daran erinnerte, wie wenig ich geschlafen hatte.

»Ihr Atheisten seid die wahren Fundamentalisten! Auf ewig gefangen in eurer sturen Ablehnung!«

»Bin ich Atheist?«, gab ich zurück.

»Ihr in Mudra glaubt nicht an Gott! Aber die Welt ist keine Rechenaufgabe, die man mit Logik löst.«

»Ich glaube an keinen Gott, stimmt. Meine Gedanken hör ich aber trotzdem. Als Stimme. Im Kopf!«

»Es gibt welche, die halten das Gesicht von dem, mit dem sie streiten, für dunkel, weil sie zu blöd sind, um zu merken, dass ihr eigener Schatten darauf fällt.«

Er nahm den Stechbeitel noch einmal in die Hand, betrachtete ihn eine Weile und hängte ihn dann zurück an die Wand. Ich bat ihn, die Stuhllehne zu halten, und fing an, die ausgesägte Hohlform mit Sandpapier zu bearbeiten. Aus der Ferne klang das Klirren steter Hammerschläge zu uns, das Licht vor dem Fenster war jetzt hell genug, um einzelne Äste zu erkennen. Es dauerte nicht mehr lange, dann würde Gliich in der Werkstatt auftauchen, enttäuscht, weil Feuer im Ofen brannte.

»Was berichtet der Händler?«

»Darum bin ich hier. Walker hat von der Bande erzählt, die sich nach ihren Raubzügen ins Gebiet des Hohen Gocht zurückzieht. Stahlhelme, etwa zwanzig Männer und fast so viele Frauen. Sie sollen jeden töten, auch den, der sich nicht wehrt.«

»Stahlhelme?«

»Tragen Stahlhelme und Uniformen verschiedener Armeen von früher. Wegelagerer.«

»Und sonst? Keine Neuigkeiten?«

»Am unteren Seeufer hat sich eine Büßergemeinde aus dem Tiefland angesiedelt. Drei Familien mit Wollschweinen. Reden fremdländisch.«

Er sah mich lauernd an, aber ich gab ihm nicht die Genugtuung, nach Neuigkeiten aus Mudra zu fragen. Das Geräusch des Sandpapiers, das ich sanft wie einen Geigenbogen über das rote Holz führte, erinnerte mich an die ruhigen Stunden, die ich in der Werkstatt verbracht hatte. Hatte Powidl mein Faltpult für das Zimzum fertiggestellt? Verwendeten es die Alten nach dem, was ich Krähenmann angetan hatte? GisliChrigel blies den Holzstaub über die Werkbank und schob ihn mit dem Zeigefinger zur Pyramide zusammen.

»Die Stahlhelme haben Schleudern, Bajonette, Eisenruten und Ketten, die dir den halben Kopf abtragen.«

Mein Vater hatte oft bei mir in der Werkstatt gesessen und mir bei der Arbeit zugesehen, ohne viel zu reden. Manchmal hatte er eine seiner seltenen Zigaretten geraucht und über den Roman gespottet, aus dem das Papier dafür geschnitten worden war.

»Er lebt«, sagte GisliChrigel.

Er ließ das Brett los, zog die Pfeife aus der Westentasche

und steckte sie sich in den Mund, ohne den Tabak anzuzünden. Sah er mir meine Erleichterung an?

»Mehr hat er nicht erzählt?«

»Doch. Ein Suchtrupp soll sich bald aufmachen. Die Mutter des Messerstechers will es so.«

»Messerstecher!«

»Hat nicht viel gefehlt und der Mann wäre am eigenen Blut erstickt! Sagt Walker. Der Mann hat sehr viel Glück gehabt. Oder einen Schutzengel. Was macht ihr in Mudra eigentlich mit einem, der einen anderen mit dem Messer verletzt?«

»Wir bestrafen ihn.«

Er nahm das Lederbeutelchen aus der Westentasche, fingerte ein Streichholz heraus, riss es an und zündete den Tabak an. Der Duft der blauen Wolke, die seinen Mund vernebelte, stieg mir in die Nase und trug mich zurück. Ich hatte mitbekommen, wie die Männer der Holzerbrigade meinen Vater aufzogen, »der Bleisetzer hat Weiberhände«, hatten sie ihm nachgerufen, nachdem sie Windbrüche gefällt und ins Dorf geschleppt hatten und er ihnen zur Hand gegangen war, »der Bleisetzer hat Weiberhände«!

»Wie bestraft ihr ihn?«

»Das entscheidet der Rat der Ältesten. Und ihr? Wie bestraft ihr einen, der mit dem Messer auf einen anderen einsticht?«

»Bei uns sticht keiner mit dem Messer auf einen anderen ein. Jeder Schritt in Richtung eines Zieles entfernt dich gleichzeitig von einer Richtung, die ein anderes Ziel verspricht.«

»Amen!«, sagte ich.

Er zögerte, dann grinste er, ging vor dem Ofen in die Hocke und hebelte das Törchen auf. Ein heißer Luftschwall stieg hoch und legte sich wie eine Maske auf mein Gesicht. Ich schloss die Augen, das Sandpapier in der Hand.

»Verstecken können wir dich leider nicht.«

das Zimmer gleitet mit mir durch das raschelnde Schaumgras ich liege unter dem Fenster und ertaste die Narben auf meiner Haut Knötchen gestern waren es Knoten in der Ecke glimmt ein Licht es schaukelt auf mich zu laut trompeten Mutters Rosen

Der Wald sah aus, als sei er vom Schnee erhellt, ja beleuchtet. Die Stämme schienen sich fortwährend leicht zu verschieben, in ständiger Rochade, um uns Menschen den Zugang zu verwehren. Ich stand mit GisliChrigel im Schutz des Windbrechers, er paffte Wölkchen in den Himmel, bei jedem Zug, den er nahm, zufrieden aufseufzend. Er hatte mir Stuhllehne und Sandpapier aus der Hand genommen und vorgeschlagen, draußen nach dem Wetter zu sehen. Es würde der Sonne nicht gelingen, den Frühnebel zu verbrennen; das Licht tauchte die Welt in den safrangelben Ton, der in Mudra Unwetter anzeigt.

»Es wird hageln«, sagte er und deutete in den Himmel, »das Licht.«

Eine Glocke fing an zu läuten, tief und kraftvoll, eine zweite kam dazu. Das Geläut kam offenbar von Glockentürmen in verschiedenen Richtungen, die ich aber nirgends entdecken konnte. Die Glocken besaßen unterschiedliche Klangfarben, eine eigene Stimme, gemeinsam bildeten sie einen Ton, der bestimmt meilenweit zu hören war.

»Wetterläuten«, sagte er, weil ich ihn fragend anschaute.

»Ihr glaubt daran!«

»Es hilft!«

Unser Rat der Ältesten hatte vor Jahren darüber debattiert, das Wetterläuten einzuführen, das in fernen Zeiten wie das Wetterschießen verbreitet gewesen zu sein scheint, um Hagelschlag und Gewitter zu vertreiben.

»Wir können dich wirklich nicht vor ihnen verstecken. Es gibt welche, die dich nicht hier haben wollen.«

GisliChrigel räusperte sich und spuckte einen braunen Batzen aus, über den er mit dem Schuh Schnee schob. Wie schnell ich mich an seine spitz zugefeilten Zähnchen gewöhnt hatte!

»Soll ich gehen?«

»Gehen? Du sollst weitersuchen, Halblaut. Er ist vor vier Jahren bei uns hier vorbeigekommen und dann mit ihr weiter.«

»Wohin?«

Er nahm die Pfeife aus dem Mund und zeigte mit dem zernagten Mundstück über die Baumspitzen in die Höhe, in Richtung Hoher Gocht.

»Ist das nicht Sperrgebiet?«

»Wer soll das dort oben kontrollieren?«

Er sah in den Kopf der Pfeife, schlug sie mehrmals gegen die Handfläche und schob sie wieder in den Mund. Die Tonlage des Glockengeläuts veränderte sich, ein Scheppern mischte sich in das Wummern und Schallern. Bis jetzt war das Läuten ein sauber drehender akustischer Kreisel gewesen, jetzt eierte er. Der neue Klang tat mir in den Ohren weh. Und auch er zog den Kopf zwischen die Schultern.

»Waren sie allein?«

Mir war damals nicht aufgefallen, dass sich mein Vater für Bittibättis Tochter Watfa interessierte. Erst als er meine Mutter und mich, seinen Sohn, verließ und mit Watfa aus Mudra verschwand, hatte ich begriffen, dass sie ihm wichtiger war als wir. Die Gesetze der Ältesten tolerieren vieles, Ehebruch gehört nicht dazu.

»Bring deine Satteltaschen in die Küche. Meine Frau stellt dir den Proviant zusammen. Du wirst ihn brauchen, glaub mir.«

»Und die Stahlhelme, von denen der Händler erzählt hat?«

»Du hast ein Gewehr.«

Ich bemerkte den Reiter zuerst. Er ritt aus dem Wald, aufrecht und steif auf einem Pferd sitzend, dessen Passgang verriet, wie erschöpft es war. Nicht einmal das Glockengeläut hinderte das Pferd daran, auf uns zuzukommen; die Ohren angelegt, sah es uns mit aufgerissenen Augen an, kam aber Tritt um Tritt näher. Weshalb der Reiter die Arme ausgestreckt hatte und dem Pferd, einem fahlbraunen Freiberger, seinen Willen ließ, verstand ich, als es ein paar Meter vor uns stehenblieb und uns aufmerksam musterte. Der Reiter war an ein Holzkreuz gebunden, das ihn im Sattel hielt; die Arme hatte man ihm am Querbalken festgeschnürt, die Hände abgeschlagen. Das aus den Armstümpfen geschossene Blut war gefroren. Der Mann trug einen Pelzmantel und Lederhosen, die Hälfte seines Gesichtes fehlte, er war wohl seit Tagen tot. Die Lederriemen, an denen seine Satteltaschen aufs Pferd gebunden gewesen waren, hatte man zerschnitten, auch die Stiefel hatten sie ihm abgenommen. Seine Füße waren zermantschte blutige Eisklumpen.

»Wir bringen ihn in den Stall«, schrie GisliChrigel durch das Glockengewummer, »die andern müssen ihn nicht sehen.«

Wir entschieden uns, erst die Arme des Reiters vom Balken zu lösen, danach das Seil zu zerschneiden, das ihn am

Kreuz hielt, und ihn dann vom Pferd zu heben. Kälte und Totenstarre hatten seine Arme in steife Holme verwandelt, die GisliChrigel mit aller Kraft ruckartig nach unten riss. Das Krachen und Splittern, das es gab, kannte ich aus unserem Schlachthof, wenn die Metzgerbrigade den Kadavern die Knochen auseinanderriss. Und ich kannte es von Reiser, dem Abrinder der Holzerkolonne aus acht Mann, dem es ausgerechnet am Tag, an dem ich ihnen als Anzeichner und Putzer half, bei einem Arbeitsunfall die Kugeln aus den Pfannen der Schultergelenke gerissen hatte. Das Krachen ließ das Pferd scheuen, und der Tote wäre uns fast zu Boden geglitten. Aber es gelang uns, ihn aufzufangen und vorsichtig ins Stroh zu legen. Selbst hier im Stall waren die Glocken so laut, dass wir schreien mussten.

»Der dritte dieses Jahr!«

»Die Stahlhelme?«

GisliChrigels Blick war Antwort genug. Er durchsuchte Mantel- und Hosentaschen des Mannes nach Hinweisen, woher er stammte, fand aber nichts. Wir befreiten das Pferd von Zaumzeug und Sattel, nicht einmal die Steigbügel waren aus Metall, sondern aus Knochen und feuergehärtetem Holz. Ich rieb das Pferd mit Stroh trocken, um es später zu striegeln. Es hatte geweitete Nüstern, seine Schweifwurzel stand senkrecht ab: Was hatte es mit ansehen müssen? GisliChrigel beschloss, den Toten zu verschweigen, damit sich im Dorf keine Unruhe breitmachte. Er holte zwei große leere Jutesäcke, einen stülpten wir über Kopf und Leib des Toten, einen über seine Beine, auf Höhe der Hüften verschnürten wir sie. Die Nähte seiner Lederhosen waren mit Darm vernäht, er trug eine Weste aus gegerbtem Schafleder. Wir sattelten GisliChrigels Pferd, legten ihm Zaumzeug an und banden die Leiche als querliegendes Bündel mit Stricken im Sattel fest. Wir würden sie im Wald verscharren, weit entfernt von Ghatt und seinem Friedhof. Er befahl mir, Pickel und Schaufeln aus dem Werkzeugverschlag des Pferdestalles zu holen und in einen Beutel zu packen. Die Hintertür des Ziegelbaus lag keine zehn Meter vom Waldrand entfernt.

So machten wir uns auf.

IHR SEHT den Jungen, er trägt den Kopf in den Wolken, so sagt man, und es stimmt. Er stellt sich oft vor, ein anderer zu sein, zumindest für den Moment einer Phantasie, an einen anderen Ort aber denkt er sich nie. Es gefällt ihm in Mudra am Ufer des Kalten Sees, er kann und will sich nicht ausmalen, nicht hier zu leben, unter seinesgleichen, Teil einer Gemeinschaft, ihrer Bräuche und Rituale. Ich bin in Mudra zu Hause, das steht außer Frage, auch wenn es Bräuche gibt, die mir Angst einjagen, Rituale, die mir widerstreben. Ich singe zum Beispiel nicht gern, es kostet mich Überwindung, meine Gefühle lauthals kundzutun, obwohl ich unseren Gesang genieße, er trägt mich, löscht meine Gedanken. Wenn wir singen, bekommen wir andere Gesichter, das wisst ihr, wir werden weich und sanft, unsere Züge entspannen sich, meine Glieder werden leicht, als würde mein Inneres mit Luft gefüllt, mit warmer Luft, die mich beinah vom Boden abheben lässt, beinah. Meine Haut summt, brummt, es gibt uns nicht, und doch sind wir da, da mit Haut und Haar. Wir bauen Gebäude aus Vokalen, Skulpturen, Landschaften, Räume.

AeiouAeiouAeiouAeiou
EaouiEaouiEaouiEaoui
IaeouIaeouIaeouIaeou

OueaiOueaiOueaiOueai
UaieoUaieoUaieoUaieo

Wir brauchen keine Worte, um unsere Stimmen ineinander zu verschränken. Wir sind Vögel, die den Himmel alleine durchkreuzen, sich dann aber, dirigiert von den Ältesten, erst zu Gruppen und schließlich zu einem Schwarm finden, einer Klangwolke, die hierhin schießt und dahin, einer Wolke, die schwebt und tanzt und sich, auch das auf Zeichen der Ältesten, auflöst und zerstreut, um sich, das ist das Ziel unseres Gesangs, erneut zu finden. Ich musste mich immer überwinden, das habe ich euch gestanden, ich sah die Ekstase der anderen, teilte sie aber nicht, ich schämte mich! Meine Stimme gefällt mir nicht, wenn ich flüstere, wie soll sie mir gefallen, wenn ich sie erhebe? Und doch genoss ich es, Teil des Schwarmes zu sein, ein Vogel unter vielen, eine Stimme, die im Gesang des Chores unter-, nein, aufging.

Der Nord wehte aus dem Nichts ins Nichts, brauchte aber nur zu drehen, dann verblies er das Geläut, das uns eben noch in den Ohren gedröhnt hatte. Das Licht hatte selbst tief zwischen den Bäumen diesen Gelbstich, der den Wald in eine Landschaft verwandelte, wie ich sie aus Träumen kannte. Wir gingen im Windschatten des Pferdes, das, von GisliChrigel geführt, sicher bergan stieg. Der Schnee trug uns erstaunlich gut, wir sanken kaum je ein. Spuren von Wild kreuzten unseren Pfad, wir sahen Schneehühner davonstieben, Wachteln, einen Fasan. Ich ging hinter GisliChrigel, so hatte ich den Duft des Tabaks in der Nase. Er war wendig und flink, sein Tritt bewies den geübten Berggänger. Wir stiegen schweigend, bis sich der Wald lichtete und die Kammlinie des Abhanges und damit auch die

Baumgrenze erreicht war. Das Gelände hinter dem Kamm senkte sich vorerst kaum merklich ab, fiel dann aber plötzlich ins Nichts. Dort tat sich die Schlucht Geyr auf, von der man uns in der Schule erzählt hat, sie sei Heimat der Schattenwesen. Auf der anderen Seite der Schlucht stieg ein Geröllfeld ins Massiv des Hohen Gocht, der als zinkweiße dreieckige Wand in die Wolken wuchs und darüber hinaus, Vectra auf der Felsschulter, den Gletscher, der das Licht in den Himmel zurückwirft, das ewige Eis. Es war heller geworden, in der Höhe drückte die Sonne durch die Nebelbank. Die Schwaden, die aus der Schlucht stiegen, rochen nach Harz und Moos. Hatte das Glockengeläut aufgehört, oder verblies der Wind den Klang?

»Warum werfen wir ihn nicht in die Schlucht?«

»Weil er wie jeder Besseres verdient hat«, sagte GisliChrigel.

»Bist du schon mal drüben gewesen, auf der anderen Seite der Schlucht?«

»Bin ich. Aber wir nennen es draußen. Nicht drüben.«

»Was kommt nach der Schlucht?«

»Ich weiß es nicht«, sagte er.

»Du warst nie weiter? Warum?«

»Weil es Unglück bringt. Darum.«

Wir folgten dem Felsabbruch in sicherem Abstand, bis wir eine Senke in Form einer Wanne erreicht hatten. Hier würden wir den namenlosen Reiter begraben. GisliChrigel verlor keine Zeit: Er nahm den Pickel aus dem Beutel und fing an, auf den Boden einzuhacken. Die Schnee- und Erdbrocken, die er mit der Spitzhacke lossprengte, schaffte ich mit der Schaufel beiseite. Nachdem er die oberste Schnee- und Erdschicht auf einer rechteckigen Fläche gelockert hatte, gruben wir beide mit den Schaufeln weiter. Die Arbeit wärmte mich, bald spürte ich wunde Stellen an den Fingern, mit denen ich den Schaft der Schaufel umklammerte. Gisli-Chrigel arbeitete langsam, aber ohne ein einziges Mal abzusetzen. Nach einer Weile schaffte es die Sonne tatsächlich, den Frühnebel zu verbrennen, Wärme legte sich auf Gesicht und Hals.

»Was ist dein Vater für ein Mann?«

Er hatte die Frage so leise und beiläufig gestellt, dass ich sie erst gar nicht verstand und ihn ratlos ansah.

»Dein Vater!«

»Er war unser Setzer und Drucker.«

»Ich habe nicht nach seiner Arbeit gefragt.«

Was war mein Vater für ein Mann? Formten ihn meine Erinnerungen nicht beständig nach meinen Bedürfnissen um und machten ihn zu einem Phantasievater? Die Antwort, »er ist ein Mann, der seinen Sohn verlassen hat«, die ich Gisli-Chrigel noch vor einem Jahr gegeben hätte, hatte ich verdrängt. Seine Frage öffnete eine Tür, die ich ins Schloss geworfen hatte.

»Er hat nicht nach Mudra gepasst.«

»Hat er das gesagt?«

»Das hab ich gesehen.«

Er lächelte wie ein Kind, ungeschützt und durchsichtig. Offensichtlich erinnerte er sich an etwas. Woran?

»Wenige sind es wert, dass man ihnen widerspricht«, sagte er, »ist er es wert?«

»Allerdings!«

»Hast du ihm widersprochen?«

»Tut das nicht jeder Sohn?«

»Was machst du, wenn du ihn gefunden hast?«

»Das liegt an ihm.«

»Und an ihr.«

»Wenn sie noch zusammen sind«, sagte ich.

»Wer ist sie?«

»Eine Tochter der Ältesten.«

»Dürfen sie nach Mudra zurückkehren?«

Natürlich durften mein Vater und seine neue Frau Watfa nicht nach Mudra zurückkehren! Sollte ich ihn fragen, ob für jemanden wie meinen Vater in Ghatt eine Rückkehr möglich wäre?

»Sie sind für immer verbannt.«

Als die Grube für den Reiter knietief war, fingen wir an, uns beim Graben abzuwechseln. Die Arbeit war zu anstrengend, um zu reden, mittlerweile stieß GisliChrigel bei jeder Schaufelladung, die er aus der Grube warf, ein Zischen aus. Der Erdhaufen, den wir aushoben, lag als Fremdkörper im Schnee. Das Kreischen, wenn das Schaufelblatt auf Fels traf, tat mir in den Zähnen weh. Die Erde wurde heller, je tiefer wir kamen. Immer wieder schossen Nebelkrähen aus der Tiefe der Schlucht an uns vorbei, stiegen über unseren Köpfen in den nun blauen Himmel und kippten unvermittelt zurück. Es war, als schleuderte ein Katapult die Vögel aus dem Abgrund hoch, die am höchsten Punkt ihrer Flugbahn wie Steine hinabstürzten. Die Finger meiner rechten Hand bluteten, Rücken und Oberarme brannten vor Schmerz. GisliChrigels Kräfte schienen dagegen nicht nachzulassen, er grub weder eifrig noch verbisssen, nur zielgerichtet. In den Ruhepausen musste ich mich beherrschen, nicht an den Rand der Schlucht Geyr zu treten, um einen Blick in den Abgrund zu wagen. In der Schlucht, so erzählt man in Mudra, soll es finster sein wie in der tiefsten Nacht.

»Du warst also schon mal draußen.«

Er nickte, hörte aber nicht auf zu graben. Die Schreie der Vögel, die aus der Schlucht schossen, schlugen von den

Felsen zurück und schienen aus allen Richtungen zu kommen.

»Schwierig?«

»Nicht, wenn man den Weg kennt.«

Es dauerte eine Ewigkeit, bis er fand, das Grab sei tief genug. Bevor wir den namenlosen Reiter vom Pferd hoben und in die Grube legten, stopfte sich GisliChrigel eine neue Pfeife. Das Licht war mittlerweile gleißend hell, fast weiß. Irgendwo im Gebiet des Hohen Gocht donnerte es, bestimmt ging eine Lawine nieder. In den Krüppelkiefern und Latschen auf dem Kamm des Hanges tropfte es, die Sonne taute bereits das Eis an Ästen und Zweigen. GisliChrigel rauchte, auf die Schaufel gestützt, blickte gedankenverloren über die Schlucht hinweg in die Felswände, Couloirs und Schründe.

»Wann gehst du?«

»Bei Tagesanbruch.«

»Stell deine Satteltaschen in die Küche. Gabriella kümmert sich um deinen Proviant.«

Meinen Dank wischte er mit unwirscher Handbewegung zur Seite. Sein Pferd tänzelte auf der Stelle, plötzlich unruhig.

»Und die Stühle für den Rat?«, fragte ich.

»Die macht der andere fertig.«

GisliChrigel stieg aus der Grube, trat neben seinen Freiberger, tätschelte ihm den Hals und redete leise auf ihn ein.

»Der halbe Gocht ist ausgehöhlt von früher«, sagte er, »Militäranlage der Schweizer. Réduit. So haben sie es genannt.«

»Gibt es welche, die irgendwo da oben leben?«

»Nicht dass ich wüsste. Auf der anderen Seite schon, drüben, in Churbünden. Aber das weißt du ja. Habt ihr vom Pass gehört?«

Ich nickte, Madrec, der Gläserne Pass, keiner aus Mudra hat ihn je passiert, darum wird öfter von ihm geredet als von dem Gebiet, das hinter ihm liegt. Madrec, der Pass, von dem wir nicht wissen, was er voneinander scheidet. War mein Vater über den Pass geflohen? GisliChrigel klopfte die Asche seiner Pfeife in den Schnee.

»Homo homini lupus«, sagte er, »des Menschen Wolf ist der Mensch.«

Wir lösten die Stricke, zerrten den Toten vom Sattel und legten ihn in sein Grab. Bevor wir darangingen, ihn mit dem Aushub zuzudecken und zu beerdigen, schlug GisliChrigel das Kreuz. Er ging in die Knie, faltete die Hände vor der Brust und murmelte ein Gebet, wie ich annahm. Ich wartete, bis er seine kleine Zeremonie beendet hatte, ohne ihn darauf hinzuweisen, dass der Tote vielleicht an keinen Gott geglaubt hatte.

Der Himmel in GisliChrigels Rücken leuchtete, im verwachsenen, vom Wind in eine Richtung gezwungenen Gehölz auf dem Kamm des Abhangs tropfte Schmelzwasser. Vögel schossen aus der Schlucht, stießen über unseren Köpfen Klagelaute aus, die über die Schlucht hinhallten, kippten weg und verschwanden aus unserem Blickfeld.

meine Schnauze ist lang wie der Kopf eines Pferdes mein Pelz wächst schnell er ist gescheckt Käfer wohnen in ihm Insekten meine Krallen sind aus Kupfer die meisten Menschen können mich nicht sehen ich laufe zu schnell sie hören mich und denken das ist der Wind er treibt sich in den Bäumen herum ich weiß wie sie mich nennen viele haben Angst vor mir sie kennen mich nicht

Der Schnee wies mir den Weg zum Gehege. Der Nachthimmel war bedeckt, der Wald ein finsterer Raum ohne Anfang, ohne Ende. Ich trat nahe ans Gitter, fasste es aber nicht an, weil ich die Hände wegen der Kälte in den Taschen stecken ließ. Ich wollte nur so lange auf Grodek warten, wie mir wohl war; beim ersten Anzeichen von Übelkeit würde ich sofort weggehen. Der Wind, ein leises Brausen, ließ den Drahtzaun erzittern. Wenn ich mich nicht täuschte, war das Freigehege leer. Die Katzen verbrachten die Nacht im Schutz der gedeckten Verschläge.

Ich fror und war müde. Der Gedanke, mich vor der Reise ausruhen zu müssen, war kaum zu Ende gedacht, da sprang Grodek aus dem Nichts der Nacht und hing, mit den Krallen festgeklammert, direkt vor meinem Gesicht im nachwippenden Gitter. Ein Sprung aus einer anderen Zeitebene, einer anderen Welt. »Ihm ist, als ob es tausend Stäbe gäbe / und hinter tausend Stäben keine Welt.« Vezir konnte sich das Gedicht unmöglich merken, dabei hatte ich es ihm immer wieder vorgesagt, Strophe nach Strophe. Der Bauch des Katers leuchtete selbst in der Dunkelheit sandgelb, Grodek murrte, ungeduldig, wie mir schien, ich konnte nicht anders, ich musste ihn berühren. Und so drückte ich mein Gesicht mit geschlossenen Augen in seinen gepunkteten Schneeleopardenbauch, die kalten Maschen des Gitters auf der Haut, und atmete seinen Raubtiergeruch ein, bis er sich plötzlich fallen ließ und in der Nacht verschwand.

DREIZEHN

Sie löste sich unvermittelt vom Schatten des Stalls und kam, das Gesicht im Dämmer des Morgens verborgen, über die gefrorene Schneedecke auf mich zu, ein Pferd am Zügel mitführend.

Es war bitterkalt, und ich war froh um die Rosshaardecke, die ich als Umhang trug, froh um Vaters Pelzmütze, die GisliChrigel mir über die Ohren gezogen hatte, als er mich zum Abschied an sich drückte und mir den sichersten Weg durch die Schlucht Geyr einschärfte. Er hatte mir geraten, mich nicht von Gliich zu verabschieden, weil ihn das zu sehr durcheinanderbringe; seine Frau Gabriella hatte sich mir in den Weg gestellt, um sich, die Hand auf dem Herzen, eine Verbeugung andeutend, mit einem Lächeln von mir zu verabschieden.

Linas stämmiger braun-weißer Scheck schien kräftig genug, um ihre schwerbepackten Satteltaschen tragen zu können. Weil ich beim Anlegen von Krähenmanns Geschirr gesehen hatte, dass der Zügel einen Riss hatte, dirigierte ich Mai am Backenstück von Linas Irish Tinker weg. Es musste sich erst zeigen, ob sich die beiden Pferde verstanden.

»Gehst du auf eine Reise?«, fragte ich.

»Hast du auch einen Lieblingspilznamen?«

Sie trat zwischen unsere Pferde und legte ihre rechte Hand auf Mais Sattel. Sie trug Fellfäustlinge und Gamaschen und hatte sich eine Pelzmütze mit Ohrenflappen über die Wollkappe gestülpt.

»Pilz oder Pilznamen?«

»Mein Liebling heißt Spitzbuckliger Raukopf.«

Sie hatte mehrere Bündel Feuerholz und eine gerollte Zeltplane auf den Satteltaschen festgebunden, am Rücken trug sie einen prallgefüllten Lederrucksack, der über ihren Kopf hinausragte.

»Sein Gift heißt Orellanin. Führt zu Nierenversagen. Schon ein Pilz ist tödlich, stell dir vor, ein einziger Spitzbuckliger Raukopf und du bist hinüber. Symptome einer Vergiftung sind Durst und Schmerzen in der Nierengegend.«

»Ich mag Pilze nicht.«

»Der Spitzkegelige Kahlkopf ist auch nicht schlecht. Hat einen hohen Psilocybingehalt. Nimmst du Drogen? Wirkt wie LSD, unser Kollege, der Spitzkegelige Kahlkopf.«

Sie sah mir an, dass ich keine Ahnung hatte, wovon sie redete. Die Pferde trotteten einträchtig neben uns auf den Saum des Waldes zu. Die verharschte Schneedecke trug unser Gewicht. Die Erde hatte am Vortag schon vor Sonnenuntergang ausgekühlt, und bis die Sonne wieder aufging, dauerte es noch Stunden.

»LSD! Eine Droge, die sie früher eingenommen haben, wenn sie nicht mehr weiterwussten. Mit sich und der Welt und so. Auf der Weide sucht mein Pferd immer nach dem Dunkelrandigen Düngerling. Weil der nämlich auch Psilocybin enthält. Darum liebt ihn mein Pferd.«

»Wie heißt es überhaupt?«

»Thar.«

»Heißt so nicht der Hund?«

»Und? Ich heiß auch Thar. Manchmal.«

Über uns traten Bergflanken aus der Dunkelheit, und für einen Augenblick sah ich mich am Ufer des Flusses Rha stehen, die nackten Füße im groben Sand, die Angelrute in der Hand, die Dunkelheit des Gestrüppgürtels im Rücken, der das eine Ufer begrenzt, erstaunt darüber, dass Dunkelheit die Richtung von Geräuschen verdrehen und einen vollständig verwirren kann. Wir hatten den Waldrand gerade eben erreicht, als ein Schrei die Morgenstille zerriss. Gliich stand am Rand des freigeschaufelten Vorplatzes zwischen dem Pferdestall und dem Eingang in den Wabenbau. Er stieß einen zweiten Schrei aus, schrill wie der erste, kein Wort, keinen Namen, einfach nur einen Schrei, der deutlich machte: Ich will das nicht! Er streckte beide Arme aus, und erst da sah ich, er wurde von seinen Krähen begleitet, Hugin und Munin, sie ließen sich flügelschlagend auf seinen Armen nieder, schnarrten furchterregend, stiegen wieder in die Luft, versetzten das Dämmerlicht mit ihrem Flügelschlagen in Bewegung und lösten sich darin auf, als gäbe es sie nicht, und kehrten plötzlich doch zurück, um erneut auf den Armen zu landen, die sich nun ebenfalls wie Schwingen bewegten. Gliich wollte fliegen, zu uns fliegen, wollte er uns begleiten?

»Nicht«, sagte Lina und packte mich am Arm.

Dabei hatte ich gar nicht im Sinn, den Weg zurückzugehen, um mich von ihm zu verabschieden, ich hielt mich an GisliChrigels Rat. Ich hatte mich nur umgedreht, um ebenfalls einen Schrei auszustoßen, so laut ich nur konnte, keinen Namen, kein Wort, meinen Schrei, der sagte: Ich muss! Gliich zögerte, bevor er einstimmte und damit seine Nebelkrähen wieder verscheuchte. Wir standen in der abziehenden Morgendämmerung und schrien uns die Seelen aus dem Leib, bis wir keine Luft mehr hatten. Das Echo schlug noch eine Weile zurück, mit jeder Wiederholung leiser, fremder. Dann war es erschreckend still. Erst als wir ein gutes Stück in den Wald hineingestapft waren, drehte ich mich ein letztes Mal um: Die Krähen hatten sich, wieder beruhigt, niedergelassen auf Gliichs ausgestreckten Armen, die auf und nieder schwangen, bewegt von der Erinnerung daran, vor langer, langer Zeit Flügel gewesen zu sein.

III.

›Wer die Stimme erheben muss,
erhebe sie für sich,
nicht für noch gegen jemand anderen.‹

Aus den Schriften der Ältesten

DER
Sims eines
Steinturmes,
nicht schwarz
noch grau,
sondern im Braunton
abgeblühter
Pflanzenblätter,
war verkrustet
von Exkrementen
der Gebirgsvögel.

VIERZEHN

Trotz der Dämmerung, die im Wald nur langsam wich, war es einfach, der Spur zu folgen, die GisliChrigel und ich am Vortag in den Hang gelegt hatten; um die Spur zu erklären, erzählte ich Lina, wir hätten im Höhenwald Totholz zum Verfeuern gesammelt. Ihre Schiene quietschte bei jedem Tritt, wir stiegen langsam bergan, blieben oft stehen, damit sie sich ausruhen konnte. Anfangs hatte sie pausenlos geredet, ohne Antworten von mir zu erwarten, dazu fehlte ihr mittlerweile die Luft. Unsere Pferde verstanden sich, wenn wir rasteten, standen sie dicht beisammen, rieben die Köpfe aneinander und sahen sich ruhig an.

Als wir den Hügelkamm erreichten, war es endlich hell genug, um einzelne Bäume und Büsche unterscheiden zu können. Wir bewegten uns ungefähr eine Stunde lang parallel zum Scheitel des Hanges zwischen den Bäumen durch den tiefen, stellenweise verharschten Schnee, was mindestens so anstrengend war wie der Aufstieg. In dieser Höhenlage waren die Nordseiten der Stämme astlos, wie vom Wind geschält, dafür aber verhängt mit langen Flechtenbärten. Lina war an der Grenze ihrer Kraft, ihr Blick huschte unruhig von mir zu den Pferden, schweifte in die Ferne, in den Himmel und zurück zu mir. Sie hatte angefangen, ihr krankes Bein bei schwierigen Wegpassagen mit beiden Händen zu packen und voller Wut wie einen verhassten Gegenstand nach vorn zu schleudern, um den nächsten Schritt zu tun. Ich hatte sie gewarnt, der Weg sei lang und beschwerlich. Obwohl ich sie nicht überredet hatte, mich zu begleiten, hatte ich ein schlechtes Gewissen. Die Felsformation in Form einer menschlichen Nase, die laut GisliChrigel den Abstieg in die Schlucht Geyr markierte, war nicht zu übersehen. Markant stand die Steinnase vor dem grauen Himmel. Wir betraten den Schneestreifen, der den Kamm von der Schlucht abgrenzte und der hier deutlich schmaler war als an der Stelle, an der wir den Reiter begraben hatten, und stapften bis zu einer Felsplatte. Vor der Steinnase ragten Baumstrünke aus dem Schnee, bedeckt von niedrigwucherndem Gestrüpp. Wer hatte hier oben Holz geschlagen? Hatte GisliChrigel gelogen, als er mir erzählte, die Bewohner von Ghatt suchten in dieser Höhe weder nach Windbrüchen noch nach Bäumen, die von Krankheiten befallen waren? Lina nahm einen Beutel aus einer Satteltasche, breitete ein Tuch auf der Felsplatte aus und legte Dörrfrüchte, Trockenfleisch und einen Laib Brot darauf, während ich den Pferden Futtersäcke umband, gefüllt mit Heu und drei Handvoll Hafer. Tränken würden wir sie erst, nachdem wir uns für ein erstes Nachtlager entschieden hatten. Der Duft des Zichorienkaffes, der sich ausbreitete, als ich die Thermoskanne aufschraubte, die Gabriella zum Proviant gepackt hatte, ließ Lina wohlig aufseufzen. Der Kaffee wärmte, für eine längere Rast war es dennoch zu kalt. Wir aßen schnell und ohne uns auf dem Fels hinzusetzen.

»Suchen sie dich nicht?«, fragte ich, als wir zusammenpackten.

»Nicht vor heute Abend. Hast du gewusst, dass unsere Menschenstimme nur die Tiere beruhigt, die wir domestiziert haben? Den anderen macht sie Angst. Hast du nicht gewusst, was?«

»Und deine Schwester? Willst du sie wirklich allein lassen?«

»Ihr gefällt es daheim. Kakerlaken übertragen Krankheiten.«

»Du kannst immer noch umdrehen, Lina.«

»Das tun wir allerdings auch«, sagte sie, stellte ihren gesunden Fuß in den Steigbügel und schwang sich in den Sattel. »Krankheiten übertragen, mein ich.«

»Ich will ja, dass du mitkommst.«

»Ich weiß. Steig endlich auf!«

die Stufen sind heiß meine Beine drahtdünn ich berühre die Hitze gar nicht die Treppe wird nicht kürzer sie nimmt kein Ende ihre Stufen werden breiter und breiter die Stufe auf der ich stehe reicht bis zur Felswand über die Licht rinnt ich weiß nicht warum ich dort hinüberwill zum Fels der Berg atmet mit mir er beugt sich zu mir hernieder und ich wachse über ihn hinaus hinter dem Fels wartet das große Wasser

Es kostete mich Überwindung, Mai auf den alten Säumerpfad zu dirigieren, der in die Schlucht hinunter- und auf ihrer anderen Seite ins Massiv des Hohen Gocht hinaufführte. Die Luft, die aus der Tiefe aufstieg, roch wie gestern nach Harz und Moos, nun allerdings auch nach Feuer. Warum war nirgendwo Rauch zu sehen? Ich ritt voraus, hielt aber bei der ersten Stelle, an der es möglich war, an und saß ab. Der Pfad war zu steil, eng und unwegsam, um ihn als Führender im Sattel zu passieren. Ich sagte Lina, sie solle sitzen bleiben. An den wenigen eislosen Stellen krallten sich Legföhren und anderes krummgewachsenes Gehölz in die Felsabbrüche. Manchmal hallten Vogelschreie durch den Steintrichter, dessen tiefster Punkt sich uns verbarg, weil der Schmugglerpfad immer wieder bergauf-, um Felsvorsprünge herum- oder in Senken hinabführte und wir unmöglich erkennen konnten, wo sich der tiefste Punkt befand. In der Luft flirrten Eiskristalle. Sickerwasser rann in glänzenden Bahnen über die Felswände. Manchmal war das Rauschen eines Schmelzwasserbaches aus der Tiefe zu hören. Schattenwesen hausten in der Schlucht Geyr keine, das wusste ich nach kurzer Zeit, ohne sagen zu können, weshalb ich es wusste. Finster war es hier unten auch nicht, im Gegenteil: Die Sonne, die durch die Wolkendecke brach, verwandelte vereiste Felswände in gleißende Flächen, auf denen Sterne in den Spektralfarben aufglommen, erloschen und an anderer Stelle erneut für die Länge eines Herzschlags aufblinkten. Der Rauchgeruch hatte sich verzogen, abgesehen vom Klirren der Pferdehufe, den Rufen der Vögel und unserem Schnaufen war es so still, als wäre es der Welt und ihren Bewohnern verwehrt, mit ihrem Lärm bis in diese Tiefe vorzudringen.

»Der Teufel wohnt hier unten bestimmt nicht«, war der erste Satz, den Lina sagte, seit wir die Schlucht betreten hatten.

Die Entgegnung »den Teufel gibt es gar nicht« verkniff ich mir; ich zeigte stattdessen auf den gefrorenen Wasserfall vor uns, unter dessen gläsernem Schleier der Pfad hindurchführte. Kristalle, scharf wie Nadeln, regneten auf uns herab und brachen das Licht. Bald darauf erreichten wir den tiefsten Punkt der Schlucht, und ich saß ebenfalls auf. Ein Moosteppich schimmerte durch das Eis, das unter den Hufen knisterte wie Papier, das zerknüllt wird. Wir blieben im Schatten überhängender, mit blauen Eispanzern bedeckter Felsen stehen, die den Boden der Schlucht als hohle Hand umschlossen. Wir standen wie in einer Höhle, die uns abschirmte und schützte, in einer vollständigen Stille, einem Unterwasserlicht und einem akustischen Vakuum, gegen das ich mich nicht anders zu wehren wusste als mit einem Schrei des Erstaunens. Auch Lina verschaffte sich Luft, das Echo kam erschreckend schnell und nah zurück, als äffte uns ein Stimmenimitator mit winziger Verzögerung nach.

»Wolltest du ihn töten?«

Lina sah auf ihre Hände, die die Stützschiene wie eine Manschette umfassten. Ich schüttelte den Kopf, weil ich mich weder erklären noch rechtfertigen wollte. Mai wieherte, scharrte mit dem rechten Vorderhuf.

»Wollen wir weiter? Oder brauchst du eine Pause?«

»Weiter«, sagte Lina, schnalzte mit der Zunge, ritt an mir vorbei und übernahm die Führung.

Der Zügelriemen riss, als ich Mai um einen Fels lenkte, der den Saumpfad blockierte. Ich beugte mich nach vorn, um den Zügel zwei Handbreit hinter der Trense zu fassen, dabei berührte meine Wange den warmen Pferdehals. Mai schnaubte, schien sich aber nicht daran zu stören, dass ich meinen Kopf an sie anlehnte, und trottete unbeirrt hinter Linas Irish Tinker her. Der Pfad, der aus der Schlucht hinausführte, war ebenfalls steil, dafür breiter und einfacher zu begehen. Der Tag war klar, der Ausschnitt des Winterhimmels über uns jetzt ohne Wolke, aber da die Sonne erst nach Mittag über den Berggipfeln stehen würde, war es kalt. An den wenigen Stellen, an denen der Schnee nicht überfroren war, bildeten die Hufe unserer Pferde Löcher, die sich im Lauf des Tages bestimmt mit Schmelzwasser füllten. Lina ritt schnell und sicher, manchmal schlüpfte sie mit dem Schuh aus dem Steigbügel und streckte ihr krankes

Bein, ein paarmal klinkte sie sogar den Bolzen ein und hielt das Bein für eine Weile starr von sich gereckt, wenn es das Gelände erlaubte.

»Unsere Pfeile werden die Sonne verdunkeln«, sagte sie und sah sich über die Schulter nach mir um, »darum kämpfen wir im Dunkeln!«

»Schau nach vorn, Lina!«

»Unter Idealbedingungen zeugt ein Stubenfliegenpärchen mehr als hundert Billionen Nachkommen, Halblaut, stell dir das vor! Dreihundert Tonnen reines Eiweiß! Die sollten wir fressen!«

Das Keuchen der Pferde klang, als treibe es sie bergan, höher und höher. Manchmal wandte Lina sich um und warnte mich vor rutschigen oder brüchigen Partien. Vorgebeugt, wie ich reiten musste, um den Zügel zu halten, taten mir Rücken und Kreuz weh. Endlich durchritten wir den letzten steilen Anstieg der Schlucht Geyr und erreichten das Geröllfeld. Wir saßen ab und führten die Pferde am Zügel durch das verschneite, kaum begehbare Labyrinth aus Steinen und Felsen, bis wir eine Stelle fanden, die sich für eine kurze Rast eignete. Der Hügelkamm, vor dem Gisli-Chrigel und ich den Reiter begraben hatten, wirkte von dieser Schluchtseite aus nicht höher als ein aufgeschaufelter Erdwall. Dahinter wellte sich der Wald, in dem etwas ist, talab und umschloss die Hochebene Gocht. Um den Kalten See und Mudra ausmachen zu können, war die Distanz zu groß. Es war, als stützten die vereinzelten Latschen und Krüppelkiefern das Himmelsgewölbe. Die Welt war trotz der Fernsicht ein tiefer, niedriger Raum ohne Luft, in dem man automatisch und demütig den Kopf einzog. Steinbrocken standen sich wie Hocker gegenüber, eine senkrechte, zwischen andere Felsen versenkte Steinplatte bot uns und den Pferden Schutz vor dem Wind. Die Geröllhalde stieg steil an, es würde Stunden dauern, sie zu durchqueren, falls Lina es mit ihrer Stützschiene überhaupt schaffte.

»Wir können sie in östlicher Richtung umgehen«, sagte ich.

»Der Pass liegt aber da oben!«

»Wer sagt, dass er über den Pass ist?«

Ich war mir sicher, mein Vater war nicht über den Gläsernen Pass nach Churbünden hinüber, er war irgendwo hier im Gebirge.

»Gut«, sagte sie, »ostwärts.«

Der Himmel hatte erschreckend schnell zugezogen, ungebremst jagte der Nord über das Plateau östlich des Passüberganges; wir mussten einen Unterschlupf für die Nacht finden, denn die Wolken, die von der Wetterseite her auf uns zuglitten, brachten neuen Schnee. Lina ritt hinter mir her, den Lederbändel der Ohrenflappen unter dem Kinn verknotet, die Augen Schlitze, die nicht verrieten, wohin sie blickte. Die gebückte Reithaltung war mir zu anstrengend geworden, ich hatte die Zügel losgelassen, nachdem es mir nicht gelungen war, sie zu verknoten. Mai würde den Weg über das Hochplateau auch ohne meine führende Hand finden; Dolinen und Felsspalten, die sich unter Schneeverwehungen eventuell auftaten, ahnte das Tier ohnehin besser voraus als ich.

»Rechts vorne«, schrie Lina, »dreihundert Meter!«

Mai blieb ohne mein Kommando stehen, der Wind heulte und pfiff. Ich starrte angestrengt übers Plateau, dachte natürlich an die Stahlhelme, konnte jedoch nichts erkennen. Lina hielt auf ihrem Pferd neben uns an; ihr Gesicht war zündrot. Sie zitterte am ganzen Körper.

»Da vorn«, sagte sie, »schwarze Flecken, zwei.«

Jetzt bemerkte ich, was sie entdeckt hatte: zwei Schemen, die sich im Schnee abzeichneten. Wir sahen uns an, nickten und ritten auf die Flecken zu. Aus der Nähe stellte sich heraus, es waren Überreste einer Panzersperre, ein abgeplatteter Betonklotz, der, zur Seite gekippt, aus dem Schnee ragte, von einem verrosteten Stahlband daran gehindert, auseinanderzubrechen. Wenige Meter davon entfernt wuchsen die Betonwände eines Bunkers aus der Erde, dessen verwittertes Dach der Wind vom Schnee befreit hatte. Ein Vogelschwarm wurde von einer Wolke verschluckt, die ihre Gestalt fortwährend änderte. Schattenschiffe glitten über die Landschaft, von unsichtbaren Seilen mit den Wolkensegeln verbunden, die sie hinter sich herschleppten. Vater hatte mir die Bunker- und Befestigungsanlagen untergegangener Armeen in Bildbänden gezeigt und erklärt. Wenn wir den Abstieg in den Bunker fanden, hatten wir das perfekte Nachtlager. Und falls der Luftschacht nicht blockiert war, bekamen wir genügend Sauerstoff und konnten Feuer machen und kochen.

Wie sich herausstellte, brauchten wir den Bunkereingang nicht freizuräumen, er lag, kaum verborgen, inmitten von Fels- und Steinblöcken. Auch den Abzug des Luftschachtes fanden wir schnell; er war von den Ästen einer Legföhre blockiert, die ich herauszerrte, zerbrach und in Brand setzte, um mir beim Abstieg über die steile Treppe in den Bunker zu leuchten. Der Raum war hoch und groß genug, um ihn nicht als Gefängnis zu empfinden. Wir waren nicht die Ersten, denen er Unterschlupf bot: Der Betonboden war an mehreren Stellen schwarz von Asche, zudem lag Stroh verstreut. Ich legte den brennenden Ast auf den Boden, warf einen zweiten dazu und stieg zurück an die Oberfläche, um Lina zu holen. Wie eine dunkle Schleppe wurde die Dämmerung übers Land gezogen. Um den Horizont ging Wetterleuchten, riss da und dort ein Fetzchen des Abendhimmels aus der wachsenden Dunkelheit: das Reich, aus dem kein Reisender wiederkehrt.

Ich füllte den Topf mit Schnee und trug ihn die Treppe hinunter. Als ich die schweißnassen Pferde von Zaumzeug, Sattel und Gepäck befreit hatte, rieb ich sie trocken, fütterte sie und spannte eine Plane zwischen Bunker und Panzersperre auf, damit sie Wind und Wetter nicht schutzlos ausgeliefert waren. Aus Angst vor Banden trug ich unser Hab und Gut in den Bunkerraum und schob es in einer Ecke zusammen. Mit dem ersten geschmolzenen Schneewasser tränkten wir die Pferde, dann kochten wir Tee und Suppe, in die Lina Gewürze streute, die ich nicht kannte. Wir aßen, getrennt vom Feuer, manchmal stocherte sie mit einem Ast in der Glut, um die Flammen zu entfachen, manchmal ich. Der aufstiebende Funkenflug tanzte über unsere Köpfe, verglühte aber rasch. Ich nahm Nähzeug aus dem Haartornister meines Vaters, Lina sah schweigend zu, wie ich den gerissenen Zügel zusammenflickte. Es war warm im Bunker, im Luftschacht, durch den nichts als Dunkelheit fiel, orgelte der Wind, der den Schnee verblasen hatte, wie ich auf mehreren Kontrollgängen, bei denen ich auch nach den Pferden sah, beruhigt feststellte.

»Sperr ein Kakerlakenweibchen und ein Kakerlakenmännchen in einem Glas zusammen ein, und sie vermehren sich in vierundzwanzig Stunden um den Faktor fünfzig. Fleißig, was?«

Ich trug das Bündel Brennholz, das Lina neben der Feuerstelle bereitgelegt hatte, zurück in die Ecke. Wir mussten sparsam damit umgehen. Ich setzte mich wieder ans Feuer und schob die Glut mit dem Stecken zusammen.

»Hör auf, sie zu füttern, und du stellst fest, dass sie sich nicht gegenseitig auffressen, die Kakerlaken! Sie verhungern lieber.«

Würde sie mich fragen, ob ich sie essen würde, falls wir diesen Bunker nie mehr verlassen könnten? Sie wischte mit beiden Händen Stroh zu einem Lager für sich zusammen, legte sich hin und deckte sich mit ihrem Pelzmantel und den Decken zu. Es dauerte nicht lange, dann war sie eingeschlafen. Oder lag sie wach und spielte die Schlafende bloß, indem sie besonders regelmäßig und tief atmete? Ich hörte ihr zu, bis das Feuer erloschen war. Dann schob ich Stroh zusammen wie sie, holte meinen Mantel und Vaters alte Militärdecke, legte mich hin, deckte mich zu und trieb davon in Dunkelheit und Stille. Das Boot, ich lag zwischen den Ruderbänken, schaukelte im Schlag der Strömung, da wehte mich heiße Angst an, Angst aus einer anderen Zeit, aus der Zukunft. Die Toten, woher wusste ich das, die Toten stehen auf dem Grund, aufrechte Schwimmer, nein, Taucher, bis ihre Knochen ruhn! Komisch, ging mir durch den Kopf, komisch, dass man sich auf einem so kleinen See verirren kann, in einem Boot ohne Ruder, es liegt an der Dunkelheit, begriff ich, meine Angst war wie weggeblasen, schon rauschte ich in die Nacht, Teil des gewaltigen Schwarms, ich flog, einer von vielen, flog über ein Felsenriff, unter uns eine schwankende Tiefe, der See, eine Silbertafel, die nichts spiegelt, wir flogen, wir kamen.

SIMON'S TOWN

Erst kurz vor dem Ende des Wanderweges, der an die äußerste Spitze von Cape Point führt, sind sie das erste Mal allein, seit sie sich vor einer Stunde aufgemacht haben, fast eine Minute allein und nicht von anderen Touristen umgeben und bedrängt. Dann biegt die nächste Gruppe um einen Fels, Spanierinnen, ältere Frauen, jede die gleiche Mütze mit rotem Schirm auf dem Kopf, schnatternde Gänse. Die Pracht der Landschaft ist demütigend, sie macht ihn klein, löscht seine Sprache, er ist dankbar, erspart er es sich, sie später beschreiben zu wollen. Natürlich speichert er trotzdem Eindrücke, melancholische Bilder, wer weiß, ob er sie nicht irgendwann verwenden kann: ein Fetzen Papier, der in den Dornen eines Busches hängt, zappelnd, obschon kaum Wind weht; der Abdruck einer Hundepfote in der roten Erde; zwei Äste, die den Buchstaben Y bilden. Er hat das Bedürfnis zu schreien, um sich zu behaupten, geht jedoch schweigend neben ihr her. Staunen ist das, was ihm bleibt. Er macht kein einziges Foto, auch seine Freundin hält sich zurück. Sie sind verstummt und teilen doch, was sie sehen. Der Blick über den Indischen Ozean und den Atlantik, die an diesem Kap zusammenfließen, verliert sich in blauer Ferne, der Horizont, ein tanzender Silberfaden, ein Trugbild, lässt sich unmöglich festlegen. Was für ein Mensch würde aus ihm werden, wenn er diesem Blick Tag für Tag etwas entgegensetzen müsste? Würde er ruhiger und ausgeglichener? Würde ihn das Geräusch der Brandung, dies ewige Rollen und Donnern, besänftigen, oder ließe es in seinem Innern eine Unruhe wachsen, der er irgendwann nachgeben müsste? Wann hat ihn das letzte Mal Fernweh geplagt? Über den Felsen flirrt die Luft, kleine Vögel fliegen wie Geschosse von Busch zu Busch, offensichtlich auf der Suche nach den roten Beeren, die auch auf dem Weg liegen und leise knallend zerplatzen, wenn man auf sie tritt. Ihre Schritte wirbeln Staubwölkchen auf. Er weiß nicht, von welcher Pflanze der betörend fremde Duft stammt, der in der windstillen Luft schwebt, ein Duft, auf den er sie hinweisen muss: »Riechst du das? Wie im Märchen!« Sie reagiert nicht, sie ist verstimmt, da er es nicht lassen konnte, die Meldung im Autoradio, dass auf Googleplex in Kalifornien ein Anschlag verübt worden ist, mit der Bemerkung, »das haben die Arschlöcher doch verdient«, zu kommentieren. Seine Vuzix-Datenshades hat er nur kurz getragen, er will weder wissen, zu welcher Gattung die Vögel gehören, denen er mit dem Blick folgt, noch wie tief das Meer an der Stelle ist, über der sie vorbeigehen. Es interessiert ihn auch nicht, wie die Landzungen und Buchten heißen oder wie viele Schritte er heute bereits zurückgelegt hat und wie hoch sein Puls ist.

Als sie die Aussichtsstelle erreichen, eine Kanzel hoch über dem Wasser, das sich beständig rumorend in der Tiefe bricht, eine Mahlmaschine, die nie zur Ruhe kommt, bleiben sie stehen: Sie haben keine Lust, sich für einen Platz an der Steinbrüstung durch die Menge zu kämpfen. Er sucht nach einer Farbe in der Landschaft oder über dem Wasser, die seiner Stimmung entspricht, doch das weiße Sonnenlicht verbrennt jeden Farbton. Die Erde schwelt in der Hitze. Über der Aussichtskanzel liegt andächtige Stille. Fast alle Touristen tragen Brillen, die ihnen erklären, was sie sehen, Smartphones und Tablets blitzen wie Klingen, auf dem Meeresspiegel scheinen sich gigantische Platten, deren Oberflächen unterschiedlich bearbeitet sind, ineinander zu verschieben, um sich gegenseitig zu zerstören, angestoßen von einem Wind, von dem hier oben nicht ein Hauch zu spüren ist. Der Plastikmüll, der im Wasser treibt, wird von den Wellen zu Gebilden zusammengeschoben, die fortwährend ihre Form verändern.

Auf der Fahrt von Kapstadt ans Kap der Guten Hoffnung hat er sich nicht nur verblüffend rasch mit dem Linksverkehr arrangiert, sie haben sich erstaunlicherweise auch nicht gestritten. Sie wählten, wie wohl die meisten Touristen, die empfohlene Route über den Chapman's Peak Drive, bogen aber, ernüchtert von der Kolonne von Mietautos, die sich, Stoßstange an Stoßstange, von Hout Bay nach Noordhoek bewegte, auf unbefestigte Nebenstraßen ab, geleitet von Google-AR, dem neuen Head-Up-Display auf der Windschutzscheibe ihres Hybridautos, begleitet von den Songs, die Nipper in seine Cloud eingespielt hat.

Sie bleiben nicht lange am Rand der Aussichtsstelle, vor sich die Wand aus bunten Windblusen und Wanderjacken, die bei jeder Bewegung knistern. Nach ein paar Schritten muss er sich bücken, um die Schnürsenkel seiner Wanderstiefel neu zu binden. Als er sich aufrichtet, wird ihm schwarz vor Augen. Er hat Hitze noch nie vertragen; dass es in Südafrika seit seinem letzten Aufenthalt mehrere Grad wärmer ist, hilft ihm auch nicht. Gleich darauf sehen sie die erste Security-Drohne, seit sie den Parkplatz verlassen haben. Die Drohne fliegt eine enge Schleife über ihnen und verschwindet Richtung Aussichtsstelle. Bis vor kurzem ist er leidenschaftlich gern gereist, heute muss er sich dazu überwinden. Jede Reise erscheint ihm als eine Kette möglicher Bedrohungen und Katastrophen. Wäre seine Freundin nicht gekommen, säße er jetzt im Mietappartement an der Keerom Street und feilte an seinen Sätzen. Er hat nicht länger die Geduld, um die Warterei zu ertragen, die jede Reise unweigerlich mit sich bringt. Wo liegt die Ursache seiner Ungeduld? Früher bewegte er sich auf Reisen auf etwas zu, heute bewegt er sich von etwas fort. Würde die Antwort auf die Frage, wovor er flüchtet, am Zauber des Schreibens rühren? Fürchtet er sich vor dem Tod? Hoch am Himmel kreisen zwei Raubvögel. Er spürt ein Ziehen in der Brust, eine Sehnsucht, die er sich nicht erklären kann, die ihn stört und die ihm gleichzeitig gefällt. Sie gehen schneller als auf dem Hinweg, manchmal halten sie sich kurz an der Hand, aber sie reden nicht. Was gäbe es in dieser Landschaft zu sagen? Sein Körper ist schweißbedeckt, die Finger fühlen sich geschwollen an. Was sagt es über ihn aus, dass ihn die Nachricht, der Pfeilschwanzkrebs in Neuengland sei ausgestorben, mehr betrifft als die Nachricht des Anschlages auf Googleplex? Er weiß ja nicht einmal, wie ein Pfeilschwanzkrebs aussieht! Kommen ihnen Touristengruppen entgegen, senkt er den Kopf, weil er nicht in die sonnenverbrannten Gesichter sehen mag. Ein Raubvogel stürzt keine zehn Meter von ihnen entfernt wie ein Stein in die Heide und erhebt sich wieder in die Luft, kraftvoll mit den Schwingen schlagend, ein Beutetier in den Krallen. Er sucht den Himmel erfolglos nach dem zweiten Vogel ab. Kurz darauf läuft ein Tier vor ihnen über den Weg, es sieht aus wie ein Meerschweinchen, ist aber groß wie ein Hund. Nun reißt er doch die Vuzix-Datenshades aus ihrem Etui, bis er sie aufgesetzt hat, ist das unbekannte Tier längst vom Weg gerannt und bahnt sich krachend seinen Fluchtweg durch das Gestrüpp; er ist zu träge und letztlich zu gleichgültig, um sich mit Hilfe des Smartphones auf die Suche nach dem Namen des Tieres zu machen. Aber er nimmt sich vor, sich über den ausgestorbenen Pfeilschwanzkrebs zu informieren.

Das Häuschen, das sie für eine Nacht gemietet haben, klebt am Rand des Grundstücks hoch über Simon's Town, es ist, als stünde ihr Bett im Glascockpit eines Helikopters, der reglos über der Bucht schwebt. Eine falsche Bewegung, und sie fallen ins Meer. Sie knien auf der breiten Matratze, die Nase am Fensterglas, können sich nicht sattsehen und machen sich gegenseitig auf die geriffelten Rinnen, glatten Bahnen oder feinschraffierten Fahrstraßen aufmerksam, welche Strömung oder Wind an immer wieder neuen Stellen auf der Oberfläche entstehen und manchmal innerhalb von Sekunden verschwinden lassen. Der Plastikmüll, der auf dem Wasser treibt, hat die Form eines gigantischen Dreiecks, dessen Spitze sich langsam auflöst. Das Häuschen, aus ungehobelten Rundhölzern gebaut und mit Stroh gedeckt, erinnert sie an die Hütten der Hobbits. Im hellen Wohnraum im Erdgeschoss hat es sie nicht lange gehalten, der Blick aus dem Schlafzimmer in der oberen Etage ist unwirklich schön, und sie wollen ihn im letzten Tageslicht genießen. Es wird jetzt schnell dunkel. Eben war der Indische Ozean tief unter ihnen noch eine spiegelnde Fläche, nun ist es, als werde zügig eine schwarze Abdeckplane darübergezogen, Meter um Meter des Meeres verschwindet in der Finsternis.

Sie knien nebeneinander auf dem Bett, ohne sich zu berühren, bis es draußen stockdunkel ist und sie sich in der Scheibe betrachten wie in einem wenig schmeichelhaften

Spiegel. Sie will, wie jeden Abend, ihren Sohn anrufen, bevor sie losfahren, ein Ritual, das ihr wichtiger ist als dem Zehnjährigen, wie er vermutet. Sie legt sich aufs Bett, eine Zigarette im Mund, die sie nicht ansteckt, und wartet, bis Freespeak auf dem Smartphone die Verbindung aufgebaut hat. Er nimmt das Notebook aus der Reisetasche und verzieht sich ins Bad, lässt aber die Tür offen, um sie zu belauschen. Die andere Stimme, mit der sie mit ihrem Sohn redet, fasziniert ihn; sie schmeichelt, sie wirbt, sie will gutmachen, dass sie sich ohne ihn auf die Reise gemacht hat. Es klingt, als ruhe sie sich auf den Vokalen aus. Ist das nun ihre eigentliche, ihre wahre Stimme? Er redet nicht gern mit dem Jungen, er fühlt sich unsicher, gleichzeitig ärgert ihn der Triumph, der oft in der Kinderstimme liegt, Triumph, der meint, ich weiß etwas, das du nicht *mehr* weißt. Um eine Ausrede zu haben, falls sie doch auf den Gedanken kommt, ihm das Smartphone in die Hand zu drücken, damit er sich mit dem Jungen unterhält, schiebt er die Tür bis auf einen Spalt zu, lässt die Hosen herunter, setzt sich auf den Toilettenring und startet das Notebook. Er ist nicht gern alleine mit dem Jungen, der ihn wie einen Nebenbuhler anstarrt, voller Argwohn und Hinterlist, sich vor allem für die Befriedigung seiner Bedürfnisse interessiert und nur auf eines aus ist: Bestätigung. Aber sind nicht alle Kinder so? Was hat er sich anderes von seinem Vater gewünscht denn Anerkennung und Lob? Der Junge spielt seine seit drei Jahren geschiedenen Eltern gnadenlos gegeneinander aus, lügt, ohne mit der Wimper zu zucken, und platziert ihn, den Freund seiner Mutter, wie eine Spielfigur dort, wo er ihm am meisten nützt. Die Welt, hat er dem Jungen erklärt, ist keine Kulisse, die man abbaut, wenn du die Bühne verlässt, und wieder aufbaut, sobald du Lust auf deinen nächsten Auftritt bekommst. Du bist kein Schauspieler! Dass das die falsche Art ist, mit einem Kind zu reden, ist ihm damals nicht bewusst gewesen.

BALLYKILLOWEN

Das Geräusch des Regens auf dem Dach des Ateliers hat ihn viele Jahre lang beruhigt und in den Zustand versetzt, der ihm für seine Arbeit am Stein unverzichtbar erschien: auf schläfrige Weise konzentriert, der Welt, ihren Menschen und Problemen enthoben. Seit wann, wundert er sich, ohne der Frage wirklich nachzugehen, seit wann hört er das Prasseln der Tropfen nicht mehr, die der Wind über die Blechbahnen auf dem Dach treibt? Seit wann ist er taub für das sanfte Rauschen des Niesels, taub für die Musik des Regenorchesters, blind für das Gestrichel vor den Scheiben? Er kann die Fragen, die ihn letzte Nacht wach hielten, nicht beantworten, Una könnte es. Warum hat sie ihrem Mann von der Affäre mit ihm erzählt? Und wann? Weiß sie, dass ihr Mann ihn aus dem Krankenhaus angerufen hat? Erwartet sie, dass er sich mit ihr in Verbindung setzt? Weiß der Sohn wirklich von nichts? Die Fragen trieben ihn um drei Uhr aus dem Bett in die Küche, Hot Whiskey sollte helfen, in einen hoffentlich traumlosen Schlaf zu entkommen. Geschehen lassen, was geschehen muss. Welchem jungen Menschen gelingt dies Kunststück? Gelingt es ihm, dem alten Mann? Müdigkeit, denkt er, ist ein schönes Wort, kein Fluch, nicht einmal eine Schwäche, Müdigkeit, welch schönes Wort. Er mag den Zustand, wenn er aus der Wirklichkeit in den Halbschlaf kippt, wenn sich das Tempo verlangsamt und die Farben auswaschen, die Bilder verwischen und mit einemmal Regeln gehorchen, die er nicht aufgestellt hat und die er weder versteht noch verstehen will.

Der Morgen ist fast vorüber, schon wieder einer. Es stört ihn nicht, dass er vergessen hat, weshalb er auf dem Stuhl sitzt, den er von der Mülldeponie in Laghey mitgenommen hat, in die er seinen Haushaltsabfall bringt, weil er sich gern mit dem Angestellten unterhält, der für die Container und Müllhalden zuständig ist. Nein, er weiß nicht, weshalb er hier auf diesem Stuhl sitzt. Braucht er einen Grund, einen Anlass? Seine Arbeiten haben sich viele Jahre gut verkauft, das gibt ihm die nötige Gelassenheit, auf Ehrgeiz und Strebsamkeit zu pfeifen. Der Stuhl, er hat ihn abgeschmirgelt und grün gestrichen, steht so, dass er seinen Stein »Wind in Kiefer II., Murvagh« betrachten könnte. Der Stein ist ihm fremd. Er kann sich nicht entscheiden, ob er ihm gefällt. Etwas stört ihn, nur was? Wann hat er das letzte Mal Hammer und Meißel in der Hand gehabt? Zwei Stunden sind nichts, wenn man schläft oder wenn man arbeitet, sie vergehen im Nu. Sitzt man nur da und hängt seinen Gedanken nach, sind zwei Stunden eine Ewigkeit. An seine Kindheit oder Jugend denkt er nicht mehr, diese Reise hat er hinter sich. In seinem Alter verbietet sich der Blick nach vorn. Bedeutet das, er ist in der Gegenwart angekommen, lebt den Moment? Esoterisches Gewäsch, denkt er unwirsch und will aufstehen, um sich die Beine zu vertreten, »den Moment leben«! Früher erschien ihm die Zukunft als rätselhaft offen, eine Verheißung, ein Abenteuer. Heute glaubt er, es besser zu wissen: Die Zukunft bedeutet Tod, unweigerlich. Wie wird er reagieren, wenn der beinerne Knöchel an die eigene Türe klopft? Gewisse Gedanken denkt er ungern, und doch kann er sie nicht aufgeben.

Seine Ex grub bis tief in die Nacht, an jenem Dienstag im November. Er stand in der offenen Glastür des Ateliers, um wenigstens den Rücken vor der Kälte zu schützen, und sah ihr lange zu. Hatte sie ihn bemerkt? Sie grub schnell, beharrlich, aber auch verbissen. Als er genug gesehen hatte, zog er sich vorsichtig zurück, schob die Glastür zu, machte das Atelierlicht aus, ging ins Haus hinüber und bereitete ein spätes Abendessen zu. Er zündete Kerzen an, legte eine Schallplatte auf, versöhnliche Musik, Crosby, Stills, Nash & Young, Musik, für die sie zu jung war, öffnete einen Rioja und deckte den Tisch. Er musste sie zum Essen hereinrufen, viel zu laut, weshalb er ärgerlich klang, was er nicht war. Die Sorge um sie war seiner Stimme auf jeden Fall nicht anzuhören. Hinter dem Erdhaufen, den sie ausgehoben hatte, war sie kaum zu erkennen.

Es gelang ihm, sich an seinen Vorsatz zu halten, keine Fragen zu stellen und abzuwarten. Aber sie erzählte nichts, saß ihm gegenüber und starrte mit erhitztem Gesicht an ihm vorbei in eine Ferne, die er nicht kannte und in der er, wie sie offenbar befand, nichts verloren hatte. Nach dem Essen, sie trug Teller und Besteck zur Spüle, fragte sie, ohne sich nach ihm umzudrehen:

– Willst du irgendwann einen Garten?

Nein, er wollte und will keinen Garten. Er liebt die Natur und ihren Drang, sich auszubreiten, zu verschlingen. In Gärten oder Parks, geplant und angelegt von Menschen, vor allem von sogenannten Gartenspezialisten, fühlt er sich nicht wohl, manipuliert, gemaßregelt. Nein, er wollte keinen Garten.

– Nein. Warum fragst du?

– Nur so.

Er verstand nicht, was sie tat. Was hob sie aus? Einen Teich? Einen Wassergraben? Das Fundament für ihr Schloss, für ihre Burg? Einen Keller, ihr Verlies? Wieso war ihm die Verzweiflung, die ihrem Schaufeln die Kraft gab, nicht früher aufgefallen? Die wütende Kraft, die sie antrieb, das Spatenblatt unermüdlich in die Erde zu treten, wurde von einer Verzweiflung genährt, die ihm Angst einjagte. Und gleichzeitig faszinierte. Woher hatte sie auf einmal diesen Willen? Aber ihre Verzweiflung tat ihm auch leid, und er fühlte sich schuldig, dabei war ihm bewusst, dass das die falschen Gefühle waren, um eine Liebe am Leben zu erhalten. Auf die Idee, dass es darum ging, ihre Liebe zu retten, kam er nicht, blind, wie er war. Was er sah, war seine Frau, die grub.

– Was gräbst du eigentlich?

– Ich grabe nicht, ich baue.

– Und was?

– Das wirst du schon sehen.

Die Drohung, die in ihrer Antwort lag, blieb ihm nicht verborgen. Das wirst du schon sehen! Vorerst aber sah er es nicht. Was er sah, war ein Graben, vielleicht so breit und tief wie ihr Fuß, sechs, eher sieben Meter lang. So zielstrebig hatte er sie noch nie gesehen, vor ihrer Staffelei bestimmt nicht. Die Graberei machte sie jünger, ihre Gesichtszüge wirkten schärfer, klarer, sie hatte neue Konturen bekommen. Wer war sie? Und wer würde sie werden? Sie sah aus wie eine Frau, die sich die Finger verbrennen wollte, wunderbar! Für ihre Malerei galt dies leider nie. Stand er ihr im Weg? Sie trauerte vertanen Möglichkeiten nach, gab jedoch nicht sich selbst die Schuld, dafür fehlten ihr Kraft und

Größe, sondern ihm. Ich will etwas erschaffen, hatte sie ihm ins Gesicht geschrien, ich muss etwas erschaffen! Was aber, wenn sie, wie sie befürchtete, keine außergewöhnlichen Fähigkeiten oder Talente besaß? Selbstverständlich hatte sie etwas verpasst, weil sie mit ihm aus der Schweiz nach Irland ausgewandert war, das hatte er auch. Man verpasst immer etwas! War der Gedanke, er müsste sie vor sich selbst schützen, nicht anmaßend? Oder brauchte sie Schutz vor ihm? Über ihrem Graben lag eine eigentümliche Ruhe. Selbst die Vögel schwiegen. Ihre Hingabe erstaunte und beschämte ihn: Sollte er ihr graben helfen? Aber musste er sich dann nicht wieder sagen lassen, er gönne ihr nichts, das nur ihr gehöre, überall mische er sich ein, nur um ihr zu zeigen, wie man es fachmännisch mache? Die Angst vor dem Scheitern traute sie einem Mann gar nicht zu. Er hatte ohnehin keine Lust, in der Erde zu wühlen. Er wollte arbeiten! Sie hatte sich selbst vergessen, dafür hätte er sie lieben können, doch sie grub sich von ihm fort, grub sich vor zu einem Ort, an dem sie ihn nicht wollte. Die Flügel, die ihr dank der Graberei gewachsen waren, durfte er nur bestaunen, berühren durfte er sie nicht. Es dauerte einige Tage, bis er begriff, dass ihn das befreite.

Der Ärger darüber, dass er das Telefonbuch nicht finden kann, lässt ihn die Suche beinahe aufgeben. Vergiss es, sagt er sich, während er alle Buchregale absucht, Schublade nach Schublade öffnet, Schränke durchwühlt, auch den Küchenschrank, vergiss es!, unter dem Sofa nachsieht, unter seinem Bett, dem Bett im Gästezimmer, lass es! Das Telefonbuch liegt auf dem Altpapierstapel neben der Eingangstür. Hat er die Zeitungsbündel doch nicht vors Haus getragen? Es ist ihm gelungen, den ganzen Morgen kaum je an den jungen Mann zu denken, daran, dass er Vater sein könnte. Ist heute Donnerstag? Dann hat er Crapman verpasst. Die Vorderseite des Telefonbuches ist mit roten Ringen übersät, Stempeln von Rotweingläsern, er kann sich nicht erinnern, wann er es das letzte Mal benutzt hat. Damals hat er jedenfalls noch Rotwein getrunken. Er findet die Nummer schnell, weil im Branchenteil eine Kleinanzeige eingerückt ist, er kann die Nummer sogar ohne Lesebrille entziffern, er tippt sie in den Adressordner seines Handys. Mr Pop sitzt im Flur und blickt ihn blinzelnd an, der Kater ist ihm, aufgescheucht von seiner Sucherei, in den unteren Stock gefolgt.

– Soll ich ihn anrufen?, fragt er den Kater.

Das Tier drückt die Augen zu, mauzt und starrt ihn ungerührt an. Sein Schwanz wischt im Halbkreis über die Dielenbretter, die Barthaare zittern.

– Als wahrer Freund würdest du das für mich übernehmen!

Er spricht schon lange mit dem Kater, es scheint ihn nicht zu stören. Früher hätte er jetzt eine Zigarette geraucht. Er hätte sie erst draußen vor dem Haus angesteckt und dem Rauch des ersten erlösenden Zuges nachgesehen, als gäbe er ihm die Antwort auf die Frage, die ihn ins Freie getrieben hatte. Ist er ein Feigling? Wollte er keine Kinder, weil er zu feige ist, Verantwortung zu tragen? Aber sind die Eltern in seinem Bekanntenkreis nicht die größten Feiglinge, die er kennt? Er versucht sich vorzustellen, wie das Telefongespräch mit seinem vermeintlichen Sohn verlaufen könnte, und ihm wird bewusst, dass er im Vorteil ist. Wenn stimmt, was der sterbende Fremde ihm gesagt hat, weiß der junge Mann nichts von ihm. Er ist ein Kunde, der ihn anruft, mehr nicht. Wo soll er das Gespräch führen? Er kennt Menschen, die sich für wichtige Telefonate auf bestimmte Stühle setzen. Männer seines Alters haben in der Regel für jede Gelegenheit einen Lieblingsstuhl. Einen Stuhl, um darin zu lesen, einen Stuhl am Esstisch, einen Stuhl für wichtige Gespräche. Einen Stuhl, auf dem sie am liebsten streiten, recht haben oder am besten lügen. Er hat keinen Lieblingsstuhl. Er wird nicht auf dem Festnetz telefonieren, sondern mit dem Handy, aus dem Atelier, am Fenster stehend. Mr Pop verlässt das Haus mit ihm, jagt über die Wiese und verschwindet im Dickicht des angrenzenden Wäldchens. Die Luft im Atelierbau ist warm und schal wie angehaltener Atem. Er geht zielstrebig in den hinteren Teil, in dem er arbeitet, er ist nie in den vorderen, helleren Teil umgezogen, und gibt sich nicht die Zeit, noch länger zu zögern. Er schiebt die Glastür auf, bleibt auf der Schwelle stehen und wählt die Nummer.

– McNulty?

Die Stimme klingt jung, aber erschreckend matt und erschöpft. Spielt es eine Rolle, ob ihm die Stimme sympathisch ist? Statt seinen Namen zu nennen, sagt er gleich, dass er ein Bad fliesen lassen will.

– Ein Bad? Wie groß?

– Ein Bad und eine Küche, sagt er, obwohl er ahnt, was er sich damit einbrockt.

– Wie groß sind die Zimmer?

Er nennt die ungefähre Größe des Gästebades und präzisiert, dass es sich in der Küche nur um eine Wand handelt, die Wand, an der Kochherd, Spüle und Kühlschrank stehen.

– Wie kommen Sie auf mich?

– Ein Freund, lügt er und überlegt, wen er nennen soll, falls der junge Mann nachfragt.

– Die Fliesen haben Sie ausgewählt?, fragt der junge Mann, ohne sich weiter zu erkundigen.

– Nein, antwortet er, ich brauche Ihren Rat.

Mr Pop schleicht am Atelierbau vorbei, er ist wie jeden Morgen auf der Jagd. Die Beutetiere trägt er in der Regel durch die Katzentür ins Haus, um sie ihm als Opfergabe vor die Füße zu legen, mit zitternden Schnurrbarthaaren, leise jammernd. Der junge Mann hat nachmittags einen Job in Sligo zu erledigen, sie vereinbaren, dass er auf dem Rückweg bei ihm vorbeischaut, um die Zimmer auszumessen und ihm Musterfliesen zu zeigen.

– Kommen Sie aus Deutschland?

– Ich lebe schon lange in Donegal.

– Und früher?

– Ich bin in der Schweiz geboren worden. Gegen 18 Uhr?

– Wenn ich mit dem Job in Sligo fertig bin.

– 18 Uhr 30?

– Bis heute Abend, sagt der junge Mann und legt auf.

Die Unsitte irischer Handwerker, sich niemals auf eine Uhrzeit festzulegen und damit zu verpflichten, stört ihn immer noch. Sein Sohn hat ihn nicht nach seinem Namen gefragt. Er legt das Handy auf den Skizzentisch und tritt an die Glastür, um in den Regen hinauszusehen, der den überwucherten Bau seiner früheren Frau verhüllt und gnädig ausblendet. Licht schiebt sich über den Wiesenhang, fällt durch die Scheibe und erlöscht. Das Nachbild, das sekundenkurz auf der weißen Wand stehenbleibt, zeigt seinen Umriss im Gefängnis eines hellen Rechtecks.

***

Durch die Flammen der Kerzen auf den kleinen Tischen geht jedes Mal eine Bewegung, wenn ein Gast das Lokal betritt oder verlässt, die Gardinen vor der Fensterfront, die auf den Strand hinausgeht, schwingen hin und her. Der Strom ist vor über einer Stunde ausgefallen, die Lichter, die auf dem schwarzen Wasser tanzen, stammen bestimmt von Fischerbooten. Er versucht sich vorzustellen, jetzt nicht an diesem Tisch zu sitzen, sondern in einem der Boote und vor Simon's Town an der Küste entlangzufahren. Sie ist verstimmt, ihr Sohn wirft ihr immer noch vor, dass sie ohne ihn verreist ist. Seine Behauptung, »ich bin sowieso lieber bei Papi«, hat sie getroffen, dabei muss sie doch wissen, dass der Satz nichts ist als ein Köder für ihre Eifersucht und ihr schlechtes Gewissen. Verstimmt ist sie auch, weil sie ihm übelnimmt, dass er das Notebook auf ihrer Reise dabeihat. »Arbeit«, hat sie gezischt, »immer deine Scheißarbeit, ich mach Ferien!« An wie vielen Tischen er schon gesessen, getrunken und gegessen hat! All die Gespräche, die er geführt, all die Streitereien, die er ausgefochten, all die Beteuerungen, Beschwörungen, Halbwahrheiten, Lügen und Beschwichtigungen, die er ausgesprochen hat! An einer langen Tafel im hinteren Teil des Restaurants sitzt eine Festgesellschaft, zwölf Erwachsene und viele Kinder; als die Torte mit den brennenden Kerzen aus der Küche ins Lokal getragen wird und die Gesellschaft »Happy Birthday« anstimmt, bricht das Geburtstagskind, ein Mann, der wohl fünfzig geworden ist, in Tränen aus. Vor dem Fenster laufen streunende Hunde über den Strand, verschwinden jaulend in der Nacht. Die Lampen im Restaurant gehen flackernd an, erlöschen aber gleich wieder. Eine Kellnerin erklärt noch einmal, dass sie mit Gas kochen, also kein Grund zur Sorge bestehe. Der Wind hat aufgefrischt, Böen, die vom Indischen Ozean ungebremst aufs Land treffen, lassen die Fensterscheiben in den Rahmen klirren, wehen Strandkörbe um und rollen sie mit jedem Stoß ein Stück weiter in die

Dunkelheit. Die offen gezeigte Rührung des 50-jährigen Mannes hat sich auf seine Freundin übertragen; sie halten sich an der Hand, erzählen aus ihrer Kindheit. Auf den Fotos, die sie ihm bald nach dem Anfang ihrer Liebe gezeigt hat, war sie ein pummeliger Teenager, der auf allen Bildern misstrauisch in die Kamera blickte, die Hände auf dem Rücken verbarg, das Kreuz durchdrückte und verkrampft lächelte. Ein Mädchen, in das er sich niemals verliebt hätte. Den Jungen und den jungen Mann, den die Fotos aus seiner eigenen Jugend zeigen, verabscheut er. Wer ist er bloß gewesen? Später steht eine Frau vor der Tafel und führt einen seltsam verlangsamten Tanz vor, die Musik wird von einem Tablet abgespielt, die Frau, ist es die Ehefrau des Geburtstagskindes?, trägt ein langes Kleid, dessen Stoff raschelnd über den Steinboden schwingt. Wie der Wind, denkt er, oder wie das Blut in unseren Köpfen, nein, es klingt, als würde ein Engel, grade eben auf der Erde gelandet, seine gewaltigen Schwingen über den Boden schleifen. Die Formulierung, die ihm seine Lektorin garantiert anstreichen und mit einer spöttischen Bemerkung kommentieren würde, bringt ihn zum Schmunzeln. Er schüttelt den Kopf, als seine Freundin wissen will, was ihn amüsiert, und nimmt ihre Hand.

FÜNFZEHN

Es war warm, als ich erwachte, erschreckend warm, das Feuer war ja längst heruntergebrannt. Ich blieb liegen, vielleicht war die Hitze in mir, angefacht von einem Traum, an den ich mich nicht erinnern konnte, aber ich hörte bald Tropfgeräusche im Luftschacht, durch den kein Licht fiel. Es taute! Ich stand auf, tastete mich zur Treppe vor und stieg ins Freie. Der Regen, der niederging, war so dicht, dass Wasserschleier zwischen den Steinen und Felsen standen, Schleier, die, vom Wind bewegt, auseinandergerissen, gleich darauf aber an einem anderen Ort wieder zusammengefügt wurden. Die Pferde, sie warteten ruhig nebeneinander, waren trocken geblieben; ich schüttelte das stehende Wasser von der durchhängenden Plane. Am Horizont erschien erstes Licht, in zwei Stunden war Tag. In Mudra ist man gezwungen, sich mit jähen Temperaturumschwüngen zu arrangieren, gelegentlich fällt das Thermometer von einem Tag zum andern um fünfzehn Grad, gelegentlich steigt es über Nacht genauso stark an. Dass das auch in dieser Höhenlage so war, hatte ich nicht erwartet. Warme Luftmassen, vom Süd verschoben, sorgten für Tauwetter; in Mudra war der Schnee bestimmt bereits weggeschmolzen.

Lina lag reglos auf ihrem Lager, aber das Weiß ihrer Augen verriet sie, sie war wach. Kaum hatte ich mich wieder hingelegt, setzte sie sich auf.

»Tauwetter, stimmt's?«

»Macht es auch nicht einfacher. Matsch.«

Sie fing an, mit einem Ast in der Asche des Feuers herumzustochern. Nach einer Weile gloste tatsächlich Glut auf, ein roter Punkt in der Dunkelheit, der größer wurde, bis plötzlich ein Flämmchen aus einem Holzkohlebrocken aufsprang, erlosch und wieder ansprang, erst orange, dann gelb wurde und als kleine, aber beständige Flamme in der Dunkelheit stand. Auch meine Mutter besaß diese Gabe; sie kauerte sich jeden Morgen vor das offene Törchen unseres kalten Ofens und zauberte innert Minuten aus schwarzen Kohleresten eine Flamme, die sie nur noch zu nähren brauchte, damit sie zum Feuer wuchs. Ich stand auf, holte die Äste und Zweige, die ich letzte Nacht weggeräumt hatte, und legte nach.

»Was hast du eigentlich vor, wenn du ihn gefunden hast?«

Die Flammen griffen rasch um sich, schon warf das Feuer einen flackernden Lichtschein in den Bunkerraum.

»Zuerst muss ich ihn finden.«

DU SIEHST den Jungen, Mutter, er legt drei tote Spatzen vor dich auf den Küchentisch, er hat sie unter dem Obstspalier an der Südwand eurer Hütte gefunden, sie lagen da, als habe sie einer angeordnet, Spatz neben Spatz neben Spatz, sie berührten sich, so dicht lagen sie auf einem Bett aus ausgerissenem Gras, drei tote Spatzen, die wir vergeblich nach Verletzungen absuchen, nach Spuren von Katzenzähnen und Katzenkrallen, nach Spuren eines Aufpralls. Später begraben wir sie, in einem Holzkistchen, das ich aus Schnittabfällen gezimmert und bemalt habe, begraben sie unter dem Birnbaum, an einem Spätsommerabend, weil ich sie auf gar keinen Fall verbrennen will, Mutter.

Drei Stunden nach unserem Aufbruch erschien ein Strich am Horizont, schwarz und klein, in Bewegung. Eine Täuschung, eine Luftspiegelung? Ein Mensch, allein? Ein Tier? Ich hielt Mai an, wartete, bis Lina auf Thar neben mir stand, und deutete nach vorn. Sie hatte die Bewegung am Rand des Firnfeldes auch wahrgenommen.

»Schon gesehen«, sagte sie, »ein Mann.«

»Einer?«

Sie nickte. Der Regen hatte nachgelassen und schließlich aufgehört, die Temperatur war wieder um einige Grad gefallen, aber es war immer noch zu warm. Der schmelzende Schnee war an vielen Stellen in tiefen Matsch verwandelt, in dem die Pferde nur schlecht Tritt fassten. Der Wind, der mächtig gegen uns aufstand, eine Wand, gegen die wir mit gesenktem Kopf anstapften, hatte den Frühnebel aufgelöst, nun wuchs das Massiv des Hohen Gocht frei und unverhüllt in den Himmel, ein Dreieck aus Fels mit schwarzen Wänden, das das blaue Eis des Gletschers auf einer Schulter trug, diese gewaltige zerklüftete Masse, durch die Risse und Spalten liefen und die sich wie ein Lebewesen über die Felsschulter hinaushängte, als wolle sie ins Tal hinabfließen und dabei alles mitreißen. Von der Stelle auf der Hochfläche, an der wir standen, konnten wir den Einschnitt des Gläsernen Passes erkennen, über den man auf die andere Seite gelangt, nach Churbünden.

»Wohin geht er?«

»Wie soll ich das wissen? Er kommt jedenfalls auf uns zu. Falls du das wissen willst.«

Ihr Lächeln passte nicht zu ihrem bissigen Tonfall. Ich hatte sie nach dem Aufstehen gefragt, ob sie schlecht geschlafen habe, als Antwort aber nur ein mitleidiges Lächeln erhalten.

War der Mann Vorhut einer Bande, lockte er uns in eine Falle, wenn wir auf ihn zuritten, um uns mit ihm zu unterhalten? Gehörte er zu den Stahlhelmen, vor denen Gisli-Chrigel mich gewarnt hatte? Die Hochfläche bot keine Deckung, andererseits würden wir seine Kumpane auf der freien Fläche früh genug entdecken. Und vielleicht wusste er etwas von meinem Vater. Ich drückte Mai beide Fersen in die Flanken. Lina zögerte, bevor sie mir folgte. Wenn mich meine Augen nicht täuschten, blieb der Mann stehen, kaum dass wir uns auf ihn zubewegten, bog nach links und ging ein Stück westwärts, überlegte es sich aber offensichtlich anders, immerhin waren wir zu Pferd und er zu Fuß, wir würden ihn ohnehin einholen. Dann erkannte ich ihn: Es war der Störbuchhändler, der seit Jahren in unregelmäßigen Abständen in Mudra auftauchte und seine bibliophilen Kostbarkeiten zum Tausch anbot: in Kalbsleder gebundene Ersteditionen, Gesamtausgaben in Kartonschubern, Bände mit kolorierten Holzschnitten, Radierungen oder Stahlstichen. Wir hatten ihn Trakl getauft, weil Georg Trakl sein Lieblingsdichter war, wie er bei jeder Gelegenheit mit aufgeregt gedämpfter Stimme preisgab, als verrate er ein Geheimnis. Seinen richtigen Namen kannte ich nicht. Natürlich hatten Vezir und ich nachgelesen, was sich in unserer Bibliothek über den Dichter Trakl fand: Geboren in Salzburg, Student der Pharmazie, Militärmedikamentenakzessist, Morphinist, gestorben in Galizien, nach einer Überdosis Kokain; ein Selbstmörder, der Verse von dunkler Schönheit schrieb. Trakl war auf der Hut, während er auf uns zukam, das gepolsterte Holzgestell mit den daran festgeschnallten Bücherkoffern aus Leder auf dem Rücken. Ich kannte ihn nicht anders als in dem Aufzug, den er auch jetzt trug: blau-gelb gestreifte Wollhosen, wadenlanger Pelzmantel mit Ärmelfransen, die ihn zum Vogel machten, sobald er die Arme anhob, hoher schwarzer Zylinder mit Pelzohrenflappen und Dutzenden von Federn im Band. Ich zog an den Zügeln, Lina hielt eine Pferdelänge zurück. Trakl näherte sich uns, um unser Vertrauen zu gewinnen, schaut, ich habe nichts zu verbergen, mit offen entgegengestreckten Handflächen. Sein linker Fäustling war aus braunen, sein rechter aus schwarzen Pelz- und Lederstücken zusammengenäht. Vielleicht drei Meter vor uns blieb er stehen, die Arme vor der Brust verschränkt. Er war lange nicht mehr in Mudra vorbeigekommen, trotzdem erkannte er mich.

»Halblaut!«, rief er und verwarf die Hände.

Ich saß ab, schob mir Vaters Pelzmütze aus der Stirn, ging zu ihm hinüber, zog meinen rechten Handschuh aus und hielt ihm die Hand entgegen. Er ließ erst das Holzgestell von der Schulter gleiten, wobei ihm ein Stöhnen entfuhr, bevor er sie ergriff, ohne den Fäustling auszuziehen.

»Halblaut«, sagte er noch einmal und ließ meine Hand los.

»Der Bücherkönig!«

Es fiel Trakl schwer, mir in die Augen zu sehen. Wusste er, was ich Krähenmann angetan hatte? Hatte er mich früher offener angesehen? War in seinem Blick nicht immer eine Spur Misstrauen gewesen? Misstrauen, das vielleicht daher rührte, dass er immer allein unterwegs war, kein einziges Mal hatte ich ihn in Begleitung gesehen, immerzu war er allein, immer zu Fuß, also selbst ohne Gesellschaft eines Esels oder Pferdes. Nicht einmal einen Hund hatte er. Trakl tauschte seine Bücher ausschließlich gegen Speis, Trank und Unterkunft. Einen Roman gegen zwei Nächte in einem warmen Bett samt Verköstigung. Ich hatte mich schon als

Jugendlicher gefragt, ob Trakl kein Zuhause hatte. Woher stammte er? Und wie alt war er? Er schien über all die Jahre nicht zu altern.

»Wo kommst du her?«

Die Frage war ausgesprochen, laut und deutlich, bevor ich sie mir verkneifen konnte. Trakl sah mich erstaunt an und zeigte vage in den Himmel, als wolle er mir sagen: aus den Wolken, ich komme aus dem Nichts!

»Und du? Wohin unterwegs?«

Ich beantwortete seine Frage ebenfalls mit einer Handbewegung, die er deuten konnte, wie er mochte.

»Und die da?«

»Wir haben dich lange nicht gesehen, bei uns in Mudra.«

»Stimmt. Ein halbes Jahr, mindestens.«

Er trug die Schnur mit Kandiszuckerstücken um den Hals, die ihn bei allen Kindern und vielen Erwachsenen beliebt machte. War ein Tauschgeschäf besiegelt, löste er das eine oder andere Zuckerstück von der Schnur und legte es großzügig auf offene Handteller, die sich ihm entgegenstreckten.

»Darf ich fragen, wo du herkommst?«

»Churbünden«, sagte er.

»Blödsinn. Dann wärst du über den Pass gekommen.«

»Gibt andere Wege. Bessere. Wenn man sie kennt.«

Trakl lachte, packte den Ledergurt seines Holzgestells und wollte es sich auf den Rücken schwingen, aber ich legte ihm die Hand auf den Arm und hielt ihn zurück.

»Willst du mir nicht zeigen, was du dabeihast?«

Der Blick, den er mir zuwarf, war nicht zu deuten. Er löste die Lederdecke, die zusammengerollt unter den Bücherkoffern auf das Holzgestell geschnallt war, und breitete sie auf dem Boden aus. Die Bildbände über die Alpen und den Pazifik interessierten mich so wenig wie die Gesamtausgabe Thomas Manns, die Anthologien »Lyrik des Abendlandes« und »Lyrik des Morgenlandes« oder die in Leinen gebundenen Romane. Aber er hatte fünf Bändchen der Insel-Bücherei im Sortiment, die in unserer Bibliothek in Mudra die Ehre eines eigenen Regales hat. Trakl hatte die Bändchen mit einem Samtband zu einem Block gebunden, das er nur löste, weil ich ihn darum bat: Gedichte von Friedrich Hölderlin, Band Nr. 50, erschienen 1913, samt eingeklebtem Exlibris mit eingedrucktem Namen »Dr. Zdeněk Novak« auf der Seite des Schmutztitels; William Faulkners Erzählung »Scheckige Mustangs«, Band Nr. 623 aus dem Jahr 1960; Bertolt Brechts »Buckower Elegien und andere Gedichte«, Band 810, erschienen 1998; »Die Holzschnitte zu Sebastian Brants ›Narrenschiff‹«, Band Nr. 593, erschienen 1964, sowie Matthias Zschokkes »Kaffee trinken bei den Prinzessinnen«, Band 1660, veröffentlicht 2017. Ich blätterte in jedem Bändchen, dabei hatte ich mich längst entschieden. Die Blätter »Von lon der wisheit« und »Das schluraffen schiff« des zur Fasnacht des Jahres 1494 in Basel erstmals erschienen Werkes »Narrenschiff« hatte mir mein Vater erklärt, das Buch mit allen 112 Blättern samt Erklärungen zu jedem Blatt hatte ich jedoch nie in der Hand gehabt: Auf Blatt 107 wendet sich ein Gelehrter in schmucklosem Gewand an einen vornehm herausgeputzten Jüngling, um ihn zu ermahnen. Der Jüngling muss sich entscheiden, auf welchem Pfad er weiter durchs Leben gehen will: auf dem Weg der Diesseitsfreude oder dem der Weisheit, symbolisiert durch Narrenkappe und Krone, die als Verlockung über ihm schweben. Blatt 108 zeigt die Fahrt der Schlaraffen, der faulen, trägen Affen, auf ihrem Schiff in den Untergang, eine letzte Mahnung, den Hafen der Weisheit anzusteuern, ehe es dafür für immer zu spät ist. Trakl spürte sofort, was das Buch mir bedeutete, über dessen Umschlag senkrechte Friesbänder mit Narren, Tieren und Pflanzen liefen.

»Kostbar«, sagte er und nahm es mir aus der Hand.

»Kostbar«, wiederholte ich wie ein Idiot.

»Zu kostbar. Vielleicht.«

Es war nicht einfach, Trakl, der ja eigentlich nur gegen Logis tauschte, zu überzeugen, mir das Bändchen im Eintausch gegen T. S. Eliots »The Waste Land«, immerhin eine Erstausgabe, und die drei Würste, die mir GisliChrigels Frau eingepackt hatte, zu überlassen. Als wir uns einig waren, reichten wir uns die Hand, dann half ich ihm, die Bücher in die Koffer zurückzupacken, die Lederdecke zusammenzurollen und am Holzgestell festzuschnallen. Lina hatte sich in der ganzen Zeit nicht von der Stelle gerührt. Jetzt saß sie ab und stellte sich Trakl in den Weg.

»Wir suchen seinen Vater!«

»Kuschwarda.«

Trakl sprach den Namen meines Vaters so leise aus, als wäre er ein Geheimnis. Der eisengraue Himmel schien im Begriff, sich zu verschieben; es war, als drehe er sich über uns weg, um mir zu zeigen, was sich dahinter befand. Mir wurde schwindlig, und ich musste mich an Lina und Trakl festhalten.

»O, o, o, o«, machte Trakl, »du suchst also deinen Vater.«

Ich nickte, legte den Kopf in den Nacken und zog meine Hände zurück. Lichtspeere fielen durch die Wolkendecke und warfen helle Flecken auf Felsen, Weiden und Schneezungen.

»Will er denn gefunden werden?«, fragte Trakl.

»Von ihm schon«, sagte Lina.

»Wer bist du überhaupt?«

»Ich gehör zu ihm«, sagte sie und nahm mich am Arm, »und er gehört zu mir.«

»Lina«, sagte ich, »sie heißt Lina und stammt aus Ghatt.«

»Eine Katzenfresserin! Zeig mir deine Zähnchen, Mädchen!«

»Zeig mir deine!«

Trakl packte den Ledergurt seines Holzgestells und schwang es sich verhalten stöhnend auf den Rücken. An den Sohlen seiner Bergstiefel waren Steigeisen befestigt, wie mir jetzt auffiel.

»Rutha kann man nur an einer Stelle überqueren«, sagte er.

»Wegen dem Schmelzwasser?«

»Wegen dem Schmelzwasser, genau. Es gibt eine Furt, die euch sicher auf die andere Seite führt. Ist mit einem Steinmännchen markiert. Zwei Kilometer von hier.«

Er zeigte mit der Hand nach Nordost, blieb aber stehen, als gebe es etwas, das er loswerden wollte.

»Weißt du, wo ich Kuschwarda finde?«

Es war Trakl anzusehen, dass er mit sich rang. Oder spielte er uns etwas vor? Er zog Rotz hoch und spuckte in den Matsch, in dem wir standen.

»Ja, ich weiß, wo er ist. Aber du weißt es nicht, auf jeden Fall nicht von mir.«

Er tippte mit dem Zeigefinger an die Krempe seines Zylinders und drängte sich zwischen uns vorbei.

»And miles to go before sleep«, sagte er.

»Was soll das heißen?«, rief ich ihm nach.

»Ist von Robert Frost, nicht von mir.«

Nach ein paar Schritten blieb er stehen und rief über die Schulter, ohne den Kopf zu wenden:

»Er lebt mit seiner neuen Familie im Réduit.«

»Neue Familie? Was neue Familie!«, schrie ich ihm nach.

Trakl warf beide Hände in die Höhe und lachte. Sollte ich ihm nachlaufen und ihn zu einer Antwort zwingen?

»Und wo finden wir dieses Réduit?«, rief Lina.

»Ihr findet es nicht«, rief er und ging weiter, »es findet euch!«

meine Stimme ist dünn mein Schnabel glänzt ich warte auf den Wind er soll mich davontragen nachdem ich in die Luft gestiegen bin über den See tragen ich bin nicht alleine auch wenn ich die anderen nicht sehen kann keinen es wird dunkel am Ufer brennen Feuer und ich höre Menschenstimmen Gebell

SECHZEHN

Das Steinmännchen war nicht zu übersehen, zwei Meter vom Ufer von Rutha aufgeschichtet, mit einem Stofffetzen markiert. Nach dem abrupten Abschied von Trakl waren wir gut einen Kilometer nach Nordosten geritten, dann bachaufwärts in ein Gebiet, in dem Schneeregen unsere Sicht behinderte. Natürlich hatte ich den Satz, »er lebt mit seiner neuen Familie im Réduit« nicht aus dem Kopf gebracht. So Trakl nicht log, hatte mein Vater weitere Kinder, ziemlich sicher mit Watfa. Ich hatte Halbgeschwister!

Schnee und Schmelzwasser hatten Rutha in einen reißenden Bergbach verwandelt, der an verschiedenen Stellen über sein Bett hinausschoss, Eisbrocken und Wurzeln mitschwemmte und sich mit schäumender Gewalt seinen Weg ins Tal bahnte. Gischtfahnen zerstäubten über dem aufgebrachten Wasser. Die Furt, auf die uns Trakl hingewiesen hatte, war tatsächlich die erste mögliche Passage.

»Glaubst du, er ist über den Bach gekommen?«, fragte Lina und dirigierte ihr Pferd am Steinmann vorbei auf die Furt zu.

Nebelbänke trieben gegen den Gletscher, stiegen aber in die Höhe, bevor sie das ewige Eis erreichten, und schmiegten sich als Kranz um den Gipfel des Hohen Gocht.

»Dann müssen wir auch rüber, um das Réduit zu finden.«

Hatte Trakl die Furt erwähnt, um uns in die falsche Richtung zu lenken, weg vom Réduit, von meinem Vater und seiner neuen Familie?

»Warum hat er Steigeisen getragen?«

»Er will, dass wir den Bach überqueren«, sagte ich, »und nicht da hochreiten. Er ist von da oben gekommen. Darum die Steigeisen.«

Ich deutete auf den Hohen Gocht. Am Himmel war ein Licht, als wäre das Gewölbe mit Blei ausgeschlagen, Blei, das von innen heraus leuchtete.

»Kitsch«, sagte Lina höhnisch.

Ich sah den Adler im gleichen Augenblick eine Spirale über uns fliegen, wie ich das trockene Klatschen seines Flügelschlages hörte. Die Spirale wurde enger, er kippte eine Flügelspitze weg und stürzte als Pfeil hinab, ein gutes Stück von uns entfernt, am anderen Ufer, fächerte beide Flügel auf, um den Sturzflug im letzten Moment abzufangen, und zog sofort wieder in die Höhe, wenige Schläge mit den Schwingen genügten, schon war er hoch über uns, einen Hasen in den Fängen, ein Fellbündel, das sich nicht zur Wehr setzte, soweit ich erkennen konnte.

»Traust du dir das zu? Da hoch?«

»Und du?«, gab sie zurück.

DU SIEHST den Jungen, Vater, er steht neben der Regentonne am Rand des Gemüsegärtchens, das jedem Haushalt erlaubt ist. Beide Hände auf dem Rand der Tonne, steht er da und wartet, das Gesicht dicht über dem Wasserspiegel. Du weißt, worauf der Junge wartet. Ich warte auf den Mut, um endlich das zu tun, was du mir geraten hast, damit ich die Angst vor dem Tauchen im Kalten See für immer verbanne: Ich soll den Kopf in das moosgrüne Wasser der Tonne tauchen, die Augen öffnen und so lange ausharren, bis ich begreife, dass mir das Wasser nichts anhaben kann. Nichts! Das Wasser riecht abgestanden, als berge es ein Geheimnis unter der Oberfläche, ein Geheimnis, das durch seinen Geruch verrät: Es ist da, lüfte es! Auf der Oberfläche, von der ich einen Wasserläufer schnippe, steht das gekippte, leicht zitternde Bild des Himmels über Mudra, ich drücke die Augen zu, um das Spiegelbild zu löschen, bis zehn zu zählen und dann zu tauchen. Bei fünf habe ich genug, das Warten muss ein Ende haben, ich hole tief Luft und gleich noch einmal und tauche den Kopf bis zum Hals in die Tonne. Das Wasser ist weich und warm, wärmer als das Seewasser. Um es hinter mich zu bringen, reiße ich die Augen sofort auf und blicke mich um. Fetzen schweben durch den trüben Raum, in den kein Laut dringt, den grünen Raum, den Lichtstäbe durchschneiden und dessen Boden mit vermoderten Blättern des Birnbaumes bedeckt ist, vor dem die Regentonne steht. Schon schwebe ich, ein weiterer schwereloser Fetzen in dieser stillen Welt, kein Fisch, natürlich nicht, aber auch nicht länger Mensch, ich sinke bis zum Grund, treibe über den Blätterboden, wende mich auf den Bauch, schieße bis knapp unter die Oberfläche, dies silberhelle Tablett, das die andere Welt ausschließt, blitze auf, getroffen von einem Lichtstab, lasse mich sinken und spüre, jemand ist in meiner Nähe. Wacht er über mich? Will er mich hier unten halten? Auf einen Schlag ist der Raum ohne Schwerkraft und ohne Geräusch verwandelt in ein Gefängnis. Ich reiße den Kopf aus der Tonne, schnappe, die Arme wie ein Sieger in die Höhe gerissen, verzweifelt nach Luft und friere plötzlich bis auf die Knochen. Hast du Angst vor mir, fragst du, aufgestützt auf einen Spaten am Zaun des Gärtchens, weil ich weiß, was dir die Ängste nimmt?

Aus dem Schneeregen war dichtes Schneetreiben geworden, die Luft hatte sich empfindlich abgekühlt. Der Saumpfad, der den Bach entlangführte, war nur durch die Spur vertrockneter Schafskötel zu erahnen. Das Gelände war steil und unwegsam, trotzdem blieben wir im Sattel. Lina redete ununterbrochen, wahrscheinlich um mir zu beweisen, dass ihr der Aufstieg nicht mehr Mühe bereitete als mir. Das meiste, was sie sagte, hörte ich gar nicht mehr, nur einzelne ihrer Sätze drangen bis zu mir durch.

»Der Talpa europaea ist ein Einzelgänger ohne Sinn für die Gemeinschaft. Er lebt zurückgezogen in der Erde.«

»Der was?«

»Maulwurf. Durchlüftet das Erdreich mit Gängen und Tunnels, befreit es von Würmern und Insekten, ohne sich an den Wurzeln von Angepflanztem zu vergreifen.«

»Sollen wir umdrehen?«

»Er legt Wurmvorräte an. Und die Ehe kennt er nur auf Zeit!«

Wir ritten hintereinander, ich achtete darauf, dass sie nicht zu weit zurückblieb. Die Hochfläche lag ausgebreitet wie ein Flickentuch unter uns, und obwohl sie bereits in der Dämmerung zu versinken begann, war die Grenze, an der der Schneefall in Schneeregen überging, deutlich zu erkennen. Ein totes Schaf lag mit gebrochenem Genick am Fuß eines Felsabbruchs in einem Schneefeld, Aasfresser hatten sich über den Kadaver hergemacht, am offen gelegten Rippenbogen flatterten Fellfetzen im Schneetreiben. Ein Bein stach in die Höhe, von scharfen Zähnen oder Schnäbeln vom Körper abgetrennt, im kleinen schwarzen Huf hatte sich ein Grasbüschel verfangen. Schafft der Zufall Bedeutung, oder hängt alles zusammen, geordnet nach einem Plan, den wir Menschen nicht verstehen können? Mein Vater hatte versucht, den Rat der Ältesten davon zu überzeugen, Schafe zu halten, Herden unterschiedlicher Rassen, die uns Fleisch und Wolle liefern würden, aber da wir dafür unsere Weidegründe hätten ausdehnen müssen, was den Grundsätzen unserer Gemeinschaft widerspricht, war ihm das nicht gelungen.

»Denkst du, eine Landschaft bekommt eine andere Farbe, wenn sie nie von Menschen angeschaut wird?«

Lina wich meinem Blick aus. Sie saß, den Kopf zwischen die Schultern gezogen, nach vorn gebeugt auf ihrem Irish Tinker. Ich hatte meinem Vater immer nachgeeifert. Er hatte mich akzeptiert, wie ich war, doch das hatte mir nicht genügt. Ich wollte sein wie er! Hätte sich das in den vier Jahren, die er jetzt verschwunden war, geändert? Hätte ich mich gegen ihn aufgelehnt, hätte ich gegen ihn gekämpft und angefangen, Wert darauf zu legen, mich von ihm zu unterscheiden? Wer war er in den Jahren geworden? Und was wäre aus mir geworden, wäre er nicht verschwunden?

»Hast du dich verändert, seit er verschwunden ist?«

Die Leiber unserer Pferde berührten sich, so dicht ritt Lina plötzlich neben mir. Wenn ich Vater ansah, hatte ich manchmal das Gefühl gehabt, etwas zu bemerken, was gar nicht für meine Augen bestimmt war: einen schutz- und wehrlosen Mann. In diesen Momenten hatte ich mich gefürchtet, gefürchtet vor dem Mann, der er in Tat und Wahrheit vielleicht war.

Die Wolken rissen auf, der Himmel, der sich zeigte, war tintenblau, als offenbare er uns jetzt seine eigentliche Farbe. ›Der Himmel verbirgt nichts, und doch können wir ihn nicht durchdringen‹, so steht es geschrieben. ›Unser Blick verliert sich in seinem Blau, Distanzen gibt es keine, Nähe und Ferne fallen zusammen.‹ – ›Unsere Worte‹, auch das steht geschrieben, ›fassen weder das Große noch das Geringe. Sie benennen es, aber sie fassen es nicht.‹ Die Vergleiche, die wir anstellen, tragen Menschliches in die Natur, dieser Fehler ist uns bewusst, und doch wiederholen wir ihn wieder und wieder: Ich versuchte, Buchstaben in den Quarzadern zu erkennen, die durch einen Fels liefen, den wir umritten, Buchstaben und Worte, Zeichen an uns, Menschliches.

»Nur weil du einen Hammer hast, ist nicht jedes Problem ein Nagel.«

Lina lachte, als nehme sie damit ihren Satz zurück, und drängte sich an mir vorbei; sie war müde und deswegen ungeduldig. Dämmerung stieg wie eine Woge aus der Ebene die Hänge hinauf, ausgegossene dunkle Flüssigkeit, deren Pegel rasch höher kletterte. Der Hohe Gocht ragte als Festung vor uns auf. Es dauerte nicht mehr lang, dann empfing nur noch sein Gipfel letztes Tageslicht. Mein Vater hatte behauptet, man könne hören, wie die Nacht Atem hole, bevor sie die Welt Stück für Stück verschlinge, daran dachte ich, während ich zusah, wie die Schatten die Wände hochkrochen, höher und noch höher, innezuhalten schienen, doch weitersprangen und Felsband nach Felsband verschluckten. Wir mussten uns beeilen, ein geeignetes Nachtlager zu finden, denn die Dämmerung, hatte mir Vater beigebracht, ist die Zeit des Steinschlags. Ich rief Lina zu, auf den Sockel des Hohen Gocht zuzureiten, weil es dort vielleicht Höhlen gebe, und hatte dabei die Mücken vor Augen, die sich in der Abenddämmerung über den Spiegel des Kalten Sees bewegten, in Wolken, die sich um ein imaginäres Kraftzentrum zu sammeln schienen, plötzlich als ein Körper aufflogen, ruckartig an eine andere Stelle über dem Wasser zogen, unmerklich auf- und abstiegen und sich wie eine Kugel drehten, eine vielhundertköpfige Gemeinschaft, die als ein Wesen im Verbund auftrat und sich zielstrebig holte, was es benötigte: Nahrung. Der Sims eines Steinturmes, nicht schwarz noch grau, sondern im Braunton abgeblühter Pflanzenblätter, war verkrustet von Exkrementen der Gebirgsvögel, die wir zwar nicht sehen, aber hören konnten: Mit rauschenden Flügeln durchquerten sie über uns den dunkler werdenden Luftraum. Ich dirigierte Mai auf Kare und Mulden zu, vor Tausenden von Jahren von den Eismassen ausgefräst, jedoch längst von Schotter und Geröll gefüllt, stiegen sie zum Fuß der Felswand an: Wenn mich die Dämmerung nicht täuschte, war der Hang tatsächlich voller Höhlen.

in meinen Haaren steckt ein Blechvogel er ist durch eine Schnur mit meinem rechten Augenlid verbunden der Vogel öffnet und schließt seinen Schnabel darum zucke ich mit dem Lid der Vogel kann nicht singen aber er ist keine Attrappe ich begreife nicht sofort dass ich blind bin mein rechtes Auge klappt auf und zu ich bin nicht der Vogel aber er gehört zu mir

DU SIEHST den Jungen, Vater, er watet in den Kalten See hinaus, es ist nicht Vorsicht, die seine Schritte langsam und zaghaft macht, es ist Angst. Du hast ihm erklärt, das Eintauchen in die Regentonne sei eine Übung gewesen, mehr nicht, jetzt muss er dir beweisen, dass er sich traut, sich auf den Grund des Sees sinken zu lassen, sich dort hinzusetzen, die Augen zu öffnen und so lange auszuharren, bis er Teil des Sees ist. Kalt ist das Wasser, von eisblauer Farbe, und mir wird bewusst, kein stiller, moosgrüner warmer Raum erwartet mich, sondern ein riesiges, vielleicht bodenloses Eisgewölbe. Meine Füße verschwinden in den Wolken, die meine Zehen im Bodenschlamm aufwühlen, ich spüre deine Blicke im Rücken, sie treiben mich weiter in den See hinaus, als ich will. Der Wasserspiegel reicht mir bis zur Hüfte, das Lüftchen, das über meine Haut streicht, trägt den Duft des ersten Futtergrases mit sich. Ich habe gesehen, wie die Männer sich mit ihren Sensen in einer Reihe aufstellten, Seite an Seite mit wiegenden Schritten voranbewegten und immer neue Halbkreise aus dem hochstehenden Gras mähten. Ich drücke die Augen zu und lasse mich sinken, ohne mir Zeit zu geben, mich nach dir umzusehen oder noch einmal Atemluft zu tanken. Als mein Hintern den Grund berührt, ist es Zeit, die Augen aufzureißen: Die Schilfrohre erinnern mich an Birkenstämme, ich sitze in einer kalten Halle, deren Ausmaß sich in der Ferne verliert. Silberfische schlängeln sich durch das Rohrdickicht, Felchen und Forellen, ich höre das Glucksen, wenn die Oberfläche des Sees bewegt wird, höre das Knistern des Schilfs, das sich an den Pfählen des Steges reibt, höre mein Blut rauschen, höre das Klicken, wenn die Strömung des Flusses Rha Kiesel wendet und ein Stückchen in den See hinausträgt, höre das Grummeln, das aus der Tiefe aufsteigt und mich umfängt wie ein Klang, der mich begrüßt und willkommen heißt. Ich lasse die Handflächen über den Grund gleiten, vergrabe sie im Modder, im Schlamm, Gänsehaut überzieht meinen Rücken und verwandelt meine Haut in ein Organ, das wahrhaftig zu mir gehört. Schwer pocht Blut in meinem Kopf, das Verlangen, den Mund zu öffnen und einzuatmen, ist so groß, dass ich die Fäuste ballen muss, aber ich brauche nicht zu atmen. Kann ich trotzdem sterben? Ich bin Teil des Sees, jetzt, da ich mich endlich unter Wasser getraut habe, hier bleibe ich, ein stummer, rechtmäßiger Bewohner des Eissaals, du musst mich holen, Vater, wenn du dich traust.

SWELLENDAM

Manchmal begegnet ihnen minutenlang kein anderes Auto, er sieht kein Dorf, kein Haus, keinen Menschen. Die Landschaft, weit und archaisch leer, müsste ihm eigentlich gefallen, doch sie ist ihm zu imposant, sein Blick verliert sich in ihr, *er* verliert sich in ihr, sie bietet ihm keine Anhaltspunkte. Seine Sprache ist aber genau darauf angewiesen: auf Anhaltspunkte. Zumindest verweist die Landschaft auf andere Landschaften und somit auf Erinnerungen. Eine südafrikanische Hügelkette wird zur süddeutschen Hügelkette, ein einsam inmitten einer Wiese stehender südafrikanischer Baum zum einsamen, inmitten einer Wiese stehenden spanischen Baum. Bild schiebt sich über Bild, Landstrich über Landstrich. Sie ist vor einiger Zeit eingenickt, deshalb hat er das Radio leise gestellt. In Brasiliens Megametropolen São Paulo und Rio de Janeiro gibt es seit sechs Wochen kein Wasser, um die Bürgerunruhen in den Griff zu bekommen, hat die Armee begonnen, scharf zu schießen; in Rom ist eine Serie von Autobomben detoniert, bislang geht man von zweiundvierzig Toten und mehr als zweihundert Verletzten aus, noch hat sich niemand zu den Anschlägen bekannt. Er schaltet das Radio aus und klappt die Blende auf ihrer Seite nach unten, um sie vor der Sonne zu schützen. Hügel an Hügel zieht sich ins Hinterland, Schultern von Riesen, die nebeneinander, jedoch in gebührendem Abstand ruhen. Wolkenschatten teilen die Felder in unterschiedlich helle Bezirke. Die Straße scheint über die Erdkugel hinauszuführen, sie schimmert, als sei sie mit Wasser bedeckt, auf dem Öl treibt. In einem Dorf balgen sich drei Hunde um einen Knochen; angesichts des Himmels, der auf den höchsten Bergen aufliegt, wirken die bemalten Häuschen mit Blechdächern wie Spielzeug. Sie haben zwei Polizeisperren passiert, offenbar hat ein Bombenalarm Kapstadt lahmgelegt; er kann sich nicht an die blutjungen bewaffneten Beamten gewöhnen, die ihn mit Verachtung strafen und seine Freundin mit unverhohlener Gier begaffen. Das klare, erbarmungslose Licht verbrennt die Welt. Trotz der Blende springen Sonnenflecken über ihr Gesicht. Ihr Mund steht offen, sie murmelt im Schlaf. Ihr Gesicht ist asymmetrisch, aus dem Gleichgewicht, er hat lange gebraucht, um zu verstehen, warum das so ist: Ihr rechtes Auge liegt um Millimeter höher als das linke, außerdem ist es unwesentlich kleiner. Ein Zitat fällt ihm ein, das er vor vielen Jahren in einem Roman verwendet hat: »Die Hindus glauben, dass die Erde auf dem Rücken eines Elefanten ruht. Eines Elefanten, der auf einer Schildkröte steht.« Woher stammt das Zitat? Müsste er die südafrikanische Landschaft zwischen Riviersonderend und Swellendam bschreiben, würde es erneut passen. Er hat lange nicht an seine Mutter gedacht. Nun sieht er sich in ihrem Sterbezimmer stehen, er ist zu spät, sie ist vor einer Stunde verstorben. Die Eisenklaue, die ihn in jenem Krankenhauszimmer am Rande seiner Geburtsstadt packte, packt ihn erneut. Der Schmerz hat ihn in die Knie gezwungen, ein Erstickender, der sich nicht überwinden konnte, seine zusammengekrümmt auf dem Bett liegende tote Mutter ein letztes Mal zu berühren, ein letztes Mal zu küssen, ein Mann ohne Mutter. Wir sind das, an das wir uns erinnern. Er will nicht in diesem Sterbezimmer sein, nicht einmal in der Erinnerung. Er sieht das Haus vor sich, das er als Junge mit Kreide auf den Asphalt vor dem Mietblock gezeichnet hat, in dem das Mädchen wohnt, in das er sich verliebt hat, das Stottern des Kompressors im Ohr, vierzig Jahre ist das her, wieso denkt er ausgerechnet jetzt daran? Sie fahren durch eine Siedlung, ärmliche Hütten und Verschläge, das Ortsschild hat er verpasst. Seine Freundin schläft. Kinder laufen ihnen nach, schwarze Kinder, sie winken, und er winkt zurück, doch als er nicht anhält, fangen sie an, sie mit Steinen zu bewerfen. Er beschleunigt und sieht im Rückspiegel zu, wie sie kleiner werden. Es dauerte vier Tage, bis der Regen sein Haus weggewaschen hatte. Sein Kreidehaus, das zu bewohnen gewesen wäre. Sind wir das, was wir uns vorstellen können? Wir sind das, was wir sind, Punkt. Und der Rest ist Literatur, also Erfindung? Oder doch Esoterik und Religion, also Lüge? Ist es wichtig, sich richtig zu erinnern? Hilft es? Denkt das Mädchen manchmal an ihn, hat sie Kinder? Das erste Mal haben sie sich in der Waschküche geküsst, er hat das Sausen der wirbelnden Trommel im Ohr, sieht die farbigen Schlieren der Wäsche, die tropfenden Hemden an der Leine. Sie hatten auf dem nassen Zementboden mit Wäscheklammern Zeichen ausgelegt, Symbole, die sie selber nicht verstanden. Weshalb denkt er an das Mädchen, dessen Name ihm nicht einfallen will? Lebt sie überhaupt noch? Der Anhänger eines Traktors, den er überholt, ohne bei der Sache zu sein, ist mit Zuckerrüben beladen, die in der Sonne glänzen, als seien sie aus PVC. Nennt man die Wolken, die sich am Horizont türmen, Zirruswolken? Muss er wissen, wie man die Wolken korrekt bezeichnet? Es reicht, das Wort »Zirruswolken« aufzuschreiben, die Phantasie des Lesers erledigt den Rest! Aber möchte er nicht, dass der Leser genau das Bild vor Augen hat, das er jetzt sieht? »Der Löwe greift den an, der ihm beim Fressen zusieht.« Wo hat er das gelesen? Oder hat er es selbst geschrieben, irgendwo in einem seiner Bücher? Er hält das Steuerrad mit einer Hand, die andere legt er auf den Oberschenkel seiner Freundin. Sie murrt, erwacht aber nicht. Es ist noch heißer als gestern, er fühlt sich unwohl; obwohl er ein Kratzen im Hals spürt, hat er die Klimaanlage eingeschaltet. Fußgänger kommen ihnen entgegen, Frauen und Kinder, keine Männer, soweit er erkennen kann, eine lange Kolonne, Pilger der Armut. Auf einem abgeernteten Feld brennt ein Feuer, er begreift nicht gleich, dass die Männer, die um die Flammen herumtanzen, ein Auto angesteckt haben. Die Schüsse, die abgefeuert werden, hält er für das Knallen einer Peitsche, da sieht er das Gewehr, mit dem einer der Männer herumfuchtelt. Er hat unbewusst den Kopf eingezogen, sein Nacken schmerzt, so verkrampft sitzt er am Steuer. Er sehnt sich nach Ruhe und Geborgenheit der Sätze, die er baut, sehnt sich nach seinem Versteck, seinem Sprachreservat.

Sie fährt langsam durch die Straßen von Swellendam, er hat das Smartphone in der Hand und liest vor, in welchen B & B Zimmer frei sind. Vor fünfzehn, höchstens zwanzig Kilometern haben sie an einer Tankstelle angehalten, um Wasser zu kaufen und die Plätze zu tauschen: Sie fährt ruhiger als er, sicherer. Der schmucklose Ort besteht hauptsächlich aus der Voortrek Street, an der sich Haus an Haus und Geschäft an Geschäft reihen, und von der zahlreiche stille und schattige Nebenstraßen abgehen. Sie entscheiden sich für eine ehemalige Bibliothek am Rand des Ortes, die erst im vorigen Jahr in ein Guesthouse umgewandelt worden ist. Er ruft aus dem Auto an und bucht das Zimmer, dann halten sie vor einem Lokal, setzen sich auf die überdachte, aber offene Veranda, bestellen Weißwein vom Kap und zwei Käsetoasts. Wegen ihr verzichtet er auf den Schinken, obwohl ihn die unterschwellige Wut, die sie wie eine ungute Duftwolke umgibt, stört. Noch immer beschäftigt sie der Satz ihres Sohnes, er sei lieber bei seinem Papi als bei ihr. Er hat gelernt, sie in solchen Momenten in Ruhe zu lassen und abzuwarten. Ihre Bewegungen sind brüsk, sie sieht knapp an ihm vorbei. Die weiße freundliche Frau, die sie bedient, ist unfassbar dick, riecht nach Schweiß, trägt aber Wollsocken in den Sandalen. Die Anstrengung, die es kostet, sich der ruhigen Gelassenheit des Städtchens zu verschließen, macht das Gesicht seiner Freundin zur Fratze. Auf der Schwelle des Lokales liegt eine Katze im Schatten und putzt sich, Autos gleiten langsam vorbei, man winkt ihnen zu. Es ist, als habe sich die Zeit verlangsamt; nach dem ersten Glas Wein gibt seine Freundin nach und entspannt sich. Wie schön sie plötzlich ist! Das blonde Mädchen, das auf der Schaukel sitzt, die an einem Baum auf der anderen Straßenseite hängt, bemerkt er erst, als ihn seine Freundin darauf hinweist. Das Mädchen starrt sie unbewegt an, er hebt die Hand, um ihr zu winken, hält aber in der Bewegung inne, da sie abrupt aufsteht und mit versteinerter Miene in einem blaugestrichenen Haus verschwindet.

Sie trennt die Rinde vom Brot und formt es mit Zeigefinger und Daumen zu Kugeln, die sie anstupst und über den Tisch zu ihm hinüberschickt, Brotkugel nach Brotkugel, wie immer, wenn sie in einem Restaurant essen. Er hat vor Wochen damit aufgehört, ihre Kügelchen mit dem Zeigefinger zu stoppen und sich in den Mund zu stecken. Eine nach der andern zerdrückt er, ohne die Miene zu verziehen, kratzt die Batzen mit den Fingernägeln vom Tischtuch und wischt sie zu Boden. Ihr Tisch steht in der Nähe des Kamins in einem der Hinterräume des afrikanischen Restaurants, das ihnen die Besitzerin ihres B & B empfohlen hat. Die Balken der niedrigen Decke sind schwarz versengt, offenbar hat es gebrannt, die Fußböden aus breiten Bohlen, die an Schiffsplanken erinnern. Nicht nur auf den Tischen brennen Kerzen, auch im Korridor und auf den Toiletten gibt es kein elektrisches Licht. Sie haben Fisch vom Grill, Süßkartoffeln und Gemüse bestellt, obwohl er sich gerne an den Rat der Besitzerin des B & B gehalten hätte, unbedingt ein Kudu-Steak zu essen. Aber er will seine Freundin nicht mit einem blutigen Stück Fleisch provozieren, nicht jetzt, da sie sich über Freespeak mit ihrem Exmann unterhalten musste, weil sie vergessen hatte, dass ihr Sohn zur Tennisstunde war. Nach dem Essen wird sie erneut anrufen, um sich von ihrem Jungen mit Hilfe sanft manipulativer Fragen versichern zu lassen, dass er sie seinem Vater vorzieht. Sie haben die kurze Strecke zum Restaurant mit den Segways zurückgelegt, die ihnen die Besitzerin des B & B angeboten hat, obwohl er sich auf den Stehrollern mit Elektromotor albern vorkommt, ein Gladiator auf der Suche nach einer Schlacht. Um seine Freundin vom Streit mit ihrem Exmann abzulenken, durchaus auch aus egoistischen Gründen, da ihn das Schweigen nervt, das über ihrem Tisch lastet, fragt er nach ihrer Audition. Ihrer Stimme ist nicht anzuhören, dass sie nicht die Wahrheit erzählt, aber er sieht es in ihren Augen, sie redet eine weitere Demütigung schön, lobt die Stimme der jüngeren Frau, die als Backgroundsängerin auf die Skandinavientour mitgenommen wird. Noch vor wenigen Wochen fand sie den Leadsänger der Band »affig«, jetzt schwärmt sie von ihm und formt weitere Brotkugeln. Auch ihre Liebe hat mit einer Lüge begonnen, lange hat er das als gutes Zeichen umgedeutet, indem er das Wort »Lüge« durch das Wort »Schwindel« ersetzte. Aber mittlerweile weiß er, er macht sich etwas vor: Er hat sie belogen, als sie ihm am 17. Juli 2018 am Fuß der Treppe zu den Toiletten des *Bad Mood* buchstäblich in die Arme fiel, weil sie auf der letzten Stufe stolperte. An der Bar des Musikclubs hat er auf ihre Frage, ob er wisse, wer sie sei, gelogen. Er hat sie sofort als die Sängerin der Band Family Chocolate erkannt, die beim Eurovisionscontest 2017 mit elf Punkten auf dem drittletzten Rang landete. Den Song der Band, die sich nach dem Contest auflöste, hat er gehasst, ihr Bühnenoutfit ebenfalls: Sie trug ein Sekretärinnenkostüm, hochhackige Pumps, eine massive schwarze Hornbrille und sah aus wie ein Pornostarlett, das eine Lehrerin spielt. Nein, ich kenne dich nicht, hat er gelogen. Aber ich will dich kennenlernen! Noch heute ist er sich nicht sicher, was er daraufhin in ihrem Blick erkannt hat: Erleichterung oder Enttäuschung? Auch seine erste Liebe, die Liebe zu dem Mädchen, dem er ein Kreidehaus aufs Pflaster zeichnete, hat mit einer Lüge angefangen, jetzt fällt ihm auch der Name des Mädchens ein, Marianne, wie hat er ihn vergessen können, er hat ihn öfter geschrieben als jeden anderen Mädchennamen, denn er hat ihr monatelang jeden Tag einen Liebesbrief voller Schwüre und Beteuerungen geschrieben. Marianne hat ihn gefragt, ob er auch an keinem Klavier vorbeigehen könne, ohne es aufzuklappen, worauf er behauptete, dass er das tatsächlich unmöglich schaffe, obwohl er damals, er war fünfzehn, kein einziges Klavier auch nur angefasst hatte.

Ihr Weinglas ist mit Lippenstift verschmiert, seines mit dem Fett des Schweineschmalzes, das er sich trotz ihrer strafenden Blicke aufs Brot gestrichen hat. Am Nebentisch streitet sich ein Paar. Der Mann trägt Shorts, seine Beinchen sind kreidebleich, er ist offensichtlich betrunken, die Stimme der Frau zittert, sie kämpft mit den Tränen. Eine der Kellnerinnen bleibt kurz in der Tür stehen, gleich darauf wird die Musik lauter gedreht, die er gar nicht wahrgenommen hat, ausgelassene afrikanische Musik, die die Stimme des Streithahnes übertönt. Er greift nach der Hand seiner Freundin, sie lächeln sich an, erstaunt und beglückt, wie verlässlich die Streitereien anderer Paare ihre eigene Stimmung heben und sie einander näherbringen.

Selbstverständlich ist ihr Sex anders als in den ersten Monaten ihrer Beziehung, es mangelt ihm aber weder an Hingabe noch an Leidenschaft; ihr Sex ist ruhiger, selbstsicherer und zugleich selbstbezogener. Erstaunlicherweise fällt es ihm leicht, ihr zu sagen: Ich begehre dich!, und das ist keinesfalls gelogen. Allerdings fragt er sich, ob wirklich er gemeint ist, dem sie sich hingibt. Wohin schaut sie, während sie sich lieben und sie seinem Blick ausweicht, wo *ist* sie? Und wo ist er? Ihr Bett knarrt bei jeder Bewegung, bei jedem Stoß, sie haben die Stehlampen angemacht und die Gardinen des Fensters, das auf den dichtbewachsenen Garten geht, nur nachlässig geschlossen.

Er löst sich rasch von ihr, als es vorbei ist; er hat einen Krampf in der linken Wade, aber er schämt sich, darüber zu reden, und humpelt ins Badezimmer. Die Wände sind mit Bruchstücken verschiedener Kacheln in allen möglichen Farben gefliest, die Rohre, durch die das Wasser ins Waschbecken fließt, wie zwei Schlangen geformt, die sich umschlingen, aufbäumen und speien. Er kippt das Fensterchen an und hört die Rufe von Vögeln, die er nicht erkennt. Ein schwerer süßer Duft dringt von draußen ins

Badezimmer, irgendwo in der Nähe tickert ein Rasensprenger. Sie sitzt im Schneidersitz auf dem Sofa, das im abgetrennten Wohnbereich ihres Zimmers steht, den man über drei Stufen erreicht, ihr Smartphone neben sich. Er küsst sie auf den Mund, die rechte Hand in ihrem warmen Nacken, dann setzt er sich mit seinem Notebook in den Aufenthaltsraum vor den Kamin, in dem ein Feuer brennt. Sie sind heute Nacht die einzigen Gäste des B & B, es dauert einen Moment, bis er versteht, was das irritierende Ticken verursacht: Neben der Flügeltür, die auf die Gartenveranda führt, auf der sie frühstücken werden, steht eine reichverzierte mannshohe Pendule. Eine Wand ist bis unter die Decke mit Geweihen von Hirschen, Springböcken und Kudus bedeckt, an einer anderen steht ein Regal, das bis auf ein paar wenige Bildbände, eine DVD-Sammlung und zwei afrikanische Holzfiguren leer ist. Er steht auf, um auf die Veranda hinauszutreten, schreckt aber zurück: Die Bewegung der Flügeltüren, er hat sie schwungvoll aufgestoßen, hat ein Tier aufgescheucht. Stammt das Ratschen von großen Schwingen oder von Blättern, durch die das Tier flüchtet? Und kommt das schrille Flöten, das wohl eine halbe Minute an- und abschwillt und schlagartig aufhört, vom gleichen Tier? Wie finster Himmel und Garten sind!

BALLYKILLOWEN

Es nieselt, so kann er sich zumindest einreden, er würde George bei schönem Wetter zu Fuß besuchen. Hat er es jetzt nötig, sich auch bei Belanglosigkeiten in die eigene Tasche zu lügen? Er nimmt ein Sixpack *Smithwick's* aus dem Kühlschrank, stellt es auf den Beifahrersitz und fährt los. Die Karrenspur, die an Georges Trailer vorbeiführt, verliert sich in den unwegsamen, von Felsen durchsetzten Bergmatten der Blue Stack Mountains. Das Wasser vor St. John's Point, von Blitzen erhellt, ist in Aufruhr, die Donnerschläge scheinen als spürbare Erschütterung durch das grasgepolsterte Plateau zu gehen, auf dem Georges Trailer steht. Windstöße fahren in die Kronen der Handvoll Bäume, die hier oben stehen, zwei Möwen lassen sich vom Aufwind in die Höhe tragen und fallen als Steine aus dem Himmel. Er parkt vor dem rostzerfressenen Pick-up, auf dessen Ladefläche George den Krimskrams transportiert, den er bei car-boot-sales in Nordirland zusammensucht und mit bescheidenem Gewinn weiterverkauft. George tritt aus der Tür seines Trailers, den Baseballschläger in der Hand, den er in Griffnähe hat, seit er von vier Jugendlichen überfallen worden ist.

– Der Ausländer, sieh an, sieh an!

– Der Schotte, sieh an, sieh an!

George ist 1995 aus Edinburgh nach Irland und kurz darauf in den Wohnwagen fernab von jedem Haus gezogen. Er kann, das hatte er ihm bei ihrer ersten Begegnung ins Gesicht gesagt, Menschen nicht ausstehen, weil man ihnen, Georges Worte, nicht trauen kann. Vor drei Jahren ist sein Hund Nebraska gestorben, seither lebt er allein. George richtet über alles und jeden, aber ohne Zorn, seine Unerbittlichkeit gefällt trotzdem nicht jedem. Den Hang der meisten Iren, Konflikten aus dem Weg zu gehen und lieber zu lügen, statt Unangenehmes anzusprechen und andere mit Ehrlichkeit vor den Kopf zu stoßen, hat George nicht angenommen. Er sagt immer, was er denkt. Die Autoreifen, die sich hinter dem Trailer stapelten, hat er endlich verbrannt, doch da er wieder trinkt und die leeren Flaschen mit dem Hammer zerdeppert, liegt dort jetzt ein Berg funkelnder Scherben, der stetig höher wird.

– Brauchst du Gras?, fragt George spöttisch, stößt die Tür auf, bleibt aber auf der Metalltreppe stehen und sieht ihn an.

Er schüttelt den Kopf, George hat früher mit Drogen gehandelt, doch das ist vorbei. Er zeigt auf die ausrangierten Autosessel, die, durch Büsche vom Wind abgeschirmt, an einer Feuerstelle stehen und von einem Segeldach überspannt werden, das sie vor Regen schützt.

– Spielen wir?, fragt er und drückt die Autotür ins Schloss.

– Gegen Geld spiel ich immer gegen dich. Hast du Bier dabei?

George hat vor ein paar Jahren in Nordirland ein Carrombrett mit Spielsteinen und Borsäure als Gleitpulver gekauft, seither spielen sie regelmäßig gegeneinander, um Geld, aber ohne verbissenen Ernst. George hat Tischbeine an das Brett geschraubt, sie spielen sogar im Freien, wenn es regnet oder eigentlich zu kühl ist.

– Du trinkst immer noch dein Weiberbier, stellt George fest.

– Genau wie du. Oder spendierst du heute endlich eine Runde von deinem *Guinness*?

– Ich trink *McEwan's*, kein *Guinness*.

George nimmt ihm das *Smithwick's* ab und verschwindet damit im Trailer. Wind fährt in die Büsche, bläht das Segeltuch. Ein Leben ohne Vorsatz, er hat immer davon geträumt. Heute, da er es lebt, fühlt er sich oft, als befinde er sich in einem endlosen bodenlosen Sturz. Macht sich jemand Sorgen um ihn? Geht es darum, in der Liebe wie im Leben, jemanden zu haben, der sich um einen sorgt? Und er? Macht er sich Sorgen um jemanden? Die Möglichkeit, einen Sohn zu haben, fällt ihm ein. Jemanden, um den er sich sorgen kann? Er wird George nichts vom Anruf des Fremden erzählen, natürlich nicht, er braucht keinen Rat, er weiß, was er zu tun hat. Bleibt die Frage, ob er den Mut dafür hat.

Den Fehler, sich auf den falschen, nämlich Georges Autosessel zu setzen, hat er nur beim ersten Besuch gemacht. George gehört zu den Männern, die Lieblingsstühle haben. Zwei Sessel stammen aus demselben Unfallauto, die drei anderen hat er aus unterschiedlichen Wracks ausgebaut. Das Segeltuch flappt im Wind, am Horizont trennt eine leise zitternde gelbe Linie Atlantik und Himmel. Über der Donegal Bay steht das Tor eines Regenbogens. Er setzt sich und betrachtet ein Stück Holz, das neben der Feuerstelle liegt, von Rinde befreit, zahnweiß geschmirgelt von Sonne und Wind, da begreift er, er betrachtet ein Knöchelchen, dünn und lang wie ein Männerfinger.

– Da hockt er und denkt über die Vergänglichkeit nach!

George hat die Gabe, aus dem Nichts aufzutauchen; er stellt den Carromtisch ab, drückt die vier Beine in die Erde, um dem Tisch einen sicheren Stand zu geben, hebt seinen Autosessel in Position und legt den Stoffbeutel mit den Spielsteinen auf die Brettfläche.

– Du hast sowieso keine Chance, sagt George.

– Das sagst du jedes Mal.

– Weil ich nämlich einen neuen Striker hab.

– Schon wieder!

– Aus London.

– Wann warst du denn in London?

– Von einem Pakistani. Du bist geliefert!

Sie sitzen sich mit gesenkten Köpfen gegenüber, Stiere, die auf das Signal zum Angriff warten, das nie ertönen wird, wie sie wissen. George verteilt das weiße Pulver der Borsäure auf dem Brett und ordnet die neun schwarzen und neun weißen Steine um die rote Queen im Mittelkreis zum ersten Stoß an. Seit er George erzählt hat, dass er seinen Striker mit eingraviertem Flammenmäander im Internet in England bestellt hat, muss er sich Georges Lüge mit dem Striker, den er sich in London bei einem Pakistani gekauft haben will, bei jedem Besuch aufs Neue anhören. Er selbst hat seinen Striker tatsächlich für viel Geld in England bestellt. Er trägt ihn immer bei sich, obwohl er mit keinem anderen als mit George Carrom spielt. Sie spielen auf Augenhöhe, gleich gut, wenn auch völlig anders. Er spielt langsam, plant jeden Strike, sogar die denkbar einfachsten, sitzt, denkt nach, wägt ab, verwirft und denkt erneut nach, bevor er den Striker schließlich anstippt. George dagegen spielt blitzschnell, scheinbar ohne zu überlegen, plan- und ziellos, ein Chaot, der den Gegner nie drängt und ihm die Zeit lässt, die er benötigt. Wie falsch es ist, Georges Spieltempo als Hast auszulegen, hat er schnell gelernt. Einmal gewinnt George, einmal gewinnt er. Das Gewinngeld wandert von einer Tasche in die andere und wieder zurück.

– Dein Bier liegt im Eisfach, sagt George.

– Mein Bier?

– Unser Bier.

– Na und?, fragt er, obwohl er Georges Antwort kennt.

– In zehn Minuten kannst du die ersten zwei Flaschen holen.

– Zu Befehl, Herr General!

Der Wind hat an Kraft zugelegt, er liebt die klare, saubere Frische, die er mit sich trägt. Über ihren Köpfen fährt Gewölk meerwärts. Das weißgestrichene Holzkreuz, das George auf dem Grab seines Hundes errichtet hat, leuchtet in der Sonne, die die karge Landschaft momentlang wie eine Flüssigkeit flutet und sich warm auf ihre Gesichter legt.

– Einen Gott gibt es trotzdem keinen, sagt George, dem das Licht ebenfalls aufgefallen ist.

Er hat das helle Quietschen der Briefkastenklappe im Ohr, das ihm damals, als er die unterzeichneten Scheidungspapiere auf den Weg in die Schweiz brachte, durch Mark und Bein ging.

– Heute ist Donnerstag, fragt er, nicht?

– Zwischen deinen Schuhen wächst wohl schon Gras, spottet George.

– Nicht?

– Freitag! Heute ist Freitag.

Freitag! Er hat Crapman um zwei Tage verpasst! In letzter Zeit hört er vermehrt Geräusche aus der Vergangenheit, leise wie laute, er hört Sätze, die zum Glück gesagt worden sind, Sätze, die besser nie gesagt worden wären. Es riecht nach Torf, die Kupferbahnen, mit denen George das Dach seines Trailers um das qualmende Ofenrohr herum ausgelegt hat, sind mit feinem Grünspan bedeckt und schillern wie der Panzer einer Echse.

– Sagt dir der Name Albu Nimr etwas?, fragt George.

Er schüttelt den Kopf und rückt den Autosessel etwas näher an das Spielbrett, weil er es nicht mag, sich so weit vorlehnen zu müssen.

– Ein sunnitischer Stamm im Westirak.

– Und?

– Werden im Moment grade abgeschlachtet. Geköpft von den IS-Arschlöchern. Dafür haben Washington und Oregon den Besitz von Marihuana legalisiert.

– Was hat das miteinander zu tun, George?

– Nichts! Das ist ja das Problem, mein Freund. Nicht die Welt ist schlecht, wir sind es. Schwarz oder weiß?

– Weiß, antwortet er, nimmt seinen Striker aus dem Lederetui und legt ihn sorgsam aufs Brett.

***

Zehnbeinig, neunäugig, eher verwandt den Spinnen denn den Krebsen, eine eigene Tiergruppe, durch 400 Jahrmillionen der Evolution von jeder anderen Kreatur getrennt. Auf dem ersten Foto, das er auf dem Notebook ansieht, hält er die abgebildeten Pfeilschwanzkrebse erst für grünlich oxidierte Stahlhelme, aus denen durch dünne Schläuche blaue Flüssigkeit in Gläser rinnt. Bis 2016 sind jedes Jahr über fünf Millionen Pfeilschwanzkrebse an die amerikanische Ostküste gekommen, um zu laichen. Er hört die Stimme seiner Freundin durch die geschlossene Tür, sie lacht, spricht sie wirklich mit ihrem Sohn? Er legt ein Scheit in die Glut; soll er sie belauschen? Die Rosshaardecke, die auf dem Boden liegt, ist voller Hundehaare, jetzt begreift er die muffige Duftnote, die in der Luft hängt. Warum hat er keinen Hund auf dem Grundstück des B & B gesehen? Wie ist George in seinen Text gelangt, woher hat er ihn? So er an der Geschichte des Bildhauers weiterschreibt, muss er sich entscheiden, George zu streichen oder seine Rolle auszubauen. Der Gedanke, in einem Trailer zu leben, weitab von jedem anderen Haus, gefällt ihm. Soll er seinen Sean Berger in diesen Trailer umsiedeln? Oder wird der Mann damit zum Klischee? Carrom hat er früher selbst gespielt; was ist aus dem Spieltisch geworden? Er öffnet ein Newsportal und springt unkonzentriert durch Eilmeldungen: Nach Amsterdam musste nun auch Venedig aufgrund des hohen

Wasserstandes bis auf weiteres evakuiert werden; eine Maschine der British Airways ist auf dem Weg von Großlondon nach Bombay von einer Bombe der Terrorgruppe »Der wahre Weg« zerrissen worden, alle dreihundertelf Passagiere und zwölf Mitglieder der Crew sind tot; in Sibirien haben sich weitere Krater in der Erde aufgetan, riesige Löcher, die von Gasexplosionen stammen, wie vermutet wird; das gesamte Bundesland Niedersachsen ist zur postantibiotischen Sperrzone erklärt worden. Er schließt das Newsportal, kehrt zu den Pfeilschwanzkrebsen zurück und liest über ihr einzigartiges Immunsystem: Sobald molekulare Detektoren in ihrem blauen Blut die kleinste Spur bakterieller Toxine registrieren, verklumpen ihre Abwehrzellen und frieren die giftigen Erreger ein. Diese Extremempfindlichkeit ihrer Immunabwehr nutzte die Pharmaindustrie bis anhin für die Produktion von Tests zum schnellen Nachweis von Bakteriengiften. Laborangestellte schnallten die an Stränden eingesammelten Tiere auf Stahlbänke, schoben sterile Kanülen in ihre Herzen und zapften ihnen so ihr blaues Blut ab. Jetzt versteht er die Fotografie, auf der er die Krebse für Stahlhelme gehalten hat. Als Kind ist Blau seine Lieblingsfarbe gewesen. Hat er heute eine Lieblingsfarbe? Es schien ihm logisch, dass in den Adern seines Lieblingsteddys blaues Blut floss, wie hat er das nur vergessen können? Eines Tages hat er dem Teddy mit einem Messer den Bauch aufgeschnitten, um nachzusehen. Die meisten Pfeilschwanzkrebse haben den Aderlass überlebt, und trotzdem ist der Mensch schuld, sind sie ausgestorben. Homo sapiens: Zweibeiner mit beweglichem Daumen und aufrechtem Gang. Hat er das irgendwo gelesen oder irgendwo aufgeschrieben? Ist es doch kein Segen, zu vergessen? Er klickt sich durch die restlichen Seiten, die sich mit dem Pfeilschwanzkrebs befassen, und lernt so den Wattvogel Knutt kennen, klein wie die Amsel, der nun ebenfalls aussterben wird, da ihm die proteinreichen Eier der Pfeilschwanzkrebse ein wichtiger Teil seiner Nahrung sind, weswegen er auf dem Weg von Feuerland zu seinen Brutplätzen in der kanadischen Tundra an der US-Ostküste rastet.

Er klappt das Notebook zu, bleibt jedoch sitzen. Seine Freundin summt, er hört sie durch die Zimmertür, sie ist beruhigt, ihr Sohn hat diesmal wohl gesagt, was sie hören wollte. Soll er ihr von Knutt erzählen? Tiere interessieren sie nur begrenzt, eigentlich vor allem dann, wenn sie ihn in unangenehme Diskussionen verwickeln kann, da er Tiere isst, obwohl er doch behauptet, sie zu lieben. Er will eben aufstehen, um hinüberzugehen, da öffnet sie die Tür, tritt barfuß in den Aufenthaltsraum und setzt sich zu ihm. Über das Gespräch mit ihrem Sohn verliert sie kein Wort; sie nimmt ihm das Notebook ab, legt es auf den Couchtisch und schmiegt sich an ihn. Ihre Haut glänzt, sie riecht nach Bodylotion, hat sie geduscht? Sie trägt die Kette aus Lesotho, die er ihr geschenkt hat. Die Dachbalken des alten Bibliotheksgebäudes knarren und ächzen, das Klopfen auf den Ziegeln stammt von den Zapfen der hohen Tanne, die direkt neben dem B & B steht. Als sie mit den Segways losgefahren sind, haben sie zugesehen, wie Zapfen um Zapfen auf das Dach fiel, als klopfe die Tanne aus lauter Langeweile einen Rhythmus auf das Haus, neben dem sie seit vielen Jahren steht. Sein Hals fühlt sich rau an, er räuspert sich, die rechte Hand auf ihrer warmen Hüfte. Sie hat ein Luxuszelt in einem Gamepark gebucht, grade eben, ein Geschenk, sagt sie, ein Geschenk für ihn, ein Geschenk für sie beide, eine Nacht in einem Gamepark, in dem es Löwen, Elefanten, Flusspferde und Rhinozerosse gibt. Aus der Fahrt nach Plettenberg Bay, die er vorgeschlagen hat, wird demnach nichts, der Gamepark liegt in der Nähe von Mossel Bay, zweieinhalb Fahrstunden von Swellendam entfernt.

Freust du dich?, fragt sie und legt den Kopf in seinen Schoß.

SIEBZEHN

Lina kauerte vor dem Feuer im Eingang der Höhle, in der wir die Nacht verbracht hatten. Sie zerbrach Äste über dem Knie, durch brusthohe Krüppelkiefern etwas vom Ost geschützt, der durch die Klamm hochpfiff, als wolle er uns aus unserem Versteck scheuchen. Wahrscheinlich hatte mich das Knacken des brechenden Holzes geweckt. Der dichte Nebel, der im Tal und über der Hochfläche unter uns stand, ordnete die Welt neu, er sorgte dafür, dass sie anders klang, weiter, großzügiger und gleichzeitig kleiner und enger. Außerdem setzte der Nebel die Regeln der Richtung außer Kraft, die Geräusche drangen von überall und nirgends auf mich ein: das Spratzeln und Knistern des Feuers, das Tropfen von Schmelzwasser, das Schnaufen der Pferde, das Mahlen ihrer Zähne, das Singen und Heulen des Windes, das Rauschen von Vogelschwingen, das Sirren fallender Steine, ihr helles Klirren, wenn sie irgendwo in der Tiefe aufschlugen und zersprangen. Ich schälte mich aus den Decken und Fellen, die uns warm gehalten hatten, und setzte mich auf. Lina hielt einen Stecken ins Feuer, auf den sie Wurstscheiben gespießt hatte.

»Ist keine Katzenwurst«, sagte sie, »nein, nein.«

Sie nahm den Stecken aus dem Feuer und reichte ihn mir. Die Wurstscheiben waren mit einer schwarzen Kruste bedeckt. Ich pustete auf eine Scheibe und biss hinein.

»Das Fleisch des Schlachttieres mag reich sein an Phosphaten und Jod ...«

»Ich bin am Essen«, fiel ich ihr ins Wort.

»... dafür ist es arm an Kalzium und Eisen.«

Ich hielt ihr den Stecken mit den Wurstscheiben entgegen, sie nahm ihn mir ab und aß, ohne zu zögern, weiter. Ich war mitten in der Nacht aus dem Schlaf geschreckt, als sie sich zu mir gelegt und sich an mich geschmiegt hatte.

»Die Maus bringt drei- bis viermal jährlich sechs bis dreizehn blinde hilflose Junge zur Welt«, sagte sie und wischte sich Fett von den Lippen.

»Willst du mir sagen, das sei Mausfleisch?«

»Mus musculus«, sagte sie und schüttelte den Kopf, »ist als Kommensale des Menschen weitverbreitet!«

Ich war bald wieder eingeschlafen, ihren Hinterkopf mit meiner Hand umfassend wie eine Skulptur, die ich schützen musste. Gegen Morgen war mir aufgefallen, dass Lina ihre Stützschiene abgelegt hatte, die Haut ihres kranken Beines hatte sich kalt an meinen Oberschenkel gedrückt, aber als ich meine Hand darauflegen wollte, hatte sie sich auf die andere Seite gedreht und im Schlaf dagegen protestiert.

»Ich weiß natürlich auch nicht, was Kommensalen heißt«, sagte sie, »klingt aber gut, nicht?«

»Ein Organismus, der sich auf Kosten eines Wirtsorganismus ernährt, ohne ihm dabei zu schaden«, sagte ich.

»Eines ›artfremden‹ Wirtsorganismus ernährt«, ergänzte sie.

Der Rauch des Feuers zog in einer zopfförmig verschlauften Säule aus dem Eingang der Höhle in den Himmel, und mir fiel GisliChrigels Rat ein, auf keinen Fall die Aufmerksamkeit der Stahlhelme auf uns zu ziehen. Unter uns war der Nebel dicht genug, den Rauch zu schlucken. Kamen die

Stahlhelme aus der Höhe, waren wir verloren. Ich stand auf und trat vor die Höhle.

»Wer den Blick des Uhus aushält, hält jeden Blick aus!«, rief sie mir nach.

Das Nebelmeer war von safrangelben Furchen gesträhnt, die ich von unserem Lager aus nicht gesehen hatte. Sobald ich den Schutz des Gestrüpps verließ, spürte ich, wie kalt und scharf der Ost war.

»Bevor der Uhu seine Beute verschlingt, hat er sie in seinem Geiste längst verdaut, Halblaut!«

Ein Ast hatte die Form einer Wünschelrute. Das Schmatzen meiner Schuhe im Matsch klang wie ein Geräusch, das sich selbst verschluckte. Ich ging zu den Pferden hinüber; um sie wenigstens notdürftig vor Kälte und Nässe zu schützen, hatten wir aus Planen einen Unterschlupf für sie aufgespannt.

»Die Ameisen sind ein Volk ohne Kraft und sichern sich doch im Sommer ihr Futter.«

Linas Stimme klang, als rede sie in ein Tuch hinein, mein Hüsteln dämpfte der Nebel zu leisem Bellen. Ich tat Hafer und Stroh in die Futtersäcke und band sie den Pferden um.

»Die Klippdachse sind ein Volk ohne Stärke und bauen doch in den Felsen ihre Behausung.«

Das Feuer warf einen gelbroten Schimmer an die Felsdecke des Höhleneinganges. Das Mahlen der Pferdezähne erinnerte mich eigenartigerweise an Vezir, ich sah ihn in seiner Lederschürze vor dem Brennofen stehen, die Brille auf dem Nasensattel, ein Siegergrinsen im Gesicht, weil es mir wieder nicht gelungen war, die Bestandteile seines neuen Brandes aus dem Schlückchen des Vorlaufes herauszuschmecken, der mir im Hals brannte. War Krähenmann schon gesund genug, um Teil des Suchtrupps zu sein, vor dem GisliChrigel mich gewarnt hatte? Mutter hatte schon beim kleinsten Fehler, den ich nach ihrer Meinung machte, tagelang gebraucht, um mir zu verzeihen. Anders als Vater war sie nachtragend, genau wie ich. Ein braunschwarz gefiederter Vogel flog so nah über mir vorbei, dass ich ihn trotz des Nebels deutlich sehen konnte; er segelte mit an den Körper gelegten steckendünnen Beinen talwärts. Das Klappern, das er mit dem löffelartigen Schnabel erzeugte, klang, als würden Bretter gegeneinandergeschlagen. Wollte er mich erschrecken? Bevor er im Nebel verschwand, stieß er einen Schrei aus, rein und erhaben und doch voller Klage und Trauer.

»Einen König haben die Heuschrecken nicht und ziehen doch wohlgeordnet aus.«

Lina stand auf und gähnte. Sie hatte sich die Stützschiene umgeschnallt, trug aber weder Mantel noch Handschuhe.

»Der Verurteilte wird auf einem Felsen ausgesetzt werden, und die Raben werden sich in hoher Zahl um ihn scharen und ihre Schnäbel wetzen.«

»Ich bin nicht verurteilt. Und Raben ...«

»... wetzen ihre Schnäbel nicht«, unterbrach sie mich, »wer redet denn von dir?«

Irgendwo über uns löste sich ein Steinbrocken aus der Felswand und polterte in die Tiefe. Ich packte Lina am Arm und zog sie in den Schutz der Höhle, in der es durchdringend nach unserem Schweiß stank; nachts hatte ich mich offenbar daran gewöhnt. Wir standen Hand in Hand, ohne ein Wort zu sagen, reglos. War es richtig, Lina nicht nach ihrem Verhältnis zu ihrem Vater zu fragen? Wieso redete sie nie von ihren Eltern? Das kehlige Ratschen einer Bergdohle drang durch den Nebel, mir fiel der Raubvogel ein, der mir als Junge eine Forelle aus der Hand schnappte, die ich eben vom Haken meiner Angel gelöst hatte. Ich war die wallartige Uferlehne der Rha hinaufgestürzt, um dem Räuber nachzulaufen, in dessen Fängen der Fisch mit blitzendem Bauch zappelte. Hinter der Sandbank, verborgen durch einen Vorhang aus Schlehdorn, wuchs ein Band Strandhafer, der scharenweise kleine Vögel anlockte, die die Rispen mit ihren Schnäbeln nach Körner absuchten. Spinnen wiegten sich in den Netzen, die sie zwischen den Stängeln aufgespannt hatten und die aufschienen, wenn das Abendlicht sie in einem bestimmten Winkel traf. Fasziniert hatte ich zugesehen, wie der Raubvogel meinen Fang mit energischen Schnabelhieben gegen seine Artgenossen verteidigte und ihm gleichzeitig das Fleisch von den Gräten riss. Ich wartete, bis der Vogel den Fisch verspeist hatte, dann vertrieb ich ihn mit Händeklatschen und Schreien. Zwischen Knochen und Gräten, mit denen sein Fressplatz übersät war, lagen Haarknäuel, Gewöll, das er heraufgewürgt hatte. Dicke Wolken von Schmeißfliegen umflogen mich, es stank nach verwesten Beuteresten, die voller Laufkäfer und Maden waren.

»Siehst du Gespenster«, sagte Lina, »wir müssen los!«

kleine Badekabinen stehen im Fluss wir nehmen rituelle Bäder das Wasser ist viel zu warm wir Männer treiben auf dem Rücken so werden die Frauen nicht nass sie liegen auf uns die Frau die auf mir liegt habe ich noch nie gesehen sie ist älter als ich meine Mutter ist es nicht der Mann der neben mir liegt weint auf seinem Bauch liegt ein Stein

Tritt um Tritt bergan ins weiße Nichts, Kehre um Kehre, durch hausbreite Couloirs und Muren, über Geröllbänder, die unter dem Gewicht der Pferde in Bewegung gerieten, vorbei unter überhängenden Felswänden, über die das

Schmelzwasser smaragdgrüne Bahnen gezogen hatte, und unter menschenlangen Eiszapfen gefrorener Wasserfälle. Zum Glück verhüllte der Nebel, der seit unserem Aufbruch rasch in höhere Lagen gekrochen war, die Sicht in die Tiefe, als wir ein steil abfallendes Schneefeld überquerten, Lina hinter den Pferden, ich vor ihnen gehend. Die Welt, in die wir uns vorwagten, karg, abweisend und ohne jede Vegetation, hatte ihr die Sprache verschlagen. Ich sah ihr an, dass sie wie ich auf Geräusche achtete, die sich in der weißen Suppe nicht zuordnen, ja nicht einmal verorten ließen. Wir stiegen in den Sattel, Steine sirrten an uns vorbei, unsichtbar und deshalb noch bedrohlicher. Immer wieder war ich überzeugt, Hufe anderer Pferde zu hören, Männerstimmen, das Klicken von Gewehrverschlüssen, und versuchte mich mit der Vermutung zu beruhigen, der Nebel täusche meine Sinne. Wir sind, redete ich mir ein, allein unterwegs. Mein Plan war, den Anstieg zu überwinden, der in den Felsring mündet, der, breit wie ein Weg, um den Klotz des Hohen Gocht herumführt, so zumindest war es in den alten Landkarten verzeichnet. Mit etwas Glück fanden wir auf diesem Ring den Eingang ins Réduit, das sowohl GisliChrigel als auch Trakl erwähnt hatten. Lina war eben dabei, mich zu überholen, um die Führung zu übernehmen, als fünf, sechs Meter vor uns ein reiterloses gesatteltes Pferd vorbeigaloppierte und im Nebel verschwand. Wir saßen sofort ab und drängten uns zwischen unseren Pferden schutzsuchend aneinander, wobei ich Lina mit der Hand den Mund zuhielt. Wir lauschten, am Rand der Panik, sie mit geschlossenen, ich mit aufgerissenen Augen. Das Klappern der Hufe entfernte sich, danach war es nervtötend lange still. Im gleichen Moment, in dem Lina die Augen öffnete, vorsichtig, als fürchte sie, damit etwas in Gang zu setzen, das außerhalb ihrer Kontrolle lag, hörten wir die Stimme eines Mannes, der einen Befehl erteilte. Linas Gesichtsausdruck verriet, dass auch sie ihn nicht verstanden hatte. Wusste sie von den Stahlhelmen? Ich konnte weder sagen, woher die Stimme kam, noch wie weit entfernt der Mann war. Da fiel ein Schuss. Die Kugel prallte wimmernd von einem Fels ab, als würde eine Stimmgabel angeschlagen, und jaulte als Querschläger über unsere Köpfe. Wir gingen in die Knie, getrieben vom Wunsch, uns damit unsichtbar zu machen. Erstaunlicherweise blieb Krähenmanns Pferd absolut ruhig, als sei es an Schüsse gewöhnt; Linas Irish Tinker warf zwar den Kopf hin und her, gab aber ebenfalls keinen Laut von sich. Ich hörte Hufgetrappel mehrerer Pferde sowie Männer, acht, eher neun, die durcheinanderredeten, lachten und husteten und sich, wenn ich mich nicht täuschte, entfernten. Die Erleichterung in Linas Blick hätte mir beinahe ein Freudenglucksen entlockt; sie lächelte unsicher, ich spürte, wie die Anspannung aus ihrem Körper wich. Wir kauerten noch lange, nachdem die Stimmen und die Hufe verklungen waren, reglos und schweigend zwischen unseren Pferden. Schließlich legte ich ihr den Zeigefinger auf die Lippen, stand vorsichtig auf und horchte in den dichten Nebel hinein. Nichts! Die Männer hatten uns nicht bemerkt.

Am Ausstieg des Schneefeldes kippte das Gelände ins Flache, und wir hatten endlich einen sicheren Ort, um zu rasten. Ich zog den Beutel mit Dörräpfeln aus der Satteltasche und schob mir ein Apfelstück in den Mund.

»Waren das Stahlhelme?«

»Ich hab sie genauso wenig gesehen wie du, Lina.«

»Wieso hat ihn deine Mutter nicht gesucht?«

»Frag sie.«

»Oder die anderen aus dem Dorf?«

»Er ist aus freien Stücken weggegangen. Das respektieren wir.«

»Du nicht«, sagte sie, nahm mir den Beutel aus der Hand und stopfte sich gedörrte Apfelstücke in den Mund.

»Er ist mein Vater!«

»Aber nach Mudra zurück darf er nicht?«

»Wahrscheinlich will er das gar nicht«, sagte ich.

»Die Fliege, die du hier nicht erschlägst, bringt anderswo die Pest!«, sagte sie mit vollem Mund.

»Im November gibt es keine Fliegen, Lina!«

»Ein Waran kann Aas bis zu elf Kilometern weit riechen, stell dir vor! Das Weibchen legt seine Eier in einem Termitenbau ab, den es neun Monate später problemlos wiederfindet, obwohl es nie mehr dort gewesen ist.«

»Ich weiß nicht, was ein Waran ist.«

»Ich auch nicht! Das Weibchen bricht den Bau auf und lässt die frischgeschlüpften Jungen in die Freiheit. Weißt du, wie lange ein Tapir trägt?«

»Hör endlich auf mit deinen Tieren!«

Sie konnte sich ein Grinsen nicht verkneifen und legte mir ihre flache Hand auf die Stirn, als wolle sie überprüfen, ob ich Fieber habe. Das Leder ihres Handschuhs roch nach Pferd und Feuer.

»Dreihundertsiebzig Tage! Der Tapir trägt dreihundertsiebzig Tage! Das Erdferkel zweihundertzehn und das Warzenschwein hundertsiebzig. Wie lange wir Frauen tragen, weißt du ja.«

Wir blieben noch ein paar Minuten im Windschatten der Pferde und aßen schweigend weiter, bis der Beutel leer war. Sie nahm die Thermoskanne aus ihrer Satteltasche und schenkte mir eine Tasse des honiggesüßten Schwarztees ein, den sie in der Höhle über dem Feuer aufgebrüht hatte. Unsere Hände berührten sich, als sie mir den Becher reichte. Sie warf mir einen Blick zu, den ich nicht deuten konnte, und drängte sich entschlossen an mich. Ich legte die Arme um sie, den heißen Becher von ihr fernhaltend, und schloss die Augen. Ihr Geruch war mir bereits vertraut, ihr Atemtempo, an das ich mich anpasste, auch. Wir blieben lange so stehen, ohne zu reden, ohne uns zu küssen.

»Weißt du, was eine Coulrophobie ist?«

Linas Stimme, sie redete in meinen Mantel, vibrierte angenehm auf meinem Brustbein. Ich brummelte verneinend.

»Phobie vor Clowns. Und eine Chionophobie?«

»Angst vor Mädchen?«

»Vor Schnee, Witzbold! Der Doraphobiker fürchtet sich panisch vor Fellen und Tierhäuten.«

»Vor Haut nicht?«

»Doch! Vor Haut auch! Der Ranidaphobiker hat Angst vor Frösch...«

»Lina!«, unterbrach ich sie und küsste sie auf die Stirn.

Lina löste die Umarmung und deutete in die Ferne: Aus der Tiefe stiegen Dunstfahnen auf, der Nebel war im Begriff, sich langsam aufzulösen.

»Jetzt können wir endlich sehen, wohin wir gehen!«, sagte ich.

Linas Blick war abzulesen, was sie dachte: Wohin waren die Männer verschwunden? Beobachteten sie uns? Ohne den Schutz des Nebels waren wir leicht auszumachen, eine Frau, ein Mädchen eher, ein junger Mann, ihre vollbepackten Pferde. Leichte Beute für Wegelagerer. Vor uns lag ein letzter Anstieg, der wie eine Rampe über die Steilstufe auf den Felsring führte, unser Ziel. Fassartige Felsen lagen angeordnet, als wollten sie auf etwas hinweisen.

»Wir müssen uns beeilen«, sagte ich.

»Der Waran ist ein Schuppenkriechtier«, sagte Lina.

»Schuppen-was?«

»Eine Echse! Wird bis zu drei Metern lang. Hat eine gespaltene Zunge.«

Von der Stelle, an der wir standen, den Kopf im Nacken, stieg der Hohe Gocht als Dreieck von perfekter Ebenmäßigkeit in den Himmel, eine Schöpfung der Natur, ein Dreieck, aus dessen Spitze ein Stück herausgebrochen worden war, um dem Gletscher Platz zu verschaffen und Halt zu geben. Die Natur, ging mir durch den Kopf, kennt keinen Mangel, denn sie versucht nicht, einem Ideal zu entsprechen. Aus Spalten, die das meterdicke Eis zerrissen, leuchtete blaugrünes Licht, über dem Gipfel stand eine Fahne feinsten Schneestaubs, eine Fahne, die die Abbruchkante nicht verschleierte, sondern betonte.

ACHTZEHN

Der Felsring, der um den Sockel des Hohen Gocht herumführte, war tatsächlich breit wie ein Weg. Da er nur von einer dünnen Schneeschicht bedeckt war und nahezu eben verlief, kamen wir zügig voran. Die Luft, klar und rein, war von belebender Frische, der Himmel hoch, weit und leer. Eine Betontür, die, in drei Teile zerschlagen, im Schnee lag, führte uns zu einem Stolleneingang. Ein Gittertor, mit Eisenkette und Vorhängeschloss gesichert, sperrte den Stollen ab. Man musste mit schwerem Hammer auf die Betonplatte eingedroschen haben, die abgesplitterten Stücke lagen weit verstreut. Wir saßen ab, und ich drückte Lina die Zügel meines Pferdes in die Hand. Das Vorhängeschloss war nicht verrostet, ein Teil des Gitters dagegen zerfiel buchstäblich zu Staub, als ich es anfasste, Staub, der sich als rote Wolke in den Schnee legte. Ich drehte mich nach Lina um, bevor ich den Stollen betrat, aber sie war von einer Kette von fünf Schneehühnern abgelenkt, die rechts von uns dicht hintereinander über den mit Bruchsteinen übersäten Hang liefen. Lina bückte sich, hob einen Stein auf, klein wie ein Ei, und warf ihn, bevor ich ihr etwas zurufen konnte. Die Schneehühner stoben auseinander und erhoben sich mit lautem Flügelburren in die Luft, was klang wie das Klatschen mehrerer Menschenhände. Ein Huhn überschlug sich im Flug und stürzte zu Boden. Das Entsetzen, mit dem Lina mich flehend ansah, ärgerte mich, ich zischte verächtlich. Ich war knapp vor ihr bei dem Schneehuhn, einem Männchen mit dem typischen roten Fleck über den Augen, schwarzen Schwanzunterseiten, schwarzem Zügelstreif und weiß befiederten Füßen. Linas Stein hatte ihm den rechten Flügel gebrochen.

»Ich treff doch nie«, sagte sie und kniete neben dem verletzten Vogel nieder.

Der unversehrte Flügel schlug auf die Steine, nicht mehr wild und verzweifelt, sondern bereits matt und resigniert. Der Vogel öffnete und schloss den Schnabel und gab ein Wehklagen von sich, sein Blut färbte den Schnee. Ich stellte meinen rechten Stiefel auf sein Köpfchen und drückte es mit aller Kraft auf den Bruchstein. Der gesunde Flügel entfaltete sich krampfartig zu voller Spannbreite, zuckte einmal, zweimal, eine Bewegung, die bereits von der anderen Seite des Vorhanges gesteuert wurde, ein Reflex, dann war das Schneehuhn tot.

»Verzeih mir, Vogel«, sagte Lina, drehte sich um und ging weg.

Ich machte das Feuer an der Stelle des Stollens, die das Tageslicht jetzt, kurz nach Mittag, gerade noch erreichte, sechs Schritt hinter dem Eingang, direkt unter dem Hofmannsthal-Zitat, das mit schwarzer Farbe in großen Buchstaben sorgfältig an die gewölbte Wand gepinselt war:

MANCHE FREILICH MÜSSEN DRUNTEN STERBEN,
WO DIE SCHWEREN RUDER DER SCHIFFE STREIFEN

Tiefer in die Festung hinein traute ich mich nicht, noch nicht, dabei spürte ich die Nähe meines Vaters. Ich wusste, er war hier in diesem Berg, im Réduit, in einem der Gänge, Tunnels oder Stollen, einem der Räume oder Säle, einer der Kavernen oder Hallen, irgendwo in dieser Festung der untergegangenen Eidgenossenschaft, der Satz von Hofmannsthal verriet ihn. Mein Vater wollte gefunden werden, allerdings nur von dem, der die Mühe auf sich genommen hatte, bis hierher ins Massiv des Hohen Gocht aufzusteigen und ins Réduit vorzudringen. Der betonierte Stollenboden war mit glänzender Farbe gestrichen, die sich in langen Bahnen ablöste, an der verputzten Decke war eine vergitterte elektrische Lampe mit zersplitterter Glaswanne angebracht. Ich führte die Pferde so weit in den Stollen hinein, bis die Wärme des Feuers sie erreichte. Nachdem ich sie von Satteltaschen, Zaumzeug, Sattel und Satteldecke befreit, trockengerieben, gefüttert und mit geschmolzenem Schnee getränkt hatte, ließ ich mich am Feuer nieder und nahm Vaters Fellmütze ab. Hatte er beobachtet, wie wir auf das Réduit zuritten? Hatte er mich erkannt? Roch er den Rauch des Feuers? War er Teil einer Gemeinschaft, oder lebte er allein mit seiner neuen Frau und den Kindern in der Festung?

Es dauerte lange, bis Lina den Stollen betrat. Sie kauerte sich mir gegenüber ans Feuer, ohne mich eines Blickes zu würdigen, und hielt einen Stecken in die Glut, auf den sie das gerupfte, vom Kopf befreite Schneehuhn gespießt hatte. Wie war sie hier oben, weit über der Baumgrenze, an den Stecken gekommen?

»Ich sag's dir sowieso nicht«, sagte sie.

Der Duft des Fleisches, das an einigen Stellen schon dunkel wurde, und das Zischen des Fettes, das in die Glut tropfte, erinnerten mich an meinen Hunger. Die Entschuldigung, »ich habe es getötet, also esse ich es auch«, versagte sich Lina zum Glück. Wir saßen uns schweigend gegenüber, meine Ungeduld, dass das Fleisch endlich gar werde, beschämte mich. Als ich Holz nachlegte, zog sie den Stecken, den sie die ganze Zeit über Stückchen für Stückchen gedreht hatte, aus der Glut und hielt ihn beiseite. Das Tageslicht war längst gewandert, es lag als Band am äußersten Rand des Betonbodens; der restliche Teil des Gittertores sah aus, als sei er mit weißer Leuchtfarbe lackiert, so hell wurde er von der Sonne aus dem Hintergrund gehoben. Plötzlich bedrückte mich die Stille, die im Stollen herrschte, mir wurde das immense Gewicht und die schiere Macht des Felsmassives bewusst, in dem wir hier an der Wärme saßen.

»Wir schneiden unsere Haare nicht«, hob Lina mit dünner, aber sicherer Stimme an zu sprechen, »wir ernähren uns von Fisch und Getreide, die Jagd ist uns bekannt, doch wir lehnen sie ab, wir essen keine Tiere mit Füßen oder Federn, auch Menschen essen wir nicht. Wir tragen schwarze Gewänder aus grobem Flachs, die wir auch nachts nicht ausziehen. Wir kennen keine Götter, darum streiten wir nie, wir lösen Konflikte mit Spielen, die keiner, der nicht zu uns gehört, versteht. Der Fluss, an dem wir leben, ist gefährlich, seine Strömung für Fremde nicht zu berechnen. Wir aber kennen jede Sandbank, jede Untiefe, jedes Riff und jede Unterströmung, wir sind Teil des Flusses, doch wir leisten keine Fährdienste, niemandem, lassen uns nicht als Lotsen verdingen, wir schützen unseren Frieden.«

Sie redete wie in Trance, hob nicht ein einziges Mal den Kopf, drehte den Stecken aber vorsichtig weiter. Sollte ich sie unterbrechen? Vezir und ich hatten uns im Haus der Beschriebenen gelegentlich damit beschäftigt, uns die Idealvorstellung der Welt auszumalen, ich wusste, was Lina machte: Sie redete sich Boden unter die Füße, den sie sich mit ihrem Steinwurf entzogen hatte.

»Wir reden in Rätseln, deuten an, brauchen ein Wort, obschon wir ein anderes meinen. Wer uns versteht, ist einer von uns. Wir wissen mit Metall umzugehen, machen uns aber nichts aus Schmuck. Unsere Pferde sind geweiht, sie stehen nicht unter und nicht über, sondern neben uns, sie sind uns ebenbürtig. Es gibt nichts Geschriebenes in unserer Gemeinschaft, wir vertrauen ihr nicht, der Schrift, was wir lernen und demnach wissen, tragen wir in uns, wir lernen es auswendig, Bild für Bild, Wort für Wort, denn wir wissen um die Wichtigkeit des Erinnerns. Wer sich nicht erinnert, verdient es nicht, zu leben.«

Jetzt sah sie mich das erste Mal an. Ihr Gesicht war gerötet, ihre Hand, die den Stecken mit dem Schneehuhn umwendete, ruhig. Das Credo unseres Geschichtslehrers in Mudra fiel mir ein: »Die Entwürfe für eine erfüllte Zukunft sind nicht mehr, es gilt nur die Gegenwart!«

»Alles gehört allen und unser ...«

»... und unser Anführer ist ohne eigenen Besitz«, fiel ich ihr ins Wort, »denn wir verurteilen Habsucht genauso wie Gier, Neid und ...«

»... und Eitelkeit«, übernahm Lina, »stirbt einer von uns, legen wir ihn auf ein Holzgestell und überlassen ihn der Natur, also den Elementen, den Vögeln, den Insekten und den Würmern.«

Sie verstummte und sah mich an, bis ich den Faden aufnahm.

»Nur vor den wilden Tieren und den Hunden schützen wir sie, unsere Toten. Ist ihnen alles Fleisch von den Knochen gefallen, vergraben wir diese, freilich nur so lange, bis der Nächste stirbt, dann werden die Knochen an einer anderen Stelle auf unserer Seite des Stromes vergraben.«

»Wir stellen Speis und Trank auf ihre Gräber, aber wir

sprechen nicht zu ihnen, wir wissen, dass sie uns nicht antworten«, sagte Lina nach kurzem Zögern, »den Namen des Flusses halten wir geheim, auch unsere eigenen Namen und den Namen unserer Siedlung. Wir verstehen nichts von Handel noch von Gewinn. Hätte einer einen Vorteil über einen anderen, würde dies einzig seinen Unmut herausfordern. Wir tauschen, suchen dabei aber nicht den Nutzen, sondern das Aufleuchten in den Augen des anderen. Jener, der das Wertvollste gegen das Geringste eintauscht, besitzt das größte Ansehen. Wir töten jeden Fremden, der einem von uns oder uns selbst Leid zufügt. Macht aber einer der Unseren einen Fehler, vergeben ihm die anderen. Wir vergeben ihm.«

Lina befreite mich erst von ihrem Blick, als ich nickte.

Dann teilten wir uns das Schneehuhn.

mit dem letzten Schlag der Mittagsglocke richten sich die zwei roten Metallschlangen auf sie liegen parallel auf dem Spielfeld sie verharren in dieser Drohgebärde sie sind ungefährlich sie dienen der Zierde wir kämpfen zu Fuß gegen unsere Pferde ich fürchte mich vor meinem Reittier aber ich bin ihm überlegen der Spielboden ist aus Glas

Später setzten wir uns in den Eingang des Stollens und sahen zu, wie das Licht im Nordwesten schwand, bis nur mehr ein Rest am Horizont glimmerte. Der Himmel, von schwarzen Wolkenungetümen verschlossen, war in Unruhe, ein Unwetter baute sich auf. In der Ferne war Rumsen zu hören, gigantische Platten, die gegeneinanderdonnerten. Die Eiseskälte, die im Zwielicht rasch um sich griff, trieb uns ans Feuer zurück. Wir setzten uns dicht nebeneinander auf die ausgebreiteten Decken und Felle, aber wir berührten uns nicht. Auf Linas Handrücken pulste eine Ader, schließlich ließ sie sich an mich sinken, und ich legte den Arm um sie, dankbar um die Nähe. Die Pferde hatten ihre Gelassenheit verloren, sie spürten das aufziehende Gewitter. Ich versuchte mir vorzustellen, wo mein Vater mit seiner Familie in der Festung lebte, versuchte die Räume vor mir zu sehen, die sie bewohnten. Und trotzdem zog es mich nicht weiter ins Réduit, tiefer in den Berg, noch nicht. Wer war mein Vater geworden?

»Morgen gehen wir weiter rein«, sagte Lina.

Gleich darauf brach das Unwetter los. Es war, als würden schwere Eisentore aufgerissen und nur Sekunden später wieder zugeworfen, die Blitze, die den Himmel spalteten, machten die Landschaft vor dem Stolleneingang zur Bühne eines Schatten- und Lichttheaters. Die Pferde wieherten, scharrten mit den Hufen und sahen sich mit panisch aufgerissenen Augen nach uns um; erst als wir zu ihnen hinübergingen, sie tätschelten und auf sie einredeten, beruhigten sie sich. Es dauerte, bis das grollende Heer der Sturmwolken, das die Welt unablässig ins Helle und zurück ins Finstere riss, endlich über das Massiv weggezogen war und Menschen in anderen Gegenden vom Schlaf abhielt.

DU SIEHST DEN JUNGEN, er kauert in der hintersten Ecke des Stalls und macht sich unsichtbar, er fürchtet den Jahrestag Der Großen Transformation. Er hat sich, was streng untersagt ist, aus dem Haus der Kinder entfernt, um sich vor den Ritualen und Handlungen, die den Jahrestag begleiten, zu verbergen, zumindest so lange, bis man ihn findet. Du weißt, wo ich mich verberge, Vater, du hast mir die Ecke hinter dem Futtertrog gezeigt, du wirst mich nie verraten, dir sind die Feierlichkeiten genauso zuwider wie mir, und doch werden sie mich finden. Am Jahrestag Der Großen Transformation brennt kein Feuer, alle Arbeit ruht, niemand liest, keiner ist nur mit sich allein, keiner spricht, auch nicht die Älteste, jede ruht, jeder ruht, alles ruht. Am 22. April um 7 Uhr 34 macht sich die Älteste auf den Weg zur ersten Hütte, um deren Bewohner aufzufordern, ihr zu folgen. Von Hütte zu Hütte geht sie, die Älteste, klopft an jede Tür, und alle folgen wir ihr, die Prozession, die durch Mudra zieht, wird länger, immer länger, einer geht hinter dem anderen, schweigend, barfuß, das Haupt bedeckt, mit geschlossenen Augen, die linke Hand auf der Schulter der Vorderfrau, der Schulter des Vordermannes, angeführt von der Ältesten, vorbei an jeder Hütte, jedem Stall und jedem Schuppen, vorbei an unseren Gemüsetunnels, den Wasser- und Wachtürmen, der Bibliothek, vorbei am Turm der Träume, am Zimzum, bis das Schiff, das stranden wollte, erreicht ist, an dessen Bord wir steigen, jede und jeder, obwohl das Schiff längst nicht allen von uns Platz bietet, weshalb wir es mit An- und Aufbauten Jahr für Jahr in das Floß umbauen, das groß genug ist, uns an diesem Tag alle zu tragen, jede, jeden. Von nun an berührt keiner von uns den Boden, keiner spricht, und keiner ist in Gedanken an einem anderen Ort denn hier, um in Andacht zu verharren und den Anbeginn der Neuen Zeit mit Gesang zu begrüßen, unserem Gesang, der in der Luft steht, bis der Jahrestag Der Großen Transformation vorbei ist, der 23. April anbricht und ein neuer Anfang gemacht werden muss, gemacht werden darf, so steht es geschrieben. Nach Mitternacht entfachen wir ein Feuer auf dem Richtplatz, das Feuer, in das wir unsere Kopfbedeckungen werfen und die Dinge, die wir nicht brauchen. Wer den Mut hat, wirft sich in die Flammen, um sich mit Brandwunden auszuzeichnen und den Anbeginn auch auf diese Weise zu ehren und zu feiern.

BOTLIERSKOP

Das Licht verliert bereits an Kraft, als sie endlich das Ende des dirt track erreichen, der sich an der Flanke des Hügelzugs entlang auf das Hochplateau schlängelt, auf dem sich das weitläufige Löwengehege befindet. Während der Fahrt auf der mit Schlaglöchern durchsetzten Schlammpiste hat er sich dafür verflucht, dass er unbedingt am Rand der hintersten Sitzbank des offenen Transporters sitzen wollte, um den Raubkatzen möglichst nahe zu kommen. Sie sind mehrmals beinahe steckengeblieben, der Fahrer hat den Transporter nur freibekommen, indem er ihn vorsichtig um Radlängen vor- und zurücksetzte, wobei er gefährlich nah an den Abgrund kam. Die Vorstellung, sie könnten mit den talseitigen Rädern von der Piste geraten, kippen und, sich überschlagend, in die Schlucht hinunterstürzen, hat nicht nur ihn erstarren lassen: Seine Freundin klammerte sich an ihn, die Frau neben ihr an sie. Tal und Schlucht liegen bereits im Schatten, nur die Hochebene fängt letztes Tageslicht. Der Wind kämmt Schneisen in das hoch stehende gelbe Gras. Das weiche Licht passt nicht zum ängstlichen Gewisper, das sich unter den zwanzig Teilnehmern des »Lion Ride« breitmacht, weil sie die Löwen hören, aber nicht sehen können, noch nicht! Es gefällt ihm nicht, dass der blutjunge, beängstigend schöne Schwarze, der sich ihnen nach ihrer Ankunft gestern Abend als ihr personal guide vorgestellt hat, die Tour zu den Löwen als Ranger begleitet. Er sitzt neben dem Fahrer, das Gewehr am Schaft auf dem Oberschenkel aufgestützt. Die Art, wie seine Freundin den jungen Schönling zu offensichtlich ignoriert, sobald er in ihrer Nähe ist, macht ihn nervös. Er hat sie gestern mit einem Elektrokarren zu ihrem Luxuszelt am Flussufer gebracht, hat sie heute morgen um 5 Uhr 30 abgeholt, den Jeep ihrer privaten »Early Days Game Tour« gefahren und ihnen nach Sonnenaufgang im Schutz einer Baumgruppe ein Frühstück mit heißem Kaffee serviert, zwanzig Meter von zwei Giraffen entfernt. Und er hat seine Freundin nachmittags auf dem »Elephant Ride« begleitet, auf den er verzichtete, weil sich seine Halsschmerzen verschlimmert hatten. Danach haben sie sich gestritten, da er den Anblick nicht ertrug, sie hinter dem Ranger in einem Elefantensattel sitzen zu sehen, ausgelassen die Arme um ihn geschlungen, Wange an Wange, fröhlich, nein, glücklich, aber nicht mit ihm.

Der Ranger erhebt sich aus dem Beifahrersitz, hockt sich auf die Motorhaube und erklärt ihnen, das Gewehr vor der Brust, wie sie sich zu verhalten haben und was ihnen verboten ist, sobald sie sich der Löwengruppe nähern. Alles, was aus dem Gehäuse ihres Transporters ragt, den die Löwen kennen und akzeptieren, alles, was die Form dieses Gehäuses stört, da es ungewohnt ist, ein Arm, eine Hand, eine Kamera, ein Tablet, ein Smartphone, eine Mütze oder ein Gesicht, selbst eine Nase, eine *kleine* Nase, die aus dem Gehäuse des Transporters ragt, all dies kann der Löwe unter Umständen als Provokation und als Grund zur Attacke verstehen. Die Löwen sind vor zwei Tagen gefüttert worden, erklärt er, gefährlich sind sie trotzdem, sofern sie sich provoziert fühlen. Der Fahrer, ein weißer dicklicher

Mann mit rotblondem Haarkranz und Spiegelglatze, hat den Gang eingelegt, der Ranger nickt ihm zu, und sie fahren im Schritttempo auf eine abfallende Wiese zu, die im Abendlicht golden leuchtet. Am Himmelsgewölbe treiben Wolkenbänder, der Horizont steht in Flammen. Ein Bild der Idylle, wäre da nicht dies Brüllen. Wann sind die Zikaden verstummt, deren Sägen die gesamte Fahrt hierher dramatisch untermalt hat? Die Frau, die neben seiner Freundin sitzt, kämpft mit der Fassung. Das Löwengebrüll ist machtvoll, eindeutig aus einer anderen Welt, doch aus welcher? Die Frau zittert, sie flüstert, den Kopf zwischen den Knien, in einem fort das gleiche Wort, das er nicht versteht, nicht einmal die Sprache vermag er zu erkennen. Wieso macht sie die Tour mit, noch dazu ohne Begleitung? Sie fahren ein Stück den begrasten Hang hinauf, dann parallel zu seinem Scheitel auf eine Felsgruppe zu, worauf der Transporter quietschend in bedenkliche Schieflage gerät. Die Unruhe, die dies auslöst, ist gefährlich, einige Frauen und zwei dicke Männer stehen auf und drängen auf die Hangseite. Der Ranger befiehlt mit lauter Stimme, sich sofort wieder hinzusetzen und auf gar keinen Fall auf eine Seite zu drängen, da der Transporter sonst kippen könnte, zwanzig Meter vom Lagerplatz der Löwen entfernt. Als alle wieder sitzen, redet er beruhigend auf sie ein, nichts wird geschehen, keine Angst, es ist noch nie etwas geschehen. Sie fahren langsam um die Felsen herum und bleiben, immer noch in Schräglage, stehen: Die Löwen, drei Männchen, zwei Weibchen und drei Jungtiere, lagern im Kreis um das abgenagte Gerippe eines großen Beutetiers. Im niedergedrückten Gras liegen Knochen verstreut, Fellfetzen. Seine Freundin hält sich an ihm, die Frau neben ihr weint jetzt hemmungslos und klammert sich an der Lehne der Sitzbank fest. Er spürt das grollende

Brüllen des größten Männchens als tiefes, sattes Vibrieren hinter dem Brustbein, es ist, als steige der Laut aus ihm, aus seinem Körper, er hat Gänsehaut auf Armen und Beinen, er muss aufstehen, er kann nicht anders. Der scharfe Geruch, der über den Löwen schwebt, dringt tief in ihn ein, es ist, als öffne der Duft Poren, die bis jetzt verschlossen waren, verkümmert, jetzt *riecht* er, jetzt ist er da. Seine Freundin zerrt ihn auf die Bank zurück, im gleichen Moment erheben sich die zwei kleineren Männchen auf die Hinterbeine und fangen an, mit den Vordertatzen aufeinander einzuschlagen. Zeigt der Blick des Rangers Sorge oder Furcht? Er befiehlt ihnen, sitzen zu bleiben, sich ruhig zu verhalten und keine Fotos zu schießen, den Fahrer weist er an, langsam zurückzusetzen, »very, very slow!«. Das Brüllen und Fauchen ist furchterregend; die meisten Tourteilnehmer halten sich die Ohren zu, einige weinen, einige beten. Ein Mädchen, elf, zwölf Jahre alt, sitzt seelenruhig da, zwei Reihen vor ihnen, ein glückliches Strahlen im Gesicht. Es dreht den Kopf, sie sehen sich einen Augenblick an, Komplizen, die einander erkennen, dann wenden sie sich wieder den Löwen zu. Woher der Gestank stammt, der sich mit einem Mal ausbreitet, wird ihm erst klar, als der Transporter durch die mit Elektrodraht gesicherte Gitterschleuse auf die Schlammpiste hinausfährt: Die Frau, die neben ihnen sitzt, hat sich vor Angst in die Hosen geschissen.

Er setzt sich mit einem Bier und dem Notebook auf das Holzdeck ihres Luxuszeltes, seine Freundin hat sich hingelegt. Über dem Fluss stehen Mückenschwärme, am anderen Ufer steigt smaragdgrüne Vegetation wellenförmig in die Höhe, überragt vom Felsschädel, der dem Gamepark den Namen gibt: Botlierskop. Er sieht Affen in Bäumen turnen, schwere Vögel, die es enorme Kraft kostet, sich in die Luft zu erheben, und deren Flügelklatschen ihn zusammenfahren lässt, Schlag um Schlag.

BALLYKILLOWEN

Vom Blitz getroffen, er kennt das Gefühl, er hat es früher schon erlebt. Aber mit fünfzig? Es wäre vernünftig, weiterzugehen, sie stehenzulassen, an der Bar des An Grianán ein Bier zu trinken oder das Theater auf der Stelle zu verlassen und nach Hause zu fahren, zurück an seinen Stein. Er weiß, was ihn erwartet. Natürlich bleibt er, wo er ist. Er ist bereit, erneut ein anderer zu werden. Sie führen ein Gespräch, das sie als Vorgeplänkel erkennen, als Teil des Vorspiels. Als ein Glockensignal die Zuschauer zum Beginn des Konzertes in den Theatersaal bittet, brauchen sie kein Wort zu verlieren, was sie als Nächstes tun werden. Ein Blick reicht. Wenn du mich nur lieben könntest! Über diesen unsinnigen Wunsch ist er hinweg. Was er sich von ihr erwünscht, ist reifer, hofft er. Was wünscht er sich? Hitze und Leidenschaft und Anteilnahme, vielleicht Begleitung. Aber Liebe? Dass sie das Theater vor ihm verlässt und damit die Führung übernimmt, ließe sich im Nachhinein durchaus als Zeichen sehen. Er geht ihr nach, ohne darüber nachzudenken. Würde ein Außenstehender erkennen, dass sie bereits zusammengehören? Er geht vier, eher fünf Schritt hinter ihr her, der Regen hat nachgelassen, trotzdem werden sie nass, bis sie auf dem Parkplatz stehen. Ihre Autos, soll man es als Zufall abtun, stehen nur zehn Meter voneinander entfernt auf der großen Fläche. Sie brauchen auch jetzt nicht zu reden. Sie gleitet in seine Umarmung wie eine Hand in den Handschuh. Ihre Lippen sind trockener als erwartet, weil ihn der Rauchgeschmack ihrer Zunge abstößt, bricht er den Kuss schneller ab, als er sich vorgestellt hat. Seine Hände umfassen die Backen ihres Gesäßes, der Stoff ihres Kleides fühlt sich kühl an. Den ersten Satz, den sie zu ihm sagt, bevor sie sich ans Steuer ihres Wagens setzt, wird er nie vergessen:

– Ich bin verheiratet, sagte sie, glücklich verheiratet.

Sie wird sich, davon ist er überzeugt, ebenfalls für immer an seine Antwort erinnern, seine Lüge, die er ausspricht, ohne zu zögern:

– Ich auch, sagt er und geht zu seinem Wagen hinüber, um ihr zu folgen.

Drei Scheiben Zwieback, bestrichen mit Orangenmarmelade, *thick cut*, zwei Rädchen Chorizo, zwei Gläser Weißwein, drei. Er braucht drei Wochen, bis seine Haushaltsabfälle einen 60-Liter-Beutel füllen, er findet aber nicht, er esse nicht genug. Es hat eine Zeit gegeben, da dachte er daran, sich das Leben zu nehmen, nicht wegen ihr, nein, diese Macht hat sie nie gehabt, seinetwegen. Seiner selbst überdrüssig. Der Kampf wäre vorbei gewesen. Heute kann er das nicht mehr verstehen. Er hängt am Leben, so gleichförmig es auch verläuft. Oder vielleicht genau deshalb. Er hat entdeckt, was das Alter erleichtert, was Trost spendet und ihm hilft, mit der unausweichlichen Situation zurechtzukommen: eine gute Matratze, Ruhe, ein Hot Whiskey vor dem Einschlafen, eine Flasche vom guten Riesling aus Süddeutschland, eine Scheibe Zwieback, Orangenmarmelade, ein dickes Rädchen Chorizo, Mr Pops Gesellschaft.

Vermisst er etwas? Er vermisst nichts, niemanden. Trotzdem wartet er voller Ungeduld, er ist zu früh, er kann nicht zu spät kommen, auch wenn ihm dies die Iren, die niemals pünktlich sind, immer noch übelnehmen, er hat es bisher nicht geschafft, selbst wenn er die Uhren absichtlich falsch stellt und sich Mühe gibt zu tändeln. Die Wanduhr neben dem Kühlschrank zeigt 16:58. Draußen wäre es hell genug, um zu lesen, in der Wohnküche muss er, trotz der vielen Fenster, bereits das Licht andrehen. Regnet es? Als er aus dem Auto stieg, wacklig auf den Beinen nach den drei Flaschen Bier bei George, kam ein Helikopter der Armee über die Hügelreihen eingeschwebt, das Geräusch der Rotoren, ein scharfes Klatschen, folgte Sekunden verzögert. Hat Una ihn hintergangen, weil sie ihn nicht einweihte? Und was hätte er getan, wenn sie ihm von ihrer Schwangerschaft erzählt hätte? Es ist sinnlos, sich den Kopf zu zerbrechen, wie sein Leben als Vater hätte verlaufen können. Er ist müde, er hat sich angewöhnt, sich nachmittags hinzulegen, und zwar nicht nur dann, wenn ihm die Arbeit im Atelier gelungen ist und somit sozusagen als Belohnung, nein, er hat sich angewöhnt, sich jeden Nachmittag ins Bett zu legen und in den Halbschlaf zu treiben. Die Bilder und Szenen, die in diesen Stunden aufsteigen, sind ihm an den meisten Tagen wichtiger als die Realität, an der er keinen Anteil haben will, wozu auch? Die Bilder und Szenen, die vor seinen geschlossenen Augen erscheinen und ablaufen, geben seiner Wehmut Nahrung, das gefällt ihm. Er hat, versichern sie ihm, eine Vergangenheit, folglich hat er gelebt. Die Tatsache, über sich selbst nachzudenken, als wäre er bereits tot, belustigt ihn. Das Gedächtnis ist listig, aber nicht feindselig oder boshaft. Es lügt und täuscht, natürlich bloß zum eigenen Vorteil. Dass es nicht seiner Kontrolle unterliegt, weiß er längst.

Die Geduld, in der Küche zu sitzen und zu warten, fehlt ihm. Er schaltet den Wasserkocher ein und gleich wieder aus, er darf jetzt keinen Kaffee trinken, er muss in Bewegung bleiben. Er geht im Erdgeschoss von Raum zu Raum, nimmt einen Roman aus dem Regal, blättert darin, stellt ihn zurück, zieht einen anderen heraus, ohne ihn zu öffnen, steigt in den oberen Stock, tritt in seinem Schlafzimmer ans Fensterchen der Dachlukarne, schaut auf den Vorplatz und begreift, er muss sofort vors Haus: Der Wind hat einen Flügel des neuen Holztores zugeweht. Er will nicht, dass der junge Mann seinen Lieferwagen am Straßenrand parkt, er soll auf das Grundstück fahren und vor der Haustür anhalten. Es hat merklich abgekühlt, das graue Licht der Abenddämmerung verwandelt die Landschaft in einen vagen Raum, in dem die Distanzen verschwimmen. Warum ist er aufgeregt, was fürchtet er? Dass ihm der junge Mann unsympathisch ist? Dass der junge Mann ihn komisch findet? Alt? Hilft es, wenn er im Atelier wartet? Will er, dass der junge Mann seine Skulpturen sieht und ihn danach fragt? Früher hat er nicht ungern über seine Arbeit geredet, das ist vorbei. Was soll er sich erklären? Künstler, die ihre Arbeit deuten, sind ihm peinlich. Er ist im Lauf der Jahre nicht selbstsicherer geworden und sieht das durchaus als Stärke. Er wird nicht im Atelier auf seinen Sohn warten, sondern im Haus, in der Küche, von der er gar nicht erst auf die Straße sehen kann. Soll er die gebündelten Zeitungen wieder in die Abstellkammer schaffen? Bevor er das Licht löscht, bemerkt er, wie sich die Lampe über dem Tisch in der Fensterscheibe spiegelt. Seine Augen gewöhnen sich rasch an die Dunkelheit, er ist es gewohnt, ohne Licht dazusitzen und auf die Nacht zu warten. Die Stämme der fünf Birken, die er gepflanzt hat, nachdem sie endlich in die Schweiz zurückgekehrt war, leuchten, als habe er sie bemalt. Er will den Blick abwenden, da knallt ein Vogel gegen die Scheibe, schon wieder. Die Vögel, die den Aufprall überleben und benommen im Gras liegen, sind leichte Beute für Mr Pop. Wo ist der Kater überhaupt? Soll er aufstehen und nach dem Vogel sehen? Steht nicht eine offene Flasche Riesling im Kühlschrank? Er bleibt sitzen. Er hat befürchtet, sich nicht auszuhalten, im Alter, wenn er nicht arbeitet. Aber er hält sich sehr wohl aus, selbst wenn er tagelang nichts tut, nicht einmal liest, nur dasitzt, nachdenkt und dabei ins Leere starrt. Wird er das Bad und die Küchenwand wirklich fliesen lassen? Wird er sich als Vater zu erkennen geben? Und wann? Er wartet, er hat Zeit, aber Geduld hat er keine. So alt, dass er auch noch Geduld entwickelt, wird er nicht werden. Seit wann kann er sich nicht an Wochentage erinnern? Es braucht Mut, zurückzuschauen. »The fucking bird is dead! The fucking bird is dead! The fucking bird is dead!« Er hat die streitsüchtigen Stimmen der Kinder im Ohr, die hinter ihm herlaufen, während er den Vogel, der in die Frontscheibe von Niamhs Ford Cortina geflogen ist und den er von der Straße aufgelesen hat, in der hohlen Hand wegträgt. »The fucking bird is dead!« Schon nach ein paar Schritten regte sich der federleichte, vermeintlich tote Vogel und grub ihm die Krallen in die Haut. Er hielt die Faust hoch über seinen Kopf, öffnete sie und gab den Vogel frei. Angefeuert vom Wutgeheul der Kinder, fing sich der Spatz nach kurzem Trudeln, breitete die Flügel aus und flog davon. Was für ein Triumph! Ist ihm der Vogel auf der Hinfahrt ins Krankenhaus in die Scheibe geknallt oder auf der Rückfahrt? Niamhs Ford Cortina war golden lackiert! Auf welcher Etage hat Niamh gelegen, als sie erfuhr, dass sie an Krebs stirbt? Der Fremde, der ihn angerufen hat, liegt auf der 411, an ihre Zimmernummer kann er sich nicht erinnern. Er hat Niamh in den Tod begleitet. Die Lider ihrer Augen waren dünn wie Papier. Als sie tot war, gestorben morgens um zwölf Minuten nach sieben, hat er alle Fenster und Türen ihres Hauses geöffnet. Den Geruch nach nassem Gras und nassem Stein, der die Räume bald erfüllte, hat er noch heute in der Nase. Er hat den ganzen Tag in ihrem offenen Haus neben ihr gesessen, der Regen kam, der Regen ging, Sonne lag auf dem Zelt, das ihre Füße unter der Decke bildeten, lag auf ihrem Gesicht, spitz geworden über Nacht. Er hat nicht geweint, auch nicht gebetet. Irgendwann hat er daran gedacht, wie Bienen überwintern, hat sich vorgestellt, wie sie in der Mitte des Stockes zusammenrücken und sich bewegen, den ganzen langen Winter über, alle zusammen, dicht an dicht, fortwährend bewegen. Wer wird ihn begleiten? Er steht jetzt doch auf, um nach dem Vogel zu sehen. Er zieht die Gartenstiefel an, deren Gummigeruch ihn ekelt, das Gras ist feucht, es zischelt unter den Sohlen, als er vor dem Fenster hin und her geht. Er braucht eine Weile, bis er den Vogel gefunden hat. Schon als er sich den kleinen, warmen Körper auf den Handteller legt und ins Haus trägt, vermutet er, dass der Spatz den Aufprall nicht überlebt hat. Mit Sicherheit weiß er es erst, als er im Lichtzelt der Lampe auf dem Tisch liegt. Sein Atem sträubt das Federkleid, er braucht das Köpfchen bloß mit dem Zeigefinger anzustubsen, und es fällt widerstandslos zur Seite, von links nach rechts, von rechts nach links. Er hat die Vögel nicht gezählt, die er seinem jagenden Kater im Verlauf der Jahre mit List und Gewalt aus dem Maul gezogen und aufs Flachdach der Küche gelegt hat, wo sie in Sicherheit vor Zähnen und Krallen zu sich kommen konnten, falls sie überlebt hatten. Es ist unter der Würde des Katers, die Vögel, die auf dem Flachdach gestorben sind und die er ihm als Gabe zu Füßen legt, eines Blickes zu würdigen. Er wird den toten Vogel ins angrenzende Wäldchen werfen. Früher hat er sie begraben, dafür fehlt ihm mittlerweile die Kraft. Der Vogel wird so oder so verrotten, vermodern. Er bleibt sitzen, bis ihm klar wird, was sein Sohn von ihm halten könnte, wenn er die Küche betritt und auf dem Tisch liegt ein toter Vogel. Er geht zum Zaun am unteren Ende seines Grundes und wirft den Vogel zwischen die Bäume. Er hört nicht, wie er auf dem Boden aufschlägt. Das Licht, das aus den Fenstern seiner Küche fällt, heimelt ihn an, er kennt das Gefühl, seit er Kind ist. Es hat ihn schon damals dazu verleitet, sich die Schicksale der Menschen auszumalen, die in den Wohnungen lebten. Um sich für sich selbst ein anderes Leben vorzustellen, fehlte ihm die Phantasie. Sie fehlt ihm heute noch. Er ist, wer er ist: ein 71-jähriger Bildhauer, der vor dreiunddreißig Jahren aus der Schweiz nach Irland auswanderte, seit sechsundzwanzig Jahren geschieden ist, allein mit einem Kater lebt, der ihm zulief, und seit kurzem weiß, dass er Vater eines Sohnes namens Michael ist, weil er vor zweiundzwanzig Jahren eine Affäre mit einer verheirateten Frau hatte. Der kalte Wind treibt ihn ins Haus zurück. Er würde die Lichter gerne ausmachen, um zu sehen, wie die Landschaft in die Nacht taucht und verschwindet, aber was soll der junge Mann denken, wenn er wie ein Blinder in der finsteren Küche auf ihn wartet?

Während seiner zweiten Fahrt zu ihrem blauen Haus über der Bucht hat er sich damals beim Gedanken ertappt, Una könnte die letzte Frau seines Lebens sein, die Frau, mit der er das Alter teilt. Mit fünfzig ist das eine abstruse Überlegung gewesen, heute wäre sie angemessen.

***

Die Glastüren stehen offen, sie spüren die Hitze des Feuers, das auf der Veranda in einer großen eisernen Schale brennt, bis zu ihrem Tisch im Restaurant. Funken stieben, Holzscheite singen oder zerspringen mit lautem Krachen, als würden sie noch einmal von einer Axt zerteilt. Die Reisegruppe, die eben eingecheckt hat, steht mit Champagnergläsern am Geländer des Deckings, das als Ausguck über den Hang ragt, und blickt ins Tal. Gestern haben sie ebenfalls dort gestanden und eine Herde Springböcke beobachtet, die das Flussufer entlang zu ihrer Tränke zog, eine lange Kolonne schlanker brauner Körper, still und unaufgeregt. Tiere, unterwegs, ihren Durst zu stillen.

Ihre Stimmung ist angespannt, sie hat nicht aufgehört, ihm auf der langen Treppe, die vom Flussdelta durch den Wald zum Restaurantgebäude hinaufführt, wegen seiner Eifersuchtsszene nach ihrem »Elephant Ride« Vorwürfe zu machen. »Du bist«, hat sie ihm ins Gesicht geschrien, »ein eifersüchtiges Arschloch!« Er hat das Kudu-Steak auch bestellt, um sie zu ärgern. Sie verachtet Fleischfresser, ist aber, wie viele Vegetarier, nicht konsequent: Sie isst Langusten, Fisch, Krabben und sogar Hummer. Die Diskussionen, die sie in der Vergangenheit deswegen führten, waren lächerlich, weil er argumentierte wie sonst sie: als Inquisitor, der im Recht ist, weil er weiß, was richtig ist, was falsch. Altern Wünsche, fragt er sich? »Du liebst mich nicht«, sagt sie und sieht ihn lauernd an, »du willst mich kontrollieren, darum liebst du mich nicht!« Er schweigt. Die Flammen in der Feuerschale lodern in die Höhe, als sei Sprit hineingespritzt worden, und fallen sofort wieder in sich zusammen. Die Positionslichter eines Flugzeugs blinken am Himmel, die Touristen auf dem Deck johlen. Als Nächstes wird sie nach mehr Raum verlangen, denkt er, und sie sagt tatsächlich: »Ich brauche mehr Platz!« Mehr Platz oder mehr Raum, ist er versucht zu fragen, hält sich jedoch zurück und greift nach dem Weinglas. Sie braucht mehr Platz. Was braucht er? Er sieht sich vor dem Notebook sitzen, der Welt verloren, murmelnd. Wo, ist letztlich egal. Die Sätze lassen sich mittlerweile überall finden. Er hat keine Ahnung, wie Sean Berger aussieht, und doch kennt er ihn nur zu gut. In sechzehn Jahren ist er so alt, wie er den fiktiven Bildhauer gemacht hat: einundsiebzig! Wie viel man doch in Sekundenbruchteilen denken kann! »Hast du nichts dazu zu sagen?« Die Wut macht sie jünger. Oder ist es Hass, nicht Wut? Gestern haben sie noch miteinander geschlafen, den Zelteingang hochgeschlagen, weshalb er auf den Fluss hinausblickte, auf die fleischigen Blätter von Pflanzen, deren Namen er nicht kennt. Ich hätte nichts dagegen, kontrolliert zu werden, denkt er, ich habe nämlich nichts zu verbergen. Soll er ihr von der Hisbah erzählen, von der er auf dem Decking ihres Zeltes in einem Newsportal gelesen hat, der Sittenpolizei des IS, die in Darna, einer Stadt, die früher zu Libyen gehörte und heute Teil des Kalifats ist, dreihundertzehn Dieben gleichzeitig die Hand abgeschlagen hat? Aber was hat das mit ihren Problemen zu tun? Soll sie das Leid anderer etwa besänftigen? Ist er zynisch, verzweifelt oder schlicht müde und erschöpft? Seine panische Angst vor Schlangen hat ihn wach gehalten, die ganze Nacht hat er auf ein Geräusch gelauscht, das Geräusch, das es gibt, wenn Schlangen sich von Bäumen auf eine Zeltplane fallen lassen. Woher will er wissen, wie das klingt? Leben Schlangen auf Bäumen? Er hat die Augen zugekniffen und doch die Schatten auf der Plane vor sich gesehen. Seine Freundin braucht nicht mehr Raum, denkt er, sie braucht Freiheit, was immer das für ihre Liebe bedeuten

=59 J.

mag. Er sieht die dunklen traurigen Augen des Elefanten vor sich, auf dem sie mit ihrem personal guide geritten ist und der mit aufgestütztem Fuß vor ihnen stand und sachte die großen alten Ohren bewegte.

NEUNZEHN

Erstes Tageslicht schälte den Berg vor dem Stolleneingang aus der Nacht, vorerst den Gipfel, darauf die Felswände, Couloirs, Grate. Ich war vor dem Tag erwacht, blieb aber still auf dem Rücken liegen, bis Lina, sie schlief an mich gepresst, den linken Arm über meine Brust gelegt, ebenfalls erwachte.

»Möchtest du wissen, wie das Nest heißt, in dem das Eichhorn seinen Winterschlaf verbringt?«

Ihre Stimme klang schläfrig, sie gähnte und krallte sich dabei mit ihrer Hand in meine Brust. Ich hatte gelernt, nicht auf jeden ihrer Sätze einzugehen; meist redete sie trotzdem weiter. Als die Sonne den Eingang des Stollens erreichte, standen wir auf. Wir schmolzen Schnee, tränkten und fütterten die Pferde, kochten Tee und aßen den Maisbrei, den ich über der Glut erwärmte.

»Eine Giraffe frisst etwa dreißig Kilo Blätter, stell dir vor!«

»Gesehen hast du trotzdem nie eine.«

»Doch. Auf Bildern. Dreißig Kilo. Jeden Tag! Weißt du, wie lange sie dafür braucht?«

»Interessiert mich nicht.«

»Ungefähr zwanzig Stunden.«

»Wieso redest du eigentlich immer von Tieren?«

»Vielleicht wär ich gerne eins!«

»Du wärst gerne ein Tier? Zum Beispiel ein Käfer wie Gregor Samsa?«

»Gregor was?«

»Unwichtig. Oder vielleicht lieber ein Elch?«

»Die sind ausgestorben, Halblaut! Schon mal vom ›Englischen Schweiß‹ gehört?«

Lina grinste, die Wollmütze tief in die Stirn gezogen, die Tasse mit beiden Händen umklammernd. Ich schüttelte den Kopf und stocherte mit dem Stecken, an dem sie gestern das Schneehuhn gebraten hatte, in der Glut; um die Augen vor dem Funkenflug zu schützen, hoben wir gleichzeitig die Hände.

»Sudor anglicus«, sagte sie,»ist am 28. August 1485 das erste Mal ausgebrochen. In London. Urplötzliches Fieber, Schwindel, Schüttelfrost, Kopf- und Gliederschmerzen.«

»Jetzt interessierst du dich also plötzlich für Menschen!«

»Hitzeschübe, Herzrasen, Nasenbluten, Exitus.«

»Du wärst doch lieber ein Tier, Lina!«

»Und du bist zu ungeduldig, Halblaut! Die Rötelmaus gilt als Hauptüberträger der Krankheit. Das Nest, in dem das Eichhorn seinen Winterschlaf verbringt, heißt übrigens Kobel. Du findest es doch wichtig, dass alles einen Namen hat. Kobel! Schönes Wort, nicht? Wär doch auch ein Name zum Beispiel für dich, Halblaut. Kobel! Wollen wir los?«

Der Schein der brennenden Äste, die wir als Fackeln mittrugen, war kaum hell genug, uns den Weg zu weisen. Wir gingen dicht nebeneinander in der Mitte des Stollens ins Réduit hinein, vorsichtig, Schritt um Schritt. Die Pferde, die wir zurückließen, wurden augenblicklich von der Dunkelheit verschluckt, bald verschwand auch der helle Umriss des Eingangs und das Glosen der Glut. Um die Zitate entziffern zu können, die alle paar Meter an die Stollenwand gepinselt waren, mussten wir nah herantreten. Ich wusste, von wem sie stammten, Vater hat sie mir beigebracht. Nietzsche, Hawking, Brecht.

WIR HABEN DAS GLÜCK ERFUNDEN,
SAGEN DIE LETZTEN MENSCHEN UND BLINZELN

Unser Atem klang unwirklich laut, während wir mit den brennenden Ästen über die Zeilen strichen. Linas Stützschiene girrte, die Sohle ihres linken Stiefels schurrte über den Betonboden.

WHY DO WE REMEMBER THE PAST,
AND NOT THE FUTURE?

Die Buchstaben waren handgroß und so sorgfältig ausgeführt, dass sie an eine Druckschrift erinnerten. Vater hatte mir die Buchschriften gezeigt, die ihm als Vorlagen dienten, wenn er Schrifttafeln für das Zimzum ausführen musste.

ALLES, WAS NACH MIR GESCHIEHT,
IST, ALS GESCHÄHE ES NICHT

Nach vielleicht hundert Metern teilte sich der Stollen; der linke Gang war durch eine Betontür gesichert, im rechten Gang verlor sich der Schienenstrang einer Schmalspurbahn in der Dunkelheit. In einer Transportlore war der Schotter, der grünlich schimmerte, als seien die Steine oxidiert, wie durch ein Wunder in der halbgekippten Wanne geblieben. Neben der Lore führte eine in die Felswand eingelassene Eisenleiter in die Höhe; unter der Leiter lagen eine geteerte Bahnschwelle, eine Rohrlafette und zwei Pechfackeln.

»Sieht ganz so aus, als erwarte man uns«, flüsterte Lina, nahm eine Fackel, setzte sie an ihrem Ast in Brand und drückte sie mir in die Hand.

Dann steckte sie die zweite Fackel an. ›Eine Leiter kann man nicht nur hinauf-, sondern auch hinabsteigen‹, so steht es geschrieben. Diese Leiter aber führte ausschließlich hinauf, höher in den Berg.

Sollte ich Lina fragen, ob ich mir das Summen, das in der Luft lag, bloß einbildete? Es war wärmer geworden, je tiefer wir uns in den Berg gewagt hatten. Die Luft, die uns aus dem Stollen mit den Schienen anwehte, war erstaunlich frisch. Wurde sie gefiltert? Am Fuß der Leiter war ein Schwungrad angebracht, das durch eine lange Pleuelstange mit zwei durch Rostfraß rettungslos ineinander verbissenen Zahnrädern unterschiedlicher Größe verbunden war; wahrscheinlich hatten die Schweizer Soldaten die Betontüre mit diesem Schwungrad geöffnet.

»Mein Vater ist kein schlechter Mensch«, flüsterte Lina.

»Aber?«

»Was aber?«

»Dein ›mein Vater ist kein schlechter Mensch‹ klingt nach einem Aber.«

»Er hat aber keine Ahnung, wer ich bin.«

»Und darum bist du abgehauen?«

»Auch, ja.«

»Würde es dir helfen, wenn er wüsste, wer du bist?«

»Ihm schon. Mir vielleicht nicht.«

»Weiß ich, wer du bist?«, fragte ich.

»Irgendwann wirst du's vielleicht wissen. Gehst du voraus?«

Im Licht der Fackel, die ich hoch über meinen Kopf hielt, war zu erkennen, wie eng der Schacht war, in dem die Eisenleiter in die Höhe führte. Er bot kaum einem Menschen Platz. Das Eisen der Holme, die ich packte, fühlte sich trotz der Handschuhe eiskalt an. Mir fiel das Wort ein, mit dem im Bergbau Leitern bezeichnet werden: »Fluchten«. Ich wiederholte das Wort, tonlos die Lippen bewegend, während ich entschlossen in die Höhe stieg, behindert durch die Fackel, die ich nicht aus der Hand legen durfte: Ich musste sehen, wohin ich kletterte. Wenn wir uns fürchten, sollen wir unsere Aufmerksamkeit auf ein schönes Ereignis unserer Vergangenheit richten, so hat man es uns gelehrt, um die Angst damit aufzulösen. Trotzdem blieb ich dabei, unablässig das Wort »Fluchten« zu wiederholen. Nach ein paar Sprossen erkannte ich, dass mein Vater auch entlang der Leiter Zitate geschrieben hatte. Sie ließen sich von unten nach oben lesen, er hatte die Buchstaben unter- oder vielmehr übereinander auf den Beton gemalt:

IN NIZ BEGUZARED

Ich kannte das arabische Stichwort »auch das wird vorübergehen« von meinem Vater. Das Summen, von dem ich nicht wusste, lag es in der Luft oder stellte ich es mir bloß vor, wurde lauter, je höher ich stieg. Auch die Temperatur nahm weiter zu.

DIE REVOLUTION SAGT:
ICH WAR,
ICH BIN.
ICH WERDE SEIN!

Ich kletterte wohl an die fünfzehn Meter nach oben, bis ich das nächste Stockwerk des Réduit erreichte. Das Licht der Fackel erhellte eine rechteckige Kaverne mit hoher Decke, rundum mit Spritzbeton ausgekleidet, vielleicht fünf auf acht Meter groß, von der drei verschiedene Gänge abgingen, die deutlich enger waren als der Stollen, durch den wir in die Festung gelangt waren. Ich nahm die Kaverne noch einmal in Augenschein, bevor ich mich hinkniete, die Fackel in den Leiterschacht streckte, hin und her schwenkte und Lina zurief, mir zu folgen. Der Geruch, der in der Luft hing, war mir nicht unangenehm, auch wenn ich ihn nicht einordnen konnte. Das Summen klang jetzt tiefer, schwerer. Lina schimpfte, während sie zu mir emporkletterte. Sie brauchte lange, bestimmt war sie durch die Stützschiene behindert. Als sie das Ende der Leiter endlich erreicht hatte, nahm ich ihr die Fackel ab und zog sie an der Hand in die Kaverne hoch.

»Was stinkt denn hier?«

»Keine Ahnung«, sagte ich.

Woran erinnerte mich der Geruch? An die Teerpappe, mit der Vater und ich unseren Hühnerverschlag gedeckt hatten? Druckfarbe? Lina griff sich ihre Fackel und ging schwer schnaufend daran, die Wände abzuleuchten, doch sie erlosch, bevor sie den dritten abgehenden Gang erreicht hatte. Fluchend ließ sie die Fackel fallen und trat sie mit dem gesunden Fuß zur Seite.

»Balistar, Hyazinthara, Vari, Balistar, Hyazinthara, Vari, Balistar, Hya...«

»Was redest du denn da?«, unterbrach ich sie leise.

»Tiere, die wegen uns ausgestorben sind, Halblaut! Weißt du, an welchem Tag der letzte Iberiensteinbock gestorben ist? Nein, weißt du nicht! Am 6. Januar 2000! Ein umstürzender Baum hat ihm im spanischen Ordesa-Nationalpark den Schädel eingeschlagen«, flüsterte sie.

»Welchen Stollen nehmen wir?«

»Das Putao-Muntjak ist mit fünfundvierzig Zentimetern Schulterhöhe und zehn Kilogramm Gewicht der kleinste Hirsch der Welt. 2019 ausgestorben. Der Plumplori sieht aus wie ein Dachs, der einen Buchhalter spielt, ebenfalls 2019 ausgestorben. Nicht zu vergessen das Petaurista nobilis, was so viel heißt wie ›edler Seiltänzer‹.«

»Halt endlich den Mund!«

»2021 ausgestorben.«

Wieso hatte ich die aus einem Buch gerissene Seite übersehen, die vor dem mittleren Gang am Boden lag? Dieser Gang war höher und breiter als die anderen, stockfinster war er ebenfalls.

»Oder hast du vom Sumpfluchs ge...«

»Halt dein Maul!«

»Allein der Narr hebt auf, was vor ihm liegt.«

Ich hob die Seite auf, sie stammte ausgerechnet aus dem Buch, das ich von Trakl eingetauscht hatte, wie war das möglich? Blatt 107, »Von lon der wisheit«, auf der Rückseite »Das schluraffen schiff«. Hatte Vater die Seite für mich hier deponiert?

»Kannst du das lesen?«

Sie zeigte auf die Frakturschrift. Ich nickte und erklärte ihr, was auf Vorder- und Rückseite stand. Da ich die Frakturschrift in der Schule als Einziger fehlerfrei und in der gleichen Geschwindigkeit wie neuere Druckschriften hatte lesen können, war ich für eine Weile als Streber verhöhnt worden. Ich legte das Blatt wieder vor den mittleren Gang und betrat ihn.

»Das ist der falsche!«

Lina nahm mir die Fackel aus der Hand und verschwand, ohne sich um mich zu kümmern, im linken Gang. Ich blieb in der Dunkelheit stehen. Wieso sollte sie den richtigen Weg kennen?

der Fisch springt auf mein Zeichen aus dem Teller er schwebt waagrecht über dem Tisch mein Vater schießt mit Pfeil und Bogen auf den Fisch doch er trifft ihn nicht in meinem Teller liegt ein Buch ich will es nicht lesen das Bild fällt in sich zusammen der Pfeil steckt in meinem Hals mein Blut ist weiß und heiß

Dann sah ich, wie der Boden ihres Ganges mit Sägespänen belegt war, eine Spur, die in den Berg hineinführte, und folgte ihr. Nach zehn Schritten hatte ich Lina eingeholt, nach zwei Dutzend Schritten bog der Gang scharf nach links, und es ging deutlich bergauf. Die Luft, die uns entgegenströmte, war eiskalt. Nach weiteren zwei Dutzend Schritten erschien ein helles Rechteck am Ende, das mit jedem Meter heller und größer wurde: Der Gang führte ans Tageslicht. War das Summen eingebildet gewesen, oder hatte es wirklich aufgehört? Und der Geruch? Hatte er sich verloren, oder hatte ich mich an ihn gewöhnt? Wir betraten einen rechteckigen Raum, in dessen linker Seite Schießscharten eingelassen waren, während in der rechten Querwand eine geschlossene Stahltür wohl in eine weitere Kaverne führte. Der Raum war bis auf ein Feldbett leer, auf dem ein knöchernes Falzbein und eine gefaltete Militärdecke der Schweizer Armee lagen, wie die meines Vaters, die ich mitgenommen hatte. Die offene Front führte auf einen Ausguck mit hüfthoher Brüstung. Wir traten hinaus und standen in den Wolken. Wir schwebten inmitten der Gipfel, wir standen im Himmel.

»Glaubst du, wir kommen eines Tages an den Ort, an dem uns alles erklärt wird?«

»Was erklärt?«, fragte ich zurück.

»Alles! Der Ort, an dem sich alles klärt. Jedes Rätsel. Glaubst du an diesen Ort?«

Ich blickte Lina an. Die Rätsel bleiben ungelöst, wollte ich zu ihr sagen, unsere Fragen offen, aber ich nickte stattdessen. In der Ecke des Ausgucks stand ein dreibeiniger Schemel, auf dem ein Fernglasfutteral lag.

»Ich auch nicht.«

»Du weißt eh schon alles.«

»Ich weiß nix. Wie du. Gar nix. Und ich will gar nicht erfahren, warum ich auf der Welt bin.«

»Ist auch nicht nötig«, sagte ich.

Ich spürte die Eisluft in den Nasenlöchern, wenn ich einatmete, und schaute den Wölkchen nach, die vom Wind davongetragen wurden, kaum hatten wir sie ausgeatmet. Der Handlauf der Balustrade war mit grauer Farbe gestrichen. Die Welt, dachte ich und ließ den Blick schweifen, es gibt sie nicht länger, nicht hier oben, sie ist nichts als Erinnerung, Vorstellung.

GORDONS BAY

Hinter Riversdale geraten sie in einen Stau; ein Jeep ist mit einem Viehtransporter kollidiert, der Anhänger des Transporters ist gekippt, verstörte Schweine, mit aufgemalten großen Ziffern markiert, irren über die Fahrbahn, laufen quiekend in ein angrenzendes Maisfeld. Der Fahrer des Jeeps kauert am Rand der Straße, sein Gesicht ist blutüberströmt, er trägt nur einen Schuh, der andere steht auf der Fahrbahn. Sie haben schweigend gefrühstückt, haben schweigend gepackt und die Rechnung beglichen, sind schweigend in den Mietwagen gestiegen, sie auf der Fahrer-, er auf der Beifahrerseite, sind schweigend losgefahren. Jetzt, da sie die Unfallstelle passiert haben, reden sie, nicht über sich und ihre verfahrene Situation, sondern über Dinge, die ihnen nicht gefährlich werden können, zum Beispiel über die Tiere, die sie während der »Early Days Game Tour« gesehen haben, die Frau, die sich vor Angst eingeschissen hat, den Blick von ihrem Deck auf den Fluss, das Geschnatter der Affen. Nach einer Stunde fährt sie auf den Parkplatz einer Tankstelle mit Diner, sie haben vor kurzem die von Gewehrschüssen durchlöcherte Tafel für den Bontebok National Park passiert. An einem Zweiertisch am Fenster essen sie Sandwiches, trinken Cola und dünnen amerikanischen Kaffee und sehen einem uralten Mann zu, der seinen Pick-up betankt und dabei auf seinen

Hund einredet, der ihn mit gespitzten Ohren von der Ladefläche aus betrachtet. Als sie aufbrechen, setzt er sich ans Steuer, sie lässt die Songs unkommentiert, die ihm Nipper in den letzten Tagen in seine Cloud eingespielt hat, obwohl sie sonst unweigerlich gegen die Mischung aus Klavier-Jazz und Rock aus den Siebzigern des letzten Jahrhunderts giftelt. Die weite, leere Landschaft lässt sie verstummen, es ist brütend heiß, trotz seiner Halsschmerzen schaltet er die Klimaanlage ein. Ist dies ihre letzte gemeinsame Reise? Sie sind oft zusammen unterwegs gewesen, obschon jede Reise sie gnadenlos daran erinnerte, wie verschieden sie sind. Da sie ihren Sohn nicht länger als eine Woche allein oder vielmehr in der Obhut ihres Exmannes lassen will, wird sie in drei Tagen ohne ihn in die Schweiz zurückfliegen. In Kapstadt will sie das District Six Museum, Robben Island und das Two Oceans Aquarium besuchen, vielleicht schaffen sie es auf den Tafelberg, auf dem er noch immer nicht gewesen ist. Aus einem Schulbus, den sie überholen, strecken sich ihnen Dutzende von Händen entgegen. Sie sehen schwarze Kindergesichter vorbeiwischen, hören Gekreisch und Gelächter. Auf dem Dach eines gelben Jeeps ist ein toter Hirsch festgebunden, eine Blutspur rinnt über die Scheiben. Am Straßenrand sind Fußgänger unterwegs, endlose Ströme. Sie nimmt ihr Tablet aus der Tasche und liest Nachrichten vor: Die Gouverneurin des kurdischen Kantons Dschasira im ehemaligen Syrien ist in ihrem Amt bestätigt worden; in Paris hat ein Amokläufer in einer Synagoge elf Betende mit einer Machete getötet; in Indien ist der Capo der Sandmafia hingerichtet worden, der gleichzeitig Vorsteher der Baubehörde in New Mumbai war; in Österreich ist ebenfalls das Grundeinkommen eingeführt worden. Die News lassen ihn unberührt, später spielt sie ihre

Musik ab, Cantautori, die sie seit ihrer Jugend liebt, Lucio Dalla, Fabrizio de André, Francesco de Gregori, Antonello Venditti. Auf der Kriechspur steht ein brennendes Auto, die drei Insassen haben ihre Reisetaschen und Koffer ein Stück weggetragen und sitzen in aller Ruhe auf dem Asphalt und rauchen. Die Musik trägt ihn zurück zu einer anderen Reise, seiner ersten mit dem ersten eigenen Auto, auf der seine damalige Freundin und er nichts anderes hörten als die eine Kassette, die sie besaßen, Lucio Dalla, immer wieder von vorn, während sie über Brescia, Verona und Padova bis Venedig fuhren. Er versucht nachzurechnen, wie viele Jahre diese Reise zurückliegt, wird aber von einem Hund mit seltsam gelbem Fell abgelenkt, der parallel zur Fahrbahn auf ein Ziel zujagt, das er nicht erkennen kann. Der Hund läuft und läuft, langgestreckt wie ein Greyhound auf der Rennbahn, der Hund erinnert ihn an sich selbst, er sieht sich an seinem Schreibtisch sitzen, wo er versucht, durch die Sätze, an denen er feilt, der Antwort auf die Frage »Wohin läufst du, du Narr?« aus dem Weg zu gehen. In Venedig hat er damals das erste Mal in seinem Leben Spaghetti vongole gegessen und sich mit Grappa betrunken. »Gordons Bay besitzt einen der schönsten Strände Südafrikas«, liest seine Freundin vor. »Bikini Beach, ein B&B hat es dort auch«, fügt sie hinzu, weil er schweigt, »ein B&B, das exakt noch ein Doppelzimmer mit Blick über die Bucht frei hat.« Seine Frage, wo dieses Gordons Bay liegt, beantwortet sie, ohne zu zögern: »Nur fünfzig Meilen vor Kapstadt.«

BALLYKILLOWEN

Die Scheinwerfer der Autos, die an seinem Haus vorbeifahren, wischen über Wände und Küchenmöbel. Treffen sie den Spiegel, blenden sie ihn. Er hat es aufgegeben, bei jedem Auto aufzustehen und ans Fenster zu treten. Er hat Una damals kaum etwas erzählt von seiner gescheiterten Ehe, wieso auch. Um angemessen davon zu reden, fehlten ihm die englischen Wendungen. Una lachte über sein Englisch, zum Glück ohne Spott. Das einzige Wort in deutscher Sprache, das sie kannte, sagte sie voller Stolz, auch wenn er nachfragen musste, weil er sie nicht verstand: Lattenrost. Sie behauptete, sich nicht erinnern zu können, wer ihr das Wort beigebracht hatte. Lattenrost! Den Eifersuchtsstich, den ihre Lüge auslöste, drängte er zurück, er wollte nicht alles anders machen, aber vieles. Lattenrost! Natürlich blickt er viel zu häufig auf die Wanduhr neben dem Kühlschrank. Um 19:23 Uhr nimmt er sich vor, heute Abend nicht mehr nach der Zeit zu sehen. Hat er die Anfahrt nach Ballykillowen ungenau beschrieben? Selbst Fahrer von Kurierdiensten, die ihm das Spezialpapier für seine Skizzen von Boesner in Deutschland ins Haus liefern sollen, finden sein Haus oft nicht und müssen sich, das Handy in der Hand, von ihm lotsen lassen. Die Wut, die er auf Una verspürt, da sie ihm nichts von ihrem Sohn erzählt hat, verunsichert ihn. Er hat keine Lust, Una zu sehen und sich mit ihr zu unterhalten. Vorwürfe, hat er gelernt, helfen nicht, klären nicht. Wie aber soll er es fertigbringen, ihr keine Vorwürfe zu machen? Das Fensterglas der Küchentür, die aufs Decking hinausführt, fühlt sich kühl an, im Westen steht letztes Tageslicht am Himmel. 19:25 Uhr. Das Schreien seines Katers geht ihm selbst nach all den Jahren durch Mark und Bein. Der Ruf aus der Wildnis, von der anderen Seite des Stromes. Mr Pop weigert sich, die Katzentür zu benützen, und steht so lange schreiend vor der Tür, bis er sie für ihn öffnet. Er erträgt das Protestgeheul auch heute nicht lange. Der Kater zwängt sich an ihm vorbei, eines der Rituale und Spielchen, die Teil ihrer Zweckgemeinschaft sind. Mr Pop läuft gleich zum Regal mit dem Katzenfutter, der Hunger ist größer als der Wunsch, gestreichelt zu werden.

– Jetzt gibt's Futter, Katzenmann.

Er hat sich angewöhnt, dem Kater zu erklären, was er warum tut. Ist es verwunderlich, dass er seine Blicke, sein Gemauze und Gejammere als Antwort und Kommentar versteht? Zu gern würde er wenigstens ein einziges Mal sehen, was die Katze sieht, riechen, was die Katze riecht, erleben, was sie erlebt.

– Lamm, du weißt schon, die Kerle, die auf Jimmys Weide herumstehen!

Er öffnet eine Dose Lammragout, füllt den Napf, lässt sich die Hand vom Katzenkopf zur Seite drängen und setzt sich zurück an den Tisch. Er ist hungrig, aber er will nichts essen, nicht jetzt. Mr Pop kaut seitwärts und mit schräggelegtem Kopf, seit ihm ein Fangzahn fehlt, schmatzt er noch lauter.

Nachdem sie sich das erste Mal geliebt haben, im Zimmer unterm Dach im blauen Haus, hat sich Una an ihn gepresst, er spürte ihre erhitzte Wange auf seiner Brust und drückte die Nase in ihr rotes Haar, dessen fremder Geruch ihn erregte und verwirrte. Was machte er hier? Weil sie erstaunlich schnell atmete, begriff er lange nicht, dass sie eingeschlafen war. Er hielt sie umarmt und sog ihren Duft ein, ohne sich zu rühren, aber irgendwann stand er vorsichtig auf. Auf der Weide neben dem Haus standen drei Pferde, große Tiere, die im Milchlicht der Sommernacht glänzten, mit gesenkten Köpfen bewegungslos am Holzzaun, die Mäuler nah beisammen. Ihre Schweife zeichneten unfassbar langsam Halbkreise in die Luft. Bildete er sich ihr Schnobern nur ein? Die drei Tiere, allein und von allen verlassen, wie ihm unsinnigerweise durch den Kopf ging, erwarteten nichts, von niemandem, sie waren, wer sie waren, wunderbar einfach, drei Pferde auf einer Weide vor einem Haus in der Nähe des Atlantiks. Der Anblick der Tiere hatte ihn auf beglückende Art traurig gestimmt, und es war nicht einfach gewesen, sich von ihm loszureißen. Die helle Nacht lag still und wartete, genau wie er und die drei Pferde. Aber schließlich hatte er sich doch zu Una zurückgelegt und war eingeschlafen.

Das Schellen der Haustür lässt ihn hochschrecken, er hat das Auto nicht gehört, das durch das Tor gefahren ist und auf seinem bekiesten Vorplatz angehalten hat. Er steht zu schnell auf und muss sich, es wird ihm schwarz vor Augen, gleich wieder hinsetzen. 20:03 Uhr. Er hat schon lange nicht mehr geweint, warum fällt ihm das jetzt ein? Mr Pop liegt auf dem Fenstersims und blickt ihn seelenruhig mit einem Auge an; auch an die Türglocke hat er sich gewöhnt, in diesem Haus ist er in Sicherheit. Bevor er die Haustür öffnet, macht er das Außenlicht an. Er will, dass sein Sohn sieht, wem er hier gegenübertritt. Der Mann, der vor ihm steht, klingelt alle sechs, sieben Wochen an seiner Tür, sein Lieferwagen, mit dem er von Haus zu Haus fährt, um Kartoffeln zu verkaufen, hat nordirische Nummernschilder, was nicht bedeutet, dass er im Norden lebt.

– Spuds?, fragt der Mann.

Er schüttelt den Kopf; er hat seit Monaten keine Kartoffeln mehr bei dem Mann gekauft, trotzdem klingelt er beharrlich an seiner Tür. Beharrlich oder treu? Auf der Straße fährt ein Traktor vorbei. Der Kartoffelmann nickt, tippt mit dem Zeigefinger gegen seine Mütze und geht ohne weiteres Wort zu seinem Lieferwagen zurück. Soll er ihm nachgehen und Kartoffeln kaufen, obwohl er sie kaum essen wird? Obolus wofür? Bußgeld, Bittgeld? Er drückt die Tür zu und bleibt in der Porch stehen, weil er das Außenlicht erst ausmachen will, wenn der Mann weggefahren ist. Wo bleibt sein Sohn? Hat er ihn vergessen? Soll er ihn anrufen? Michael, der Erzengel. Er hat gelernt, irische Handwerker zu verabscheuen, sie tauchen auf, wann es ihnen passt. Liegt sein Handy im Atelier?

Monate nachdem seine Frau weggezogen, nachdem sie in die Schweiz geflüchtet war, fand er die Armbanduhr, die er ihr zum dreißigsten Geburtstag geschenkt hatte. Sie lag in der obersten Schublade ihres Zeichentisches zwischen Ölkreiden, Pinseln, Spachteln, von eingetrockneter Ölfarbe steif gewordenen Stofflappen. Die Uhr, ein mechanisches Modell, das aufgezogen werden musste, lief, sie tickte, wie war das möglich? Sie zeigte sieben Minuten später an als die Digitaluhr seines Laptops. Sie hatten sieben Jahre in diesem Haus zusammengelebt.

Das Handy liegt auf dem Ateliertisch, sein Sohn hat dreimal angerufen. Heute ist tatsächlich Freitag, wie er auf dem Display sieht, Freitag, der 12. September. Wie lange wird er sich das merken können? Er will zurückrufen, da klingelt es. Er liebt das Vibrieren in seiner Hand, er hat sich schon mehrmals vom Festnetz aufs Handy angerufen, um das

Schüttern des Gerätes in seiner Hand zu genießen oder um zuzusehen, wie es sich ruckelnd und surrend über den Tisch bewegt. Der Kater hasst das Handy.

– Sind Sie der Schweizer?

– Finden Sie mein Haus nicht?, gibt er zurück.

– Ich schaff es nicht mehr, tut mir leid. Sind Sie morgen zu Hause?

– Morgen ist Samstag.

– Ich bin gegen 10 bei Ihnen. Oder ist ihnen das zu früh?

– Und Sie finden mich?

– Ich finde jeden.

Die irische Unart, Telefongespräche abrupt und ohne Abschied zu beenden, stört ihn nicht mehr. Er dreht das Atelierlicht aus und bleibt im dunklen Raum, um zuzusehen, wie der Wind die Kronen der fünf Birken in Unruhe versetzt. Schließlich steht er auf, tritt ins Freie und setzt sich im Dunkeln auf den Gartenstuhl, den er am Rand des Irrsinnsbaus seiner Ex platziert hat. Bald sammeln sich Krähen um ihn, erst eine, dann zwei, fünf, sieben, eine Schar, die knarzend im Gras hockt, seinen Kontrollblicken ausweicht und näher rückt, immer näher, allerdings nicht zu nah. Und doch sind sie bei ihm, die Raben, sind sie mit ihm. Nicht einmal Dunkelheit und Regen vermögen sie zu vertreiben, die schwarzen Vögel und ihn.

***

Ihr Balkon schwebt über dem Strand, an dem vereinzelt Feuer brennen. Die Nacht ist lau, sie haben in einem Restaurant am alten Hafen des Ortes gegessen, fangfrischen Fisch vom Grill, und Weißwein aus der Stellenbosch-Region getrunken. Er ist in melancholischer Stimmung, wie immer, wenn sie miteinander geschlafen haben. Sie sitzen wortlos nebeneinander, die nackten Füße auf dem Geländer, und teilen sich ein afrikanisches Bier aus der Zimmerbar. Noch vor kurzem hat er ihr nach dem Sex tausend Fragen gestellt, *Was ist deine Lieblingsfarbe? Schokolade oder Vanille? Magst du deine Mutter lieber oder deinen Vater? Hast du Angst vor Spinnen?* Seit einer Weile fallen ihm nur Fragen ein, auf die er keine Antworten erhalten will. Ist seine Neugier auf sie für immer erloschen, kann sie wieder erwachen? Oder findet das Feuer ihrer Liebe Nahrung einzig in der Begierde? Wie schnell sie jeweils voneinander abfallen, in ihre alte Haut zurückschlüpfen und in die Welt zurückkehren! Ihr Sex ist nichts als ein kurzer Ausbruch aus der Konvention. Wäre er jetzt lieber allein? Nachmittags hat er sein Notebook trotz ihrer Proteste mit an den Strand genommen, er badet nicht gern, aber da der aufgeblähte Kadaver eines gestrandeten Wals im Sand lag, konnte er auf die Ausrede verzichten, er dürfe sein Arbeitsgerät auf keinen Fall unbeaufsichtigt zurücklassen. Auch seine Freundin ging nicht ins Wasser: der Kadaver ekelte sie genauso wie der Müllgürtel, der auf der Brandungslinie trieb und an den Strand gespült zu werden drohte.

Schaukelten nicht die Lichter der Hafenstraße auf dem schwarzen Meer, es könnte, wüssten sie es nicht besser, auch eine riesige leere Fläche sein. Er spürt Wind auf seinen nackten Armen und Füßen, hört, wie sie leise rülpst, legt den Kopf in den Nacken und schließt die Augen.

ZWANZIG

Ich spürte den Luftzug am Rücken und wusste, die Eisentür im Raum hinter uns war geöffnet worden. Lina ließ meine Hand los, und wir drehten uns gleichzeitig um. Der Junge, der vor uns stand, war höchstens drei Jahre alt. Er trug einen Fellmantel, Pelzstiefel, Pelzkappe und Fäustlinge. Das Schwert, das er mit beiden Händen umklammerte und vage auf uns richtete, war aus Holz und rotlackiert. Mein Halbbruder?

»Mitcho?«

Die Aufforderung des Jungen klang eher wie eine Frage, aber da er sich umdrehte und einfach wegging, ohne sich für unsere Reaktion zu interessieren, folgten wir ihm. Der Boden des fensterlosen Raumes, den wir durch die offenstehende Eisentür betraten, war mit Fellen und Teppichen ausgelegt und leer bis auf drei Kerzenständer, in denen Kerzen brannten, und einen Bücherturm auf dem Boden. Der Junge blickte sich nach uns um, bevor er eine weitere Eisentür öffnete und den nächsten Raum betrat. Lina zuckte mit den Achseln. Der zweite Raum war die exakte Kopie des ersten: Teppiche, Felle, Kerzen, kein Fenster, Bücherturm. Irgendwo in der Nähe war energisches Ratschen zu hören, ritsch, ratsch, führte jemand mit raschen Strichen einen Reisigbesen über den Beton, zerriss jemand Papier? Ritsch, ratsch. Dieses Mal öffnete der Junge die Tür in der gegenüberliegenden Wand, ohne sich nach uns umzuschauen, er hatte uns an der Angel. Der dritte Raum war halb so groß wie die beiden ersten, verfügte aber über ein verglastes Panoramafenster, das den gleichen Blick bot wie der Ausguck. Der nackte Beton des Bodens und der Decke war tiefblau gestrichen, die drei fensterlosen Wände waren über und über mit einzelnen handgroßen Buchstaben bedeckt, die sich, man brauchte nur lange genug zu suchen, zu Wörtern fügen ließen, die sich mit etwas Geduld zu Sätzen aneinanderreihten, die wiederum, so man Phantasie besaß, eine Geschichte ergaben. Die Buchstaben waren sorgfältig aufgemalt worden, alle in der gleichen Schrift, einer Antiqua mit ausgeprägten Serifen und ausgewogenen Unter-, Mittel- und Oberlängen. Vater hat viel Zeit damit verbracht, mir die Vor- und Nachteile sowie die Schönheit verschiedener Druckschriften zu erläutern. An der auffallend schmalen Holztür, durch die der Junge verschwunden war und die er diesmal hinter sich geschlossen hatte, hing ein mit Reißzwecken befestigtes leeres Blatt Papier. Auf dem Sims des Fensters stand ein Fernrohr neben einer Konservendose. Ich hatte noch nie eine in der Hand gehalten und nahm sie vom Sims, um zu lesen, was auf der Etikette stand: Corned Beef. Auf der Sitzfläche eines Stuhles mit geflochtener Lehne, der vor dem Panoramafenster stand, lagen Zeitungsseiten, beschwert von einem Stein. Es war angenehm warm und still. Das Ratschen war nicht mehr zu hören, nichts war zu hören, nur mein Atem und mein Herzschlag. Die Buchstaben an den Wänden, über die mein Blick sprang, ergaben Wörter, die ich nicht kannte:

REISECLOWN HOLZNASE WINDBRAUT HIMMELSGATTER WALDLOCH

»Jetzt halt sogar ich den Mund.«

Lina trat ans Fenster, riss aber sofort die Hand in die Höhe, um die Augen zu schützen, da das Glas im gleichen Augenblick von der Sonne getroffen wurde und sich in eine gleißende Fläche verwandelte, hinter der die Welt ausgelöscht wurde.

»Ich hasse ihn nicht, weißt du«, sagte Lina, »aber ich liebe ihn auch nicht. Ist das schlimm?«

Ich nahm die oberste vergilbte Zeitungsseite vom Stapel und faltete sie auf: die »Neue Zürcher Zeitung« stammte vom 17. Juli 2021. Ich überflog die Seite und blieb an der Nachricht hängen, die mit schwarzer Tinte markiert war:

Schweizer Schriftsteller in Kapstadt ermordet – Schweizer Sängerin weiterhin vermisst

KAPSTADT, 17. Mai (AFP) Die Leiche des Schweizer Schriftstellers Hansjörg Schertenleib (55), der in Kapstadt weilte, um an einem Roman zu arbeiten, ist auf einer Müllhalde am Rand der Township Khayelitsha gefunden worden. Er galt seit vier Tagen als vermisst, zusammen mit seiner Lebenspartnerin, der Sängerin Arlette R. (48), die die Schweiz 2017 mit ihrer Band »Family Chocolate« beim Eurovisionscontest vertreten hatte. Von Arlette R. fehlt weiterhin jede Spur. Die Leiche des Schriftstellers weist Folterspuren auf. Nach den Tätern wird gefahndet.

Die Sonne flutete den kleinen Raum und füllte ihn mit einem Licht, in dem wir standen wie in einer Flüssigkeit. Mein Arm schien sich in Zeitlupe in der gelben Luft zu bewegen, meine Hand legte sich unendlich langsam auf Linas Schulter, mein Kopf war leer, ohne Wort, ohne Bild, das

Licht, dies warme, gelbe Wasser, stieg höher und noch höher, es holte mich sanft von den Beinen, wir verloren den Boden unter den Füßen, wir hoben ab, wir schwebten, wir flogen, ohne eine Hand dafür rühren zu müssen, ich ließ den Kopf nach hinten sinken, um die geheimnisvolle Tiefe unter uns zu betrachten, ›wir sind nicht lange hier‹, wehte mir durchs Bewusstsein, ›nicht lange auf dieser Erde, nur kurz, die Dauer eines Augenzwinkerns, Lächelns, eines Fluchs‹, wir schwebten, stiegen bis unter die Betondecke, ›stirbt es sich leichter in der Herde?‹, zwei Träumer im All, verloren und doch in Sicherheit, Schwimmer in der Luft. Mein Inneres wurde mit Luft gefüllt, ich durchkreuzte den Raum, meine Haut summte, brummte, ich flog,

AeiouAeiouAeiou
EaouiEaouiEaoui
IaeouIaeouIaeou
OueaiOueaiOueai
UaieoUaieoUaieo

ich sang, kein Teil des Schwarmes, kein Vogel unter vielen, eine einzelne selbstsichere Stimme, die keinen Dirigenten brauchte, um sich auszudrücken und zu behaupten, ein einsamer Sänger, ein Rufer, die Stimme.

Ein Klopfen holte mich zurück.

Jemand klopfte gegen die Holztür, geduldig und unerbittlich, klopfte so laut, dass ich sogleich nervös wurde, nervös und wütend. Das Klopfen störte. Lina stützte sich mit den Händen an der Wand ab, ich stand breitbeinig in den Knien neben ihr. Hatte ich tatsächlich gesungen? Ich musste dem Klopfen ein Ende setzen, sofort, ich öffnete den Mund …

»Herein«, rief Lina.

War er kleiner geworden? Er trug einen grauen Bart und hatte sich die Haare so kurz geschoren, dass ich seine rosa Kopfhaut sehen konnte. Er war dünn und trug weder Schuhe noch Socken. Seine Füße waren schmal und lang und sehr weiß. Er hatte die Tür, durch die er eingetreten war, nicht hinter sich geschlossen, ich blickte in einen Raum, in dem es nahezu dunkel war und stark nach frischgebackenem Brot roch.

»Hier stehe ich, damit keiner mich sieht, der mich nicht sehen soll.«

Er blieb etwa einen Meter vor mir stehen, sah aber Lina an, eindringlich und mit unbewegter Miene, bis er lächelte, ihr zuzwinkerte und sich mir zuwandte.

»Da bist du ja endlich«, sagte er.

Es war nicht einfach, seinem Blick standzuhalten. Er trug einen Lederbändel um den Hals, an dem eine Krähenfeder hing.

»Der Schüler hat die letzte Stufe noch nicht erreicht«, sagte er.

»Der Lehrer hat sie vergessen«, ergänzte ich.

Er nickte. Wie alt war ich gewesen, als er mir Tao-hsins Weisheit beigebracht hatte? Er trat auf mich zu, nahm mich in den Arm und flüsterte mir den Namen ins linke Ohr, ins *Ohr, das fühlt*, den Namen, den keiner kennt, nur er und ich.

KEEROM

Sie sind plötzlich da, zwei, drei, fünf Affen, Äffchen, klein wie Katzen, brechen aus dem Unterholz, das die Industriebrache am Rand von Gordons Bay begrenzt, jagen pfeilschnell über die Straße, hüpfend und schnatternd. Der Schlag, der die vordere Stoßstange trifft, ist kaum zu spüren, der Schlag einer Hand, er denkt an die Schneebälle, die er als Junge gegen vorbeifahrende Autos geschleudert hat, sieht die herumschnellenden Köpfe der Fahrer und Beifahrer, ihre erschrockenen Gesichter. Er tritt auf die Bremse. Er hat, fürchtet er, einen Affen angefahren. Wieso ist er erleichtert, dass er am Steuer sitzt und nicht sie? Der Affe lebt noch, er kriecht an den Straßenrand und versucht vergeblich, sich an dem Bordstein hochzuziehen, wohl um sich im Unterholz zu verziehen und in Ruhe zu sterben. Die anderen Affen sind verschwunden, er weiß nichts über Sozialstrukturen dieser Tiere; leben sie in Familien, kennen sie Liebe und Partnerschaft? Hocken sie in den Büschen und beobachten aus dem Verborgenen, was mit ihrem Artgenossen geschieht? Was *sie* mit ihm vorhaben? Der Affe leidet, beide Beine und beide Arme sind zerschmettert. Der Verkehr wischt an ihnen vorbei, es wird gehupt. Was sollen sie tun? Er geht neben dem Affen in die Hocke, fasst ihn jedoch nicht an. Soll er ihn zum Unterholz hinübertragen? Oder ist es sinnvoll, ihn in ein Krankenhaus zu fahren? Wie wird man auf zwei weiße Touristen reagieren, die ein angefahrenes sterbendes Äffchen in die Notfallstation eines Krankenhauses bringen? Soll er nicht im Netz eine Tierklinik oder wenigstens einen Tierarzt suchen?

Seine Freundin beugt sich über den Affen, redet beruhigend auf ihn ein und streichelt ihn. Sie weint. Dann hebt sie den Affen vorsichtig hoch und bettet ihn in den dürren Grasstreifen. Es stinkt nach verbranntem Gummi, aber er kann auch den Duft des Meeres wahrnehmen. Der Affe sieht sie an, blinzelt, fletscht die Zähne, die erschreckend lang und gelb sind, und gibt ein kehliges Stöhnen von sich. Er muss das Tier erlösen, das weiß er. Darüber zu schreiben wäre einfacher. Seine Freundin packt ihn am Unterarm und nickt. Abgesehen von Mücken, Fliegen, Wespen, Bienen, Schnecken, Würmern, Käfern und Spinnen hat er noch nie ein Tier getötet, nicht mal einen Fisch. Der Affe hechelt, sein Köpfchen zittert unkontrolliert, er hat die Augen jetzt geschlossen.

Er kämpft sich durch dichtes Gestrüpp auf die Brache, er will einen Stein finden, der groß genug ist. Ihm ist schwindlig, die Hitze, er verbietet sich Tränen und hat wieder Halsschmerzen. Er muss den Stein, für den er sich entscheidet, mit beiden Händen von einem Schutthaufen heben, so schwer ist er. Der Stein ist nahezu schwarz. Er wird ihn dem Äffchen auf den Schädel schlagen, ohne darüber nachzudenken, was er tut, nimmt er sich vor, er hilft dem sterbenden Tier, er tötet es nicht, er erlöst es. Im Unterholz liegt eine zerfetzte Sporttasche. Seine Freundin kniet vor dem Äffchen, die Hände, geformt zu einer Schale, schützend darüber haltend. Sie redet leise mit sich selbst, weigert sich, ihn, der neben ihr steht, anzusehen.

Die Luft, die in den Zimmern des Mietappartements steht, ist schal, er öffnet alle Fenster, obwohl er die Scheiben nachher mit Kartonstreifen wird fixieren müssen. Sie sind während der Stromsperre zurückgekehrt, darum kann er den Ventilator nicht einschalten. Er will nicht daran denken, was er getan hat, und tut es doch. Mit Wagenheber und Radschlüssel hat er ein Loch ausgehoben, um das Äffchen zu begraben, nass vor Schweiß, mit zitternden Händen. Taugt er nicht fürs Leben? Gehört er an den Schreibtisch? Soll er aus dem Affen eine Katze machen, um seinem Bildhauer Sean Berger die Bürde aufzuladen, seinen angefahrenen Kater Mr Pop mit einem Stein erlösen zu müssen? Würde ihm dies helfen, besser zu ertragen, was er getan hat? Seine Freundin will duschen, doch der schwache bräunliche Wasserstrahl, der aus der Brause läuft, stinkt ihr zu stark nach Chlor. Er hat sich in einer Autobahnraststätte die Hände geschrubbt, nun sind sie rot und brennen. Sie haben den Mietwagen zurückgebracht, ihre Reisetaschen stehen vor dem Bett. Natürlich dreht sich die Welt weiter, wie lächerlich, ein Affe ist gestorben, weil er im falschen Moment über die Straße lief. Er denkt daran, die Zelte in Kapstadt abzubrechen und mit seiner Freundin in die Schweiz zurückzufliegen, weiß aber, es ist ein Gedankenspiel, mehr nicht. Er wird hierbleiben und nach Wörtern suchen, den Kopf übers Notebook gebeugt, beschienen vom Licht des Screens, geplagt von der Hitze, aber in Sicherheit und Obhut der Fiktion, unbehelligt von der Welt und ihren Problemen.

→ Schreiben als Akt / Flucht in die Welt der Fiktion?

BALLYKILLOWEN

Er erwacht von Jahr zu Jahr früher, mittlerweile hat er sich daran gewöhnt. Offensichtlich hat er in seinem Leben genug geschlafen. Manchmal bewegt sich das Haus, zumindest sein Zimmer, wenn er nicht wieder einschlafen kann, zum Beispiel morgens um vier, dann ist ihm, als treibe sein Bett auf Wasser, das von seinem Atem in sanften Wellengang versetzt wird. Er wühlt im Strandgut seines Lebens, dazu braucht er nicht mehr zu reisen. Er ist nie nur da, wo er ist. Früher haben ihm seine Träume Angst gemacht, heute genießt er sie, gerade die, die er nicht versteht. Er hält sich nicht mehr damit auf, sie deuten zu wollen. Er bekommt zu sehen, was ihm sein Unterbewusstsein zeigen will, das soll genügen. Dem Glauben, jedes Ding gehöre an seinen Platz, hat er schon lange abgeschworen. Sollte es ihm irgendwann gelingen, sich aus dem geistigen Gefängnis mit dem Namen »Sorge« zu befreien, ist er dort angelangt, wo er hinmöchte: in der Gelassenheit. Die Liebe zum Detail hat auch einen pedantischen Zug, er hat gelernt, darauf zu verzichten. Nach Antworten auf kleinliche Fragen wie, »wer wäre ich geworden, wäre ich meiner Ex nie begegnet«, sucht er schon lange nicht mehr.

Je früher er erwacht, desto länger schläft der Kater. Noch vor kurzem hat er ihn mit Hungergemauze und scharfen Krallen aus dem Schlaf geholt. Auch heute kommt Mr Pop erst herunter, als er drei Tassen Kaffee getrunken und bereits zwei Scheiben Zwieback gegessen hat. Wann hat ihn Mr Pop das letzte Mal geweckt, indem er ihn mit stolzem Meckern auf die Maus aufmerksam macht, die er nachts gejagt und als Gabe vor dem Bett abgelegt hat? Hat der Kater aufgehört zu jagen, oder ist er bloß langsam und berechenbar geworden? Bildet er sich nur ein, dass es dem Tier schwerfällt, mit einem Satz auf den Tisch oder auch nur aufs Bett zu springen? Er öffnet eine Dose und zerdrückt die Brocken, die nach Fisch stinken, mit einer Gabel. Mr Pop sieht ihn blinzelnd an, tritt aber erst an den Napf, als er sich zurückzieht. Dann fängt er an, das Futter auf dem Küchenboden zu verteilen, als wolle er um jeden Preis wieder einmal ausgeschimpft werden. Er macht dem Kater die Freude:

– Isst wie ein Schwein, der Kater, und ist auch noch stolz darauf!

Seiner Stimme ist anzuhören, dass er der Katze alles nachsieht. Sie spielen miteinander ohne den verbissenen Ernst eines lange verheirateten Ehepaares.

Vom Küchenfenster aus ist das Werk seiner Ex leicht zu übersehen, wie beruhigend. Anfangs hielt er die Zeichnung auf ihrem Tisch für die stilisierte und etwas kindliche Darstellung eines Fisches. Die Ahnung, die er ein paar Tage später hatte, als er sich über die Skizze beugte, musste er aussprechen:

– Ist das Venedig?

– Du wirst schon sehen!

Schon wieder. Du wirst schon sehen! Wie sie den schnippischen Tonfall genoss, mit dem sie ihn seit Neuestem abspeiste! Er sah Kanäle, Gassen, Brücken. Der Fisch war ein Stadtplan. Und dann fügte sie den Satz an, der ihn wirklich erschreckte:

– In zwei Wochen flute ich!

– Du baust Venedig?

– Ohne die Gebäude, Dummerchen!

– Ohne die Kirchen?

– Nur die Kanäle und Gassen und Brücken.

Eine Fremde hatte sich in ihr eingenistet, eine böse Fremde, die auf der Lauer lag und etwas ausheckte. Ihre Graberei und Wühlerei machten sie zur Furie, er musste sich vor ihr in Acht nehmen. Ein erwachsener Mann, den man verlässt, weckt nie echtes Mitgefühl, höchstens Mitleid oder, es wäre weniger schlimm, Abscheu. Seine Ex grub, sie betonierte, grub weiter. Ihre Hände waren voller Schwielen, ihre Fingernägel dreckige Halbmonde. Ihr Bau beanspruchte den untersten Teil ihres Grundstückes, auf dem eine Baumgruppe stand, die sie mit einbezog, indem sie die Kanäle auch zwischen die Stämme führte. Was meinte sie mit Fluten? War sie etwa, wie ihre ältere Schwester, verrückt geworden?

Um 7:43 Uhr sitzt er geduscht und rasiert im Wohnzimmer, er trägt ein gebügeltes Hemd, das hat er lange nicht mehr getan, und die guten Jeans. Mr Pop liegt auf dem Sessel, der ihm gehört, und schnarcht im Schlaf. Soll er sich auch wieder hinlegen? Sein Sohn kommt frühestens in zwei Stunden. Wenn überhaupt! Es ist kühl im Haus, er spart seit Jahren Öl, Gäste aus der Schweiz und aus Deutschland reagieren ohne Verständnis auf die Temperatur. Es ist meist nicht das Einzige, was sie nicht aushalten. »Die Einsamkeit hier draußen muss dich doch in den Wahnsinn treiben!« Wie oft hat er das zu hören bekommen! Sie gehen davon aus, in Zürich, Bern, Düsseldorf oder Berlin im Zentrum des Geschehens zu leben, während er hier in Donegal, am Rand, versauert und eingeht. Seit er erwachsen ist, hat er nicht mehr zur Mehrheit gehört. Bildhauer. Künstler. Ein Mann, der sein Leben damit *vertut*, wie ihm Bekannte vorgeworfen haben, formale Probleme zu lösen, die den Menschen und der Welt egal sind. Formale Probleme, die ihm wichtiger sind als der Hunger in einem afrikanischen Staat und die Krise in Syrien, wie er gerne eingesteht. Er hat aufgehört, dieser Gesellschaft gegenüber eine Verpflichtung zu empfinden, und lebt trotzdem. Noch immer arbeitet er gern mit Stein, eigentlich lieber denn je, leidenschaftlicher und zugleich absichtsloser. Was ihm seit einiger Zeit Sorgen bereitet, ist die Vorstellung, eine Skulptur abzuschließen und zu verkaufen. Er hat angefangen, sich vor der Zeit zwischen zwei Arbeiten zu fürchten. Er ist ein alter Mann, dem die Kraft fehlt, doch die Steine, an denen er arbeitet, sind nicht kleiner geworden. Er hantiert gerne mit Seilwinde und Flaschenzug, das Klirren der Ketten, die durch die Laufkatze gleiten, gefällt ihm.

Sie sind im falschen Alter, um unnötige Zeit zu verlieren. Sie wissen, es wird geschehen, es muss geschehen! Sie wissen sogar wann: ehe die Tore sich schließen, jetzt! Die Tore, die jetzt und nur jetzt weit offen stehen. Ist es Liebe, Verzweiflung? Spielt es eine Rolle? Sie können sich helfen, können sich trösten, was wollen sie mehr. Sie hat auf ihn gewartet, auf einen Mann, der ihre Einsamkeit erkennt und ihre Verzweiflung übersehen kann, da sie nichts mit ihm zu tun hat. Erkennt sie in ihm den Mann, der betrogen und verlassen worden ist? Nach dem, was ihm widerfahren ist, wollte er sich auf gar keinen Fall auf eine verheiratete Frau einlassen! Sein Vorsatz fällt ihm ein, während er hinter ihr die Treppe hinaufgeht, die ins Gästezimmer unter dem Dach führt. Es ist zu spät, er wird sich nicht an den Vorsatz halten, warum sollte er? Vor dem Fenster steht Irlands sanftes Zauber-Regenlicht, das langsame Tropfen auf den Dachziegeln gibt das Tempo vor, in dem sie sich das erste Mal lieben. Hast haben sie nicht nötig, nicht mehr, dafür sind sie zu erfahren. Sie nehmen sich eine Zeit, die sie nicht haben. Sie wissen, was sie wollen. Und sie nehmen es sich ohne Rücksicht auf Verletzungen, die sich daraus zwangsläufig ergeben. Sie denken nur an sich, an wen sonst? Als er in Socken aus der Jeans steigt, bemüht, nicht das Gleichgewicht zu verlieren, fällt ihm ihr Mann ein, ansonsten ist er nicht anwesend, auch nicht für sie, wie sie ihm später erklärt, ohne dass er danach gefragt hätte. Auch mit fünfzig hat man Erwartungen, und es gelingt ihm zumindest, einen Teil davon zu erfüllen. Er ist dankbar um das Dämmerlicht, seinen Bauch, nicht größer als ein Laib Brot, will er ihr genauso wenig zumuten wie die Haare auf dem Rücken. Die Scham ist also zurück. Als junger Mann hat er sich seiner Unerfahrenheit geschämt, heute erfüllt ihn sein Körper mit Scham. Er möchte trotzdem weder dreißig noch vierzig sein. Vögel laufen übers Dach, wahrscheinlich Möwen, deren Schreie er hört, während sie beisammenliegen, kühle Regenluft streicht über ihn, er spürt die Gänsehaut, die sich auf ihrem Körper ausbreitet, ein Schauer, dem er mit der Zunge folgt, als könne er ihn löschen. Una riecht anders als zuvor, würziger und voller. Sie raucht, er denkt an die Autofahrt vom Parkplatz des Theaters bis zu ihrem Haus, er hörte Musik, während er ihr folgte, The Frames, Glen Hansards Band, ließ den Abstand zu ihrem Auto nicht zu groß werden, ertappte sich aber bei der Überlegung, sie ziehen zu lassen, abzubiegen, aufzugeben. Was hat ihn weitergetrieben? Begierde? Die Sehnsucht nach Zweisamkeit? Angst vor Einsamkeit? Später sitzen sie im Wohnzimmer und trinken ein Glas Portwein, sie auf einem Ledersessel mit Fußteil, er auf dem Sofa. Soll er die Möbel und Bilder, die er grässlich findet, als Indiz für ihren Geschmack sehen? Vielleicht hat ihr Mann eingerichtet! Sie hat sich einen Morgenmantel übergeworfen, er ist angezogen, sogar die Schuhe trägt er. Er sitzt da wie ein Bekannter, der eigentlich ihren Mann besuchen wollte und jetzt bloß auf eine günstige Gelegenheit wartet, um sich verabschieden zu können. Muss eine Unterhaltung möglich sein, nur weil man sich körperlich nahegekommen ist? Auch die anderen Fragen und Gedanken, die ihm durch den Kopf gehen, spricht er besser nicht aus. Wo hat er gelesen, dass nur fünf Prozent der Tiere monogam leben? Es ist vernünftig, sich die Fotos, die gerahmt an der Wand hängen, nicht zu genau anzuschauen. Ist Eifersucht, diese Krankheit, die sich nur mit denen teilen lässt, die ebenfalls an ihr leiden, wirklich nichts anderes als die Angst vor dem Vergleich, der zu Ungunsten von einem selbst ausfällt? Warum will man um jeden Preis der Bessere sein? Sie haben es verpasst, die Nähe, die sie im Zimmer unterm Dach gefunden haben, ins Erdgeschoss zu retten. Will er sie nicht mehr kennenlernen, jetzt, da die Hitze gekühlt ist? Er fühlt sich älter, als er ist, das Gift der gerahmten Fotos beginnt zu wirken. Unas Mann ist kaum älter als sie.

– Du bist mutig, sagt sie.

Eine Behauptung gegen das Schweigen, eine bewusste Lüge. Sie sehen sich vorsichtig an, eben haben sie sich noch geküsst. Zieht sie bereits Bilanz, sieht sie erst jetzt, wer er ist?

– Du aber auch.

Auch sie weiß, ihr Verhalten hat nichts mit Mut zu tun. Sie haben sich getroffen und erkannt, sie haben sich geliebt, und jetzt trennen sich ihre Wege. Ist er etwa hier, um taxiert zu werden? Will er sie wiedersehen? Und sie? Wer stellt die Frage, die ihm als Teenager leichtgefallen ist? »Willst du mich wiedersehen?« Er hat einiges gelernt in seinen fünfzig Jahren, aber hat er es auch begriffen? Die violetten Adern auf ihren Füßen gefallen ihm nicht, aber sie hat schön geformte lange Zehen. Ihr Lachen hat falsch geklungen, oben, unterm Dach, gespielt. Er kann sich nicht erinnern, weshalb sie gelacht hat, er lachte jedenfalls mit. Gefällt ihr sein Lachen? Ihre Frage, ob er schnarcht, erstaunt ihn. Ist das die Aufforderung, über Nacht zu bleiben? Ein Wiedersehen müsste misslingen, ist er überzeugt. Will er sie denn wiedersehen? Er steht auf, er will gehen, es ist besser so. Sie ist dankbar, dass er sie erlöst. Er verzichtet darauf, den Mann auf den Fotos noch einmal anzusehen. Diesmal geht er voraus, Una soll denken, dass er weiß, was er tut. Im Flur riecht es feucht wie in einem Keller, der Verputz wirft Blasen, als sie das Farmhaus betreten haben, ist ihm das nicht aufgefallen. Die Nacht ist hell, aber frisch, die drei Pferde sind von der Koppel verschwunden, hat er sie sich eingebildet? Er hält den Atem an, hört den nahen Atlantik, dreht sich um und lässt zu, dass sie sich an ihn drückt und wie ein Kind in seine Umarmung windet. Sie zittert, er versteht nicht, was sie flüstert.

– Wann sehen wir uns wieder?, fragt sie.

Wie soll er die selbstvergessene Gelassenheit seines Katers nicht als stummen Vorwurf an seine Unruhe verstehen? Er sitzt im Wohnzimmer, hört mit halbem Ohr Radio und steht alle paar Minuten auf, um nach seinem Sohn Ausschau zu halten. Die Blechabdeckungen über den Lüftungsschlitzen in den Steinmauern seines Hauses brauchen dringend einen neuen Anstrich, die Farbe platzt in Flocken von den Hauben. Wie oft hat er die Zimmerwände des ehemaligen Schulhauses gestrichen, seit es ihm gehört? Oliv. Orientrot.

Elfenbein. Spangrün. Kieselgrau. Vor zwei Jahren hat er das Wohnzimmer schilfgrün ausgemalt. Wenn tagelang nichts gelingen will, wenn er anfängt, sein Atelier zu meiden, hat er bislang einfach ein Zimmer seines Hauses gestrichen. Der Geruch der Farbe und die Bewegungen mit dem Pinsel haben ihn verlässlich an den Stein zurückgeführt. Er bezeichnet sich gern als Arbeiter, seine Kunst als Handwerk. Du tischlerst einen Stuhl, auf dem sich sitzen lässt, ich bearbeite Steine, gebe ihnen eine andere Form und damit ein anderes Leben. Für eine Weile ist er von einem Interview abgelenkt, das RTÉ2 mit Nick Mason, dem Schlagzeuger von Pink Floyd, führt. Die Band, die ihm seine Jugend erträglicher machte, hat ein letztes Album mit Material veröffentlicht, das sie vor zwanzig Jahren aufgenommen hat. Mr Pop jammert im Schlaf, er wünscht sich einmal mehr, sich selbst vergessen zu können, wie es Katzen gelingt: vollständig. Er steht auf und setzt sich wieder hin, um sich die Nachrichten anzuhören: Nach Rücktritt und Flucht des Präsidenten ins Exil beanspruchen in Burkina Faso sowohl der Armeechef als auch der Vizechef der Präsidentenparade das Amt des Präsidenten; portugiesische Armeeflugzeuge haben über portugiesischem Luftraum zwei russische Bomber abgefangen; bewaffnete Milizen der somalischen Terrorgruppe al-Schabab, die als Verbündete von al-Qaida gilt, haben im Norden Kenias, nahe der Grenze zu Äthiopien, sechsunddreißig Arbeiter in einem Steinbruch ermordet, bevor man sie tötete, wurden sie aufgefordert, Suren aus dem Koran zu zitieren, um sogenannte Ungläubige zu identifizieren; in Italien ist das Programm »Mare Nostrum« ausgelaufen und durch »Triton« ersetzt worden, das sich vollumfänglich auf Grenzschutz konzentrieren und keine in Seenot geratenen Flüchlinge retten wird. Triton, Sohn des Poseidon, Kentaur des Meeres, halb Pferd, halb Mensch, denkt er, steht auf und schaltet das Radio aus, weil er die Nachrichten nicht länger hören will. Sein Zorn ist nicht etwa verschwunden, er ist einfach so selten in Gesellschaft anderer Menschen, dass er schlicht unnötig geworden ist. Der Zustand des Halbschlafs, den er sich sonst nur nach dem Mittag gönnt, ist ihm der liebste. Namen treffen ein, lange vergessen, nun sind sie wieder da und mit ihnen die Gesichter, die zu ihnen gehören, die Stimmen, die Gesten, die Kleider. René In der Wildi. Marianne Peter. Paul Schmutz. Maya Zberg. Werner Dittli. Jennifer Lee. Jürg Kuster. Er erhält Besuch von Lebenden wie von Toten, er muss sie nur ansprechen. Was haben sie ihm beizubringen? Darum sind sie doch hier, damit er etwas lernt und begreift, nicht? Er hat seine Jugend nicht verloren, er hat sie gelebt. Er riecht das Feuer, das er am Rand des Waldes für Marianne gemacht hat, spürt das Brennen auf der Haut, da er den nackten Arm durchs Brennnesselmeer gezogen hat, weil er sie jetzt, da er sein Versprechen eingelöst hat, küssen darf. Nicht die Vergangenheit ist das Bedrohliche, das Nichts ist es, das Vergessen. Er steigt in den Keller hinab, er wird elf sein, um die Kartoffeln aus der Hurde zu klauben und der Mutter in die Küche zu tragen, er sieht sich von hinten, also von außen, er tritt auf eine Rodung, eine Krähe auf der Schulter, älter, als er ist, er treibt auf der grünen Aare, hockt in einem schwarzen Gummischlauch, dreht sich im Kreis, treibt flussabwärts wie die Blätter der Bäume, die er überholt, und schrickt hoch, weil es an der Tür ihrer Mietwohnung klingelt, das muss Nachbar Studhalter sein, der dem Vater klagen will, dass er die Scheibe ihres Wohnzimmerfensters mit einem Stein eingeworfen hat, Studhalter klingelt, klingelt, klingelt, klingelt, geduldig, unerbittlich.

Er braucht eine Weile, um in den Samstagmorgen zurückzufinden. Er nimmt das Handy vom Tisch, 9:53 Uhr, und begreift, dass es hier in Irland an seiner Tür klingelt. Er steht auf, benommen, aber leicht wie der Junge, der er einmal war. Der Kater öffnet kein Auge, seine Vorderpfoten zucken im Traum. Er geht in die Küche hinüber, um sich kaltes Wasser ins Gesicht zu schaufeln und durch die Haare zu fahren.

Der junge Mann hat sich bereits halb umgedreht, um wieder zu gehen. Hat er lange geklingelt? Oder fehlt es ihm an Geduld? Er hält ein Kind an der Hand, ein Mädchen, drei, vier Jahre alt. Ist er nicht bloß Vater, sondern Großvater? Das Mädchen lacht, die langen Kringelhaare sind strohblond, Stirn und Wangen mit Sommersprossen übersät.

– Ich war am Telefon, lügt er, tut mir leid.

Ältere Iren geben sich die Hand nur, um ein Geschäft oder einen Abschluss zu besiegeln; die jüngere Generation dagegen, die Generation des Booms, begrüßt und verabschiedet sich mit Handschlag und verteilt großzügig rundum Wangenküsse und Umarmungen. Der Händedruck des jungen Mannes ist kräftig, er bemüht sich, ihn zu erwidern.

– Das ist Kathleen, meine Prinzessin. Und ich bin Michael.

– Sean Berger.

Er ist also, sollte der junge Mann tatsächlich sein Sohn sein, Großvater! Sein Sohn ist erschreckend jung Vater geworden, was sagt das über ihn aus? Das Mädchen lacht mit offenem Mund, auf seiner Zunge liegt ein blaues Bonbon. Der junge Mann trägt Cargohosen und ein kariertes Barchenthemd, die Kappen seiner Arbeitsstiefel sind voller Zementspritzer. Sein Blick ist offen und neugierig, hinter dem rechten Ohr klemmt ein Bleistift.

– Wollen wir uns die Zimmer ansehen?, fragt er.

– Haben Sie Fliesen dabei?

Der junge Mann erklärt ihm, dass er ihm die Muster zeigt, sobald er die Wände ausgemessen hat. Das Mädchen hält sich dabei an seinen Beinen fest und wirft ihm, dem alten Mann, der allein in einem früheren Schulhaus lebt, verstohlen Blicke zu. Er führt den jungen Mann und dessen Tochter ins Gästebad, hält ihm den Klappmeter, sieht zu, wie er die Maße mit dem Bleistift in einen Block einträgt. Seine Schrift ist klein und akkurat, es berührt ihn, dass sich der junge Mann den Bleistift vor jeder Zahl in den Mund steckt, um die Mine zu befeuchten. Macht er es nicht genauso? Sie sind etwa gleich groß, auch ihre Nasen ähneln sich.

– Sie sind also aus der Schweiz?

Er nickt, ohne den jungen Mann anzusehen. Mittlerweile sitzen sie am Küchentisch. Das Mädchen geht durch den Raum und klatscht dabei in die Hände. Der Kater mag keine Fremden, er wird sich ins Schlafzimmer im oberen Stock verzogen haben.

– Sind Sie schon lange in Irland?

– Dreiunddreißig Jahre.

– Immer in Donegal?

– Immer in Donegal.

– Ich hoffe, meine Fragerei geht Ihnen nicht auf die Nerven?

– Und Sie? Sind Sie in Donegal geboren?

– Bin ich. Kennen Sie viele, die auch ausgewandert sind?

– Eingewandert. Ich bin eingewandert.

– Gibt doch bestimmt andere Schweizer hier. Und Deutsche und Franzosen.

Er erklärt, dass er die Nähe anderer Blow-Ins nie gesucht hat, im Gegenteil. Klingt er wie einer, der sich rechtfertigt?

Rechtfertigt wofür? Das Mädchen steht vor dem Bücherregal und wirft ihm einen erstaunten Blick zu, bevor es sich zu ihnen an den Tisch setzt. Es hält sich mit ernster Miene so absolut aufrecht, dass es wirkt, als spiele es eine Erwachsene. Es trägt eine Kette aus gelben Plastikblumen um den Hals, von denen die Hälfte zersplittert ist. Der junge Mann lehnt Kaffee oder Tee ab, sie müssen, sagt er, bald weiter. Das Mädchen schüttelt den Kopf, als er ihr eine Cola anbietet, sieht dabei aber seinen Vater an, nicht ihn. Wie wäre ihr erstes Gespräch ohne das Kind verlaufen? Ist es denn richtig, dem jungen Mann die Wahrheit zu erzählen? Richtig für wen? Hilft die Wahrheit ihm, oder hilft sie Michael? Vor dem Mädchen darf ich das Thema auf keinen Fall zur Sprache bringen, sagt er sich und ärgert sich über das beruhigende Gefühl, das ihm diese Einsicht verschafft. Muss er nicht sowieso zuerst mit Una oder ihrem Mann reden? Der Besuch im Krankenhaus bleibt ihm nicht erspart. Er wird zuerst mit Unas Mann, dann mit Una und zuletzt mit Michael reden. Kathleen pfeift mit konzentrierter Miene, bestimmt hat sie es erst gelernt. Soll er mitpfeifen? Michael ist Raucher, die Nägel von Zeige- und Mittelfinger seiner linken Hand sind nikotingelb.

– Möchten Sie sich jetzt die Musterfliesen ansehen?

– Haben Sie denn Zeit für den Job?

Michael hat Zeit für den Job, nicht sofort, aber in etwa zwei Wochen, wenn er die Arbeit in Sligo erledigt hat. Das Mädchen rutscht unruhig hin und her, es hat das Interesse an dem alten Mann verloren, der komisch redet und Bücher in der Küche hat. Sie stehen auf, es ist wohl besser, sich die Musterfliesen draußen im Van anzusehen, statt die schweren Schachteln ins Haus zu tragen. Im Flur nimmt das Mädchen seine Hand und gibt sie nicht mehr frei, bis sie den Van erreicht haben. Die kleine Hand ist heiß, feucht und etwas klebrig. Wann hat er zum letzten Mal ein Kind an der Hand gehalten? Das Mädchen kichert, lässt ihn los und hüpft einmal um den Van herum. Der Hund auf dem Beifahrersitz blickt ihn mit traurigen Augen an, gähnt und wendet sich wieder etwas anderem zu, irgendwo da draußen in der Landschaft, etwas, was den Menschen verborgen bleibt. Brauchen wir nicht alle Trost, denkt er und nimmt sich vor, den Hund zu streicheln, sobald er sich für Fliesen entschieden hat. Die Vorstellung, dass er Kathleens Großvater sein könnte und sich tatsächlich neben seinem Sohn Michael über Schachteln mit Musterfliesen beugt, entzieht ihm den Boden unter den Füßen. Er taumelt und muss sich an Michael festhalten, der ihn erstaunt ansieht und dann in den Arm nimmt.

***

Geht er Konflikten aus dem Weg, wenn er Vater und Sohn zwar zusammenführt, ihre Geschichte aber nicht ausführt? Er schreibt Romane, keine Drehbücher für Fernsehfilme, er muss nicht jeden Erzählfaden verknüpfen! Ist der Bildhauer überhaupt Michaels Vater? Und welche Figur ist ihm näher, Halblaut oder Sean Berger? Kann er von sich absehen? Sollte er das denn? Der Körper des Äffchens war leicht und warm, sein Fell rau, es roch fremd; er hatte den Leichnam mit beiden Händen in das Loch gelegt, das er sorgfältig zuscharrte. Seine Freundin geht unruhig in der Wohnküche auf und ab, sie hat im Netz ein Restaurant an der Three Anchor Bay gefunden, direkt am Wasser, das sich auf vegetarische Gerichte spezialisiert. Sie wollen auf der Terrasse einen Aperitif und die Sicht genießen. Obwohl er sich lächerlich und unmännlich vorkommt, verlangt er, dass sie das Appartement erst verlassen, wenn der Fahrer des Taxis, das er bestellen will, unten an der Haustür klingelt. Aber was gibt es auf ihren Einwand zu entgegnen, dass es bis zur Long Street höchstens zweihundert Meter sind, an der es vor Taxis und Drohnen nur so wimmelt? Im Treppenhaus, die Stromsperre dauert heute länger als üblich, presst sie sich an ihn und küsst ihn auf den Mund, sie hat sich ausgiebig mit ihrem Sohn unterhalten, der Zehnjährige will sie, von seinen Großeltern begleitet, am Flughafen abholen. Sie hüpft vor ihm die Stufen hinunter, ausgelassen wie ein Mädchen – oder beeilt sie sich, weil sie sich vor der Dunkelheit im engen Treppenhaus fürchtet? Er bleibt ihr auf den Fersen, obwohl er schon auf der fünften Etage völlig außer Atem ist: er will sich vor ihr nicht die Blöße geben, außer Form zu sein. Als sie auf die Keerom Street treten, nieselt es, trotzdem steht eine Menschentraube unter der Markise des *Seven Cats*; die Männer rauchen Zigarillos, das Gespräch der Frauen klingt wie das Gezwitscher aufgescheuchter Vögel. Er ringt nach Atem und denkt einen Moment daran, sie zu überreden, im *Seven Cats* zu essen, um sich die Taxifahrt ans Meer zu ersparen, dann fällt ihm ein, er weiß nicht, ob das Restaurant vegetarische Gerichte anbietet. Sie biegen in die Dorp Street, und er erstarrt: Crapman schiebt seinen bemalten Karren vor ihnen die Straße hoch. Er ist auf die Begegnung vorbereitet, aber nicht jetzt, er hat sie sich vorgestellt und ausgemalt, er hat sich sogar Sätze zurechtgelegt, die er dem Mann sagen könnte, aber seine Freundin hat in keiner seiner Vorstellungen eine Rolle gespielt! Er bleibt stehen und nimmt sie in den Arm; er will den Obdachlosen nicht überholen, nicht heute, er will ihn allein kennenlernen. Der Regen, er spürt ihn als Ahnung auf dem Gesicht, ist fein und warm. Eine Strähne ihrer Haare streift seine Oberlippe, er öffnet die Lippen und nimmt die Strähne in den Mund. Er hat das Shampoo an der Waterfront gekauft, vor ihrer kurzen Reise haben auch seine Haare danach gerochen. Er liebt ihren Duft, ich werde ihn vermissen, geht ihm durch den Kopf, und er erschrickt, da er sich in Gedanken offenbar schon ohne sie auf den Weg gemacht hat. Er atmet ihren Geruch ein, gierig und schuldbewusst wie ein Süchtiger, der sich vorgenommen hat, seiner Sucht abzuschwören. Im Rinnstein liegt ein silberner Frauenschuh mit Bleistiftabsatz. Der Regen ist kaum zu spüren. Er legt seine Hände auf ihr Gesäß und nimmt aus den Augenwinkeln eine Bewegung wahr, einen Van, der neben ihnen hält. Er hört Schritte, warum lässt er sie nicht los und löst die Umarmung, fragt er sich, um nach einer Security-Drohne Ausschau zu halten, da verliert er den Boden unter den Füßen. Er wird von kräftigen Armen in die Zange genommen und nach hinten gezerrt, weg von seiner Freundin, und begreift, Hass ist nicht schwächer als Liebe. Er schreit, er greift nach ihr, wo ist sie überhaupt, und fällt in die Dunkelheit.

KHAYELITSHA

In Gedanken hat er es oft durchgespielt, ihm wird Gewalt angetan, erlebt hat er es noch nie. Hat er seine Figuren vorgeschickt, um Erfahrungen an seiner statt zu machen? Seine Figuren haben gelitten, weil er es so wollte. Weil es ihn nicht betraf. Nun leidet er. Man hat ihn an ein Eisengitter gebunden, die Beine gespreizt, die Arme ausgebreitet. Seine Freundin haben sie auf einen Tisch geschnallt, sie ist nackt, sie starrt ihn an, als wäre alles seine Schuld. Der Junge hat seine iWatch am Handgelenk, sein Oberkörper ist nackt, er trägt Combathosen, schwere schwarze Stiefel und ein rotes Béret, das wie eine Kirsche auf seinem Afro thront. Die zwei anderen Männer sind eindeutig älter, der eine ist weiß, der andere schwarz, er schätzt sie auf Mitte dreißig, er hat sie noch nie gesehen. Seine Freundin wimmert leise, der Schwarze knetet ihre Brüste mit beiden Händen, der Weiße fährt mit einem Schlagstock über ihren Körper, ohne sie zu berühren, schließlich verharrt er über ihrer Scham und schlägt ihr den Stock auf den Bauch, leicht, als spiele er bloß, einmal, zweimal, dreimal, immer wieder. Der Blechschuppen, in dem sie sich befinden, ist ohne Fenster, der Boden aus gestampfter rötlicher Erde. Das grelle Licht stammt von vier Neonröhren, die an Kettchen von der Decke baumeln und ticken. Wie spät mag es sein? Der Strom ist auf jeden Fall zurück! Es ist noch immer brütend heiß;

der Blechkäfig hat die Hitze Südafrikas den ganzen Tag gespeichert. Er hört Kindergeschrei, Hammerklirren und ein Fauchen, wohl von einem Schweißbrenner. Stammt das Rauschen, das er erst nach einer Weile bewusst wahrnimmt, von einer Autobahn, die in der Nähe vorbeiführt?

»You're my nigger«, sagt der Junge und schlägt ihm die flache Hand ins Gesicht, »and she's my bitch!«

»Our bitch«, sagt der Schwarze, lässt von ihren Brüsten ab und kommt zu ihm hinüber.

Der Mann ist kräftig, in seinen Augen ist nichts als Hass. Er trägt ein Bayern-München-Dress, Shorts und Flipflops aus Plastik. Es nützt ihm nichts, hat er ähnliche Szenen beschrieben, er ist nie selbst dabei gewesen, er weiß nichts, nichts! Der Weiße schlüpft aus den Hosen, er ist dünn und lang, sein Rücken ist behaart und voller Narben. In der Ecke des Blechschuppens stehen Tonnen mit aufgepinselten Buchstaben, H, B und Z, vor den Tonnen liegt ein Kinderfahrrad ohne Sattel. Er denkt einen beglückenden Augenblick an die Möglichkeit, mit ihr im *Seven Cats* zu sitzen und sich zu streiten, weil es kein vegetarisches Gericht gibt. Der Weiße tritt mit seiner Erektion zwischen die Beine seiner Freundin. Er schließt die Augen, als helfe das. Wünscht er sich, tot zu sein? Er würde die Männer töten, jeden, mit den baren Händen, so er die Gelegenheit dazu bekäme. Seine Freundin schreit, der Junge grinst und schaut demonstrativ auf die iWatch, als wolle er sich die Zeit merken. Wo sind sie? Eine Wand ist rot bemalt, die anderen sind gelb. Auf der Werkbank liegt eine Säge. Der ältere Schwarze steht jetzt so dicht vor ihm, dass er ihn riechen kann; er ist unrasiert, er hat Bier getrunken, sein Blick ist unstet, seine Pupillen sind geweitet. Bestimmt steht er unter Drogen. Seine Freundin schreit, darum schreit er ebenfalls, mehr kann er nicht für sie tun. Der Junge und der Schwarze lachen, der Weiße stöhnt. Dass der Junge eine Rasierklinge über seinen Brustkorb zieht, spürt er bloß als feine Berührung, als werde er mit einem Bleistift bezeichnet, er wird beschrieben, er ist Vieh, das man brandmarkt, dann sieht er das Blut, das aus dem Schnitt quillt, sein Blut, das als verwischte Linie über seinen Oberkörper und in den Bund seiner Jeans rinnt. Er versagt sich die Schreie, die aus ihm drängen, er schluchzt, bringt es aber nicht über sich, die Augen zu schließen. Die Schreie seiner Freundin sind schlimmer als seine Schmerzen, er hat sich nie hilfloser gefühlt. Neben der Säge liegt ein Hammer auf der Werkbank, an der Wand hängen Plastiktüten aufgereiht, soll er sie zählen, einige prall gefüllt, andere beinahe leer. Weshalb tropfen sie? Enthalten sie Fleisch, Innereien? Der ältere Schwarze hat sein Jackett in der Hand, er schnüffelt daran, dann zieht er das Lederetui aus Rom aus der Brusttasche, klappt es auf, nimmt seine Kreditkarten heraus und lässt sie achtlos zu Boden fallen. Er wird ihnen die Geheimzahlen verraten! Er kann sie freikaufen! Sein Geld wird seine Freundin retten! Ihre Schreie klingen, als werde ihr der Mund verschlossen. Der Junge entreißt dem anderen das Jackett, durchsucht die Taschen und steckt Pass und Smartphone in die Gesäßtasche seiner Combathosen. Mit den Kunstpostkarten, die er in der Innentasche findet, weiß der Junge nichts anzufangen. Er dreht sie ratlos um, betrachtet sie und schmeißt sie ihm vor die Füße. »Der letzte Bär vom Missox«. Wie oft hat er in den Gesichtern der bärtigen Jäger nach Anzeichen der Reue gesucht? Der erlegte Bär sieht aus, als blicke er direkt in die Kamera. Wohin hat ihn seine Beobachterei geführt? Das Bild des Goldschmieds, der die Glut in seinem Tonofen mit einem Blasrohr entfacht, hat ihn beruhigt, wenn sich keine Sätze fanden, er hat sich vorgestellt, dessen Leben zu führen, zumindest für eine kleine Weile. Nun hilft ihm das Bild nicht weiter, natürlich nicht. Er ruft ihren Namen, sie gurgelt, schreit. Er weiß nicht, warum er sich vorstellt, in einem Fluss zu stehen, er spürt, wie das ziehende Wasser gegen seine Beine drückt, während er sich aus dem Uferbereich kämpft. Wie leicht es wäre, sich dem Fluss zu ergeben! Der ältere Schwarze hält ein Messer mit gezackter Klinge in der Hand, der Junge trampelt auf den Postkarten herum, als müsse er sie vernichten. Was sieht er in den Bildern? Wieso machen sie ihn derart wütend? Vor der Flussbiegung bleibt er stehen; er geht auf die Zehenspitzen, stößt sich mit den Fußballen ab, lässt sich rücklings ins grüne Wasser fallen und mitnehmen. Er will gar nicht wissen, wer er ist! Er hat sein eigenes kleines Universum betrieben, war der Gott seines winzigen Reiches. Er treibt dicht am Ufer durch den Schattenbereich, an dem an heißen Tagen wie heute die Forellen stehen, dann zieht es ihn in die Mitte des Flusses, die Strömung hat ihn ergriffen und dreht ihn im Kreis. Seine Freundin stöhnt, er ruft ihren Namen, selbst als ihm der Junge die Rasierklinge erneut über die Brust zieht, beiläufig, als tue er ihm Gutes, ruft er ihren Namen, allein ist sie trotzdem. Hätten sie sich getrennt? Der ältere Schwarze haut ihm die Faust in den Magen, und er kann nicht anders, als zu verstummen. Er hat einen Affen erlöst, wer erlöst seine Freundin? Erlöst ihn?

»The bitch likes«, sagt der Junge, zwingt seinen Kopf am Kinn nach oben und spuckt ihm ins Gesicht.

Sein Herz schlägt kraftvoll wie eh und je, es ist, als löse sich ein Knoten in seinem Magen, er darf loslassen, aufgeben, jetzt ist es folgerichtig, sich in die Vergangenheit zurückzuziehen, es wird ihn nicht retten, aber es wird ihm helfen. Wie schnell er flussabwärts treibt! Der Atem der Welt geht durch ihn hindurch, jetzt, da etwas Grundlegendes seinem Ende entgegengeht und etwas Neues seinen Anfang nimmt. Wie dumm, Schutz suchen zu wollen in erfundenen Geschichten, erfundenen Figuren! Ist er der Mensch geworden, der er werden wollte? Verfolgt von Mückenschwärmen, umsurrt von Libellen, hört er das vertraute Sirren des Dynamos am Vorderreifen, das Geräusch ist der Grund, weshalb er seinen Schulweg auch in der Winterkälte liebt. Sein Fahrrad ist die Zaubermaschine, die braunen Schneematsch in reine Schneeschlangen verwandelt, die sich aus den Schutzblechen kringeln, solange er nur fährt! Ihm fehlt der Mut zum Sterben. Fahr, fahr weiter, fahr! Irgendwann musst du in die Gegenwart zurückkehren, denkt er, musst du erwachen, und begreift: Er ist wach! Er ist in der Gegenwart! Der ältere Schwarze tippt ihm mit der Messerspitze gegen die Stirn, er wirkt gelangweilt, auf seinem rasierten Schädel sitzt eine dicke Fliege. Seine Freundin ist verstummt. Stirbt er jetzt, hier in diesem Blechschuppen? Er würde die drei töten, wenn er es nur dürfte. Er hasst sich für den Gedanken, aber er wäre dankbar für die Gewissheit, dass sie seine Freundin umbringen. Ihr Tod ist der Ausweg aus dem Leid, das sie erwartet, wenn sie sie am Leben lassen. Die Fliege läuft quer über den Kopf des Mannes, es scheint ihn nicht zu stören. Was ist die richtige Distanz, um Nähe zu schaffen, statt sie zu zerstören?

»You believe?«

Die Stimme des Jungen ist rechthaberisch, bestimmt ist er ebenfalls auf Drogen. Glaubt er? Soll er sich hier in diesem Blechschuppen dafür rechtfertigen, vom Glauben abgefallen zu sein? Er schweigt.

»You believe?«

Nun schreit der Junge. Ist dies der Moment, einen Gott um Beistand anzurufen? Kennt er denn ein Gebet von der ersten bis zur letzten Zeile? Vor wie vielen Jahren ist er aus der katholischen Kirche ausgetreten? Aber er glaubt doch, ja, er glaubt!

»Yes«, behauptet er, »I believe.«

»In your shit God? You christian fucker?«

Der ältere Schwarze spuckt ihm ins Gesicht, verzichtet jedoch darauf, ihn zu schlagen. Es gelingt ihm nicht, an den zwei Männern vorbei einen Blick auf seine Freundin zu erhaschen. Wieso ist sie verstummt? Er hört den Weißen grunzen.

»Yes«, sagt er noch einmal, »I believe!«

Glaubt er tatsächlich an Gott? Glaubt er an Vergebung und an Erlösung? Öffnet ihnen die richtige Antwort die Tür in die Freiheit? Aber was wollen sie von ihm hören? Woher hat der Junge das Buch, das er in der Hand hält? Der Junge bewegt die Lippen, während er blättert, er liest, er sucht eine Passage, plötzlich geht ein Lächeln über sein Kindergesicht, das sofort in Triumph umschlägt.

»Read«, befiehlt der Junge und hält ihm das aufgeschlagene Buch vor die Nase, allerdings so nahe, dass die Buchstaben sich auflösen. Die Hände des Jungen zittern, er presst ihm die Seiten ins Gesicht und hält das Buch dann so vor ihn, dass er erkennt, es ist der Koran. Würde er daraus vorlesen, wenn ihm die Suren nicht vor den Augen verschwämmen? Wo hat er gelesen, was ihm durch den Kopf geht? »Wenn ein Hase, eine Ziege oder ein anderes Tier sich vor einem Betenden bewegen, bleibt das Gebet gültig. Die Rechtsgelehrten sind sich darüber einig, dass nur drei Wesen das Gebet ungültig machen: eine erwachsene Frau, ein schwarzer Hund und ein Esel.« Soll er es aussprechen? Der

Schwarze fährt sich mit der Hand, in der er das Messer hält, fluchend über den schweißbedecken Kopf. Das Summen der Fliege, die sich in Sicherheit bringt, ist erschreckend laut.

»Read«, befiehlt der Junge noch einmal.

Er hat den Koran vor Jahren gelesen, bezaubert von der Schönheit einzelner Suren, verstört und angewidert von der Gewalt anderer. Er wird nicht aus dem Koran vorlesen, nicht hier, nicht auf Befehl, es würde weder seine Freundin noch ihn retten. Wird er je wieder im Koran lesen?

»You don't believe!«

Der Junge schlägt den Koran zu, dass es knallt. Seine Freundin schnappt schluchzend nach Luft. Wie soll er sich verzeihen, ihr nicht helfen zu können? Wer hilft ihm? Dass ihm der ältere Schwarze ein Ohr abgetrennt hat, begreift er erst, als er es ihm auf dem Handteller präsentiert. Er fühlt keinen Schmerz, nur Hass, blanken Hass. Sein Ohr ist klein und weiß. Mit diesem Gefühl soll niemand sterben, denkt er, mit diesem Gefühl, bedingungslos zu hassen und bereit zu sein zu töten. Blut rinnt über seinen Hals. Die ganze Schreiberei für die Katz, all seine Bücher, was hat er denn erwartet! Ihm ist schwindlig, darf er sich die Gnade erlauben, das Bewusstsein zu verlieren? Es ist der Hammer, der die Welt verändert, du Narr, nicht die Feder, auch nicht die Schreibfeder! Und sein Leben? Vertan, verspielt? Er zwingt sich, die Augen offen zu halten. Er will sehen, wie ihm geschieht, sehen! Nicht um es beschreiben zu können, sondern um es zu erfahren, zu erdulden. Sehen!

»Wenn ihr nach mir sucht,
sollt ihr das sanft und behutsam tun,
nicht dass das Porzellan meiner Einsamkeit
Risse bekommt.«

Shorab Sepehri

Der Autor bedankt sich
bei der Pro Helvetia
für das großzügige Kapstadt-Stipendium,
beim Kuratorium des Kantons Aargau
für das großzügige Berlin-Stipendium
und bei Stefan Gritsch für Passagen der Träume.

Kapstadt, Copany, Suhr, Berlin
August 2009 bis März 2015